Ruth Druart

Terwijl Parijs sliep

Een moeder wordt op transport gezet door de nazi's.
In haar wanhoop geeft ze vlak voor vertrek haar baby weg
aan een voorbijganger. Zien ze elkaar ooit terug?

BOEKERIJ

ISBN 978-90-225-9238-0
ISBN 978-94-023-1623-0 (e-book)
NUR 302

Oorspronkelijke titel: *While Paris slept*
Vertaling: Carolien Metaal
Omslagontwerp: Headline UK, bewerkt door DPS Design & Prepress Studio
Omslagbeeld: © Getty Images
Zetwerk: Mat-Zet bv, Huizen

Voor Jeremy, Joachim en Dimitri,
mijn inspiratie voor dit verhaal
En ter nagedachtenis aan mijn grootmoeder Diana White

‘Laat ons één dag opofferen om wellicht een heel leven te winnen.’
– Uit *Les Misérables* van Victor Hugo

DEEL 1

1

Santa Cruz, 24 juni 1953

Jean-Luc

Hij brengt het scheermes naar zijn wang en kijkt in de badkamerspiegel. Een fractie van een seconde herkent hij zichzelf niet. Zijn scheermes blijft in de lucht hangen als hij in zijn eigen ogen kijkt en zich afvraagt hoe dat komt. Hij heeft nu iets Amerikaans. Het zit in zijn gezonde kleur, zijn witte tanden en nog iets anders waar hij niet helemaal de vinger op kan leggen. Is het de zelfverzekerde manier waarop zijn kin vooruitsteekt? Of zijn glimlach? Hoe dan ook, hij is er blij mee. Amerikaans is goed.

Met een handdoek om zijn middel gewikkeld slentert hij terug naar de slaapkamer. Zijn aandacht wordt getrokken door iets zwarts buiten. Door het raam ziet hij een Chrysler langzaam de straat in rijden en parkeren achter de eik aan de voorkant. Vreemd. Wie komt er nu om zeven uur 's morgens langs? Terwijl hij afwezig naar de auto staart, stijgt de boterige geur van warme crêpes langs de trap omhoog. Het ontbijt roept.

Bij het betreden van de keuken geeft hij Charlotte een zoen op haar wang en woelt door het haar van zijn zoon. Hij werpt een blik door het raam en ziet dat de auto er nog staat. Een slungelachtige man kruipt achter het stuur vandaan, strekt zijn nek en tuurt om zich heen – als een pelikaan, denkt hij bij zichzelf. Aan de andere zijde van de auto verschijnt een gedrongen man. Ze lopen naar hun huis.

De deurbel snijdt als een mes door de ochtend. Charlotte kijkt op.

'Ik ga wel.' Jean-Luc is al onderweg. Hij haalt de ketting van het slot en doet de deur open.

'Meneer Bow-Champs?' vraagt de pelikaanman met een ernstig gezicht.

Jean-Luc kijkt hem aan, neemt het donkerblauwe pak, het witte overhemd en de simpele stropdas in zich op. De arrogante blik in zijn ogen. Meestal maakt hij zich niet druk over de verkeerde uitspraak van zijn achternaam, maar nu is hij gepikeerd. Misschien omdat de man op zijn drempel staat. 'Beauchamps,' corrigeert hij. 'Het is Frans.'

'Dat weten we, maar we zijn hier in Amerika.' De pelikaanman knijpt zijn ogen een fractie samen en zet een glanzende zwarte schoen over de drempel. Hij tuurt over Jean-Lucs schouder. Dan kraakt zijn nek, omdat hij zijn hoofd opzij draait en naar de carport kijkt waar hun nieuwe Nash 600 staat. De hoek van zijn bovenlip krult omhoog. 'Ik ben meneer Jackson en dit is meneer Bradley. We zijn van de FBI en zouden u graag een paar vragen stellen, meneer Bow-Champs.'

'Waarover?' Hij verbuigt zijn stem om verbazing te tonen, maar die klinkt vals in zijn oren – een octaaf te hoog. Gedempte ontbijtgeluiden bereiken de drempel: borden die worden opgestapeld, het gelach van zijn zoon. De vertrouwde geluiden weergalmen rond Jean-Luc als een vage droom. Hij sluit zijn ogen en klampt zich vast aan de verdwijnende randen ervan. Het gekrijs van een zeemeeuw brengt hem terug naar het heden. Zijn hart klopt hard en snel tegen zijn ribben, als een gekooide vogel.

De gedrongen man, Bradley, buigt zich naar voren en dempt zijn stem. 'Bent u zes weken geleden na een auto-ongeluk naar het streekziekenhuis gebracht?' Hij strekt zijn nek, alsof hij hoopt informatie te verzamelen over het huiselijk leven.

'Ja.' Jean-Luc krijgt het benauwd. 'Ik ben aangereden door een auto die te snel door de bocht ging.' Hij zwijgt even. 'Ik raakte bewusteloos.' De naam van de arts, Wiesmann, schiet hem te binnen. Die vuurde vragen op hem af terwijl hij nog aan het bijkomen was. 'Hoelang bent u al in Amerika?' vroeg hij. 'Hoe komt u aan dat litteken op uw gezicht? Bent u zo geboren, met alleen een vinger en een duim aan uw linkerhand?'

Bradley kucht. 'We willen graag dat u met ons meegaat naar het stadhuis, meneer Bow-Champs.'

'Maar waarom?' Het komt er schor uit.

Ze staan daar als een wegversperring; handen achter hun rug, borst vooruit.

'We denken dat we dat beter kunnen bespreken in het stadhuis, niet hier bij uw voordeur, in het zicht van uw buren.'

Het verkapte dreigement trekt de knoop in zijn maag strakker. 'Maar wat heb ik dan gedaan?'

Bradley wrijft zijn lippen over elkaar. 'Het gaat gewoon om voorbereidend onderzoek. We zouden de politie om assistentie kunnen vragen, maar in dit vroege stadium hebben we liever... Zetten we liever eerst de feiten op een rijtje. Dat begrijpt u vast wel.'

Nee, helemaal niet! Ik heb geen idee waar u het over hebt, schreeuwt hij in gedachten. Maar in plaats daarvan mompelt hij instemmend. 'Geef me tien minuten.' Hij doet de deur voor hun neus dicht en keert terug naar de keuken.

Charlotte laat een crêpe op een bord glijden. 'Was het de postbode?' vraagt ze zonder op te kijken.

'Nee.'

Ze draait zich naar hem toe. Er zit een rimpel in haar voorhoofd en haar bruine ogen boren zich in de zijne.

'Twee FBI-agenten... Ze willen dat ik met ze meega om vragen te beantwoorden.'

'Over het ongeluk?'

Hij schudt zijn hoofd. 'Dat weet ik niet. Ik weet niet wat ze willen. Dat willen ze niet zeggen.'

'Zeggen ze dat niet? Maar dat moeten ze wel. Ze kunnen je niet zomaar meenemen zonder te vertellen waarom.' De kleur trekt weg uit haar gezicht.

'Geen zorgen, Charlotte. Ik denk dat ik beter kan doen wat ze zeggen. De boel ophelderen. Gewoon vragen beantwoorden.'

Hun zoon is gestopt met kauwen en kijkt hen licht fronsend aan.

'Ik ben vast zo terug.' Zijn stem klinkt gemaakt in zijn oren, alsof iemand anders de geruststelling uitspreekt. 'Wil je mijn werk bellen om te zeggen dat ik wat later kom?' Hij wendt zich tot zijn zoon. 'Fijne dag op school.'

Niemand zegt iets. Het voelt als een stilte voor de storm. Snel draait hij zich om en verlaat de keuken. Normaal. Hij moet zich normaal gedragen. Dit is gewoon een formaliteit. Wat zouden ze nou in hemelsnaam willen?

Tien minuten. Omdat hij niet wil dat ze nog een keer aanbellen, haast hij zich naar de slaapkamer, trekt de la van de kledingkast open en werpt een blik op zijn als slangen opgerolde stropdassen. Hij kiest een blauwe met piepkleine grijze stippen. Uiterlijk is belangrijk in een situatie als deze. Hij haalt zijn jasje van de hanger en loopt de trap weer af.

Charlotte staat met haar hand voor haar mond geslagen te wachten in de deuropening van de keuken. Hij haalt haar hand weg, kust haar koude lippen en kijkt haar recht aan. Dan draait hij zich om. 'Dag Sam!' schreeuwt hij in de richting van de keuken.

'Dag papa. Tot zo.'

'Láter, kerel.' Zijn stem breekt. Wéér sloeg hij de verkeerde toon aan.

Hij voelt Charlottes ogen in zijn rug branden als hij de voordeur opendoet en de mannen volgt naar hun zwarte Chrysler. Hij haalt diep adem en perst de lucht zijn buik in. Opeens herinnert hij zich dat hij midden in de nacht het noodweer hoorde losbarsten. De grond is verzadigd van water dat al begint te verdampen. Het zal niet lang duren voordat het benauwd wordt.

Zwijgend rijden ze langs de vertrouwde huizen met grote open gazons tot aan de stoep, langs de kiosk, de bakker, de ijssalon. Dit leven waar hij van is gaan houden.

2

Santa Cruz, 24 juni 1953

Charlotte

Ik staar uit het keukenraam, hoewel de zwarte auto al minuten geleden verdwenen is. De tijd lijkt stil te staan. Ik wil ook niet dat die verdergaat.

'Er brandt iets aan, mam.'

'*Merde!*' Ik gris de pan van het vuur en gooi de geblakerde crêpe in de gootsteen. Mijn ogen tranen van de opstijgende rook. 'Ik maak wel een andere voor je.'

'Nee bedankt, mam, ik zit vol.' Sam springt van de kruk en schiet de keuken uit.

Ik kijk om me heen. De restanten van het verstoorde ontbijt brengen me in paniek. Maar ik moet me vermannen. Langzaam loop ik de trap op en ga de badkamer in. Ik plens koud water in mijn gezicht, trek de jurk van gisteren aan en ga weer naar beneden.

Sam huppelt naast me als we naar school lopen. 'Wat gaan die mannen aan papa vragen, mam?'

'Ik weet het niet, Sam.'

'Waar zou het over gaan?'

'Geen idee.'

'Misschien over diefstal.'

'Wat?'

'Of moord!'

'Hou op, Sam.'

Hij stopt meteen met huppelen en gaat in plaats daarvan slepen met zijn voeten. Ik voel een steek van schuld, maar ik heb belangrijkere zaken aan mijn hoofd.

Als we aankomen bij school, lopen de andere moeders alweer weg.

'Hai, Charlie! Je bent laat vandaag. Kom je straks even koffiedrinken?' Marges stem schettert boven het groepje uit.

'Absoluut,' lieg ik.

Nadat Sam naar binnen is gegaan, blijf ik een beetje dralen bij het hek om de anderen een flinke voorsprong te geven. Zodra ik zie dat ze ver genoeg bij me vandaan zijn, loop ik langzaam naar huis. Ik voel me opeens ontzettend eenzaam en kom half in de verleiding toch koffie met ze te gaan drinken, maar ik weet dat ik me niet in kan houden en er iets uit flap. De kans bestaat dat niemand vanmorgen de auto heeft gezien die Jean-Luc kwam halen, maar als dat wél zo is, moet ik een plausibel verhaal hebben. Ze zullen het naadje van de kous willen weten, dus ik kan contact maar beter mijden.

Eenmaal thuis loop ik van de ene naar de andere kamer, schud de kussens van de bank op, was de ontbijtspullen af en herschik de tijdschriften op de salontafel. Ik hou mezelf voor dat het geen zin heeft om me druk te maken, dat niemand daarbij gebaat is; hij is tenslotte alleen maar meegenomen voor vragen. Ik kan beter iets praktisch gaan doen om niet na te hoeven denken. Ik zou het gras kunnen maaien, zodat Jean-Luc dat niet meer hoeft te doen.

Ik trek mijn tuinschoenen aan en sleep de grasmaaier uit de garage. Ik heb gezien dat Jean-Luc aan het koord aan de zijkant trekt om de motor te starten, dus dat doe ik ook. Er gebeurt niets. Ik geef er nog een ruk aan; dit keer hoor ik vanbinnen iets klikken, maar dat is dan ook alles. Ik trek harder en sneller. Opeens begint het apparaat te snorren en trekt me mee. Het ruikt naar benzine, maar dat vind ik best lekker.

Het is een kalmerend klusje dat tot mijn teleurstelling al snel geklaard is. Ik berg de maaier op en ga het huis weer in.

Misschien kan de woonkamer wel een schoonmaakbeurt gebruiken. Als ik de stofzuiger uit de kast onder de trap haal, besef ik dat ik dat gisteren nog gedaan heb. Verslagen laat ik me op de grond zakken met de stang nog in mijn hand.

Het verleden komt bovendrijven. Ik mag er van Jean-Luc nooit over praten. Hij heeft me op die pragmatische manier van hem duidelijk gemaakt dat ik dat achter me moet laten, waar het hoort. Was het maar zo simpel. Ik heb het geprobeerd, echt waar. Maar als ik vast lig te slapen, komen de dromen vanzelf. Dan zie ik mijn moeder, mijn vader. Thuis. En dan word ik wakker met een hevig verlangen naar mijn familie dat een lange schaduw werpt. Ik heb contact met hen gehad: ik heb geschreven zodra we een plek om te wonen vonden en ons gesetteld hadden. Mijn moeder heeft teruggeschreven: een korte, afgemeten brief waarin ze meldde dat papa er nog niet aan toe was me te zien. Hij had nog het een en ander te vergeven.

Ik slenter terug naar de keuken, staar uit het raam en dwing Jean-Luc in gedachten terug te komen. Klaar met de ondervraging, verdenking ongegrond. Maar ik zie alleen een verlaten straat.

Het verre geluid van een automotor jaagt mijn hart op hol. Ik buig zo ver naar voren dat mijn neus bijna het glas raakt en tuur naar buiten. Alsjeblieft God, zorg dat hij het is. De moed zinkt me in de schoenen als ik een bekende blauwe motorkap in het oog krijg: Marge van de overkant. Ik zie haar worstelen met volle boodschappentassen, terwijl haar tweelingzoons elkaar achternazitten rond de auto. Ze werpt een blik mijn kant op. Meteen schiet ik opzij achter de kanten vitrage. Geheimen en leugens. Wat weet je eigenlijk echt over het leven van je buren?

Ik moet er niet aan denken vandaag een bekende tegen te komen. Als ook maar iemand de zwarte auto heeft gezien, zijn alle moeders inmiddels op de hoogte. Ik zie al voor me hoe ze mogelijke scenario's bedenken en steeds opgefokter worden. Nee, ik moet het huis uit en letterlijk afstand nemen. Ik zou boodschappen kunnen gaan doen in een andere plaats, waar ik niemand tegen het lijf zal lopen; een grote, anonieme plek, zoals zo'n megasupermarkt.

Ik pak mijn handtas, haal mijn sleutels van het haakje bij de voordeur en stap in de auto voordat iemand me kan zien. Met open ramen rijd ik over de kustweg naar het noorden. De wind waait door mijn haar. Ik ben dol op hard rijden; het geeft me een gevoel van vrijheid en onafhankelijkheid. Ik kan iedereen zijn die ik wil.

Na een halfuur zie ik een bord van Lucky Store. Ik ga de snelweg af en volg de pijlen tot ik een parkeerterrein vol stationwagens zie. Er staat ook zo'n hamburgertent en een draaimolen. Sam zou het hier geweldig vinden; misschien moeten we er een keer op een zaterdag met hem naartoe. Normaal gesproken mijd ik deze grote supermarkten. Ik ga liever naar lokale winkels, waar ik de groenteman naar zijn sappigste appels, of de slager naar zijn magerste lapje vlees kan vragen. Ze nemen altijd de tijd om de beste producten voor me uit te zoeken, omdat ze mijn smaak waarderen.

Ik voel me niet op mijn gemak in deze megagrote supermarkt met zijn eindeloze rijen opzichtig gepresenteerde voedingswaren. Huisvrouwen in wijde rokken, op stevige hakken en met golvend haar duwen enorme boodschappenkarren tjokvol potten en blikken voor zich uit. Ik word er nostalgisch van en verlang naar huis, naar Parijs.

Kip, zeg ik tegen mezelf, ik ga vanavond citroenkip maken. Dat is Jean-Lucs lievelingsgerecht.

Als ik bij de kassa kom, zien de twee bakjes kipfilet, het pak melk en de vier citroenen er verloren uit op de bodem van de boodschappenkar. Het is gênant, maar ik kon me niet goed concentreren om boodschappen voor de rest van de week te bedenken.

De caissière kijkt me vreemd aan. 'Wilt u hulp met inpakken, mevrouw?'

Is ze nou sarcastisch? Ik schud mijn hoofd. 'Nee, bedankt. Ik red het wel.'

Mijn maag knort nogal hard als ik de bruine papieren tas in de kofferbak zet. Ik heb niet ontbeten. Misschien moet ik een hamburger kopen, maar bij die gedachte alleen al draait mijn maag zich om, dus ik rij naar huis en duim dat Jean-Luc terug is.

Ik zet de auto op de oprit en haast me naar de voordeur. Die zit op slot. Hij is er dus nog niet. Waarom dacht ik dat hij dat wel zou zijn? Hij is vast rechtstreeks naar zijn werk gegaan. Hij maakte zich vast zorgen omdat hij zo laat was.

Het is al drie uur. Over een halfuur moet ik Sam van school halen. Misschien is het beter om vandaag wat later te gaan. Als ik te vroeg ben, moet ik met de andere moeders kletsen. Sam zou best in zijn eentje naar huis kunnen lopen – sommige kinderen doen dat ook – maar ik vind het heerlijk om hem op te halen; het is mijn favoriete moment van de dag. Toen ik als klein meisje in Parijs op school zat, kwamen alle moeders hun kinderen ophalen. Dan hadden ze een baguette gevuld met een rijtje vierkantjes van pure chocolade bij zich. Het voelt als een familietraditie om aan het eind van de dag op hem te wachten. Maar vandaag zal ik voor het eerst vijf minuten te laat zijn. En dus heb ik nog vijfentwintig minuten te doden.

Ik leg de kip in de koelkast en was mijn handen. Vervolgens schrob ik mijn nagels met de oude tandenborstel op de vensterbank. Mijn vaders stem galmt door mijn hoofd. 'Schone nagels zijn een teken dat iemand goed voor zichzelf kan zorgen,' zei hij altijd als hij me betrapte op rouwrandjes. 'Net als schoenen,' voegde hij er vaak aan toe. 'Je kunt iemand beoordelen aan zijn nagels en schoenen.'

'In Amerika niet,' zou ik nu tegen hem zeggen als ik hem zag. 'In Amerika kijken ze naar je haar en je tanden.'

Als ik de tandenborstel terugleg, kijk ik uit het raam en probeer niet al te hoopvol te zijn. De straat is verlaten. Weer knort mijn maag. Ik ben een beetje licht in mijn hoofd. Ik moet eigenlijk iets zoets eten. Ik haal het blik van de bovenste plank, wikkel een koekje in aluminiumfolie voor Sam en breek een andere doormidden voor mezelf. Ik knabbel eraan, bang dat ik er maagkrampen van krijg, maar ik voel me juist beter, dus ik eet de andere helft ook op.

Nog twintig minuten over. Ik loop naar boven, naar onze slaapkamer, en ga voor mijn kaptafel zitten. Ik haal de borstel van echt varkenshaar uit de bovenste la en borstel mijn haar tot het glanst. De spiegel vertelt me dat ik nog steeds aantrekkelijk ben: geen rimpeltjes, geen grijs haar en geen loshangend vel onder mijn kin. Van buiten is alles in orde. Het is mijn hart dat honderd jaar oud voelt.

Ik kom overeind en strijk de quilt glad die gemaakt is door de Amish in Pennsylvania; honderden perfecte zeshoeken met de hand aan elkaar genaaid. Onze eerste vakantie samen. Sam had net leren lopen, maar stond nog niet zo stevig op zijn beentjes en viel af en toe. Ik weet nog dat ik voor hem uit draafde om zijn val te breken.

Nog tien minuten. Ik ga weer naar beneden en drentel door de kamers. Eindelijk doe ik de voordeur open. Het felle zonlicht slaat in mijn gezicht en ik ga weer naar binnen om mijn hoed te pakken. Als ik over het tuinpad loop vraag ik me – niet voor het eerst – af waarom Amerikanen hun tuinen niet afsluiten met een heg of een stenen muurtje. Iedereen kan zo naar je huis toe lopen en door de ramen naar binnen kijken. Heel anders dan Franse tuinen, die altijd omzoomd zijn door hoge muren of dichtbegroeide struiken om ongenode gasten te ontmoedigen.

Jean-Luc houdt juist van die openheid hier. Volgens hem kan wat er in Frankrijk gebeurd is hier nooit gebeuren omdat iedereen open en eerlijk tegen elkaar is; niemand zou zijn buren verraden om zich vervolgens achter de deur te verschuilen als die afgevoerd werden. Ik vind het vervelend als hij dit soort dingen zegt, zijn nieuwe land idealiseert. Ik heb dan toch het gevoel dat hij Frankrijk niet trouw is. Jaren van honger, angst en ontberingen kunnen een goed mens veranderen in een slecht mens.

'Charlie!' Marge staat in haar tuin aan de overkant en haalt me uit mijn gepeins. ‘Waar was je vandaag? We hebben koffiegedronken bij Jenny. We dachten dat je zou komen.’

‘Sorry.’ Mijn hart slaat een slag over en ik bedek mijn mond met de rug van mijn hand om de leugen te verbergen. ‘Ik moest veel inslaan en ben naar Lucky Store geweest.’

‘Wat? Helemaal daarnaartoe? Ik dacht dat je een hekel had aan die grote winkelcentra. Had het gezegd. Dan was ik met je meegegaan.’

‘Sorry dat ik er niet was.’

‘Geen punt. Vrijdag gaan we naar Jo. Luister, ik wil je iets vragen. Zou jij alsjeblieft Jimmy voor me op kunnen halen? Ik moet met Noah naar de dokter. Hij heeft koorts en die krijg ik maar niet omlaag.’

‘Tuurlijk.’ Ik doe een poging tot een glimlach, maar voel me een verrader bij buren die ik al jaren ken.

‘Bedankt, Charlie.’ Ze schenkt me een brede glimlach.

Onderweg naar school denk ik terug aan hoe de buren ons negen jaar geleden, toen we aankwamen in Santa Cruz, meteen het gevoel gaven dat we welkom waren. Binnen een week werden we uitgenodigd, niet alleen voor een borrel, maar voor een barbecue. Ik was geraakt door het feit dat ze allemaal voor de gelegenheid samenkwamen en op luide, vrolijke toon verklaarden hoe heerlijk ze het vonden om een nieuw gezin te leren kennen. Zodra we de tuin in stapten, kreeg Jean-Luc een groot glas bier in zijn handen gedrukt en ik een glas witte wijn. Ze schonken overdreven veel aandacht aan Sam en vonden een schaduwrijke plek onder een boom, waar hij omringd door opzichtig gekleurd speelgoed op zijn babydeken kon zitten. Formele regels leken bij dit alles te ontbreken, althans, voor zover ik kon zien. Iedereen kon doen waar hij of zij zin in had en zodra er een stuk vlees klaar was, zwermden de gasten samen rond de barbecue. Gelukkig kreeg ik een bord aangereikt waar al eten op lag. We konden gaan zitten waar we wilden en sleepten klapstoeltjes mee om ons bij groepjes aan te sluiten.

Het was allemaal zo anders dan in Parijs. De zeldzame keren dat mijn ouders eters kregen, maakten ze altijd een tafelschikking. De gasten wachtten dan stilletjes en geduldig tot de gastvrouw hen een plek aanwees. En ze kregen pas iets te drinken als alle gasten waren gearriveerd. *Maman* klaagde vaak dat deze of gene weer te laat was en hen allemaal een uur liet wachten op hun eerste drankje. Maar goed, in de oorlog waren die etentjes toch afgelopen.

Hier leek geen enkele regel te bestaan. Vrouwen kletsten vrijuit met me en schaterden van het lachen. Mannen plaagden me en zeiden dat mijn accent zo sexy klonk. Ik was ervan gecharmeerd en dat gold nog meer voor Jean-Luc. Hij was vanaf dag één verliefd op Amerika. Áls hij al heimwee had, dan zei hij daar nooit iets over. Alles was voor hem geweldig en verbijsterend: de overvloed aan eten, de vriendelijkheid van de mensen, het gemak waarmee je alles kon kopen. 'Dit is de Amerikaanse Droom,' zei hij steeds. 'We moeten vloeiend Engels leren spreken. Dat is ook makkelijker voor Samuel; dan is het zijn moedertaal en kan hij ons helpen.'

Samuel werd al snel Sam, Jean-Luc werd John en mij noemden ze Charlie. We waren veramerikaniseerd. Volgens Jean-Luc betekende dat dat we geaccepteerd waren en dat we uit erkentelijkheid voor dat gastvrije onthaal beter geen Frans meer konden spreken, omdat we dan de indruk zouden wekken niet te willen integreren. Dus we spraken alleen Engels, zelfs onder elkaar. Uiteraard snapte ik wat hij bedoelde, maar ik vond het vreselijk dat ik voor Sam niet de liedjes kon zingen die mijn moeder vroeger voor mij zong. Het vervreemdde me nog meer van mijn familie, mijn cultuur, en het veranderde onze manier van communiceren, onze manier van leven. Ik hield nog steeds zielsveel van Jean-Luc, maar het voelde anders. Hij fluisterde niet meer *mon coeur, mon ange, mon trésor*. Nu was het *darling, honey* of, erger nog, *baby*.

De rinkelende bel op het verlaten schoolplein onderbreekt mijn gedachten. Kinderen zwermen naar buiten en rennen alle kanten op, op zoek naar hun moeder. Door zijn donkere haar is Sam gemakkelijk te herkennen tussen al die blondere koppies. Zijn olijfkleurige huid en fijne gelaatstrekken wijzen op een andere origine. Een buurvrouw zei ooit dat het zonde was dat een jongen zulke lange wimpers had. Alsof schoonheid een verspilling kon zijn. Wat een vreemde gedachte.

Sam kijkt met dat scheve lachje van hem mijn kant op; hetzelfde lachje dat Jean-Luc heeft. Hij is met zijn negen jaar te oud om zoals vroeger op me af te rennen en maakt eerst even het gesprek met zijn vrienden af voordat hij omzichtig nonchalant naar me toe slentert.

Ik kus hem op beide wangen. Ik weet dat hij zich daarvoor schaamt, maar ik kan het niet laten. Maar goed, een beetje schaamte nu en dan is goed voor je karakter.

'Ga even tegen Jimmy zeggen dat hij met ons mee naar huis gaat,' zeg ik.

'Tof.' Hij schiet weg, maar blijft opeens staan, draait zich om en doet een stap mijn kant op. 'Is papa thuis?'

'Nog niet.'

Zonder nog iets te zeggen gaat hij op zoek naar Jimmy.

Als ze opduiken, haal ik het chocoladekoekje tevoorschijn en breek dat doormidden. Jimmy propt zijn helft meteen in zijn mond.

'Ik heb er thuis nog meer,' zeg ik.

'Joepie!' Jimmy rent vooruit. 'Kom op, Sam!'

Maar Sam blijft naast me lopen.

Jimmy rent stug door en verdwijnt de hoek om. Ik leg mijn hand op Sams schouder. 'Maak je geen zorgen, papa komt zo thuis.'

'Maar wat wilden die mannen?'

'We hebben het er straks wel over, Sam.'

'Boe!' Jimmy springt op ons af.

Mijn hart schiet in mijn keel en ik gil.

Jimmy staat hysterisch te lachen. 'Sorry,' krijgt hij er met moeite uit.

Als mijn hartslag weer gedaald is, doe ik net alsof ik ook moet lachen, waardoor de spanning verdwijnt. Jimmy pakt Sams arm en ze rennen voor me uit.

Thuis zet ik de koektrommel voor de jongens op de keukentafel. 'Pak maar zo veel als je wilt.'

Jimmy kijkt me met grote ogen aan en grijnst van oor tot oor. 'Jeetje, bedankt.'

Het schenkt me enige voldoening om te zien hoe ze genieten van wat ik gemaakt heb.

'Dit zijn de beste tot nu toe, mam.' Kruimels blijven kleven in Sams mondhoeken. Jimmy knikt instemmend, zijn mond zit te vol om iets te kunnen zeggen.

'Zal ik er wat voor je klas maken?' bied ik aan.

'Nee hoor, bedankt. Alleen voor ons.'

Ik wil hem het liefst stevig vastpakken en zeggen dat hij zich nergens zorgen om hoeft te maken. Dat mijn liefde voor hem dieper is dan de diepste zee en eeuwig zal duren. In plaats daarvan begin ik aan het avondeten. Ik rasp de schil van de citroenen, pers ze uit en doe het sap bij de schil. Ik snijd de kipfilets en leg die dan in het sap. Ik gebruik geen recept; zo maakte maman voor de oorlog altijd citroenkip voor de zondagse lunch.

3

Santa Cruz, 24 juni 1953

Jean-Luc

Ze parkeren de auto voor het stadhuis. Jackson zet de motor uit en kijkt naar hem in de achteruitkijkspiegel. Dan stappen de twee mannen uit en wachten tot hij dat ook doet. Maar hij heeft geen haast en komt zelfs in de verleiding om te wachten tot een van hen het portier voor hem opent. Dat zou het allemaal in een ander perspectief plaatsen. Details tellen.

Bradley roffelt abrupt met zijn knokkels op het raampje. Het klinkt zo wrang dat Jean-Luc het nog benauwder krijgt. Maar waarom is hij zo bang? Het slaat nergens op, hij heeft niets verkeerd gedaan. Hij buigt naar voren, trekt het portier open en stapt de ochtendzon in.

Ze lopen zwijgend de trap op en betreden het gebouw door de indrukwekkende dubbele deuren. Het is nog vroeg, dus daarom is er waarschijnlijk nog niemand. Ze gaan een paar trappen af, lopen door een slecht verlichte gang en komen dan in een kamer zonder ramen. Bradley drukt op een schakelaar en een tl-buis zoemt en flikkert voordat hij de ruimte in een felwit licht hult. Een formicatafel en drie plastic stoelen zijn de enige voorwerpen in de kamer.

'Dit kan wel even duren.' Jackson haalt een verkreukeld pakje sigaretten uit zijn borstzakje en tikt ermee op de tafel. 'Ga zitten.' Hij houdt Jackson het open pakje voor. Ze steken een sigaret op en kijken hem aan.

Jean-Luc gaat zitten, slaat zijn armen over elkaar, haalt die dan weer uit elkaar en doet een poging tot glimlachen. Hij wil ze laten weten dat hij met alle liefde meewerkt en hun alles zal vertellen wat ze willen weten.

De mannen blijven met een onbuigzame blik staan. Bradleys vette huid glimt onder de tl-lamp; rode putjes vangen het licht. Hij neemt een flinke trek van zijn sigaret en blaast dan langzaam uit, waardoor er even een dikke mist in het midden van de kamer hangt.

'Hoe komt u aan dat litteken op uw gezicht, meneer Bow-Champs? Het is nogal opvallend.'

Jean-Luc houdt zichzelf voor dat het beter is om in dit soort situaties niet te gaan provoceren. Passief zijn is het best, hij moet niet te defensief overkomen. Niemand tegen zich in het harnas jagen. Rustig blijven. Hij voelt een straaltje zweet over zijn ribben glijden.

'Dat heb ik in de oorlog opgelopen,' mompelt hij.

Bradley kijkt Jackson fronsend aan.

'Waar?' vraagt Jackson.

Jean-Luc aarzelt en vraagt zich af of hij het verhaal kan vertellen dat hij tot nu toe heeft gebruikt, het verhaal waarin hij is geraakt door scherven toen er een bom viel op Parijs. Instinctief weet hij dat hij daar nu niets aan heeft.

Bradley buigt naar voren en kijkt hem recht in de ogen. 'Wat deed u tijdens de oorlog?'

Jean-Luc kijkt hem recht aan. 'Ik werkte in Bobigny – op het treinstation.'

Bradley trekt een dikke wenkbrauw op. 'Drancy?'

Jean-Luc knikt.

'Het doorgangskamp Drancy?'

Hij knikt nogmaals. Hij voelt zich in een hoek gedreven, gedwongen om in te stemmen met de feiten. Maar de feiten vertellen niet het hele verhaal.

'Van waar duizenden Joden naar hun dood in Auschwitz werden gestuurd?'

'Ik werkte alleen aan het spoor.' Hij blijft oogcontact houden, wil niet de eerste zijn die zijn blik afwendt.

'Om te zorgen dat de treinen konden blijven rijden.'

'Ik deed gewoon mijn werk.'

Bradleys gezicht gaat nog meer glimmen en wordt roder. 'Gewoon uw werk? Dat kennen we. U was er toch bij? U hebt eraan meegeholpen.'

'Nee!'

'Drancy was een doorgangskamp, toch? En u hielp ze de Joden naar Auschwitz te vervoeren.'

'Nee! Ik wilde ze tegenhouden! Ik heb zelfs geprobeerd de rails onklaar te maken. Daardoor belandde ik in het ziekenhuis.'

'Echt?' Bradleys toon is ironisch.

'Het is waar. Dat zweer ik.'

4

Parijs, 6 maart 1944

Jean-Luc

Na vier jaar was de bezetting een manier van leven geworden. De een had zich wat beter aangepast dan de ander, maar hij werd nog steeds elke morgen met een beklemmend gevoel wakker. Deze ochtend sleepte hij zichzelf het bed uit om zich te melden op het station Saint-Lazare. Daar gaf zijn baas hem echter niet, zoals gebruikelijk, zijn zak met gereedschap, maar keek hem indringend aan. 'Je moet vandaag in Bobigny werken.'

'Bobigny?'

'Ja.' Zijn baas bleef hem aankijken. Ze wisten allebei wat dat betekende.

'Maar ik dacht dat dat gesloten was.'

'Er komen geen passagierstreinen, maar het is wel open voor andere doeleinden.' Zijn baas zweeg om het tot Jean-Luc door te laten dringen.

'Naast het doorgangskamp Drancy?' Jean-Lucs stem kraakte. Zijn hart sloeg op hol en hij probeerde iets te verzinnen om eronderuit te komen.

'Ja. Het spoor moet onderhouden worden. Er is ons opgedragen zes man te sturen.' Na een korte stilte zei hij: 'Ga niet lopen rotzooien daar. De moffen zijn er nu de baas. Probeer je hand niet te laten zien.'

Jean-Luc werkte al voor de nationale spoorwegmaatschappij, de SNCF, sinds hij zes jaar geleden op zijn vijftiende van school was gegaan. Maar de spoorwegen waren nu, net zoals alles, van de Duitsers. Hij wendde zijn blik af en schoof zijn misvormde hand in zijn zak. Hij dacht er bijna nooit aan; dat hij geboren was met één vinger en een duim aan zijn linkerhand had hem nog nooit ergens van weerhouden.

'Ze houden niet van dat soort dingen.' De blik van zijn baas werd milder. 'Jij werkt net zo goed als ieder ander, béter zelfs, maar de moffen willen het liefst... Nou ja, dat weet je wel. Je wilt niet dat ze je naar zo'n werkkamp sturen.'

Jean-Luc haalde zijn hand uit zijn zak. Hij voelde zich opeens onbehaaglijk en sloeg zijn andere hand eromheen. Omdat zijn vader een goede vriend was van de ploegbaas had hij ondanks zijn handicap zijn eerste baantje gekregen. Hij had extra hard moeten werken om zich te bewijzen, maar zijn collega's en meerderen hadden al snel doorgehad dat de misvorming geen effect had op zijn vaardigheid, dat hij alles stevig tussen de vinger en duim van zijn linkerhand kon vastpakken om er met zijn goede hand aan te werken.

'Moet... ik ernaartoe?' Hij stopte zijn handen weer in zijn zakken.

Zijn baas gaf geen antwoord, maar trok alleen een wenkbrauw op, draaide zich om en liep weg. Jean-Luc kon niet anders dan hem volgen naar de wachtende legertruck buiten. Ze schudden elkaar stevig de hand voordat hij achterin stapte. Daar zaten al vijf andere mannen. Hij knikte naar hen, maar zei niets.

Terwijl ze door de verlaten straten in noordoostelijke richting naar Drancy reden, namen de mannen elkaar met een grimmig gezicht op. Jean-Luc vermoedde dat geen van hen er erg enthousiast over was om zo dicht bij het beruchte kamp te gaan werken. Duizenden Joden, enkele communisten en leden van de Résistance, de verzetsbeweging, waren ernaartoe gestuurd. Niemand wist wat er daarna met hen gebeurde, hoewel er wel geruchten de ronde deden. Geruchten waren er altijd.

Nu en dan passeerden ze andere militaire voertuigen. Jean-Luc zag dat de Franse chauffeur in het voorbijgaan naar hen salueerde. *Un collabo!* Dat zag hij gewoon. Het was een spelletje dat hij graag speelde: raden wie er collaboreerde en wie niet. Vaak was de grens echter vrij vaag. Hij had vrienden die dingen van de zwarte markt haalden. Maar wie runde de zwarte markt? Meestal hadden alleen de moffen en verraders toegang tot bepaalde spullen. Het was een grijs gebied. Zelf nam hij liever alleen spullen aan als hij zeker wist waar die vandaan kwamen – een door een vriend neergeschoten duif of konijn, of groenten van iemand die contacten had op een boerderij.

Een kuil in de weg bracht hem met een schok terug naar het heden. Hij keek om zich heen naar de andere mannen, maar kreeg wezenloze blikken terug. Weg waren de dagen van openhartige, vanzelfsprekende kameraadschap. Weg was het onderlinge geplaag van jonge mannen op weg naar een nieuwe klus. Een akelige stilte was alles wat ervan over was.

Stilte. Op zich was dat ook een soort wapen; het enige dat Jean-Luc tot zijn beschikking had. Hij weigerde te praten met de moffen, zelfs als die vriendelijk oogden en hem beleefd de weg vroegen. Hij negeerde ze gewoon. Wat hij ook deed, was zijn metrokaartje in de vorm van een v vouwen en in een van de tunnels op de grond laten vallen. De v van victorie. Kleine daden van verzet waren het enige wat hem nog restte, maar die veranderden niets. Hij wilde wanhopig graag meer doen.

Toen de moffen de SNCF overnamen, was hij heel duidelijk geweest tegen zijn ouders. 'Ik ga niet werken voor die klootzakken. Ik neem ontslag,' had hij hun al een paar weken na de bezetting verteld.

'Dat moet je niet doen.' Zijn vader had zijn hand stevig op zijn schouder gelegd om aan te geven dat er niet te discussiëren viel over wat hij ging zeggen. 'Ze vinden altijd een manier om je te straffen. Misschien sturen ze je ergens naartoe om te vechten. Nu ben je tenminste in Parijs en zijn we samen. Laten we gewoon wachten om te zien hoe het gaat.'

Papa. Elke keer dat hij aan hem dacht, voelde Jean-Luc een mengeling van schaamte en verlangen. Hij had gedaan wat zijn vader had gevraagd en was blijven werken onder de moffen, maar het zat hem niet lekker en hij nam het zijn vader kwalijk dat hij hem hiertoe gedwongen had. Bovendien was het precies zo gegaan als hij vooraf vermoedde: de aanvankelijke beleefde vriendelijkheid en het professionalisme van de moffen waren langzaam omgeslagen in minachting en superioriteit. Hij was ontzet geweest door de onnozelheid en naïviteit van sommige mensen die veronderstelden dat het misschien allemaal wel zou meevallen.

Toen hadden de moffen, in de zomer van 1942, iets gedaan waardoor niemand nog twijfelde. Ze riepen Franse mannen op voor Service du Travail Obligatoire: dwangarbeid in Duitsland. Papa was een van de eersten geweest. De ene week ontving hij de papieren, de volgende was hij weg. Jean-Luc had de tijd noch de juiste woorden gehad om zich te verontschuldigen voor zijn stuursheid, hem te vertellen dat hij van hem hield en hem respecteerde. Hij was niet opgevoed in de taal die je voor dat soort dingen gebruikte.

Hij wierp een blik uit het raampje en zag twee enorm hoge gebouwen, minstens vijftien verdiepingen hoog. Daarachter lag een groot U-vormig complex.

'*Voilà le camp!*' De chauffeur keek hen aan in zijn achteruitkijkspiegel. 'Best lelijk, hè? Het was bedoeld voor arme mensen, maar omdat het nog niet af was toen de Duitsers kwamen, hebben zij besloten er dit van te maken.' Hij zweeg even. 'Arme sloebers.'

Jean-Luc wist niet zeker of dit al dan niet ironisch bedoeld was. Zijn toon was luchtig, op het spottende af zelfs.

'Er zitten duizenden Joden die wachten op herplaatsing,' vervolgde hij toen hij de hoek om reed en schakelde. 'Het is veel te vol. Afschuwelijk.'

Jean-Luc keek achterom naar het U-vormige complex van vier verdiepingen dat omringd was door prikkeldraad. Bewakers met geweren hielden de wacht op twee uitkijktorens. 'Waar brengen ze hen naartoe?' durfde hij te vragen.

'Naar Duitsland.'

'Duitsland?' Hij probeerde een nonchalante toon aan te slaan.

'Ja. Er is daar meer dan genoeg werk. Je weet wel, herbouw.'

'Herbouw?' Hij leek wel een papegaai. Maar de chauffeur scheen het niet te merken.

'Ja. Je weet wel, oorlogsschade. De Engelsen blijven er maar bombarderen.'

'En de vrouwen en kinderen? Nemen ze die ook mee?'

'*Bien sûr*. Ze hebben mensen nodig om te koken en het huishouden te doen. En het houdt de mannen blijer, denk je niet?'

'En hoe zit het dan met oude mensen?'

De chauffeur keek Jean-Luc indringend aan in zijn achteruitkijkspiegel. 'Je stelt te veel vragen.'

Jean-Luc keek naar zijn collega's en vroeg zich af wat ze dachten, maar die zaten allemaal aandachtig naar hun schoenen te staren. Een paar minuten reden ze in een gespannen stilte verder en toen begon de chauffeur weer te praten. 'De moffen zijn zo slecht nog niet. Ze behandelen je oké, zolang je maar hard werkt en geen blijk geeft van Joodse sympathieën. Ze gaan zelfs met je naar de kroeg. Er is een leuk cafeetje aan de andere kant van de weg waar we vaak een biertje gaan drinken. Ze zijn dol op bier!' Hij zweeg even. 'Toen ik hier twee jaar geleden begon te werken, waren er helemaal geen Duitsers, maar blijkbaar vonden ze ons niet efficiënt genoeg, dus stuurden ze Brunner en zijn mannen hierheen.' Weer een korte stilte. 'Nou, we zijn er. Jullie worden hier ondergebracht.' Hij draaide zich naar achteren en parkeerde voor een van de hoge flatgebouwen.

De mannen achterin keken elkaar met een van angst vertrokken gezicht aan. Hoelang zouden ze hier blijven? Jean-Luc wist dat zijn moeder zou denken dat hij gearresteerd was of naar een werkkamp gebracht. Hij moest haar iets laten weten, want ze zou doodongerust zijn. Sinds zijn vader naar Duitsland was gestuurd, waren ze nogal hecht geworden. Ze was volkomen afhankelijk van hem, zowel in financieel als in emotioneel opzicht. Dat gaf hem het gevoel dat hij haar moest beschermen, waardoor hij sneller volwassen was geworden.

De bewaker die hen opwachtte, gooide hen kleine rugzakjes toe zodra ze uit de truck sprongen en leidde het groepje vervolgens naar de lift binnen. Die bracht hen naar hun kamers op de vijftiende verdieping, de bovenste. Een blik uit het raam maakte duidelijk dat ze niet aan de kant van het kamp zaten. Jean-Luc staarde naar de grijze lucht en vervolgens naar de piepkleine weggetjes beneden. Spoorbanen weefden zich een weg naar en van de stad. Er was echter geen trein te bekennen.

Hij was zijn kleine tas aan het uitpakken – er zaten een pyjama en een tandenborstel in – toen er een mof binnenkwam. '*Willkommen*. Welkom in Drancy.' Jean-Luc liet de tas op het bed vallen en draaide zich naar hem toe. Het bleke gezicht van de soldaat glom ongezond en ook zijn dunne lippen ontbeerden elke kleur. Hij was jong, waarschijnlijk niet ouder dan twintig. Jean-Luc vroeg zich af hoe ze het in hun hoofd haalden zo'n jochie naar Drancy te sturen. Toch lachte hij niet naar de soldaat en sprak hij hem ook niet aan. Hij volgde hem alleen de kamer uit naar de wachtende lift.

Buiten stond dezelfde chauffeur hen in dezelfde legertruck op te wachten. '*Salut, les gars!*' Hij zei het alsof ze oude vrienden waren. Jean-Luc verachtte hem daarvoor.

Dit keer reden ze voor het kamp langs. Jean-Luc strekte zijn nek en vroeg zich af hoe het er binnen aan toe zou gaan. Hij had verhalen gehoord over de ondervragingen en de deportaties. De chauffeur stopte de auto voor een klein station, draaide zich om en gooide blauwe overalls naar hen toe. 'Hier – trek die aan. Anders verwarren ze je nog met de gevangenen!'

Terwijl ze door het station liepen, vroeg Jean-Luc zich af waarom het zo stil was en waar alle treinen waren. Zijn ogen zochten het hele perron af. Een bruin voorwerp trok zijn aandacht. Hij deed er een paar stappen naartoe. Het was een teddybeer die eruitzag alsof een kind hem als kussen had gebruikt. Een stukje verderop zag hij een opengeslagen boek liggen. De bladzijden wapperden in de ochtendbries.

'*Schnell!*' Een hand gaf hem een zet in zijn rug. Jean-Luc liep half struikelend verder, achter de andere mannen aan die het huis van de stationschef in liepen. Binnen was het stil, je hoorde alleen het getik van schrijfmachines waarop vrouwen in uniform met een rechte rug driftig zaten te typen.

'Naam?' blafte de mof achter de balie naar hem.

'Jean-Luc Beauchamps.'

Hij schreef het op en keek Jean-Luc toen iets te lang aan. Jean-Luc wendde zijn ogen af; hij geneerde zich voor het feit dat hij hier voor een mof stond om zich te melden voor het werk.

'Hard werken. Niet praten.' De mof bleef hem aanstaren.

Jean-Luc knikte dat hij het begreep.

'Ga rails controleren. Is slecht – slecht werk. Gereedschap in een hok op perron.'

Jean-Luc haalde een schouder op en draaide zich zonder iets te zeggen om.

5

Parijs, 24 maart 1944

Jean-Luc

Dagen werden weken en er ontstond een sleur. De werkdag begon om acht uur, om twaalf uur hadden ze een halfuur lunchpauze en om zes uur, als het donker werd, waren ze klaar. Het was zijn taak om het spoor te controleren, ervoor te zorgen dat de dwarsliggers niet al te versleten waren, dat de lasplaten die de rails samenvoegden op hun plek lagen en dat alle bouten stevig vastgedraaid waren. Vervolgens controleerde een collega of hij zijn werk naar behoren had gedaan. Indien hij iets over het hoofd had gezien, werd een deel van zijn karige loon ingehouden en moest hij een uur extra werken bij het licht van een zaklamp. Op zondag had hij echter vrij en elke zaterdagavond nam hij de metro vanaf Le Bourget, het passagiersstation in Drancy, naar Parijs om zijn moeder te bezoeken.

’s Avonds was hij kapot, veel te moe om iets te gaan drinken in het café tegenover het kamp, zelfs als hij daar wel zin in had. Maar dat had hij niet. Wie wilde er nou omgaan met moffen? Dus hij bleef op zichzelf en las op zijn kamer bij het licht van de kleine tafellamp. De andere mannen waren het grootste deel van de tijd ook op zichzelf. Maar soms dreef de behoefte aan menselijk contact hen samen en kwamen ze bijeen in een van de slaapkamers. Onvermijdelijk kwam het gesprek dan op het station.

‘Waarom zien we nooit een trein?’ Marcel nam een trekje van zijn sigarettenstompje.

‘Ze vertrekken voor het licht wordt.’ Jean-Luc keek rond in de Spartaanse slaapkamer. Kale grijze muren staarden terug. De ogen van de mannen waren gericht op de betonnen vloer. Hij begreep hun wens om niet deel te nemen aan dit gesprek. Iedereen kon een verrader zijn, hier neergezet om de anderen in de gaten te houden.

‘Ja, maar waarom?’ Marcel gaf zijn sigaret eindelijk op en liet het piepkleine stompje tussen zijn vingers op de koude vloer glijden.

'Omdat ze niet willen dat wij ze zien.' Jean-Luc haalde een Gitane uit een verkreukeld pakje en gaf die aan Marcel. Hij had bijna te doen met de man die probeerde te begrijpen wat er recht onder zijn neus gebeurde. 'Ze deporteren de gevangenen,' ging hij verder. 'Honderden, waarschijnlijk duizenden.'

'*Merci.*' Marcel nam de sigaret snel aan en knikte om te bedanken.

Jean-Luc voelde de ogen van de andere mannen branden. Niemand gaf zomaar kostbare sigaretten weg. Jean-Luc rookte zelf niet, maar had altijd een pakje bij zich voor dit soort momenten. Het brak de spanning. Hij bood de anderen ook een sigaret aan.

'Maar waarom doen ze er zo geheimzinnig over?' Marcel gaf het niet op. Hij keek naar zijn sigaret alsof hij zijn geluk niet op kon. 'We weten toch allemaal wat ze doen.'

Jean-Luc keek naar de gezichten van de mannen. Die waren kalm. Naief. Zwijgzaam. Hij haalde diep adem en besloot het erop te wagen. 'Waarom denk je dat ze niet willen dat wij het zien?'

De stilte in de kamer werd gespannen en gaf hem een gevoel van machteloosheid. Hij legde een hand op Marcels schouder en boog naar voren, zodat zijn mond bij Marcels oor was. 'Omdat we anders misschien vragen gaan stellen. Als we écht zouden weten wat er gaande was, zouden we kwaad worden.'

'Kwaad?' schreeuwde Frédéric. '*Putain!* We zijn al kwaad. Ze hebben verdomme ons land ingenomen! Kwaad is nog zacht uitgedrukt.' Zijn ogen schoten woest door de slaapkamer, van de ene naar de andere man. Maar niemand keek hem aan. Ze verschoven op hun plek. Iemand hoestte. Iemand anders blies sigarettenrook in het midden van de kamer. De stilte werd drukkend.

'Is dat zo?' Jean-Luc sprak langzaam en zacht. 'Zijn we echt kwaad? Wat hebben we dan gedaan om dat te laten zien?' Hij besefte dat het gesprek een gevaarlijke kant op ging. Maar het leek wel of hij zich niet meer kon inhouden. 'We werken verdomme voor ze!' Hij zag dat Philippe met wezenloze ogen tegen de muur leunde en zweeg.

'Dat is niet onze schuld. We hadden geen leger om tegen ze te vechten,' zei Jacques zacht in de hoek van de kamer. 'Geen fatsoenlijk leger, en nu hebben we helemaal geen leger meer.'

'Nou, we hebben De Gaulle in Londen,' zei Frédéric spottend.

'Nou, daar hebben we wat aan,' antwoordde Jacques.

'Maar waar brengen ze hen naartoe?' Marcel keek om zich heen.

De mannen staarden weer naar de vloer.

'Ergens ver weg.' Jean-Lucs stem kreeg een surrealistische toon, alsof hij iets denkbeeldigs vertelde. 'Ergens ver weg van de beschaving.'

'Precies!' Frédéric spuugde de woorden eruit. 'En op de grens verruilen ze de Franse chauffeur voor een mof. Ze willen niet dat wij weten waar ze hen heen brengen. Dat willen ze niet, omdat...' Hij aarzelde.

'Omdat?' Marcel keek hem aan.

'Dat weet ik niet.' Frédéric wendde zijn blik af.

'Wat denk jij?' Marcel keek Jean-Luc aan.

'Ik ben moe, dat denk ik. Ik ga naar bed.' Jean-Luc wilde een eind aan het gesprek maken voordat een van hen onder woorden bracht wat ze allemaal dachten. Daar kon je voor opgepakt worden.

'Maar het zijn verdomme vééwagons!' zei Frédéric. 'En dan heb je nog al die persoonlijke eigendommen die we op het perron vinden nadat de trein is vertrokken. Ik durf te wedden dat de moffen ze wat spulletjes mee laten nemen, zodat ze denken dat ze ergens anders gaan wonen. Maar...'

Er viel een gespannen stilte toen ze zich het lot van de gevangenen voor de geest haalden.

'Putain! Ze vermoorden ze.' Frédéric sloeg zijn hand tegen de muur. 'Ik weet het zeker.'

Jean-Luc keek naar Philippe, maar die stond nog steeds wezenloos voor zich uit te staren. Hij wendde zich weer tot Frédéric in het besef dat er een eind moest komen aan dit gesprek. Zo praten was voor hen allemaal riskant. 'Dat weten we niet. We weten niets. Niet zeker.'

6

Parijs, 25 maart 1944

Jean-Luc

Op zaterdag kon hij weg van het kamp. Zodra de werkdag erop zat, stapte hij op de halte Le Bourget in de metro naar Parijs. Het liefst ging hij daar weer uit op de halte Blanche om even naar de Moulin Rouge te kijken voordat hij naar de Rue Lepic liep, waar hij woonde met zijn moeder.

Maar die avond kon hij de confrontatie met de afwezigheid van zijn vader niet aan. Nog niet. Dus hij ging naar het café op de hoek om een pastis te drinken.

'Salut, Jean-Luc.' Thierry schonk de sterke, naar anijs geurende drank in een glas en zette er een karafje water naast. Jean-Luc deed een scheutje water bij zijn pastis en keek hoe het drankje wolkerig geel werd. Thierry zette zijn ellebogen op de bar en draaide met zijn handen zijn nek rond alsof die stijf was. '*Quoi de neuf?*'

'Of er iets gebeurd is?' Jean-Luc fronste. 'Niet dat ik weet.'

Thierry boog zich naar hem toe. 'Nog nieuws over je vader?'

'Twee maanden geleden kregen we een brief waarin hij vroeg om warme sokken en eten. Hij schreef dat het goed ging, dat hij alleen dunner en ouder was geworden.'

'Het is afschuwelijk dat ze die mannen zo meenemen. Gelukkig was ik te oud voor ze, en jij… nou ja, jij hebt de mazzel dat ze spoorwegarbeiders nodig hadden. Maar hoe moeten we hier de boel draaiende houden? Er is niemand meer om het land te bewerken.'

'Ik weet het. Ik weet het.' Hij had dit gesprek al zo vaak gevoerd.

'Service du Travail Obligatoire, mijn reet. Het is dwangarbeid voor de moffen.'

'Natuurlijk. Maar we weten tenminste dat hij in Duitsland is.' Jean-Luc sloeg zijn drankje achterover.

Hij had zijn best gedaan om zijn vaders lege plek op te vullen, maar de kleine etage die hij deelde met zijn moeder voelde meer dan halfleeg, alsof zijn vader vervangen was door een gapend gat waardoor er een ijskoude wind door de kamers blies. Elke zondag ging hij met zijn moeder naar de mis in de Sacré-Coeur en staken ze een kaarsje aan voor papa. Jean-Luc mocht zich graag verbeelden dat het vlammetje zijn vader moed schonk, waar hij dan ook was. Hij dacht vaak aan zijn vader, maar hij werd er altijd chagrijnig en melancholiek van. Papa was zo'n sterke, onafhankelijke man; de gedachte dat hij zich moest onderwerpen aan de moffen en hun hardhandigheid deed hem pijn. Dat verdiende hij niet.

Thierry dempte zijn stem. 'Geen zorgen. Hij komt vast terug. Heb je het gehoord van de Amerikanen?'

'Wat?'

Hij boog zich nog dichter naar hem toe en fluisterde, ook al was er verder niemand in het café. 'Ze gaan landen in Frankrijk. Echt! Ze brengen hun troepen in gereedheid en komen dan hier aan land om de nazi's te verjagen.'

Jean-Luc staarde hem aan: hoe kwam hij daarbij? 'Tja, laten we hopen dat het waar is.' Hij dronk zijn glas in één teug leeg.

'Nog eentje?' Thierry had de dop al van de fles gehaald. 'En dan kunnen al die arme gezinnen die ze weg hebben gestuurd terugkomen – je vader ook.'

'Laten we het hopen.' Jean-Luc walste de pastis rond in zijn glas.

'Misschien komen de Cohens dan ook weer terug. Hun zoontje, Alexandre, was een kleine deugniet. Ik zou hem graag weer zien.'

Op dat moment kwamen twee moffen het café in. Jean-Luc liep naar buiten en liet zijn half opgedronken pastis staan. Hij werd overspoeld door een golf van eenzaamheid. Opeens miste hij zijn ex-vriendin heel erg. Ze hadden bijna een jaar verkering gehad en hij was zelfs van plan geweest haar ten huwelijk te vragen. Hij vond het leuk dat ze ondanks de oorlog volop van het leven genoot. Ze hield van dansen en was op de een of andere manier altijd op de hoogte van het volgende *bal clandestin*. Hij hield ook van die geheime dansfeestjes; het voelde als een kleine overwinning op de moffen. Ze had gezegd dat hij zich geen zorgen moest maken toen zijn vader wegging, dat Duitsland vlakbij was en dat ze daar arbeidskrachten nodig hadden, dus dat ze goed voor hem zouden zorgen. Hij had zich gelaafd aan haar woorden, zichzelf toegestaan die te geloven, maar naarmate de tijd vorderde begon hij eraan te twijfelen. Hij twijfelde of hij papa ooit nog zou zien. Vervolgens was hij moedeloos geworden en had zich teruggetrokken. Hoe kon hij nou genieten in de wetenschap dat zijn vader het waarschijnlijk koud had en verhongerde in een vreemd land? Dat kreeg hij echt niet over zijn hart.

Toen hij haar smeekbedes om te gaan dansen af begon te wijzen, ging ze er met anderen heen. Hij had moeten weten dat het slechts een kwestie van tijd was voordat ze een ander ontmoette, maar hij had zich getroost met de gedachte dat er amper geschikte mannen over waren. Hij hoopte maar dat ze het niet had aangelegd met een smerige verrader of, erger nog, een mof. Ze wilde niet zeggen wie hij was, maar zo stom zou ze vast niet zijn. Horizontale collaboratie, noemden mensen het minachtend, alsof zij moreel superieur waren. We maken ons er allemaal in een bepaalde mate schuldig aan, dacht Jean-Luc. Dat wat hij zelf deed, zou hij overlevingscollaboratie noemen. Je had de plicht om te overleven voor alle anderen die dat niet konden.

De pastis had zijn eetlust opgewekt en hij verheugde zich op het avondeten. Maman spaarde altijd haar wekelijkse rantsoenen om voor hem een fatsoenlijke maaltijd met groenten te maken en, als ze geluk hadden, een beetje duif. Op zondag gingen ze na de mis altijd lunchen bij een van de buren of bij hen thuis. Iedereen nam iets mee: groenten uit de moestuin, of groenten die ze het jaar ervoor hadden ingelegd. Soms arriveerde er iemand in een wolk van opwinding met vlees in een papieren tas: iets wat een vriend of hij of zij zelf had gevangen. Het onthullen van het vlees was iets heiligs en er viel dan altijd een verwachtingsvolle stilte. Voedsel dat je deelde leek altijd lekkerder.

Maar nu waren die lunches een soort beproeving voor hem geworden. Hij merkte dat hij niets te zeggen had en het bekrompen geroddel van de buren stuitte hem tegen de borst. Ze leken zich drukker te maken over wie erin geslaagd was boter te bemachtigen op de zwarte markt of een konijn had gestrikt dan wie er was vermoord. Hun gekwebbel had geen enkele waarde en als ze dan wél het onderwerp razzia's aansneden, leidde het nooit ergens toe. Hij had het gevoel dat hij in zichzelf verdween, alsof hij niet meer wist wie hij was of wie hij hoorde te zijn.

Deze zondag waren ze bij de Franklins. De broer van monsieur Franklin was gaan jagen op het platteland en had twee konijnen meegenomen. Het stoofvlees ging erin als koek en nu ze voor de verandering eens vlees in hun maag hadden, werd het gesprek een stuk levendiger.

Zijn moeder begon ermee. 'Denken jullie dat er nog wijn over is als deze verdomde oorlog voorbij is?'

Monsieur Franklin was er als de kippen bij. 'Je weet toch dat wij wat verstopt hebben, Marie-Claire.'

'Daar weet ik niets van.'

'Ha! Heel goed. Ik ook niet. Maar als deze verdomde oorlog voorbij is, gaan jij en ik het pakken, hè?'

'Daar drink ik op.' Zijn moeder hief haar glas water.

'En, Jean-Luc, hoe gaat het met je nieuwe baan?' Monsieur Franklin verplaatste zijn aandacht van de moeder naar de zoon.

Jean-Luc voelde dat zijn hart sneller ging kloppen; dat gebeurde altijd als zijn werk ter sprake kwam. 'Een beetje té dicht bij de moffen naar mijn smaak.'

'*Mais oui*, je zit er middenin, toch?'

'Wat gebeurt daar nou echt?' Madame Franklin viel hen in de rede.

Jean-Luc keek haar even aan en nam haar dunne lippen en vogelachtige ogen in zich op. Er ontging haar nooit iets en hij wist dat alles wat hij zei de volgende dag herhaald zou worden in de wachtrij voor het eten.

'Dat weet ik niet.' Hij keek uit het raam om zijn moeders onderzoekende blik te mijden.

'Kom nou toch, jongen. Je moet toch íéts weten. Wat doen ze met al die gevangenen? Waar brengen ze die heen?' Monsieur Franklin keek Jean-Luc met samengeknepen ogen aan.

'Ik heb niets gezien. Ik zie nooit een trein, of gevangenen...'

'Ik heb gehoord dat het veewagons zijn, geen gewone passagierstreinen,' onderbrak madame Franklin hem. 'En dat de gevangenen op stro moeten liggen, als dieren.' Zij leek altijd meer te weten dan wie dan ook.

'Ik heb ook zoiets gehoord,' voegde madame Cavalier eraan toe. 'En ook dat er geen toiletten zijn. Ze moeten in een emmer plassen.'

'Wat smerig! Hoe weet je dat?' Zijn moeder deed voor het eerst haar mond open. 'Dat is vast overdreven.'

Madame Cavalier haalde haar schouders op. 'Je hebt gezien waartoe ze in staat zijn. Ik zie het ze wel doen. Ze hebben er duizenden opgepakt, toch?'

'Daarom moeten ze hen ook met duizenden tegelijk transporteren.' Monsieur Franklin fronste en draaide zich naar Jean-Luc. 'Misschien kun je erachter komen wat ze met hen doen.'

Jean-Luc staarde hem aan. 'Wat?'

'Nou, jij zit er middenin. Kun je niet uitvinden wat daar gebeurt?'

'Ik heb u al verteld dat ik nooit treinen zie vertrekken. Dat gebeurt voordat ik aan het werk ga.'

'Kun je niet vroeger beginnen?'

'Nee!' Hij zweeg even om zichzelf te kalmeren en probeerde een neutrale toon aan te slaan. 'We worden om half acht 's morgens met een legertruck naar het station gebracht.'

'Maar je woont vlak bij het station, toch? Kun je er niet naartoe lopen om een kijkje te nemen?'

Jean-Luc fronste. 'Dat zou gevaarlijk zijn. Ze houden ons continu in de gaten.' Hij keek op en zag de teleurstelling op hun gezicht. Daardoor voelde hij zich een lafaard. 'Misschien... Als ik nou heel vroeg opsta en naar buiten glip, kan ik misschien een van de treinen zien vertrekken.'

Zijn moeder sloeg ontzet haar hand voor haar mond.

'Goed zo!' Monsieur Franklin grinnikte. 'Je zou een foto kunnen maken. Ik heb een fototoestel.'

Een foto? Wat had hij nou aan een foto? Hij ging zijn leven toch niet op het spel zetten voor een verdomde foto? Er moest een andere manier zijn.

Toen ze weer thuis waren, kookte zijn moeder een of ander walgelijk drankje van cichorei en eikeltjes. Hij nam de beker van haar aan en deed net of hij dronk. 'Ik heb nagedacht, maman.'

'O jee,' zei ze lachend. 'Alweer?'

'Nee, serieus. Ik moet meer doen dan alleen een foto maken.'

'Wat bedoel je, jongen?'

'Ik moet iets doen.' Hij kneep zijn ogen samen. 'Iets fundamenteels.'

Ze boog naar voren en fluisterde: 'Wat dacht je van het verzet?'

'Maar ik ken niemand die daarbij zit.'

'Nee, ik ook niet.' Ze legde haar hand op haar voorhoofd. 'We gaan blijkbaar met de verkeerde mensen om.'

Hij trok een wenkbrauw op. 'Het is niet iets wat je gewoon aan iemand kunt vragen, toch? "Zit je bij het verzet? Want ik wil er ook bij." Volgens mij moet je benaderd worden.'

'Heeft er nooit iemand jou benaderd?'

'Nee, maman. En u?'

Ze schudde haar hoofd. 'Maar als dat wel zo was, zou ik geen seconde geaarzeld hebben. Maar goed, wat hebben ze nou aan een oude vrouw?'

Ze had gelijk. Oude vrouwen hoorden niet te vechten, dat deden alleen jonge mannen als hij. Hij wilde wel degelijk vechten; hij wilde de treinen tegenhouden die de gevangenen naar God mocht weten waar brachten. Maar hij had zijn vader nou eenmaal die belofte gedaan voordat hij vertrok.

Papa had hem apart genomen toen zijn moeder ergens in de rij stond voor brood. 'Je moet me één ding beloven, jongen.'

'Natuurlijk.'

'Beloof me dat je voor je moeder zult zorgen als ik weg ben.'

Jean-Luc had zijn vader zonder met zijn ogen te knipperen aangekeken. 'Dat beloof ik.'

'Nu ik weet dat jullie tweeën hier veilig zijn, kan ik met een gerust hart vertrekken. Dan heb ik iets om voor terug te komen.' Papa had hem bij zijn nek vastgepakt en zijn gezicht naar hem toe getrokken. Jean-Luc had zijn armen om zijn vader geslagen en ze hadden elkaar even stevig vastgehouden. Toen had papa zich losgemaakt en met de rug van zijn hand zijn tranen weggeveegd.

Papa. Hij drentelde naar zijn slaapkamer en keek naar de boekenplanken aan de muur die zijn vader had gezaagd, geschuurd en opgehangen. De boeken waren gerangschikt op onderwerp – avonturenverhalen en fantasy – en vervolgens van groot naar klein, allemaal kaarsrecht. Kon hij zijn leven maar net zo ordenen als zijn boeken.

7

Parijs, 30 maart 1944

Jean-Luc

'Eh, les gars. Hoe gaat het ermee?' De chauffeur wierp een blik op de mannen in zijn achteruitkijkspiegel.

Jacques haalde een schouder op, Frédéric gromde. De anderen zwegen en keken naar hun voeten, terwijl de legertruck door de schemerige, verlaten straten naar het station van Bobigny snelde.

'Vergeet niet dat wij het getroffen hebben,' ging de chauffeur verder. 'Beter hier dan in een of ander werkkamp in Duitsland.'

Jean-Luc keek terug in de spiegel. Waarom liet hij hen niet met rust? Putain de collabo!

'We zijn gewoon moe,' mompelde Philippe, terwijl hij in zijn ogen wreef.

'Moe? Maar de dag is nog niet eens begonnen!' De chauffeur schakelde en veroorzaakte een tenenkrommend gierend geluid. Jean-Luc huiverde, alsof hij te doen had met de versnellingsbak.

De chauffeur zuchtte. 'Vandaag wordt het misschien nog wel vermoeiender.' Hij liet die opmerking in de lucht hangen alsof hij wachtte tot iemand zou vragen waarom.

Maar niemand gunde hem dat plezier.

'De trein is vanmorgen te laat vertrokken.' Hij ving Jean-Lucs blik. 'Jazeker. Er waren problemen met het instappen van de passagiers. Er waren er een paar die besloten dat liever niet te doen.' Hij haalde zijn ogen van de spiegel en schakelde weer toen hij de hoek om reed. Dit keer verliep dat gladjes. Er viel een verwachtingsvolle stilte. Ze waren nieuwsgierig, maar niemand wilde deelnemen aan het gesprek.

'Dus,' begon hij weer, 'het is nog een rotzooi op het perron.' Hij stopte op zijn gebruikelijke plek. 'Enfin, les gars. Tijd om uit te stappen.'

De zes mannen schuifelden met afhangende schouders de truck uit als verslagen troepen die werden weggevoerd door de overwinnaars. Toen ze het perron op liepen, blies een windvlaag iets bleeks hun kant op en vervolgens omhoog in Jean-Lucs gezicht. Hij hoorde Marcels jongensachtige lach. Hoe kon hij nou lachen in een tijd als deze?

Toen stopte het gelach. Jean-Luc trok het voorwerp van zijn gezicht en stak het voor zich uit. Het was een dunne nachtpon. Hoe was die hier terechtgekomen, zwevend over het perron als een geest? Zijn blik dwaalde naar het perron zelf. Hij zag een rode pump waar de hak vanaf was gebroken. Een chique paarse hoed. Twee zwarte bolhoeden. Een wandelstok. Een kapotte bril. Een porseleinen pop met een geknakt been. Een knuffelaap waarvan de roze vulling uit de hals piepte.

Zijn maag kromp samen en hij voelde maagzuur opkomen. Hij keek naar de andere vijf mannen om hun reactie te peilen. Philippe slaakte een zucht en liep toen het huis van de stationschef in om zich te melden. Frédérics gezicht trok wit weg en hij sloot zijn ogen. De anderen schuifelden met neergeslagen ogen heen en weer. Jean-Luc wilde dat ze iets zeiden. De wereld was krankzinnig geworden.

Hij keek weer naar het perron en liet zijn blik over de grond dwalen. Een groter voorwerp aan het eind van het perron trok zijn aandacht. Instinctief wist hij wat het was – te groot voor een knuffeldier of een pop, maar wel dezelfde vorm. Hij maakte zichzelf wijs dat dat onmogelijk was. Het was vast een grote teddybeer. Ja, een heel grote teddybeer. Wezenloos keek hij naar het tafereel alsof het een vastgelopen film was. Toen die weer begon te draaien, was er echter geen twijfel meer mogelijk.

'Naar binnen!' schreeuwde de bewaker.

Verdwaasd liep Jean-Luc het huis van de stationschef in. Iemand duwde een homp brood en een mok surrogaatkoffie in zijn handen. Hij liet ze vallen. De mok viel aan diggelen en de hete vloeistof spetterde in het rond. Hij keek naar de geschrokken gezichten en wachtte op – vreesde – wat komen ging.

Hij voelde een wapenstok op zijn schouder landen, maar deed geen poging zichzelf te beschermen.

'*Achtung!* Naar buiten!' schreeuwde iemand in zijn oor. '*Raus!* Ruim het perron op.'

Hij tuimelde het perron op en begon dingen op te rapen: twee kapotte brillen, de pump, de hoed. Hij kwam dichter bij het eind van het perron en merkte dat hij werd aangetrokken door wat hij eerder had gezien. Hij keek op en liet zijn blik over de grond dwalen. Hij zag het niet meer. Zou hij het zich ingebeeld hebben? Dat moest wel. Toen zag hij een groepje mannen iets over de grond naar een container slepen. Hij deed er een paar stappen naartoe en vroeg zich af of het een zak vol kleren of afval was. Maar in zijn hart wist hij beter. Hij zag hoe ze het optilden en in de container gooiden.

Die zaterdagavond kwam hij thuis in een staat van verlamde wanhoop. Hij zei zijn moeder amper gedag en liep regelrecht naar de slaapkamer die al sinds zijn geboorte van hem was. Zittend op het bed staarde hij naar de boekenplanken. *Les Trois Mousquetaires* keek spottend op hem neer. Als jonge jongen had hij erover gefantaseerd groot en sterk te worden, net als een van de drie musketiers brutaal en vol bravoure – iemand op wie zijn vader trots kon zijn. Niet de sukkel die hij zich nu voelde.

De deur ging krakend open en zijn moeder kwam stilletjes binnen. 'Wat is er, jongen?'

Hij keek naar haar, naar de lijntjes rond haar mond, de donkere wallen onder haar ogen. En hij wist dat hij het haar niet zou kunnen vertellen.

'Ik trek het niet meer.' Hij zweeg. 'Ik wil er geen deel meer van uitmaken.'

'Ik weet dat het zwaar is. Deze verdomde oorlog is voor iedereen zwaar.'

'U weet niet alles, maman. U hebt geen idee.'

Ze liet zich naast hem op het bed zakken en legde een hand op zijn schouder. 'Wat weet ik niet?'

Hij schudde zijn hoofd alsof hij de kennis eruit kon schudden.

'Ik wil weten wat je dwarszit, jongen.'

Hij keek in haar ogen, die glommen van bezorgdheid. 'Nee, dat wilt u niet. Niet echt.'

'Dat maak ik zelf wel uit. Ik ben een taaie tante, hoor.'

'Niemand is zo taai, maman.'

'Kom op.' Ze kneep in zijn linkerhand. 'Je hebt altijd met me gepraat. Daar moet je nu niet opeens mee ophouden. We hebben elkaar meer dan ooit nodig en ik zie dat je iets dwarszit.'

'Ze vermoorden ze.' Hij flapte het eruit. 'Ik heb ze gezien, op het perron. Lijken. Een baby. Er lag een dode baby op het perron.'

Hij voelde zijn moeder verstijven. Ze haalde haar hand weg en klemde die zo hard om haar andere hand dat de knokkels wit werden. 'Een baby? Weet je dat zeker? We weten dat ze volwassenen neerschieten, mensen van het verzet, Joodse immigranten, maar...'

'Ik heb het zelf gezien, maman, hij lag op het perron en de trein was al vertrokken. Even later was hij weg.'

'Misschien heb je het je verbeeld. Je staat onder grote druk nu je voor de moffen werkt. Dat is niet gek. Je moet goed uitrusten.' Ze wilde weer een hand op zijn schouder leggen, maar hij bukte en begroef zijn gezicht in zijn handen.

'Ik wist dat niemand me zou geloven.'

'Dat is het niet. Ik geloof best dat je denkt dat je een baby hebt gezien, maar weet je echt zeker dat hij daar lag? Waarom zouden ze in godsnaam een baby vermoorden?'

Hij haalde zijn handen van zijn gezicht en keek haar aan. 'Waarom denkt u? Waar denkt u dat dit allemaal om gaat? Het oppakken van álle Joden, ze zogenaamd voor "herhuisvesting" transporteren. Wat denkt u dat ze echt met ze doen?'

'Ze sturen ze naar werkkampen.'

'O ja? Oude vrouwen? Oude mannen? Baby's?' Hij zweeg even. 'Ze hebben alleen papa naar een werkkamp gestuurd, toch? U niet. Zelfs mij niet. Ze wilden dat ik hier bleef, om te werken aan de spoorwegen, en ze wilden u niet omdat u niet sterk genoeg bent. Waarom pakken ze dan wel alle Joden op? Zelfs de oude en zwakken? Daar hebben ze toch niets aan?'

Zijn moeder schudde haar hoofd.

'Denk na, maman.'

'Nee, jongen. Je gaat te ver. Je moet ophouden zo te denken. Daar schiet je niets mee op.'

'O nee?' Hij sprong van het bed. De frustratie vloog hem naar de keel en verstikte hem. 'Waarom ziet u niet wat er gaande is?' Hij trok de boeken van de plank en smeet ze een voor een op de grond. Het kon hem nu niet meer schelen wat er zou gebeuren. Hij wist alleen dat hij iets moest doen.

8

Parijs, 3 april 1944

Jean-Luc

'Salut, les gars.' De chauffeur knikte naar hen toen ze achter in de truck stapten.

Zoals gebruikelijk negeerden de mannen hem. Onder normale omstandigheden zou Jean-Luc iemand naar zijn naam gevraagd hebben als hij die elke dag zag. Maar over deze man wilde hij niets weten. Hij staarde door het raampje. Het was zo'n typische vroege voorjaarsdag. De zon kwam op en scheen fel aan een wolkeloze hemel, maar was nog te zwak om de lucht te verwarmen. Zijn knieën trilden van ongedurigheid. Hij legde zijn hand in zijn nek en draaide zijn hoofd in een sneue poging zichzelf te kalmeren. Hij moest iets doen. Dat had hij zichzelf beloofd. En nu begon zich langzaam een idee te vormen in zijn hoofd. Het was niet meer dan een idee en hij wist niet of hij dat zou kunnen uitvoeren, maar hij begon voor zich te zien dat hij dat wel deed.

Stel dat hij erin slaagde een trein te laten ontsporen? Hij zou alleen de bouten van de lasplaten los moeten draaien om vervolgens met een koevoet de rails te ontwrichten. Misschien was het niet eens zo moeilijk. Maar dat zou hij niet in zijn eentje kunnen doen; hij moest Frédéric erbij betrekken om te zorgen dat die aan het eind van de dag zijn werk goedkeurde. Hij wist dat Frédéric wel mee zou moeten werken als hij hem voor een voldongen feit plaatste. Hij was niet zo'n type dat een vriend verraadde. Of wel?

Hij wierp een blik op zijn collega. Het was duidelijk dat Frédéric het net als hij onverteerbaar vond om voor de moffen te werken, maar sabotage plegen? Dat vergde moed. Als ze betrapt werden, zouden ze voor het vuurpeloton komen, nadat ze eerst verhoord en gemarteld waren. Gemárteld! Hij sloot zijn ogen en blokkeerde de gedachte voordat die wortel kon schieten.

Opeens keek Frédéric hem aan. Ze wisselden een blik van verstandhouding. Wat waren ze hier in hemelsnaam aan het doen?

Jean-Lucs gedachten keerden terug naar zijn idee. Was het de moeite waard? Het zou de trein waarschijnlijk alleen vertragen, maar dat was tenminste iets. En het zou de moffen kwaad maken, dat was een ding dat zeker was. Zijn hartslag versnelde toen hij voor zich zag hoe de trein ontspoorde, de chaos die dat zou veroorzaken. Het idee wond hem op. Zou dit zijn kans zijn om iets te betekenen? In gedachten voerde hij zijn plan uit. De krachteloze woede die hij eerder had gevoeld sloeg om in razernij. Hij was razend omdat ze zijn vader hadden weggehaald, razend omdat hij een dode baby op het perron had zien liggen, alsof het niets meer dan een verlaten koffer was. Vervolgens werd hij razend op zichzelf en alle anderen die zwijgend toekeken, doodsbang voor hun eigen hachje.

'En we zijn weer in Bobigny,' kondigde de chauffeur aan.

Zoals gebruikelijk gingen ze naar het huis van de stationschef om zich te melden en hun karige ontbijt op te halen. Hij slikte de bruine vloeistof in één keer door, maar gooide zijn brood weg. Er zat een knoop in zijn maag. Zou hij het echt durven?

Hij liep naar het gereedschapshok en pakte de moersleutel en de grote koevoet. Na een blik op de andere mannen, die nog steeds op hun brood liepen te kauwen, liep hij over het spoor en zocht naar een ruimte tussen twee sets spoorstaven. Het duurde niet lang voordat hij die gevonden had. Hij ging op zijn hurken zitten en bekeek de lasplaat van dichtbij. De bouten leken verroest. Als hij dit echt ging doen, moest hij eerst kijken hoelang het duurde om één bout los te draaien en dat dan met vier vermenigvuldigen. Hij schatte in dat hij ruim een kwartier de tijd had. De bewakers leken gemiddeld om het halfuur langs te komen.

Omdat zijn benen nogal wiebelig waren, ging hij op zijn knieën zitten en probeerde normaal adem te halen. Er liepen straaltjes zweet uit zijn oksels en zijn mond was opeens kurkdroog. Hij wist dat als hij het nu niet deed, hij het nooit zou doen. En dan zou hij voorgoed moeten leven met zijn lafheid.

Hij haalde diep adem om zijn hartslag te vertragen, pakte de moersleutel en legde die om de eerste bout. Hij stroopte zijn mouw op en keek op zijn horloge – 7.41 uur precies. Hij draaide aan de bout. Die zat muurvast. Pas toen hij zijn hele gewicht in de strijd gooide, slaagde hij erin de bout in beweging te krijgen. Hijgend ging hij verder. Toen de bout helemaal los was, keek hij weer op zijn horloge – 7.43 en veertig seconden.

Bijna drie minuten. Dat betekende negen minuten in totaal voor de andere drie bouten. Tijd genoeg. Hij kon het doen.

'Jean-Luc!' Frédérics stem schoot als een stroomstoot door hem heen. 'Wat doe je? We moeten vandaag aan het andere eind van het spoor werken.'

De moersleutel viel uit zijn hand en kletterde op de rails. Hij keek om zich heen om te zien wie er binnen gehoorsafstand was. Maar het was nog vroeg en er stonden slechts een paar bewakers in de buurt te roken en te kletsen. Ze keken zijn kant op. Hij hield zijn adem in. Maar ze leken hem nauwelijks op te merken; ze bogen zich naar elkaar toe en gingen klaarblijkelijk volledig op in hun gesprek. Jean-Luc blies langzaam zijn adem uit en draaide zich toen om naar Frédéric. Hij spande zich in om zijn stem niet te laten trillen en zei: 'Deze lasplaat zit los.'

'Oké, maar schiet wel op!' Frédéric liep weg.

Hij raapte de moersleutel weer op, zette hem om de tweede bout en draaide eraan. Met zijn linkerhand hield hij zijn rechterhand vast om meer druk te kunnen zetten. Deze bout draaide meteen gestaag in de rondte en was in nog geen drie minuten los. Hij verplaatste zich naar de derde bout. De moersleutel glipte in zijn hand en zijn overall plakte aan hem vast. Drie minuten en veertig seconden tikten voorbij.

Hij plaatste de moersleutel om de vierde en laatste bout. Zijn keel werd samengeknepen. De bout was totaal doorgeroest en gaf geen krimp. Hij zette alles op alles; zijn pols deed er pijn van. Hij keek op zijn horloge. Er was al een minuut verstreken en hij was nog niets opgeschoten. En hij moest ze alle vier losmaken, anders werkte het niet. Hij stopte even en haalde diep adem. Hij zou nog één poging wagen. Dit keer tikte hij eerst de roest van de bout voordat hij de moersleutel eromheen zette. Vervolgens draaide hij met alle kracht die hij in zich had. Er kwam beweging in. Er verstreken nog ruim drie minuten.

Nu had hij er nog maar twee over voor de koevoet. Hij pakte hem op en duwde hem met een bonkend hart hard in de grond onder de spoorstaaf. Omdat hij geen lucht kreeg, deed hij zijn mond wijd open. Hij hoorde geschreeuwde bevelen: '*Achtung! Vorwärts marsch*!' Maar hij durfde niet op te kijken. Hij duwde nu met alle macht tegen de koevoet. De rails begon te bewegen. Hij haalde hem uit het gelid.

Hij schrok zich wild van een geluid achter zich. Zware voetstappen. Hij draaide zich om en keek.

Het hoofd van het kamp kwam zijn kant op Merde! Jean-Luc richtte zijn blik weer op de rails. Laat hem alstublieft weggaan, God, bad hij. Alstublieft.

De voetstappen werden luider. Kwamen dichterbij. Jean-Lucs hand trilde toen hij de koevoet weghaalde en aan de andere kant in de grond stak om de spoorstaaf weer recht te leggen.

Hij verdraaide zijn nek om naar Brunner te kijken. Hij stond met een bewaker te praten en lachte hees. Toen liepen ze weg. Met nog steeds trillende handen draaide Jean-Luc zich weer naar het spoor. Hij moest het doen. Hij duwde de koevoet aan de andere kant in de grond en maakte zich klaar om de staaf weer scheef te duwen.

Het gebeurde zo snel dat hij het niet had zien aankomen. De koevoet gleed weg. Stuiterde omhoog. Hij voelde een brandende pijn in zijn wang, alsof die met een mes werd opengereten. Hij liet alles vallen en greep naar zijn kapotte huid. Bloed gutste over zijn handen. Hij zag niets meer. Toen kreeg hij een enorme klap tegen zijn been, die hem deed gillen van de pijn.

Ruwe handen trokken hem van het spoor en sleepten hem mee. Toen tilden twee mannen hem op en gooiden hem in een truck.

9

Parijs, 3 april 1944

Charlotte

'Je bent weer te laat.' Maman duwde een homp hard brood in mijn hand vlak voor ik de deur uit rende. 'Je moet eerder opstaan.' Dat zei ze elke morgen, maar eerlijk gezegd vond ik halfzeven vroeg genoeg. Het was een lange reis naar Hôpital Beaujon in Clichy vanaf ons appartement aan de Rue Montorgueil, maar dat vond ik niet erg – ik voelde me er op mijn achttiende behoorlijk volwassen door.

Maman had het baantje voor me gevonden. Ze wilde me het huis uit hebben, waar ik 'mijn leven verdeed met lezen', zoals zij dat noemde. Daarnaast aasde ze op de extra rantsoenen die het ons opleverde. Papa wilde aanvankelijk niet dat ik het deed – het was tenslotte een Duits ziekenhuis – maar maman heeft hem omgepraat. Ze zei dat ik heus geen staatsgeheimen zou prijsgeven of zelfs maar een buurman zou verraden. Ze voegde er nog iets aan toe in de trant van dat 'het genezen van de gewonden' een goede betrekking was voor jonge vrouwen in oorlogstijd. Stiekem vroeg ik me af of het niet een betere betrekking was voor jonge mannen. Die zouden dan wel twee keer nadenken voordat ze zich in het strijdgewoel stortten. Hoe dan ook, de patiënten waren niet allemaal Duits, er lagen ook behoorlijk wat Franse soldaten die zich blijkbaar vrijwillig aangemeld hadden. Er waren meer dan genoeg *Rekrutierungsbüros* in Parijs.

Ik bracht mijn dagen door met het dweilen van vloeren en het voeren van mensen die blind waren geworden of hun handen niet meer konden gebruiken. Of ik zat gewoon te luisteren naar de Franse patiënten. De moeilijkste gevallen waren degenen die een ledemaat hadden verloren, maar daar nog steeds ondraaglijke pijn aan hadden; 'fantoompijn', legde een van de artsen uit. Er was niets wat hun soelaas bood.

Het viel me op dat alle mannen er hetzelfde uitzagen in een ziekenhuisbed. Kwetsbaar. Ongevaarlijk. De taal die ze spraken was de enige manier om erachter te komen waar ze vandaan kwamen. Het ziekenhuis hanteerde strikte regels, maar het troosten van patiënten werd aangemoedigd en dat vond ik best fijn, hoewel ik liever had gehad dat het geen Duits ziekenhuis was. De ironie daarvan ontging me niet. Terwijl ik hier hielp de vijand te genezen, riskeerden andere, veel vaderlandslievender Fransen hun leven voor het tegenovergestelde.

Toen ik die ochtend eindelijk aankwam in het ziekenhuis liep ik naar mijn locker, haalde mijn uniform eruit, trok dat aan en controleerde in de passpiegel of alles goed zat. Ik was bijna te laat, maar niet helemaal, dus ik draaide me nog even van de ene naar de andere kant om mijn lichaam te bekijken. Plat was het juiste woord. Geen bobbels of rondingen die erop wezen dat ik een vrouw werd. Vier bezettingsjaren hadden een enorm hol gevoel bij me achtergelaten. Het was niet alleen de constante fysieke honger, maar ook een emotionele. Ik pópelde om nieuwe ervaringen op te doen. Ik wist dat daarbuiten een wereld was, een wereld waarin mensen lachten, dansten, dronken, zoenden en de liefde bedreven, en dat liep ik allemaal mis.

Terwijl ik met mijn handen over mijn borst streek, galmden mamans woorden door mijn hoofd. *Het heeft geen enkele zin om een beha voor jou te kopen.* Ik weet nog hoe opgewonden ik was toen ik voor het eerst ongesteld werd... en hoe teleurgesteld toen de menstruatie na drie maanden uitbleef, alsof er geen enkele reden was geweest om er überhaupt aan te beginnen. 'Je weet niet half hoe je geboft hebt,' had maman gezegd. 'Het is een vloek.' Maar ik wilde dat mijn lichaam veranderde, verlangde ernaar aangeraakt te worden op plekken die ik niet durfde te benoemen.

Ik ging frontaal voor de spiegel staan, bekeek mijn gezicht en probeerde te glimlachen. Ja, dat was absoluut beter. Maar ik was niet in de stemming om te lachen, zelfs niet als de patiënten met me probeerden te flirten. De meesten waren sowieso niet grappig; ik kreeg alleen maar de zenuwen van hun stomme opmerkingen over 'koude handen, warm hart' of 'heerlijk uniform'. Ik gaf de voorkeur aan de stille types en had medelijden met degenen die pijn leden, maar hun tanden op elkaar zetten en tranen wegslikten als ik hen hielp te gaan zitten.

Ik streek mijn haar glad en baalde dat ik het niet had kunnen wassen. Het was vet, maar er was erg weinig zeep en van maman mocht ik die maar één keer per week gebruiken. Ik mocht ook geen make-up dragen, maar daar zat ik niet zo mee. Mijn wimpers waren best lang en donker, en als ik in mijn wangen kneep, leek het of ik rouge ophad.

'*Allez!*' De hoofdverpleegster haastte zich de kleedkamer in. Ze keek naar mijn spiegelbeeld en ik naar het hare, wat een welkome afstand tussen ons schiep. 'Dit is niet de tijd om jezelf te bewonderen,' zei ze kil. 'Er is werk aan de winkel.'

'Sorry,' mompelde ik, waarna ik de mop en de emmer uit haar handen pakte.

10

Parijs, 3 april 1944

Jean-Luc

'*Ruhig!*' Er werd een stuk leer in zijn mond gepropt. Hij beet er hard op om de schreeuw te onderdrukken. O God, wat deden ze met hem? Het voelde alsof ze zijn gezicht opensneden.

Zijn hart begon wild te kloppen toen het allemaal weer bovenkwam. Brunner die op hem afliep. De koevoet. De flits van metaal voor zijn ogen voordat die in zijn gezicht sloeg en vervolgens de klap tegen zijn been. Had iemand hem geschopt? Hadden ze in de gaten gehad waar hij mee bezig was? Maar hoe dan? Het zou niet in hen opkomen dat hij probeerde de boel te saboteren, toch? O God, stel dat dat wel zo was?

Hij staarde omhoog in het tl-licht toen hij opeens iets van zilverkleurig metaal zag. Het kwam op zijn gezicht af. Hij spuugde het leer uit en schreeuwde.

'*Ruhig!*' schreeuwde iemand weer. '*Halte ihn fest!*'

Zijn hoofd tolde. Wazige gezichten verschenen in zijn gezichtsveld en verdwenen weer om plaats te maken voor verblindend licht. De geur van chloor en ontsmettingsmiddel deed hem kokhalzen. Duitse woorden ketsten af tegen zijn bonkende hoofd. 'Alstublieft,' smeekte hij. 'Hou op. Ik zal jullie vertellen...'

'*Es ist aus.*'

Voorbij? Ze waren klaar met hem. Hij vroeg zich af wat hij hun verteld had. Hij wist dat hij had liggen brabbelen, huilen en smeken. Zijn ogen waren nat en zijn mond was droog. De pijn aan de zijkant van zijn gezicht sneed als een kartelmes door hem heen en hij had een kloppende pijn in zijn been. Opeens kreeg hij het steenkoud en begon hij over zijn hele lichaam hevig te rillen. Waarom legde niemand een deken over hem heen?

Iemand pakte zijn schouders vast en trok hem naar voren alsof hij moest gaan zitten. Hij probeerde zijn hoofd op te tillen, maar door het stuiptrekken had hij zijn spieren niet onder controle. Toen voelde hij een hand in zijn nek. Een glas water tegen zijn lippen. Hij nam een slokje en besefte dat iemand drie pillen in zijn hand gedrukt had. Hij keek omlaag en zag ze beurtelings vaag en scherp in zijn trillende hand. Ze waren wit, maar hij had geen idee waar ze voor dienden.

'Pijnstillers,' zei een stem met een Duits accent.

Hij slikte ze in hun geheel door, nam nog een paar slokken water en sloot zijn ogen. Hij ademde zwaar uit door de pijn en hoopte dat ze snel zouden gaan werken.

Zijn been! Wat was er met zijn been gebeurd? Hij probeerde weer te gaan zitten om ernaar te kijken.

'*Nein! Non!*' Een hand duwde hem terug.

Hij lag op een of ander ding op wielen en voelde dat hij weggereden werd. Hij legde zijn hoofd neer, keek naar het witte plafond en probeerde de pijn te blokkeren. Hij hoorde een mengeling van gekerm, gepraat en geschreeuw, en nu en dan zelfs een lachsalvo. Soms ving hij een complete Franse zin op, maar die werd dan weer onderbroken door Duits, waardoor hij in het duister tastte. Waar was hij in hemelsnaam?

Tijdens het rijden bewoog hij zijn hoofd opzij en zag door zijn wazige ogen rijen witte bedden. Godzijdank! Dit moest een ziekenhuis zijn! Hij werd niet verhoord, hij werd behandeld.

De pijn begon naar de achtergrond te verdwijnen. Zijn hoofd werd licht. Vergetelheid was het enige waar hij naar verlangde en dus liet hij zich wegzakken.

Versuft werd hij wakker. Zijn wang en been klopten nog steeds pijnlijk. Hij bracht zijn hand naar zijn gezicht en voelde verband. God, wat had hij zichzelf aangedaan? Zijn maag knorde hoorbaar en hij vroeg zich af wanneer hij voor het laatst gegeten had. Hij trok zichzelf half omhoog en keek om zich heen. In het wit geklede verpleegsters haastten zich over het gangpad en deden nu en dan een stap opzij om bij een patiënt te kijken, meestal met een thermometer in de hand.

'Willkommen,' zei iemand in het bed links van hem.

Hij draaide zich naar de persoon toe. '*Bonjour*.'

'U bent Frans. Hoe heet u?'

'Beauchamps.'

'Wat is er met u gebeurd?'

'Ongeluk op het spoor.'

'Ach. Maar u hebt nu wel een mooi litteken om aan uw kinderen te laten zien.'

'Ik heb geen kinderen.'

De mof schoot in de lach. 'Ik bedoel toekomstige kinderen. Ik ben trouwens soldaat Kleinhart. Aangenaam kennis te maken. Ik ben in mijn been geschoten – twee gestoorden die opeens het vuur openden.'

'Wat erg.' Wat moest hij anders zeggen?

'Ach, nou ja. Ze zijn gepakt en krijgen hun verdiende loon.'

Jean-Luc sloot zijn ogen in een poging het beeld van gemartelde mannen dat bij hem opkwam tegen te houden. Meer pijn kon hij niet verdragen.

Toen hij ze weer opendeed, lag Kleinhart hem aan te staren. Hij moest iets zeggen. Dit was niet het moment om de held uit te hangen. 'Goed, dat zal ze leren.'

'Precies.' Kleinhart zakte onderuit. 'Angst werkt altijd. Het is verbazingwekkend hoe snel mensen iets oppikken als het met angst wordt aangeleerd.'

Alleen al het woord 'angst' joeg hem de stuipen op het lijf. Hij probeerde er niet aan te denken wat ze met hem zouden doen en controleerde ongewild of hij al zijn vingernagels nog had.

Er verscheen een verpleegster die een thermometer schudde in haar hand.

'*Guten Morgen, Krankenschwester.*' De mof lachte naar haar.

'Goedemorgen, monsieur.' Ze wendde zich tot Jean-Luc en keek hem met warme chocoladeogen recht aan. 'Open uw mond alstublieft, monsieur.'

Gehoorzaam deed hij wat hem was opgedragen. Hij staarde haar aan toen ze de thermometer onder zijn tong legde. Hij voelde de snee op zijn wang trekken en was bang dat die weer open zou gaan. Hij sloot zijn lippen om het glazen buisje en temperde zijn ademhaling, terwijl hij de verpleegster opnam. Ze zag er erg jong uit en haar smetteloze, gladde, bleke huid deed hem denken aan onbeschilderd canvas.

Ze zag hem kijken toen ze de thermometer uit zijn mond haalde en wendde snel haar blik af.

'Waar ben ik?' Hij probeerde oogcontact te maken, maar ze keek aandachtig op de thermometer.

Opeens draaide ze zich opzij en keek hem met haar donkere, glanzende ogen aan. 'Hôpital Beaujon.' Haar stem had iets intiems – ze had het gefluisterd, alsof het alleen voor hem bedoeld was.

'Hôpital Beaujon?' Hij keek haar wezenloos aan.

'Het is een Duits ziekenhuis.'

Zijn hart ging sneller slaan en dreunde in zijn oren. Natuurlijk! Daarom spraken ze allemaal Duits. Maar waarom hadden ze hem naar een Duits ziekenhuis gebracht? Hij keek om zich heen en nam de bedrijvige efficiëntie van de moffen, de gesteven witheid van de plek in zich op. Waarschijnlijk was hij in goede handen. Maar waarom hadden ze hem niet verdoofd toen ze zijn wond hechtten? Omdat hij Frans was? Of omdat ze hem ergens van verdachten?

Als ze vermoedden dat hij geprobeerd had het spoor te saboteren, hadden ze hem vast naar een Frans ziekenhuis gestuurd, of zelfs meteen verhoord. Ze vermoedden niets. Dat kon niet. Maar wat was er met zijn been gebeurd?

De verpleegster was de onderkant van het laken aan het instoppen. Hij wachtte tot ze daarmee klaar was en hem weer aankeek. 'Weet u wat... wat er met mijn been is gebeurd?'

Zonder iets te zeggen, pakte ze het klembord dat waarschijnlijk aan zijn voeteneinde hing, keek erop en fronste. 'Het spijt me, maar ik kan het niet lezen. Het is Duits...'

'Laat mij maar even kijken,' kwam de mof in het bed ernaast luidkeels tussenbeide.

Zonder hem aan te kijken gaf ze hem het bord.

'Dijbeenfractuur.' De mof zweeg. 'Bent u aangereden door een trein?'

'Nee.' Jean-Luc was weer duizelig. 'Er schoot een spoorstaaf los en daar ben ik door geraakt.'

'Werkt u bij de spoorwegen?'

'Ja, meneer.'

'Nou, dan zou ik de volgende keer maar wat voorzichtiger zijn.'

Jean-Luc knikte en verschoof zijn blik weer naar de verpleegster. Hij zag dat ze aanstalten maakte om te vertrekken, maar haar aanwezigheid troostte hem. Zij was tenminste Frans.

'Hoelang moet ik hier blijven, zuster?' Hij probeerde te glimlachen, maar dat was te pijnlijk.

'Dat weet ik niet. Dat zult u aan de dokter moeten vragen.'

En toen liet ze hem alleen achter met de mof.

11

Parijs, 4 april 1944

Charlotte

Alsof de spertijd van de moffen al niet erg genoeg was, stelden mijn ouders er ook nog een in. Ik moest om acht uur 's avonds thuis zijn, ook al wilde ik niets liever dan uitgaan – naar een café, of dansen op een van de bals clandestines waar iedereen het op gedempte, opgewonden toon over had. Mijn enige verzetje was dat ik op vrijdagavond een paar vriendinnen kon uitnodigen. We mochten van maman de bibliotheek gebruiken, die een stuk gezelliger was dan de salon met zijn stijve banken in Louis Seize-stijl. Die in de bibliotheek kwamen uit ons huis op het platteland en waren bekleed met zacht, versleten leer. We vonden het leuk om erin onderuit te hangen en te doen of we rookten en decadent waren, terwijl we in feite alleen maar kauwden op harde zoethoutstokken en thee dronken die maman voor de oorlog had besteld in Engeland.

'Wisten jullie dat Marc weg is?' Agnès zoog op haar zoethout en keek me vanuit haar ooghoek aan.

'Maar hij is katholiek.' Mijn hart ging sneller slaan. Ze hadden hem toch niet opgepakt?

'Nee, dommie. Hij heeft zich aangesloten bij de Maquis.'

'Nee!'

'Heeft hij je geen gedag gezegd, dan?'

Ik vond Marc leuk en dat wist Agnès. Ik schudde mijn hoofd. Zij en Mathilde keken me met ogen vol medeleven aan.

'Maak je geen zorgen,' zei Mathilde. 'Hij heeft van niemand afscheid genomen. We weten het alleen omdat zijn moeder de mijne tegenkwam in de rij voor eten. Zij is uiteraard erg van streek. De moffen vermoorden hen als ze hen vinden.'

Ik vroeg me af hoe ze zulke dingen zo terloops kon zeggen. 'Nou ja, hij doet tenminste iets.' Ik zweeg om mijn gedachten op een rijtje te zetten. 'Willen jullie niet iets doen?' Ik keek van de een naar de ander, maar kreeg slechts nietszeggende blikken terug.

'Dat is veel te gevaarlijk,' zei Agnès uiteindelijk. 'Ik ga echt niet de heuvels in vluchten om me bij de Maquis aan te sluiten. Ze slapen buiten. Stel je voor!'

'Maar ze proberen het tenminste, toch? Ze doen wat ze kunnen.' Ik wilde het voor hen opnemen.

'Ik vind ze erg dapper,' voegde Mathilde eraan toe. 'Ik zou het niet kunnen. Trouwens, ze zouden niet veel aan me hebben; zodra ik gearresteerd werd, zou ik alle geheimen verklappen.' Ze huiverde. 'De moffen doen afschuwelijke dingen met ze als ze gepakt worden.'

'Stel je voor dat je een geheim bericht moet overbrengen. Ik zou óp zijn van de zenuwen,' zei Agnès zacht.

Ik slaakte een zucht. 'Ik ook. Maar als iemand het me vroeg, denk ik dat ik het wel zou willen proberen.'

'Heb je nog iets van Jacques gehoord?' Agnès veranderde abrupt van onderwerp.

Jacques was vorige maand opeens verdwenen. Hij was al van de Sorbonne gestuurd vanwege zijn Joodse afkomst en Mathilde had hem aantekeningen van andere studenten doorgegeven, maar op hun laatste afspraak was hij niet komen opdagen. Later hoorden we dat hij was opgepakt en naar Drancy gebracht.

'Had ik hem maar gevraagd om bij ons te komen logeren.' Mathilde klonk ingetogen.

'Dat zou veel te gevaarlijk zijn geweest.' Agnès streek over Mathildes elleboog. 'Als ze hem bij jou thuis vonden, zouden ze jou en jouw familie ook oppakken.'

'Ik hoop dat we nog vrienden kunnen zijn als hij terugkomt.' Mathildes stem brak en ik begreep hoe ze zich voelde. Hoe vaak hadden we niet machteloos toe staan kijken als onze buren en vrienden naar God mocht weten waar werden gedeporteerd? We voelden ons allemaal op de een of andere manier medeplichtig, hoewel we dat nooit hardop zeiden. Wat konden we er tenslotte aan doen?

'Hebben jullie gehoord van die man die een nazi heeft neergeschoten in de Printemps?' Agnès veranderde weer van gespreksonderwerp. Zij leek dingen altijd eerder te horen dan anderen. Dat kwam waarschijnlijk deels omdat ze in de *boulangerie* werkte; mensen kletsten als ze twee uur in de rij stonden voor brood. We keken haar afwachtend aan. 'Ja, op klaarlichte dag, op de begane grond bij de handtassen.' Ze wachtte even om het te laten bezinken. 'Hij wist dat hij er gearresteerd en geëxecuteerd voor zou worden, maar deed het toch.' Ze zweeg even. 'Dapper, hè?'

'Maar als vergelding zijn Franse gevangenen doodgeschoten,' zei Mathilde. 'Was dat het waard?' Ze stond op uit haar leunstoel. 'Ik betwijfel het.'

Ik dacht even na. 'Volgens mij worden de moffen er alleen maar zo boos door dat ze zich nog rotter gedragen tegen ons.'

'Vind ik ook.' Mathilde keek me aan. 'Met willekeurige moffen neerknallen winnen we de oorlog niet.' Ze plofte weer op haar stoel.

'Ik heb gehoord dat De Gaulle een leger op de been probeert te brengen in Engeland,' fluisterde Agnès. 'Dat komt ons op een dag helpen vechten tegen de moffen.'

'We moeten zorgen dat we klaar zijn als ze komen.' Was er maar iets wat ik kon doen.

'Klaar?' Agnès schoot in de lach. 'Ik zal er zeker klaar voor zijn. Meer dan klaar! Als ze hier komen, ga ik ze zoenen.'

'Ik ook!' zei Mathilde. 'Ik heb geen bezwaar tegen een knappe Engelsman.' Ze giechelden.

'Ik zou wel zo'n gasmaskerhandtas willen.' Weer veranderde Agnès van onderwerp.

Mathilde lachte. 'Ja, die zijn helemaal hip, maar erg duur.'

'En ik zou mijn haar wel onder zo'n turban willen stoppen.' Agnès betastte haar losse golvende haar. 'Die zien er chic uit, maar het mag niet van mijn moeder. Ze vindt het te boertig.'

'Niet als je het goed doet en er mooie oorbellen bij draagt.' Mathilde leek te genieten van deze wending in het gesprek, maar ik vroeg me af hoe we in deze tijd over haar en mode konden praten. Het leek allemaal zo triviaal, zo zinloos. Waren wij echt zo bekrompen? Die gedachte deprimeerde me.

'Wisten jullie dat madame Clermont van de apotheek omgaat met een nazi?' Agnès weer.

Ik knikte: ik had die geruchten ook gehoord.

'Hij is van de ss,' voegde ze er op samenzweerderige toon aan toe.

'Jákkes.' Mathildes ogen spoten vuur. 'Die vrouw verdient de doodstraf.'

Agnès stond op, liep naar de piano, klapte die open en sloeg hard op een toets. Toen speelde ze 'Mon légionnaire'. Mathilde liep zingend naar de piano toe en leunde erop, maar ik was die avond niet in de stemming om te zingen.

Opeens hield Agnès op met spelen. 'Charlotte.' Ze draaide zich naar me om. 'Ik hoop dat je het niet erg vindt dat ik het vraag, maar waarom werk jij in een ziekenhuis voor de moffen?'

Ik voelde mijn wangen branden. 'Het zijn niet allemaal moffen, er liggen ook aardig wat Fransen, hoor. Het is maar dat je het weet.'

'Jawel, maar dat zijn collabo's, dus eigenlijk is dat hetzelfde.'

'Ik vind dat nog erger,' zei Mathilde. 'Ze hoefden zich niet aan te sluiten, toch? Dat wilden ze zelf.'

'Maman heeft dat baantje voor me geregeld. Ze wilde dat ik ging werken.' De opmerking van Mathilde negeerde ik. Zij zag alles altijd zwart-wit.

'Je moeder? Maar ik dacht dat zij de moffen haatte.'

'Ja, natuurlijk. Maar ze zei dat in oorlogstijd zorgen voor de zieken een goede betrekking was voor jonge vrouwen.' Ik imiteerde haar bazige stem en ze schoten in de lach.

'Toch had je het niet moeten doen!' Mathilde keek me met kille ogen aan. 'Je bent volwassen. Je hoeft niet alles te doen wat ze zegt.'

Ik keek haar aan en bedacht dat er iets in zat; ik moest mijn eigen keuzes gaan maken.

'Ik dacht dat jij na je *baccalauréat* naar de Sorbonne zou gaan. Ik dacht dat je literatuur wilde gaan studeren. Je had zulke goede cijfers.' Agnès klapte de pianoklep dicht. Dat veroorzaakte een rilling over mijn rug. Maman had me geleerd die voorzichtig en geluidloos dicht te doen.

'Ja, ik mis het studeren heel erg.'

'Nou ja, lezen kun je zelf ook doen. Daar hoef je niet voor naar de universiteit, toch?'

'Dat is niet hetzelfde. Een boek is meer dan woorden op bladzijden.'

Agnès haalde haar schouders op.

'Maar ja, het lijkt nu toch niet zo veel zin te hebben.'

'Ik begrijp wat je bedoelt,' beaamde Mathilde. 'Het voelt nutteloos om te studeren als er mensen gearresteerd en gedood worden.' Ze zweeg even. 'Misschien heeft je moeder gelijk.'

'Ja, maman zei dat ze geen enkele reden zag om door te studeren als de toekomst zo onzeker is, en trouwens, de extra voedselbonnen zijn een stuk nuttiger. Onderwijs is een luxe die we ons niet langer kunnen veroorloven.'

'Zei je moeder dat?' Mathilde fronste.

'Nee, dat zei ik.'

'Gek eigenlijk, hè? Als je zo rijk bent.'

'Moreel gesproken, bedoel ik.'

Mathildes frons werd dieper. 'Moreel?'

'Nou, we hebben nu andere prioriteiten, toch?' Ik hoopte dat ik haar niet beledigd had.

'Jawel, maar wat kunnen we doen?'

Agnès stond op en zuchtte, alsof het gesprek haar verveelde. 'Ik weet niet hoe het met jullie zit, maar ik heb altijd honger.' Ze klopte op haar platte buik. 'Maar goed, het houdt ons slank, nietwaar?'

'Té slank.' Mijn maag knorde instemmend.

'Wij hadden afgelopen zondag lamsvlees!' Agnès dempte haar stem. 'Maman had haar parelketting verpand en heeft het gekocht op de zwarte markt. Papa was jarig.'

Ik voelde een streep ontstaan op mijn voorhoofd. 'Mijn moeder mijdt de zwarte markt liever.'

'Maar ze vindt het niet erg dat jij in een moffenziekenhuis werkt? Mijn ouders zouden mij dat nooit laten doen.' Agnès kneep haar ogen tot spleetjes. 'Zorg dat je uit de problemen blijft.'

Ik staarde haar aan en vroeg me af wat ze bedoelde.

'Je weet hoe soldaten zijn. Ze doen alles voor...'

'Voor wat?' vroeg Mathilde.

'Je weet wel.' Agnès legde haar vinger op haar neus en keek me veelbetekenend aan.

Op dat moment kwam maman binnen met nieuwe thee. '*Bonsoir, les filles.*'

We schoten meteen recht overeind. 'Bonsoir, madame de la Ville,' zeiden Agnès en Mathilde in koor.

Ze schonk de thee door een zeefje in de porseleinen theekopjes. 'Earl Grey.'

'Merci, madame de la Ville.'

Ik zuchtte en wachtte tot ze weer weg zou gaan, zodat we verder konden praten. Maar ze zag er niet uit alsof ze dat meteen zou doen, zoals ze daar stond in haar getailleerde, op maat gemaakte mantelpakje. Had ik maar zo'n mooi pakje in plaats van de flodderjurkjes die ze voor me maakte. Ze dacht waarschijnlijk dat ik nog een kind was.

‘Hoe is het met je moeder?’ Met een bezorgde frons in haar doorgaans zo gladde voorhoofd wendde ze zich tot Agnès.

‘Goed hoor, dank u.’ Ik zag Agnès verstijven. Haar moeder was vroeger bevriend met de mijne, maar toen was er iets voorgevallen. Iets wat te maken had met de oorlog en de zwarte markt. ‘Ik help haar nog steeds in de boulangerie, als er tenminste brood is.’

‘Ja, de rijen lijken alleen maar langer te worden, hè?’ Ze draaide zich naar Mathilde. ‘En hoe gaat het met jouw studie?’

‘Goed hoor, dank u. Nou ja, ik bedoel het is momenteel niet altijd gemakkelijk. Sommige colleges zijn afgelast.’

Maman knikte. ‘Je hebt wel boeken, maar toch is het anders, nietwaar?’

‘Nou, zeker voor natuurkunde.’

‘Uiteraard.’ Zo te zien was maman vergeten wat Mathilde studeerde.

‘*Bien*, ik laat jullie weer alleen. Ik kom om acht uur terug, dan hebben jullie meer dan genoeg tijd om thuis te komen.’

‘Maar dat is al over een uur, maman. Zo ver weg wonen ze niet.’

‘Het heeft geen zin om extra risico’s te nemen.’ Ze draaide zich bruusk om, verliet de kamer en deed de deur achter zich dicht.

‘Maak je niet druk, Charlotte,’ zei Mathilde meelevend. ‘Mijn moeder wil graag dat ik ver voor spertijd thuis ben.’

‘Charlotte.’ Agnès keek me bezorgd aan. ‘Je moet echt heel erg voorzichtig zijn in dat moffenziekenhuis. Mensen zouden er iets van kunnen denken.’

‘Hoe bedoel je?’ Ik voelde dat mijn hart sneller ging slaan.

‘Nou, je weet wel. Misschien denken ze wel dat je collaboreert.’

‘Nee!’

‘Je weet hoe mensen zijn.’

‘Hou op, Agnès! Iedereen weet dat Charlotte niet zo is.’ Mathildes ogen schoten vuur naar Agnès.

‘Natuurlijk niet! Wij nemen het wel voor je op.’ Agnès ging staan, streek haar jurk glad en keek naar het schilderij aan de muur. ‘Is dat een Picasso?’

‘Ja. Die heeft maman vorige week opgehangen.’

Ze deed een stap naar het schilderij toe. ‘Het is erg avant-garde. Hij mag zijn werk niet meer tentoonstellen. Volgens de nazi’s is het ontaard.’

‘Ontaard?’ Mathilde schoot in de lach. ‘Wie is hier nou ontaard?’

'Het zal wel een fortuin hebben gekost.' Agnès bleef er maar naar staren.

'Het was een geschenk.'

'Een geschenk?' Ze trok een wenkbrauw op. 'Dan moet jouw moeder wel erg interessante mensen kennen.'

Ik keek haar aan en vroeg me af wat ze écht dacht.

12

Parijs, 5 april 1944

Jean-Luc

Twee dagen later stortte hij zich op zijn ontbijt van geroosterd brood en boter – ze hadden boter! – toen de stationschef dreigend voor hem opdoemde. 'Bien, bien. Wat heb jij jezelf nou weer aangedaan?'

Automatisch schoot zijn hand naar het verband op zijn gezicht.

De stationschef bleef onbeholpen staan en wierp een blik op het lege bed dat Kleinhart net verlaten had. Hij zou wel naar de wc zijn.

Jean-Lucs eetlust was opeens weg en hij duwde zijn bord opzij.

'Nee, nee. Eet lekker op. Ik kom gewoon even kijken hoe het met je gaat en om je een paar vragen te stellen. Mag ik...?' De stationschef gebaarde dat hij op het bed wilde gaan zitten.

'Natuurlijk. Ga zitten. Plek genoeg.' Merde! Hij had zich hierop voor moeten bereiden. Wat voor verklaring moest hij geven?

Stap een: kom niet nerveus over.

Hij pakte zijn bord weer en dwong zichzelf een hap van zijn brood te nemen, maar dat was nu koud en droog.

'Zo te zien wordt er goed voor je gezorgd.'

'Ja.'

'Hoe is het met je been?'

'Gebroken dijbeen. Dat zou snel moeten genezen.'

'Dat is fijn om te horen. Het was erg... vervelend.'

Jean-Luc fronste. Het leek hem een soort opzettelijk understatement. 'Ik eh... weet niet zo goed hoe het gegaan is.'

'Nee. Het gebeurde nadat je gezicht gewond was geraakt. Een van de mo... Ik bedoel de Duitse soldaten... Een van hen meende je te moeten corrigeren.'

'Corrigeren?' Zijn hart bonkte tegen zijn ribben.

'Hij dacht dat je een fout maakte.' De stationschef zweeg even. 'Nou ja, ergens had hij wel gelijk, toch? Dat stuk rails lag kaarsrecht. Ik heb het de dag ervoor zelf nog gecontroleerd. Wat deed je met de koevoet?'

Jean-Luc zocht in gedachten naar de juiste woorden. Stap twee: bereid antwoorden voor. 'Het was... Het lag niet helemaal recht. Ik moest een van de spoorstaven naar binnen duwen.'

'Naar binnen? Maar je had de koevoet er aan de andere kant in gezet.'

Net op dat moment verscheen de jonge verpleegster. 'Hebt u bezoek? Wat fijn.' Ze lachte naar hen beiden. 'Ik moet alleen uw temperatuur even opnemen, dan ben ik weer weg.'

Maar Jean-Luc wilde niet dat ze hem alleen liet met de stationschef. Hij deed zijn mond open en tilde zijn tong een stukje op voor de thermometer. Tot zijn opluchting merkte hij dat hij het gesprek niet kon voortzetten met het glazen buisje onder zijn tong.

Liggend op zijn kussen zag hij de verpleegster kletsen met de stationschef. Vaag was hij zich ervan bewust dat ze het over rantsoenen hadden en hij vroeg zich af hoe ze daarop gekomen waren. Hij probeerde zich weer te concentreren op zijn antwoord op de vraag over de koevoet.

Stap drie: geef geconcentreerd en consistent antwoord.

Ze haalde de thermometer onder zijn tong vandaan. 'Zevenendertighalf,' zei ze trots, alsof zijn temperatuur enkel en alleen aan haar inspanningen te danken was. 'Ik kom zo terug om uw ontbijt op te halen.'

'Ze is knap.' De stationschef knipoogde naar hem zodra ze weg was. 'Je hebt het hier beter getroffen dan in Drancy.' Hij zweeg even. 'En, was het de moeite waard?'

'Wat?' Er was een stukje droog brood in Jean-Lucs keel blijven steken. Hij hoestte totdat de stationschef hem op zijn rug moest slaan. 'Hoe bedoelt u?' vroeg hij toen hij weer op adem was.

'Wat ik bedoel?' herhaalde de stationschef. 'Nou...' hij boog zich naar hem toe, zodat alleen Jean-Luc hem kon horen, 'hoe haalde je het in je hoofd?'

Jean-Luc staarde hem met grote ogen van angst aan.

De stationschef kwam nu zó dichtbij dat Jean-Luc een vleugje opving van de koffie die hij gedronken moest hebben. 'Luister, binnenkort komt er een Duitse opzichter naar je toe. Hij zal je dezelfde vraag stellen: wat deed je met die verdomde koevoet? Wat ga je dan zeggen?'

Hij gaf hem een kans! Hij stond aan zijn kant en hielp hem een uitweg te vinden. Jean-Luc werd overspoeld door een golf van opluchting. De stationschef stond aan de goede kant.

'Luister, vertel hem wat je net aan mij hebt verteld – dat dat stuk spoor in lijn gebracht moest worden met dat ernaast. Maar word niet zenuwachtig en kom niet weifelachtig over. Je hebt de mazzel dat het later die dag is gaan regenen. Toen hij er de volgende dag naar keek, was het gat dat je gegraven had nauwelijks meer te zien. Dus het zou kunnen werken. Je hebt een schoon blazoen.' De stationschef zweeg even. 'Wat hij ook zegt, blijf bij je verhaal.'

Op dat moment kwam Kleinhart terug naar zijn bed. Hij wierp een blik hun kant op. 'Wat is dit? De laatste sacramenten?'

'Nee, ik kom gewoon even kijken hoe het met onze arbeidskracht is. Maar ik denk dat het wel goed komt.'

'Laten we het hopen. Hij moet gewoon die verpleegster weer zien.' Kleinhart lachte.

Wat was die man toch bevoorrecht, dacht Jean-Luc jaloers. Niemand zou hém moeilijke vragen stellen.

Na het bezoek van de stationschef verkeerde Jean-Luc continu in angst en werd de knoop in zijn maag steeds groter. Maar de dagen verstreken zonder dat de opzichter verscheen. Kleinhart probeerde soms een gesprek te beginnen. De ongeschreven regel was dat dat op zijn voorwaarden gebeurde en alleen als hij ervoor in de stemming was.

'Ik ben gek op Frankrijk,' verkondigde hij op een ochtend toen er brood en ham voor hen neer werden gezet.

Jean-Luc had geleerd te wachten tot hem een vraag werd gesteld voordat hij iets zei, dus hij knikte alleen.

'Weet je waarom?'

Omdat hij vermoedde dat het een retorische vraag was, wachtte hij af.

'Omdat alles zo verdomd goed is. Heerlijke wijn in overvloed, beeldschone vrouwen, schitterende kunst. Dat hebben we allemaal niet in Duitsland. Alleen werk, werk en nog eens werk. Alles is zo zwaar. We hadden nooit tijd om achterover te leunen en te genieten, zoals jullie hier. Creëren, dromen. Ik ben altijd gek geweest op Frankrijk.' Zijn blauwe ogen boorden zich in die van Jean-Luc, alsof hij hoopte iets aan het licht te brengen.

Jean-Luc deed zijn best wezenloos te kijken.

'Heb je een vriendin?'

'Nee.'

'Waarom niet? Er zijn daarbuiten meer dan genoeg meisjes zonder man. Voor een knappe kerel als jij liggen ze voor het oprapen.'

'Ja, maar ik werk de hele week in Drancy.'

'Hmm, niet de beste plek om meisjes te ontmoeten, hè? Maar hier dan? Sommige verpleegsters zijn erg knap.'

Jean-Luc voelde zijn wangen warm worden.

'Ik wíst het! Je vindt haar leuk, hè? Ik heb het geprobeerd, maar met mij wil ze niet praten, ook al spreek ik Frans.'

'Nee.' Hij moest het voor haar opnemen. 'Met mij praat ze ook niet.'

'Onzin! Ik heb gezien hoe ze naar je keek.'

Vier dagen later werd hij naar een andere zaal verplaatst. Dit keer stond er een stoel naast zijn bed. Daar liet hij zich dankbaar op zakken. Het strompelen van de ene naar de andere zaal was uitputtend geweest, ook al had de verpleegster hem een arm gegeven. Maar misschien kwam het juist daardoor. De nabijheid, het strijken van haar lichaam langs het zijne had zijn hart op hol gejaagd, alsof hij had meegedaan aan een hardloopwedstrijd.

Ze keek hem aan. 'Ik ga nu het verband van uw gezicht halen.'

Hij wierp een blik op haar slanke handen en stelde zich die voor op zijn huid. 'Zeg maar "je". Hoe heet je?'

'Charlotte.'

'Charlotte,' herhaalde hij onwillekeurig. 'Ik ben Jean-Luc.'

'Dat weet ik.' Ze grinnikte en er verschenen kleine kuiltjes in haar wangen.

Hij grinnikte terug, ook al trok zijn wond daarvan. Met een brede grijns op hun gezicht keken ze elkaar aan.

'Ik zal het zo voorzichtig mogelijk doen.'

'Merci, Charlotte.' Hij wilde eraan toevoegen dat hij zich niet anders kon voorstellen, maar hij wist dat hij dan te ver zou gaan.

Ze hurkte voor hem neer en stak haar hand uit. Haar nagels waren schoon en kort, en ze droeg geen sieraden. Haar haren staken onder het witte kapje uit dat op haar hoofd balanceerde. Haar donkere, steile kapsel was in een bob geknipt en de punten bogen naar elkaar toe bij haar kin. Hij sloot zijn ogen en voelde haar nagels aan de rand van het verband dat ze van zijn gezicht haalde. Hij ademde diep in. Een vage citroenachtige geur bereikte zijn neusgaten. Hij nam nog een diepe ademteug en genoot ervan.

'Nu ga ik het ontsmetten. Het kan prikken.'

Hij had niet eens door dat het verband er al af was. Hij zag hoe ze een flesje pakte, er een watje tegenaan hield en er wat op schudde. Hij deinsde automatisch achteruit toen de hand met het watje op hem afkwam.

Een korte lach ontsnapte haar. 'Het doet maar heel even pijn.'

De pijn schoot door hem heen alsof hij zich sneed en instinctief schoot zijn hand naar zijn wang. Maar ze was sneller dan hij en pakte zijn pols vast voordat hij zijn huid kon aanraken.

'U... Je mag het niet aanraken! Anders kan het infecteren.' Ze liet hem niet meteen los en zonder na te denken draaide hij zijn hand rond en pakte de hare vast.

13

Parijs, 12 april 1944

Jean-Luc

Charlotte had iets wat hem aantrok. Toen hij haar vanuit zijn ziekenhuisbed de vloer zag dweilen, vroeg hij zich af wat dat was. Haar warme, vriendelijke manier van doen, misschien? Ze was heel naturel, deed zich niet beter voor dan ze was en had geen idee hoe aantrekkelijk ze was. Aan kouwe drukte, verleidelijk knipperende wimpers of neplachjes deed ze niet.

Opeens keek ze op. Ze zag hem kijken en lachte – een brede, moeiteloze lach. Hij lachte terug en hield zijn hoofd een beetje schuin om haar uit te nodigen met hem te komen praten.

Hij zag haar zoekend naar de hoofdverpleegster om zich heen kijken. Maar de kust was veilig. Zijn buurman lag onder de dekens met zijn rug naar hem toe te slapen. Zijn lichaam rees en daalde op het ritme van zijn zwoegende, maar regelmatige ademhaling.

'Alles in orde?' vroeg Charlotte. Er zat nog steeds een lachje op haar gezicht.

'Ja, dank je. Ik heb gewoon behoefte aan gezelschap.'

'Ik kan vragen of iemand met je wil kaarten.'

'Nee. Jouw gezelschap.' Hij zag haar wangen rood worden en besefte dat ze waarschijnlijk erg beschermd was opgevoed. 'Ben je altijd verpleegster geweest?' Hij probeerde het gesprek een wending te geven, waardoor zij zich wat meer op haar gemak zou voelen.

'Ik ben geen verpleegster,' antwoordde ze.

'O? Zo zie je er wel uit.'

'Dat is alleen vanwege de oorlog. Ik zou eigenlijk literatuur gaan studeren.'

'Waarom heb je dat niet gedaan?'

'Mijn ouders wilden dat ik ging werken,' zei ze schouderophalend.

Hij trok een wenkbrauw op.

'Het komt door de oorlog. De toekomst is onzeker en we hebben nu honger. We krijgen extra voedselbonnen omdat ik hier werk.'

'Ja. Dat is begrijpelijk. Dus je houdt van lezen?'

'Ik ben dol op lezen.'

'Wat is je lievelingsboek?'

'*De graaf van Monte-Cristo.*'

Hij glimlachte. 'Alexandre Dumas?'

Ze knikte. 'Heb jij dat ook gelezen?'

'Ja, als kind. Nou ja, mijn vader heeft het voorgelezen. Hij was dol… ís dol op verhalen. Hij heeft boekenplanken voor me gemaakt. Elke verjaardag en elke kerst kreeg ik een boek van hem.' Hij werd even stil omdat hij terugdacht aan zijn vader en diens liefde voor lezen. Toen ging hij verder. 'Wat een geweldig verhaal is dat, hè? De graaf geeft nooit op.' Hij voelde de kloof tussen zichzelf en de helden uit zijn jeugd groter worden.

'Inderdaad.' Ze zweeg. 'Maar is het realistisch? Dat hij steeds weer opveert na elke ramp die hem overkomt?'

'Dat weet ik niet. Maar het wakkert wel onze dromen aan, toch?'

'Dromen over dat we beter zijn dat we denken?'

Toen hij in haar ogen keek, begreep hij haar wens om beter te zijn, dapperder, alsof het op haar gezicht geschreven stond. 'Ja. Hij hield zich staande, ondanks alle wreedheden die hem werden aangedaan. Als jongen was ik gek op *De drie musketiers*. Ik wilde d'Artagnan worden als ik groot was.' Hij lachte spottend. 'En nu lig ik hier, in een Duits ziekenhuis.'

'Heb jij altijd bij de spoorwegen gewerkt?'

'Ja, tegen de tijd dat ik vijftien werd had ik genoeg van school. Ik kon er gelukkig mee stoppen om een vak te gaan leren.'

'Vonden je ouders dat niet erg?'

Hij glimlachte. 'Nee. Mijn vader heeft altijd in de wegenbouw gezeten en mijn moeder… tja, zij zorgde voor ons. Ze waren blij dat ik een baan had gevonden bij de SNCF.'

'Maar nu runnen de Duitsers de SNCF.'

'Ja.' Hij zag haar blik afdwalen en wist dat ze bang was dat de hoofdverpleegster opeens binnen zou komen, maar hij wilde niet dat ze wegging. 'Ja, de moffen zijn de baas,' fluisterde hij. 'En ik had niet moeten blijven.'

'Ik zou hier ook niet moeten zijn.'

Het was niet zijn bedoeling geweest haar een rotgevoel te bezorgen. 'Ik vind het dapper van je.'

'Wat?'

'Het vergt moed om hier elke dag te komen, om al die pijn en dat lijden te zien. Kijk om je heen. Het zijn bijna allemaal jonge mannen, net als ik. Zij zijn niet de echte vijand. Dat zijn de mannen aan de top – degenen die de bevelen geven. En wedden dat die niet in een ziekenhuis terechtkomen?'

Ze draaide zich weer naar hem terug. 'Maar die anderen doen wel wat hun gevraagd wordt, toch?'

'Weet jij hoeveel moed het vergt om in opstand te komen tegen een systeem?' Hij zweeg en beantwoordde toen zijn eigen vraag. 'Meer dan de meeste mensen hebben en daar hoor ik zelf ook bij.'

'Ik ook. Ik moet hier eigenlijk weggaan.'

'Nee, niet doen… Nou ja, pas als ze mij hier ontslaan. Jij bent het enige lichtpuntje hier. Je straalt als…'

'Shh,' onderbrak ze hem. Op dat moment draaide de buurman zich hoestend om in zijn slaap.

Charlotte deed een stap achteruit, wierp nog één blik op Jean-Luc en liep toen kordaat weg.

14

Parijs, 14 april 1944

Charlotte

'Charlotte!'

Ik keek over de tafel naar Mathilde en probeerde me te herinneren wat ze net gezegd had, maar het was me volkomen ontgaan. In plaats van naar haar te luisteren, was ik in gedachten bij Jean-Luc geweest.

'Dus wat denk je? Moet ik met hem gaan praten?'

Ik wilde vragen over wie ze het had, maar durfde het niet.

'Je hebt helemaal niet geluisterd, hè?'

Ik keek om me heen in het haveloze café, naar de oude affiches van Edith Piaf en Yves Montand aan de afbladderende muren. 'Sorry. Ik was mijlenver weg.'

'Dat was wel duidelijk! Wat is er aan de hand? Over wie ben je aan het dagdromen?'

Ik voelde dat ik bloosde. 'Niemand.'

'Niemand wie?' Ze glimlachte.

Ik kon niet anders dan teruglachen. 'Gewoon iemand in het ziekenhuis.'

'Hè? Hôpital Beaujon? Een arts?'

'Nee.'

'Ga me alsjeblieft niet vertellen dat je verliefd bent geworden op een mof.' Ze dempte haar stem.

'Natuurlijk niet! Hij is Frans.'

'Een collabo dus?'

'Nee!' Ik nam een slok water uit mijn glas. Ik wist zeker dat hij geen collaborateur was. Hij kon er niets aan doen dat hij bij de spoorwegen werkte en dat die nu in handen waren van de moffen.

'Wat doet hij dan in een Duits ziekenhuis?'

'Dat zou je ook aan mij kunnen vragen.' Ik staarde naar de wijn- en koffievlekken op de oude houten tafel.

'Inderdaad, maar jou ken ik. Hem niet.'

Ik keek haar aan en zag bezorgdheid in haar ogen. 'Hij werkt aan de spoorwegen en heeft een ongeluk gehad. Hij is in zijn gezicht geraakt door een spoorstaaf of zoiets.'

'Dus hij is een spoorwegarbeider?' De toon die ze aansloeg verraadde haar teleurstelling.

'Ja.' Ik zweeg even. 'Maar ik weet niet zeker of hij mij echt leuk vindt.'

'Daar zou ik me niet druk over maken, Charlotte. Een vaste relatie tussen jou en een spoorwegarbeider wordt toch niets.'

'Wat ben jij een snob, zeg!' Ik schopte haar onder de tafel.

'Oké, oké. Hoe ziet hij eruit?'

'Wat ben je toch oppervlakkig!' Ik grinnikte. 'Hij heeft dik, donker haar met een scheiding links.'

'Links? Jij houdt wel van details, hè?'

'En hij heeft bruine ogen... Nou ja, niet gewoon bruin, zoals de mijne. Er zitten piepkleine gele stipjes en groene streepjes in, maar van een afstand lijken ze bruin.'

'Dan moet je wel heel dichtbij zijn geweest!'

'Nou ja, ik moet elke dag zijn temperatuur opnemen.'

'Gaat die omhoog als je dicht bij hem bent?' Mathilde giechelde.

'Doe niet zo gek. Ik wil gewoon graag weten of hij me leuk vindt. Waarschijnlijk verveelt hij zich dood en praat hij daarom met me.'

'Maar waarom zou hij je niet leuk vinden, Charlotte? Je bent knap, intelligent...'

'Niet waar. Ik ben mager en onopvallend.'

'Allemachtig, Charlotte. Je hebt alleen een beetje make-up nodig en misschien moet je je haar wassen.'

'Dat weet ik. Het is smerig en zit plat. Ik mag het van maman alleen op zondagavond wassen. Er is niet genoeg zeep.'

'Ik snap jouw moeder niet. Er hangt een Picasso bij jullie thuis, maar jullie hebben geen zeep!'

'Picasso's zijn niet op rantsoen. Zeep wel.'

'Je moeder wil niet naar de zwarte markt, maar ze heeft wel het werk van een verboden kunstenaar aan haar muur hangen.' Ze boog zich naar voren. 'Ik zie de logica daar niet van.'

'Ja, dat snap ik. Maar ze heeft haar principes.' Ik zweeg even. 'Solidariteit. Ze vindt dat we een eenheid moeten vormen en dat als er dingen op de bon gaan dat voor iedereen moet gelden, rijk of arm.'

Even zeiden we geen van beiden iets. Mijn moeder kon streng zijn, maar dat was ze voor zichzelf ook.

'Ik kan wel wat zeep voor je regelen. Als je dat wilt.'

'Nee joh, doe geen moeite.'

'Hoe dan ook.' Ze strekte haar benen onder de tafel. 'Ik vraag me af of hij het waard is. Zo te horen is hij niet de juiste man voor jou.'

'Hij is erg aantrekkelijk en stelt me veel vragen over mezelf.'

'Hij probeert je gewoon te vleien. Praat hij ook met de andere verpleegsters?'

'Ja.' Mijn opwinding verbleekte. Het was waar: hij praatte inderdaad met alle verpleegsters. Dat had ik gezien.

Mathilde trok een wenkbrauw op. 'Zie je nou wel?'

'Ja, je hebt waarschijnlijk gelijk. Ik moet er niet te veel achter zoeken.'

'Het komt gewoon omdat er zo weinig mannen zijn, Charlotte. Dat is niet normaal. Dus als er eentje aandacht aan je besteedt, zuig je het gewoon op.'

'Ja, dat is zo. Ik zet hem uit mijn hoofd.'

'Mooi.' Ze boog zich over de tafel en fluisterde: 'De oorlog is bijna over. Dat voel ik gewoon. En dan ontmoet je vast een betere jongen.'

'Nog wat surrogaat, meisjes?' De serveerster bleef bij onze tafel staan.

'Non, merci, alleen wat water, alstublieft.'

Mathilde keek naar het affiche naast mij. 'Edith Piaf treedt dit weekend op. We hebben afgesproken dat we ernaartoe zouden gaan.'

'Dat weet ik, maar ik heb het nog niet aan mijn ouders gevraagd. Maman is de hele week al chagrijnig.'

'We kunnen naar de matineevoorstelling. Vraag het niet, zeg gewoon dat je erheen gaat.'

'Oké, oké. Dat zal ik doen.'

'En zet die man uit je hoofd, oké?'

Ze begreep niet dat ik dat niet wilde. Ik wilde ook niet iemand anders ontmoeten. Het was me niet gelukt haar te vertellen hoe gemakkelijk het was om met hem te praten, dat hij was wie hij was en dat ik het gevoel had dat ik mezelf kon zijn bij hem. Niet dat hij nou zo veel zei, maar hij liet stiltes vallen die ik kon opvullen. En hij keek me zo aandachtig aan als ik praatte, alsof hij werkelijk álles in zich op wilde zuigen. Ik was dol op zijn vragen, ze gaven me het gevoel dat ik niet alleen hem leerde kennen, maar mezelf ook. Er had nog nooit iemand de moeite genomen me naar mijn mening te vragen en mijn gedachten kwamen er ruw, half gevormd uit, maar hij luisterde en stuurde geduldig. Het kon mij niet schelen dat hij spoorwegarbeider was en geen eindexamen had gedaan. Ik durf te wedden dat hij ervoor geslaagd was als hij dat wilde, maar hij deed liever iets praktisch, iets nuttigers.

Hij dacht hetzelfde over de bezetting als ik. En hij wilde ook niet voor de moffen werken. We zaten allebei gevangen in een systeem en moesten een uitweg zoeken. Ik popelde om iets voor mijn land te doen en ik wist dat dat ook voor hem gold. Ik probeerde dingen te verzinnen die ik kon doen, kleine tekenen van verzet. Die kon ik dan stap voor stap opbouwen tot ik de moed had om iets gedurfders en gevaarlijkers te doen. Ik zou kunnen beginnen met mijn metrokaartje in een v te vouwen en op de grond te laten vallen, zoals sommige mensen deden. Tot nog toe had ik zelfs dat niet gedurfd, omdat ik een keer had gezien dat een vrouw die dat gedaan had een klap tegen haar hoofd kreeg. Ze moest op handen en knieën gaan zitten om het kaartje op te rapen en weer glad te strijken. Ik was in elkaar gekrompen van plaatsvervangende schaamte, maar nu had ik liever mijn mond opengedaan om tegen haar te zeggen hoe dapper ik haar vond.

15

Parijs, 17 april 1944

Charlotte

Het hele concert van Edith Piaf dacht ik aan Jean-Luc, vooral toen ze 'On danse sur ma chanson' zong. Hij maakte mijn hart aan het dansen en alleen al de gedachte aan hem hield me het hele weekend gaande.

Maandagochtend kwam ik aan in het ziekenhuis en pakte zoals elke ochtend de mop en de emmer om de vloer in zijn zaal te dweilen. Zodra ik in de buurt van zijn bed kwam, keek ik om me heen. Ik wist dat zijn buren die ochtend naar fysiotherapie moesten en had bedacht dat ik dan even met hem zou kunnen zijn. En inderdaad, tijdens het dweilen zag ik het fysioteam mijn kant op komen. Ze banjerden langs me om hun patiënten op te halen en Jean-Luc hoorde daar niet bij. Ik concentreerde me op de mop in mijn hand en dwong mezelf niet te kijken. Toen de kust veilig was, dweilde ik richting zijn bed.

Hij zat op de stoel naast zijn bed een pamflet te lezen. Toen hij opkeek en me zag, lichtten zijn ogen op. 'Ga even zitten!'

'Nee! Dat kan niet, ik moet je bed opmaken.' Ik zette de mop tegen de muur en liep naar het voeteneinde van het bed, waar ik geconcentreerd alle kreukels uit het laken begon te strijken.

'Charlo-tte.' Door de manier waarop hij mijn naam uitsprak – langzaam, nadrukkelijk en de laatste letters langer aanhoudend, alsof hij die proefde – maakte mijn hart een sprongetje.

'Ja?' Ik deed mijn best nonchalant te klinken.

'Ik wil je iets vertellen.'

Mijn hand stopte met gladstrijken en ik keek hem aan. De intensiteit in zijn ogen doorboorde de mijne.

'Ga alsjeblieft even zitten, Charlotte. Er is niemand in de buurt.'

Ik liet me op het randje van zijn bed zakken, klaar om op te springen zodra iemand onze kant op keek.

'Het was niet mijn bedoeling je met een rotgevoel op te zadelen.' Hij sprak zacht. 'Toen je pas zei dat je hier niet zou moeten zijn.' Hij dempte zijn stem nog meer en ik moest me naar hem toe buigen om hem te kunnen verstaan. 'In een Duits ziekenhuis. Je hebt niets verkeerd gedaan. Je doet wat je moet doen.'

'Maar het is zo. Ik zou hier niet moeten zijn.'

Zijn ogen werden somber, de lichtvlekjes verdwenen. 'Ik wilde niet voor hen werken. Ik ben teleurgesteld in mezelf.'

Ik knikte en keek snel om me heen om er zeker van te zijn dat er niemand in de buurt was.

'Ik heb mijn vader iets beloofd.' Hij keek langs me heen alsof hij zich focuste op een punt in de verte. 'Toen hij werd weggevoerd voor dwangarbeid...'

'In Duitsland?'

Hij keek me weer recht aan en zei monotoon: 'Ja. Bijna twee jaar geleden hebben ze hem opgepakt. Toen hij vertrok heb ik hem moeten beloven voor mijn moeder te zorgen.'

Ik knikte.

'Als ik me niet zo schuldig had gevoeld, zou ik daar misschien niet op in zijn gegaan.'

'Waarom voelde je je schuldig, dan?'

'Vlak voordat hij wegging had ik ruzie met hem gemaakt.' Hij zweeg even. 'Het was afschuwelijk.'

Ik wachtte tot hij verderging.

'Ik had tegen hem gezegd dat we niet alles zomaar moesten pikken van de moffen.' Hij zweeg en veegde zijn voorhoofd af. 'Sorry. Ik zou je dit niet moeten vertellen.'

'Nee. Ga verder.' Ik keek weer om me heen, maar de zaal was nog steeds verlaten.

'Hij beschermde gewoon zijn gezin. Dat was zijn prioriteit.'

'Het is belangrijk dat je je aan je belofte houdt. Je vader zou trots op je zijn.' Ik raakte zijn schouder aan. 'Je hebt gewoon gedaan wat jij dacht dat goed was.'

Hij schudde zijn hoofd. 'Maar wat goed is, is veranderd, toch? Mijn vader besefte niet hoe erg het zou worden. Ik denk dat hij me nu liever iets actiefs zou zien doen. Ik wil dat hij trots op me is als hij terugkomt.'

Ik knikte. 'Dat snap ik. Ik ben ook teleurgesteld in mezelf.'

'We zouden hier geen van beiden moeten zijn.' Hij stond op en leunde op zijn goede been.

Ik kwam ook overeind. Mijn gezicht was nu zo dicht bij het zijne dat ik zijn adem op mijn wang voelde. Mijn huid ging ervan tintelen.

'Charlotte,' fluisterde hij. 'Wij zijn beter dan dit. Dat weet ik.'

Mijn hart stond stil. Zijn aanwezigheid was als een fysieke kracht die me aantrok en ik voelde dat ik zijn kant op helde. Heel even sloot ik mijn ogen en voelde ik zijn lippen op mijn voorhoofd. Voor de toevallige passant leek het een vaderlijk gebaar. Maar ik wist dat het veel meer was dan dat. Het was de kus van een geliefde.

16

Parijs, 18 april 1944

Charlotte

'Waarom ben jij zo vrolijk?' zei maman bits tegen me.

Ik besefte dat ik liep te neuriën en stopte er meteen mee.

'Schiet nou maar op, Charlotte. Anders kom je te laat. Het is al halfzeven.'

Nu had ik 's morgens een reden om op te staan. En ik had ook geen honger meer. Sterker nog, mijn eetlust was volledig verdwenen, alsof mijn uit zijn voegen barstende hart mijn holle maag voedde. Natuurlijk droeg ik mezelf op kalm te blijven, probeerde ik mijn opwinding niet te tonen en hield ik mezelf voor dat hij waarschijnlijk met alle meisjes zo praatte. Maar het maakte niets uit. Bij hem had ik het gevoel dat ik in de huid van een vrouw stapte die een stuk volwassener en knapper was. De vrouw die ik wilde zijn. En niet alleen dat: door hem voelde ik me ook dapperder dan ooit. Mijn hart was sterker, het klopte krachtiger. Ik voelde dat ik leefde. Bij hem geloofde ik klaar te zijn om op te komen voor gerechtigheid, om gevaren te trotseren waarvan ik nooit gedacht had dat in mijn eentje te kunnen doen. Voor hem wilde ik moedig zijn. Voor hem wilde ik een beter mens zijn.

Terwijl de metro door de tunnels naar het ziekenhuis raasde, groeiden mijn verwachtingen. Ik keek om me heen naar de vermoeide, uitdrukkingsloze gezichten van de passagiers en dacht bij mezelf: ik heb een geheim waar zij nooit achter zullen komen. Hoewel ik het waarschijnlijk aan alle kanten uitstraalde. Ik was stapelverliefd.

Hij zou vandaag ontslagen worden uit het ziekenhuis. Ik popelde om hem daarbuiten te zien, in het echte leven. Dan zouden we samen door Parijs kunnen wandelen, door de Tuilerieën misschien, hand in hand. Die gedachte wond me op.

Toen ik hem gedag ging zeggen, zat hij nog in zijn pyjama op bed. Hij had me nog niet gezien en ik zag dat er iets mis was. Hij was lijkbleek. En er zat een mof op de stoel naast zijn bed. Waar zouden ze het in hemelsnaam over hebben? Jean-Luc luisterde naar de mof. Ik probeerde er iets van op te vangen.

'... sabotage... verhoor...'

Merde! Wat was er aan de hand? De mof keek erg serieus.

Opeens draaide hij zich om en keek me recht aan. 'Is er iets, zuster?'

'Ik moet de temperatuur van de patiënt opnemen.' Met een trillende hand haalde ik de thermometer uit mijn borstzakje en stak die uit alsof het om bewijsmateriaal ging.

Jean-Luc keek op en kreeg grote ogen van verbazing. Zonder me goedemorgen te wensen, zoals hij meestal deed, opende hij zijn mond voor de thermometer. Ik had hem graag verrast door hem te kussen, maar stapte in plaats daarvan dichterbij en legde de thermometer onder zijn wachtende tong. De mof keek verveeld toe.

'Ik dacht dat uw patiënt vandaag ontslagen zou worden.'

'Ja, dat is zo.'

'Waarom neemt u dan zijn temperatuur op?'

Ik haatte moffen die Frans spraken nog meer dan degenen die dat niet deden. 'Dat zijn de regels,' loog ik, terwijl ik mijn best deed een zelfverzekerde en neutrale toon aan te slaan. 'Gewoon om te checken of er geen infectiegevaar is voordat we hem naar huis sturen.'

Vervolgens zei ik tegen Jean-Luc: 'U ziet er vermoeid uit. Voelt u zich wel goed genoeg om vandaag te vertrekken?'

De mof keek me aan. 'Hij redt het best. Hij kan gewoon zijn functie weer vervullen.'

Zijn functie? Hun manier van praten werkte soms op mijn lachspieren. Ik wendde me van hem af en richtte me in plaats daarvan op Jean-Luc, maar diens ogen schoten de zaal door en bleven nergens hangen. Ik dwong mezelf moediger te zijn dan ik me voelde in de nabijheid van een mof en zei zacht: 'Uw been begint pas net te herstellen. U moet voorzichtig zijn.'

Dit keer keek hij me aan en knikte, maar ik zag dat hij hier gewoon weg wilde, of hij nu beter was of niet.

De mof boog zich naar voren en keek Jean-Luc recht aan. 'Dat is zo. Wees voorzichtig. Dit soort ongelukken kunnen we ons niet meer veroorloven. We hebben gevraagd om goede arbeidskrachten, niet om mannen die niet eens een koevoet kunnen vasthouden. Misschien komt het door uw handicap. Uw misvormde hand is niet sterk genoeg voor het hanteren van zulk zwaar gereedschap. Wellicht kunnen we u beter naar een werkkamp in Duitsland sturen, waar het werk minder vaardigheden vraagt.'

Jean-Luc hoestte, waardoor de thermometer loskwam. Ik haalde hem uit zijn mond, schudde hem en legde hem toen weer onder zijn tong. Toen ik mijn hand weghaalde, streek ik met mijn vingers over de oneffen huid die een litteken zou vormen.

De mof richtte zijn aandacht weer op mij en kneep zijn ogen tot spleétjes. 'Zorgt u voor al uw patiënten zo goed, zuster?'

Ik kon er niets aan doen: ik voelde mijn wangen warm worden.

Hij schoot in de lach. 'Ha, ik heb het arme meisje in verlegenheid gebracht.'

Zonder hem aan te kijken haalde ik de bungelende thermometer tussen Jean-Lucs lippen vandaan. Mijn handen trilden toen ik erop keek.

'En?' De mof leunde achterover op zijn stoel. 'Kan hij vertrekken?'

'Zevenendertig graden.' Ik probeerde assertief te klinken. 'Een beetje aan de lage kant, maar verder prima.'

'Aan de lage kant?' De mof schaterde. 'Daar kunt u vast wat aan doen, zuster.'

Hij vermaakte zich prima, die verdomde mof. Ik moest het heft in handen nemen. Ik richtte me tot Jean-Luc, keek hem recht aan en zei kalm en nadrukkelijk: 'Zodra u zich aangekleed hebt, breng ik u de ontslagpapieren om te ondertekenen.' Toen wierp ik een blik op de mof. 'Dag, monsieur.'

'Van mij hoeft u niet meteen weg, hoor. Ik wilde toch gaan.' Hij draaide zich naar Jean-Luc. 'Als er nog meer ongelukken gebeuren, gaan we wellicht twijfelen aan uw capaciteiten.' Hij zweeg even. 'En dat wilt u vast niet.' Hij stond abrupt op en salueerde.

We moesten dat beantwoorden, we waren tenslotte in een Duits ziekenhuis. Toen keken we hem na. Zijn laarzen met spijkers galmden over de gang.

Zodra hij uit het zicht was, legde Jean-Luc zijn hoofd op het kussen. 'Godzijdank. Hij wilde van alles weten over mijn ongeluk.' Hij zweeg en keek me aan, alsof hij nog meer wilde zeggen. 'Volgens mij heb je me gered, Charlotte.'

17

Parijs, 22 april 1944

Charlotte

We hadden afgesproken elkaar de zaterdag erna om zes uur te ontmoeten. De nacht ervoor kon ik niet slapen, opwinding en onrust pompten door mijn aderen, waardoor ik uren lag te draaien en woelen. En op de zaterdag zelf kreeg ik vanwege de fladderende vlinders in mijn buik amper een hap door mijn keel. Papa weet mijn gebrek aan eetlust aan een vrouwenkwaaltje, ook al had ik daar geen last van, en werkte gretig mijn eten weg.

Ik wist niet wat ik aan moest. Ik had kleren nodig waarin ik er niet uitzag als een uit de kluiten gewassen schoolmeisje, dus toen maman zaterdagochtend in de rij stond voor eten, ging ik op jacht in haar kledingkast. Daar vond ik een tweedrok en een oud paar zwartleren schoenen waarvan de zolen flinterdun waren en de hakken aan een kant volledig afgesleten. Ik propte er stukjes karton in, in de hoop niet elke kiezelsteen te voelen. Vervolgens timmerde ik met spijkertjes karton op de scheve hakken en verfde dat zwart. Het resultaat was nou niet bepaald comfortabel, maar van bovenaf zag het er niet eens zo slecht uit.

Later die middag concentreerde ik me op mezelf. Met een flintertje zeep dat ik bewaard had, waste ik mijn haar. Ik deed een theelepel azijn voor extra glans bij het water in de emmer voordat ik het spoelde. Toen maakte ik mijn lippen rood met verf uit mijn oude verfdoos van school en fixeerde dat met een dotje eendenvet dat ik achter in de koelkast had gevonden.

Om tien voor zes was ik klaar voor vertrek. Godzijdank was papa weg. Alleen maman was thuis; ze zat aan de keukentafel iets te raspen boven een krant.

'Ik ga naar Mathilde, maman.'

Ze draaide zich om en keek naar me. Ik voelde dat ik bloosde en wist dat ze de extra aandacht die ik aan mijn uiterlijk had besteed zou opmerken.

'Je weet dat ik liever niet heb dat je in het donker over straat gaat. Ik denk dat ik beter even met je mee kan lopen.'

'Nee!' Ik haalde diep adem. 'Ik ben achttien, maman, en ze woont maar twee straten verder. Ik kan er best zelf heen lopen.'

'Is dat mijn rok?'

Ik voelde mijn wangen nog warmer worden. 'Maar maman, mijn rokken zijn nu te kort. Ze komen tot boven de knie. Dat is gênant met al die rondlopende soldaten.'

'Hmm, ik was van plan die rok te vermaken. Er zit veel te veel stof in. Hij ziet er extravagant uit en is totaal uit de mode.' Ik vroeg me af wat erger was: uit de mode of extravagant zijn. 'Wat zit er op je lippen? Je hebt ze geverfd! Ik weet wat die soldaten daarvan vinden. Ga het eraf halen.'

Ik kon het niet nalaten voor mezelf op te komen. 'Ik wilde er voor de verandering alleen maar leuk uitzien.'

'Weet je zeker dat je alleen met Mathilde hebt afgesproken? Wie komen er nog meer?'

'Niemand, alleen Mathilde en Agnès.' Ik rende de keuken uit om mijn jas te pakken voordat ze me nog meer vragen kon stellen.

Dit was belachelijk, zei ik tegen mezelf toen ik naar buiten liep. Ik had niet zo veel tijd en moeite aan mijn uiterlijk moeten besteden. Nu vestigde ik alleen maar ongewenste aandacht op mezelf.

Maar ik voelde mezelf net als Alice in Wonderland vallen; te nieuwsgierig en verrukt om mijn handen uit te steken en mezelf tegen te houden. Al mijn gedachten werden door hem in beslag genomen. In vergelijking daarmee viel alles in het niet; de schaarste, de alomtegenwoordige soldaten: het zei me allemaal niets. Zolang ik Jean-Luc had, was de rest onbelangrijk. Met hem kon ik mijn angsten overwinnen. Ik zou het opnemen tegen mijn ouders en hun vertellen dat ik niet langer in een ziekenhuis voor de moffen kon werken. We zouden het beste in elkaar naar boven halen. Ik popelde om hem weer te zien. Alles wat hij in het ziekenhuis gezegd had leek in mijn geheugen gegrift, alsof hij een spoor had gelegd in mijn hoofd. Een spoor dat ik nooit meer zou kunnen wissen.

Slenterend over de Rue Montorgueil dacht ik met heimwee terug aan hoe het er hier vroeger uit had gezien, voordat de moffen kwamen. Kleurrijke straatmarkten waar de geur van warm brood en gegrilde kip door de lucht zweefde, mannen met baretten die op caféterrassen sigaren rookten en politieke discussies voerden, terwijl hun vrouwen zich verdrongen voor het mooiste stukje vlees en het rijpste fruit.

Nu hing er een azijnachtige stank van oud zweet boven de keien, de stank van angst. Ook de geluiden waren veranderd. Laarzen met spijkerzolen markeerden het verstrijken van de tijd en tussen de galmende voetstappen door baande een gespannen stilte zich een weg over de straat.

Ik ging altijd graag voor de etalage van patisserie Stohrer staan om net te doen of die, net als vroeger, gevuld was met rijen versgebakken chocolade- en rozijnenbroodjes en vederlichte croissants. Dan inhaleerde ik de denkbeeldige geur van warme chocolademelk en vers gebak. Fantasiewinkelen, noemde maman dat. Maar als fantasiewinkelen net doen alsof je winkelde was, wat was net doen of je fantasiewinkelde dan?

Net doen alsof je net alsof deed. Dat deden we allemaal. Niemand wist wie hij écht kon vertrouwen. Ik keek in de etalage van de patisserie en probeerde wat rustiger te ademen. Mijn maag ging tekeer, maar ik voelde de honger niet, alleen de opwinding dat ik hem weer zou zien.

Toen was hij er en sprak hij mijn naam uit. 'Charlotte.' Hij zag er zo knap uit in zijn lange wollen jas en gepoetste schoenen.

'Bonjour.' Het kwam er droog en stijfjes uit en ik merkte dat ik zijn naam niet kon uitspreken.

Hij kuste me op mijn wang en vervolgens ook op mijn andere. Maar het waren niet van die formele luchtkussen; ik voelde zijn lippen echt op mijn huid en er ging een schok door me heen.

'Zullen we een stukje gaan lopen?' vroeg hij met zijn scheve lachje.

Ik voelde dat mijn lippen uit zichzelf krulden tot er een enorme grijns op mijn gezicht stond. Ik knikte, want de woorden bleven in mijn keel steken.

Hij liep met een wandelstok en ik kuierde naast hem. Hij liep best goed voor iemand die pas drie weken geleden zijn been had gebroken. Hij stak zijn linkerhand uit en pakte de mijne. In zijn kleine, misvormde hand voelde die van mij gigantisch en onhandig. Ik had bewondering voor het feit dat hij het als iets doodnormaals beschouwde. Zijn gebrek aan onbehaaglijkheid gaf hem kracht.

'Zullen we naar de Pont Neuf lopen?'

Ik knikte. 'Oui.'

'Hoe is het met je?'

'Ik heb je gemist.' Het glipte eruit.

'Ik jou ook. Ik moet steeds aan je denken.'

Mijn hart ging sneller slaan en ik kneep in zijn hand.

Opeens staken twee soldaten die aan de overkant liepen de weg over. Ik merkte dat ik verstijfde.

'Papieren,' blafte de langste.

Jean-Luc leunde met één hand op zijn stok, terwijl hij met zijn andere zijn jas opende en de papieren uit zijn binnenzak haalde. De soldaat griste die uit zijn hand.

'Jean-Luc Beauchamps, SNCF,' zei hij spottend. Toen stak hij zijn hand uit voor de mijne.

Ik had mijn identiteitsbewijs al gepakt en overhandigde dat zonder hem aan te kijken.

'Charlotte de la Ville. Achttien jaar. Weten je ouders dat je hier bent?'

'Jawel,' loog ik.

'Met monsieur Beauchamps?'

Ik knikte met neergeslagen ogen.

'Wat romantisch, een geheime ontmoeting.' Hij keek naar de andere soldaat en ze schoten in de lach. Toen gaf hij de papieren terug. 'Fijne avond.'

We liepen zwijgend verder over de Rue Montorgueil, tot Jean-Luc bij de kerk Saint-Eustache aan het eind van de straat de stilte verbrak. 'Een mof heeft me hier een keer staande gehouden om te vragen of dit de Notre-Dame was.'

'Nee! Wat zei je?'

'Ik zei natuurlijk ja.' Hij schoot in de lach.

Ik lachte met hem mee en voelde mijn hart weer een sprong maken.

'Laten we naar binnen gaan,' zei hij wederom ernstig.

'Oké.' Ik had niet echt zin om een kerk in te gaan, maar kon dat nou niet bepaald weigeren.

Binnen drentelden we langs de zijkant en keken naar de alkoven en de piepkleine brandende kaarsen. Jean-Luc stopte een munt in een doos, pakte een kaars en gaf die aan mij. 'Laten we bidden dat deze oorlog snel voorbij is.'

Ik sloeg een kruis en prevelde in gedachten een gebed.

Nadat we de kerk hadden verlaten, liepen we over het plein naar de Rue Rivoli en staken vervolgens de weg over voor het grote warenhuis La

Samaritaine. De Pont Neuf was bijna verlaten en we gingen op een van de ronde stenen bankjes zitten die uitzicht boden op de Seine. Ik staarde omlaag in het donkere water en dacht aan de tijd dat hier nog gevaren werd. Nu was er geen boot te bekennen, alleen donkere, halvemaanvormige golfjes die voortdurend en onberekenbaar van richting veranderden en tegen elkaar aan botsten.

'Wil je wat drinken?' Hij stak zijn hand in zijn broekzak en haalde er een zilveren heupflacon uit.

'Wat is het?'

'Probeer maar.'

Ik nam een klein slokje. Het was vol van smaak en deed me denken aan vroegere familiediners. 'Wijn! Heerlijk. Waar heb je die vandaan?'

'Maak je daar maar geen zorgen over. Geniet er gewoon van.'

Ik nam nog een slokje en begon me wat minder nerveus te voelen. Het zou allemaal goedkomen. Hij bekeek me vanuit zijn ooghoeken. Ik nam nu een veel grotere slok, meer een teug. Daarna gaf ik hem de flacon terug.

'Ik heb ook iets te eten meegenomen.' Hij haalde een in papier verpakt pakketje tevoorschijn en gaf dat aan mij. Ik rook eraan. 'Kaas.'

'Ja, comté.'

Het rook zalig en mijn maag voelde opeens erg hol. Snel haalde ik het papier eraf en streek met mijn vingers over het spiegelgladde oppervlak.

'Vooruit. Eet op.' Hij glimlachte naar me en sloeg zijn arm om mijn schouder.

Ik nam een hap en het leek wel of ik voor het eerst kaas proefde. Zo romig en vol van smaak. Ik nam nog een hap en gaf de kaas toen aan hem.

Hij schudde zijn hoofd.

'Wat is er?'

'Niets. Ik geniet ervan jou te zien eten.' Hij streelde mijn wang. 'Wat moeten we nou, hè?'

'Wat, nu? Dit is fijn, hier met jou zitten.' Ik leunde tegen hem aan en legde mijn hoofd op zijn schouder.

'Kom, we gaan dansen.' Hij sprong op en trok me overeind.

Ik liet de kaas op de bank vallen. 'Hoezo?' Ik schoot in de lach. 'Hier?'

'Ja. Hier.' Hij legde een hand in mijn taille, pakte met de andere mijn hand en kuste die. 'Mag ik deze dans van u, *mademoiselle*?'

'Met alle soorten van genoegen, monsieur.' Ik grinnikte.

Staand op zijn goede been draaide hij me in het rond, terwijl hij een liedje neuriede dat ik niet herkende. We gingen steeds langzamer dansen en toen legde ik mijn hoofd tegen zijn borst.

'Charlo-tte,' fluisterde hij in mijn oor, waardoor ik in vuur en vlam stond.

'Mmm,' mompelde ik.

'Dit moment is me heel dierbaar.'

Ik streelde zijn rug en ging dichter bij hem staan.

'Als ik me rot voel en me afvraag wanneer deze verdomde oorlog over is, denk ik gewoon aan jou en dan voel ik me… Het geeft me hoop. Het beurt me weer op.' Hij kuste mijn kruin. Toen legde hij zijn hand in mijn nek en trok me tegen zich aan. Zijn lippen vonden de mijne. Zijn tong schoot er overheen en duwde ze uit elkaar. Ik voelde dat hij zwaarder ging ademen.

Er werd op mijn schouder getikt. Ik schrok me wild en draaide me om.

'Papieren!' Een *gendarme* keek me dreigend aan.

Terwijl ik in mijn tas rommelde, nam een andere gendarme Jean-Luc apart.

'Schiet op!' De gendarme sloeg met zijn knuppel in zijn handpalm.

Met trillende handen stak ik mijn papieren naar hem uit.

Hij griste ze uit mijn handen en keek ernaar. Vervolgens keek hij mij aan; zijn ogen flikkerden in het donker. 'Jij hoort niet op straat te zijn en je als een hoer te gedragen.'

Mijn hoofd tolde. Ik wist niet wat ik moest zeggen.

'Ik zou je mee kunnen nemen voor een verhoor. Waarom zou ik dat niet doen?'

Ik wist niet hoe ik mezelf moest verdedigen. Ik wierp een hulpeloze blik op Jean-Luc. Hij was druk in gesprek met de andere gendarme.

'Hé, wat houdt me tegen?' vroeg de gendarme dit keer iets harder.

'Het… het is nog geen spertijd.'

'Ha,' lachte hij. 'Nog niet. Dus ga maar snel naar huis, Assepoester. Haast je.' Hij gaf me mijn papieren terug.

Ik keek naar Jean-Luc, maar kon zijn aandacht niet trekken in het donker. Bovendien stond hij nog steeds te praten met de andere gendarme. Ik aarzelde.

'Ga naar huis, Assepoester. Wacht maar niet op je prins.' De gemene lach van de gendarme joeg me angst aan. 'Nou, schiet op! Ga naar huis. Nu!'

Met een bonkend hart liep ik weg. Ik durfde niet meer achterom te kijken. Wat waren ze van plan met Jean-Luc? Ik hield mezelf voor dat het maar gendarmes waren. Ze waren niet van de Gestapo. Wat konden ze doen als hij niets verkeerds had gedaan? Ze konden hem vast niet arresteren vanwege zoenen. Ik probeerde mezelf ervan te overtuigen dat het goed zou komen. Maar daar kon je dezer dagen geen vergif op innemen.

Op de weg naar huis liep ik de kerk weer in en stak een kaars aan om te bidden dat ze hem lieten gaan, dat ik hem weer zou zien.

18

Parijs, 22 april 1944

Jean-Luc

Geef een zwakke man een klein beetje macht en hij zal het misbruiken. De gendarmes waren daar een typisch voorbeeld van. Hij was opgelucht toen hij Charlotte weg zag lopen, maar nu moest hij nog van hen af zien te komen. Hoewel ze geen redenen hadden om hem te arresteren, wist hij dat ze het kleine beetje autoriteit dat ze bezaten tegen hem zouden gebruiken.

'Exhibitionisme!' De gendarme die Charlotte had weggestuurd schoot in de lach. 'Als we jullie nog vijf minuten je gang hadden laten gaan, hadden we je daarvoor kunnen arresteren!'

Jean-Luc haalde een pakje Gitanes uit zijn broekzak en bood de man met wie hij had staan praten een sigaret aan. 'Tja, als ik geluk had gehad, hadden jullie me daarvoor inderdaad kunnen oppakken. Maar kom op, we zijn hier in Frankrijk! Het is onze plicht onze vrouwen te eren.'

De sfeer sloeg meteen om. De gendarme schoot in de lach en pakte een sigaret. Jean-Luc hield de ander het pakje voor en gaf hun beiden vuur met de zilveren aansteker die hij van zijn vader had gekregen. En om de onuitgesproken broederband te voltooien, pakte hij vervolgens zelf een sigaret. 'Je kunt een man toch niet arresteren vanwege een verzetje?' Hij zweeg even. 'Ik kom net uit het ziekenhuis. Een gebroken been en een jaap in mijn gezicht.' Hij betastte zijn litteken. 'Zij was mijn verpleegster.'

'Lekker!' De gendarme blies een rookwolk in Jean-Lucs richting. 'Ik durf te wedden dat ze goed voor je gezorgd heeft.'

'Inderdaad.' Hij lachte.

Ze vielen hem bij en na nog wat meer gescherts over vrouwen stuurden ze hem weg. Hij wierp een blik op zijn horloge: over een halfuur was het al spertijd. Net genoeg tijd om naar huis te lopen. Hij had vanavond geen zin om de metro te nemen, hij moest nadenken. Nou ja, eigenlijk wilde hij aan Charlotte denken. Charlo-tte, Charlo-tte. In gedachten liefkoosde hij haar naam, terwijl hij zich afvroeg wat het toch was met haar. Misschien waren het de tegenstrijdigheden die hij in haar zag: vertrouwen doorvlochten met onzekerheid, naïviteit met een zweempje bravoure. Hij bespeurde een moed die nog aan het oppervlak moest komen. Hij vermoedde dat die onderdrukt was door een strenge opvoeding waarin ze weinig kans had gehad haar eigen gedachten te uiten. Ze was als een vlinder waarvan de prachtige vleugels nog opgevouwen zaten in de cocon. Ze barstte van iets wat hij voor zijn gevoel kwijt was. Hoop. De opwinding van het leven. Hij hoorde het in haar stem als ze tegen hem praatte. En ze wilde dat aan hem geven, het in zijn onwaardige hand leggen, terwijl ze op de een of andere manier verwachtte dat hij het aannam en er iets mee deed.

Verder had het iets te maken met haar manier van doen. De manier waarop ze haar kin optilde als ze tegen hem praatte en er assertiever uit probeerde te zien dan ze was, had iets aandoenlijks. Hij vond het heerlijk om naar haar profiel te kijken. Dat was namelijk perfect: een intelligent voorhoofd, niet te laag en niet te hoog, lange, zijdezachte wimpers boven de bruinste ogen, slechts een tint lichter dan de grote pupillen die ze omcirkelden. Haar neus was subtiel, misschien een beetje te lang om perfect te zijn, waardoor ze in zijn ogen alleen maar perfecter was.

Hij sloeg linksaf naar de *quai* en wierp een blik op de gesloten cafés. De straat was nu, twintig minuten voor spertijd, verlaten. Hij had nog maar weinig tijd. Tartte hij het noodlot? Wilde hij gearresteerd worden? Alles om maar niet meer in Bobigny te hoeven werken. Nu had hij zelfs nog minder kans om een uitweg te vinden. Hij had wantrouwen gewekt, dus hij zou lange tijd niets meer kunnen doen. Hij moest gewoon zijn schouders eronder zetten en doorgaan. Maar was dat mogelijk? Zou het mogelijk moeten zijn? Misschien moest hij gewoon verdwijnen, dat zou nog steeds beter zijn dan werken voor de moffen. Hij zou naar het platteland kunnen vluchten en proberen de Maquis te vinden. Met zijn kennis van spoorwegen zou hij hen kunnen helpen treinen te laten ontsporen. Maar wie zou er dan voor zijn moeder zorgen? Wie zou haar het kleine beetje geld geven?

Al snel was hij bij de Notre-Dame op het Île de la Cité. De kerk glansde in de duisternis; zijn tijdloosheid stond onverschillig ten opzichte van de oorlog. Hij overwoog naar binnen te gaan en een kaars aan te steken, maar daar had hij geen tijd meer voor. Bovendien had hij een hekel aan die gekwelde waterspuwers die je bekeken als je naar binnen ging. Je beoordeelden. Dus liep hij door. Vanavond had hij zin om in zijn eentje in het donker te lopen, in deze stad die vroeger van hem was.

19

Parijs, 28 april 1944

Charlotte

Ik zuchtte toen ik zag dat ons dienstmeisje Clothilde een grote knolraap zat te raspen aan de keukentafel.

'Niet zo zuchten, Charlotte.' Maman boog voorover, keek onder de gootsteen en pakte daar iets wat verpakt was in krantenpapier. 'We eten vanavond duif. Pierre heeft er vanmiddag twee gedood en ik heb ons laatste restje suiker ingeruild voor een exemplaar.' Ze zweeg even en staarde me aan. 'Duif is net wat je nodig hebt. Moet je nou zien. Je bent nog bleker dan anders.'

Ik nam het pakketje van haar aan en keek erin. En ja hoor, daar lag een dode duif met de kop en poten er nog aan. Ik vouwde het papier er weer overheen en legde het pakje voor Clothilde op de keukentafel. Ik was een beetje misselijk geworden van die dode vogel en had waarschijnlijk weer een zucht geslaakt.

'Wat is er toch, Charlotte?' Maman keek me fronsend aan.

'Niets.'

'Jawel. Je bent de hele week al afwezig.'

'Het komt door de oorlog. Ik ben het zat.'

'Denk je dat jij de enige bent? Maar je weet dat het niet eeuwig door kan gaan.'

'En al die mensen die verdwenen zijn dan? Komen die terug? De Joden die ze allemaal opgepakt hebben?'

Clothilde hield op met raspen en keek me aan. Mamans frons werd dieper. 'Ik mag het hopen.'

'Hopen? Dat klinkt niet erg hoopvol.'

'We kunnen er niet veel aan doen, Charlotte.'

'Hoe bedoelt u?'

'Wij hebben het niet meer in de hand. Je kunt er maar het beste niet bij stilstaan.'

'Maar dat is bijna niet te doen!'

'Wacht maar tot je ouder bent, Charlotte, dan begrijp je wel dat er dingen zijn die je niet kunt veranderen. Dus je kunt je er maar beter bij neerleggen en verdergaan.'

'Maar als die dingen nu verkeerd zijn?'

'Dat maakt niets uit als je er niets aan kunt veranderen.'

'Weet u het dan? Weet u wat ze met de Joden doen?'

'Nee, dat weet ik niet! Wees nou maar blij dat je niet Joods bent.'

'En de familie Levi dan? Wilt u niet weten wat er met hen gebeurd is? Zullen we ze ooit nog terugzien? U was bevriend met madame Levi.'

'Ja, we waren bevriend en het doet me verdriet dat ze weg zijn, misschien wel heel ver weg.'

'Maar waar dan, maman? Waar zijn ze naartoe?'

'Charlotte! Wil je daar nu mee ophouden? Ik weet niet waar ze zijn!'

Clothilde zat me nog steeds aan te staren. Ik had het gevoel dat ze iets wilde zeggen, maar dat ze dat ongepast vond.

Die avond aten we onze duivensoep in stilte; alleen het geluid van kauwen en slikken was te horen in de kleine ruimte. Mijn ouders veegden hun kommen schoon met hun vingers, aangezien er geen brood meer was. Ik keek in mijn eigen kom met de grijze bouillon waarin piepkleine botjes aan het oppervlak dreven en duwde hem van me af.

Papa wierp me een verontwaardigde blik toe, pakte mijn kom en bracht die naar zijn mond om de inhoud op te slurpen.

Voor ik die avond naar bed ging, zocht ik het woord 'collaboreren' op in mijn oude woordenboek van school. Er stond: 'samenwerken met een vijandige indringer, of samenwerken aan een gezamenlijk project'. Dat betekende dat de Franse politie collaboreerde, maar dat wist ik al. Maar waar hield het dan op? Voor zover ik kon zien, werkte iedereen samen met de vijand – misschien niet altijd uit vrije wil, maar ze deden het toch: de moffen vlees serveren in restaurants, terwijl ze zelf honger hadden, hen de richting wijzen, van de stoep stappen om hen te laten passeren.

Soms collaboreerden mensen maar al te graag, zoals degenen die je vriendelijk toe knikten als ze op weg waren je te verraden, hoewel dat grotendeels per brief werd gedaan. Dat was een stuk veiliger. Er deden veel geruchten de ronde over wie wie had verraden en wat ze daarvoor terug hadden gekregen.

Toen ik een keer 's middags met een vriendin buiten liep, zagen we dat een buurman die we vaag kenden in zijn rug werd geschoten toen hij wegrende omdat hij zich moest legitimeren. Iedereen begroef zijn kin in zijn kraag en haastte zich naar huis. Was dat geen collaboratie? Doen alsof er niets gebeurd was?

En dan had je nog de vrouwen… Hoewel ik durfde te wedden dat die geen staatsgeheimen prijsgaven of ook maar iemand aangaven. Ze probeerden waarschijnlijk alleen extra rantsoenen te bemachtigen voor hun familie. Misschien dat sommigen echt verliefd werden. Ik zou het nooit hardop tegen iemand durven zeggen, zelfs niet tegen mijn vriendinnen, maar ik vond dat sommige soldaten er best leuk en normaal uitzagen. Er had er een keer een naar me gelachen en toen was ik met een wild kloppend hart snel weggelopen. Ik wist niet zeker of dat uit angst was of door de opwinding omdat een knappe man naar me gelachen had.

Hoe dan ook, we hadden van onze regering de opdracht gekregen te collaboreren. Die had ons opgedragen samen te werken met de Duitsers, zodat we samen een sterker, verenigd Europa konden opbouwen.

Papa had me meegenomen om te kijken naar de Duitse soldaten die over de Champs-Élysées marcheerden. 'Dit is een historisch moment,' had hij gezegd, 'en dat moeten we met onze eigen ogen zien.' Sommige mensen zwaaiden met vlaggen om de lange soldaten in hun keurige donkere uniformen te verwelkomen. Anderen keken met op elkaar geklemde lippen stilzwijgend toe. Papa had geen vlag en zijn gezicht was betrokken. 'We zullen erg voorzichtig moeten zijn,' fluisterde hij in mijn oor.

Ik had staan staren naar de tanks, trucks en mannen, en me afgevraagd hoe ik me hoorde te voelen en waar ik precies voorzichtig mee moest zijn. Maar dat was nu vier jaar geleden; ik was pas veertien geweest. Sinds die tijd was er veel gebeurd.

20

Parijs, 29 april 1944

Jean-Luc

Omdat hij Charlotte verschrikkelijk graag de volgende zaterdagavond wilde zien, was hij toch maar de hele week in Bobigny gaan werken. Hij wist dat ze zich zorgen zou maken over hem, en hij wist dat ze om zes uur op de stoep voor Stohrer op hem zou wachten. Dit keer zou hij haar vertellen over zijn plannen zich aan te sluiten bij de Maquis. Misschien ging ze wel met hem mee. Hij wist dat ze weg wilde uit het Duitse ziekenhuis, dat ze iets meer wilde doen. Hij wist dat ze geestdriftig en moedig was, ze besefte alleen nog niet in welke mate. Het was mogelijk. Alles was mogelijk – je moest er gewoon in geloven. En Charlotte had hem daarbij geholpen. Zij had hem herinnerd aan een tijd waarin hij nog volop in het leven stond en had durven hopen.

In de trein naar Parijs leunde hij met zijn hoofd tegen het harde, koude raam en tuurde naar buiten. Kale, onbewerkte akkers waarop vogels hun gang konden gaan, staarden in de schemering grimmig naar hem terug. Al het vee was verdwenen, opgegeten door de moffen, die hun biefstuk het liefst medium rare hadden. Waarom, vroeg hij zich af, beschermden we ons land niet wat beter? Nu was het verdeeld en stonden broeders tegenover elkaar. Als deze oorlog was afgelopen, zouden er absoluut rekeningen te vereffenen en verscheurde families zijn.

Charlotte stond er precies zoals hij zich dat had voorgesteld: ze keek met grote ogen in de lege etalage van de patisserie. Hij bleef abrupt staan, trok zijn hoed naar beneden en keek naar haar. Ze had haar handen in haar jaszakken gestopt en draaide haar jas heen en weer, trok hem naar beneden over haar figuur waardoor haar smalle taille werd geaccentueerd. Haar benen waren bloot. Hij had medelijden met de meisjes die geen kousen meer hadden. Mannen konden ten minste een broek dragen. Ze streek een losse pluk haar achter haar oor. O, wat had hij dat graag voor haar gedaan. Toen haalde ze haar andere hand uit haar zak en legde die op haar buik. Hij wist dat ze altijd honger had en werd overspoeld door een golf van medelijden. Kon hij haar maar meenemen naar een restaurant om haar te zien genieten van een fatsoenlijke maaltijd. Zelf had hij ook honger, maar dit keer had hij niets kunnen meenemen. Hij deed een stap achteruit, pakte zijn portefeuille en telde de dunne, versleten biljetten. Als hij zijn moeder morgen geen geld gaf, zou hij zich nog net een diner voor twee in een brasserie kunnen veroorloven. Hij raakte opgetogen door dat idee. Voor één keer, dacht hij. De gendarmes zouden hen niet lastigvallen in een brasserie, waardoor hij echt met haar kon praten.

Hij borg zijn portefeuille weer op en liep naar haar toe. Ze draaide zich om en keek hem recht aan. Hij sloeg zijn arm om haar heen, trok haar naar zich toe en zoende haar op de lippen. Ze leek verbaasd, want hij voelde haar verstijven.

Hij liet haar los. 'Vanavond neem ik je mee uit eten, Charlotte.'

'Wat?'

Hij streelde haar haar en fluisterde in haar oor: 'Ja. Ik trakteer.' Hij pakte haar arm en trok haar mee.

'Hoe is het afgelopen met de gendarmes?'

'Ik heb ze allebei een Gitane gegeven en toen lieten ze me gaan.'

'Godzijdank. Ik was doodongerust.' Ze draaide zich opzij en kuste hem op zijn wang.

Ze liepen verder over de kinderhoofdjes van de Rue Montorgueil en keken om zich heen op zoek naar een brasserie. Al snel zagen ze er een. Jean-Luc vertraagde zijn pas. 'Wat dacht je van deze? Kan die de goedkeuring wegdragen van de mademoiselle?'

'Ik... Ik weet het niet.' Ze boog zich naar zijn oor. 'Volgens mijn vader komen hier collabo's.'

'Collaborateurs? Zou kunnen, maar misschien is dat juist goed.'

'Hoe bedoel je?'

'Soms kun je je het beste in het hol van de leeuw begeven.'

'Maar als iemand ons nou naar binnen ziet gaan?'

Hij keek om zich heen. 'Er is niemand te zien. Vlug.' Hij hield de deur voor haar open.

Toen ze binnenkwamen, draaiden een paar oude mannen die aan de bar over hun *ballons de rouge* gebogen zaten zich naar hen om. De kleinste hief zijn wijnglas en knipoogde naar hen.

'Bonsoir, *messieurs*.' Jean-Luc slaagde erin vals te glimlachen.

Er verstreek een minuut, maar er kwam niemand om hun een tafeltje te geven. Was hij te overhaast geweest in zijn keuze voor deze brasserie? Zijn aandacht werd getrokken door een sierlijke, vergulde spiegel achter de bar. Ze waren beiden te zien in het vlekkerige glas. Charlotte oogde klein en angstig naast hem. Hij sloeg zijn arm om haar heen en toen ze elkaar in de spiegel aankeken, knipoogde hij. Hij zag de zenuwen verdwijnen toen ze teruglachte.

De serveerster banjerde langs met een karaf wijn en een handvol glazen. '*Asseyez-vous. J'arrive tout de suite.*'

Hij keek rond in het smalle restaurant. De grote zinken bar nam de meeste ruimte in beslag en daartegenover stonden een paar tafeltjes. Achter in de zaak, waar het schemeriger en rustiger was, stonden ook nog wat ronde tafeltjes. Hij pakte Charlottes hand en liep naar achteren, zo ver mogelijk bij het enige andere etende stel vandaan. Hij schoof een stoel voor haar achteruit, pakte haar jas aan, trok toen de zijne uit en ging zitten.

'Wat wil je eten, Charlotte?'

'Geen idee. Ik ben al eeuwen niet meer in een restaurant geweest. Wat hebben ze?'

Hij glimlachte. 'Het is maar een brasserie. Heb je zin in vlees?'

'Ja, goed.'

'Mademoiselle, *s'il vous plaît?*' riep hij naar de serveerster. Hij klonk zelfverzekerder dan hij zich voelde.

'Monsieur?'

'Tweemaal biefstuk en een halve liter rode huiswijn.'

'Er is vandaag geen biefstuk.'

'Wat hebt u wel?'

'Croque-monsieur, quiche, *salade d'endives.*'

'Wat wil je, Charlotte?'

'Croque-monsieur, alstublieft.'

'Twee croque-monsieurs, mademoiselle, en een *demi-pichet* rode huiswijn.'

De serveerster vertrok zonder te laten merken dat ze hem verstaan had. Hij hoopte dat ze niet in hun eten zou spugen. Dat zou hij zelf misschien wel gedaan hebben als hij dacht dat hij collabo's bediende.

Een paar minuten later dook ze weer op en zette een kleine karaf en twee glazen op tafel. Ze schonk de wijn niet in, maar liet wel een schoteltje met olijven achter. Dat schoof hij uitnodigend naar Charlotte. Hij zag hoe ze er voorzichtig een tussen haar tanden nam, in het glimmende vel beet, de pit eruit haalde en die op de rand van het schoteltje legde, naast de pit die hij net uit zijn eigen mond had gehaald. Het voelde intiem: wat in haar mond had gezeten naast wat hij in zijn mond had gehad. Hij bekeek haar aandachtig en vroeg zich af of zij hetzelfde dacht.

'Ik heb geen olijven meer gegeten sinds... Ik moet veertien of vijftien zijn geweest, in de tijd dat we in augustus altijd naar de Provence gingen.'

'Wat heerlijk. Ik ben Parijs nog nooit echt uit geweest. Hoe is het daar?' Hij schonk voor hen allebei een glas wijn in.

'Het is... Het baadt in het zonlicht en als je er in juni naartoe gaat, zie je velden vol paarse lavendel. Ze verbouwen daar van alles: zonnebloemen die meedraaien met de zon en akkers vol olijfbomen met bladeren die aan de achterkant van zilver zijn.'

'Neem je me er een keer mee naartoe?' Hij hield zijn glas wijn omhoog in het licht en rook eraan. Toen proostten ze. 'Op ons, in de Provence,' fluisterde hij.

Charlotte liet de wijn walsen in haar glas alsof ze niet zeker wist of ze dat een goed idee vond.

'Probeer maar.' Jean-Luc nam een slokje. 'Het is niet slecht – voor een huiswijn.'

Hij keek hoe ze het glas naar haar mond bracht en aarzelend een slokje nam.

'Het is heerlijk.' Ze streek met haar tong over haar lippen.

De serveerster verscheen weer en zette zonder een woord te zeggen de borden voor hen neer. Jean-Lucs maag knorde bij het zien van de gesmolten kaas die uit de zijkant van het geroosterde brood kwam zetten.

Charlotte zette grote ogen op. 'Het ziet er verrukkelijk uit.'

'*Bon appétit.*'

Hij zag dat ze haar vork en mes oppakte en er een klein vierkantje af sneed. Vlak voordat ze dat in haar mond stopte, keek ze hem aan en zei: 'Dankjewel, Jean-Luc.'

'Graag gedaan. Ik zou graag meer voor je doen. Als deze oorlog voorbij is, neem ik je mee naar een bijzondere plek.'

'Dit is bijzonder.' Ze nam nog een hap. 'Het is heerlijk om iets fatsoenlijks te eten.'

Hij keek toe hoe ze at. Ze nam nog een slokje wijn en keek vanuit haar ooghoeken naar hem. 'Heb jij geen trek?'

Hij glimlachte en wierp een blik op zijn onaangeraakte tosti. 'Ik heb nu wat anders aan mijn hoofd.' Hij boog zich naar haar toe. 'Ik heb je gemist, Charlotte.'

Haar mondhoeken gingen omhoog en haar ogen twinkelden. 'Hoeveel?'

'Zo veel.' Hij spreidde zijn handen uit op de tafel en legde er toen een op haar wang. 'Hoe is het met jou?'

'Nou, ik heb jouw glimlach gemist.'

'En ik de jouwe. Meer dan je je kunt voorstellen.' Hij zweeg. 'Eet smakelijk.'

Ze aten in kameraadschappelijk stilzwijgen en genoten van de smaak.

'Hoe is het nu in het ziekenhuis?' Hij had daar eigenlijk niet over willen beginnen; het was er gewoon zonder nadenken uitgekomen.

Hij zag de glimlach van haar gezicht verdwijnen. 'Ik moet daar weg. Het is verkeerd om daar te zijn.' Even was het stil. 'Ik moet alleen de moed verzamelen om het mijn ouders te vertellen.' Ze keek angstig om zich heen alsof iemand hen had afgeluisterd.

'Geen zorgen, niemand luistert. Maar trek het je niet aan. We zijn allemaal op de een of andere manier medeplichtig.'

'Hoe bedoel je?' Haar wenkbrauwen kwamen samen in een frons.

'Nou, we hebben toegestaan dat ze ons eten, onze wijn, ons land en onze huizen innamen. Voor burgers als wij is het moeilijk – onmogelijk – om in opstand te komen tegen een militaire aanwezigheid als die van hen. In ons eentje kunnen we niet veel doen.' Hij schonk haar glas bij, hoewel ze maar een paar slokjes had genomen.

'Ja, maar we moeten eigenlijk proberen iets te doen, toch?'

Hij knikte. 'Je weet toch waar ik werk?'

'Bij de spoorwegen.'

'Ja, maar weet je ook waar?'

'Niet precies. Ik... Volgens mij heb je me dat niet verteld.'

Hij wreef in zijn ogen en keek toen om zich heen. Er was na hen niemand binnengekomen en de oude mannen aan de bar waren vertrokken. Alleen het andere stel zat er nog – een paar tafels verder – maar dat leek alleen geïnteresseerd te zijn in elkaar. Hij boog zich naar voren en dempte zijn stem. 'Ik werk in Bobigny, het station van Drancy – het kamp waaruit alle Joden worden gedeporteerd.' Hij nam nog een slok wijn. Nadat hij zijn mond met de rug van zijn hand had afgeveegd, ging hij verder. 'Ze deporteren ze met duizenden tegelijk, Charlotte, en we weten niet waar ze die mensen heen sturen.'

'Gaan ze dan niet naar werkkampen in Duitsland?'

Hij schudde zijn hoofd. 'Volgens mij brengen ze hen heel ver weg en zorgen dan... dat ze van hen afkomen.'

'Wat? Hoe bedoel je?'

'Sorry, Charlotte. Ik was niet van plan erover te praten.' Hij sloeg zijn handen voor zijn gezicht.

Ze raakte zijn hand aan. 'Vertel me wat je bedoelt.'

Hij vroeg zich af of hij dat moest doen. Misschien kon hij het beter luchtig houden en over haar praten, haar vlijen, zoals hij in het ziekenhuis had gedaan. Dat was leuk geweest, maar hij had nu belangrijker dingen aan zijn hoofd. Er was geen tijd meer voor dergelijke frivoliteiten. Hij keek in haar donkerbruine ogen en wenste dat ze een ander gesprek konden voeren.

'Ze proppen die mensen in veewagons – ze proberen er zo veel mogelijk in te krijgen. En dan sturen ze hen weg. Zonder water. Zonder eten. Iemand vertelde me dat hij een van de moffen had horen opscheppen dat ze er meer dan duizend in de laatste trein hadden gekregen.' Hij zag de kleur uit haar gezicht wegtrekken. 'Ik kan het niet meer, Charlotte.'

Ze schudde haar hoofd alsof ze probeerde wat ze net gehoord had kwijt te raken. 'Maar dat kan niet. Waarom zouden ze dat doen?'

'Shh.'

De serveerster liep langs. '*Tout va bien?*'

'Ja hoor, alles is prima, dank u. Zouden we alstublieft een karaf water mogen?'

'Natuurlijk.' Ze draaide zich met een ruk om en liep weg.

'Geen zorgen, ze heeft niets gehoord.' Hij zweeg, dempte toen zijn stem en boog zich nog verder naar Charlotte toe. 'Waarom?' Hij lachte cynisch. 'Omdat het oorlog is en zij de Joodse immigrant als hun vijand zien.'

'Maar ze pakken nu ook Joden op die in Frankrijk geboren zijn, toch?' Ze legde haar kin op haar verstrengelde handen en keek somber. 'Kon ik maar iets doen.'

De serveerster kwam terug met hun water. Ze keek nadrukkelijk naar hun halflege borden.

'Merci, madame. Zouden we ook nog een beetje wijn mogen?' Jean-Luc stak de lege karaf naar haar uit.

Ze griste hem uit zijn handen. 'Bien sûr.'

Hij keek haar nu na tot ze achter de bar verdween en wendde zich toen weer tot Charlotte. 'We kunnen dit beter opeten.'

'Ik heb geen trek meer.'

'We kunnen beter geen aandacht trekken.'

Dit keer besloop de serveerster hen en zette de karaf zonder iets te zeggen op tafel. Jean-Luc schonk voor zichzelf wat wijn in. Charlottes glas was nog vol. Ze pakte het abrupt op en sloeg het achterover alsof het water was. Vervolgens zette ze haar lege glas neer en wierp zich op de koude croque-monsieur, sneed die in kleine vierkantjes. Hij zag haar knokkels wit worden omdat ze haar mes en vork fijnkneep.

'Charlotte,' fluisterde hij. Ze gaf geen antwoord, maar bleef de tosti in steeds kleinere vierkantjes snijden. Hij reikte naar haar bleke hand, maar die trok ze met een ruk weg alsof ze zich anders zou branden. Toen hoorde hij een gesmoord geluid en zag haar schouders schokken. Ze griste het servet van tafel en begroef haar gezicht erin.

Hij stond op, liep naar haar kant van de tafel en nam haar in zijn armen. 'We gaan.'

21

Parijs, 29 april 1944

Charlotte

Zodra ik weg was uit de collaborateursbrasserie, voelde ik me beter. Het lag waarschijnlijk aan de wijn dat ik zo overdreven emotioneel was. Ik moest tot rust komen, maar mijn hoofd tolde door alle gedachten die erdoorheen schoten. Jean-Luc had zijn arm stevig om me heen geslagen en hield met zijn andere hand de wandelstok vast. Ik voelde me er veiliger door. Maar niemand was veilig. Niemand. We liepen een tijdje zonder iets te zeggen, terwijl mijn gesnuf langzaam wegebde. Al snel waren we in de Rue Saint-Denis.

'Kom, dan gaan we hier even naar binnen.' Hij pakte mijn hand en trok me een café in. Ik wilde niet nog meer drinken, ik was de controle over mijn zintuigen al kwijt. Gemengde gevoelens van verlies, schuld en verlangen kolkten door mijn hoofd. Ik had geen idee wat ik ging doen.

Maar hij bestelde wijn voor ons allebei.

En die dronk ik op.

We zaten op krukken aan de bar – het was goedkoper om daar te drinken en trouwens, aan de drie tafels achterin zaten moffen met hun vrouwen. Ik keek even naar ze, nam de donkere uniformen van de mannen en de blote benen van de vrouwen in me op. Ze hadden dunne strepen op hun achterbenen getekend in een sneue poging te doen alsof ze kousen droegen. Echt hoor, wie dachten ze daarmee voor de gek te houden? En waarom maakten ze zich daar druk om? Ze vonden het waarschijnlijk chic, dacht ik. Chic! Ik durf te wedden dat de moffen zichzelf er ook chic uit vonden zien in hun nette uniformen. Het was allemaal schone schijn. Ik had te doen met de vrouwen die moesten huichelen voor de moffen. Ik hoopte dat ze erin zouden slagen gunsten te winnen in ruil voor het weggeven van niets meer dan een oppervlakkige glimlach en een valse lach.

Met een tollend hoofd draaide ik me terug naar Jean-Luc. Ik keek in zijn vriendelijke bruine ogen die niet écht bruin waren en had het gevoel dat ik door een magnetische kracht naar hem toe getrokken werd. Aan hem was niets nep. Hij was goed. Ik merkte dat ik naar hem vooroverviel en landde met mijn handen op zijn knieën. Ik rechtte mijn rug, haalde mijn handen weg en keek hem weer recht aan. Maar ik voelde me alleen maar wiebeliger dan daarnet.

'Charlotte.'

Ik sloot mijn ogen en luisterde naar de klank van mijn naam uit zijn mond.

'Volgens mij heb je te veel gedronken. Dat is mijn schuld. Sorry. Ik kan je beter naar huis brengen.'

'Nee!' Ik schoot in de lach, verbaasd door de abrupte vastberadenheid in mijn stem. 'Ik vind het hier leuk. Laten we nog wat wijn bestellen.' Dit keer viel ik van mijn kruk in zijn armen. Toen ik schuin omhoogkeek, zag ik zijn scheve lachje. Dat deed het hem. Zijn lachje. Ik trok mezelf omhoog en sloeg mijn armen om zijn schouders. En ik zoende hem. Het was geen zachte kus zoals hij me had gegeven. Het was een vurige kus. Een wanhopige kus. Ik wilde dat die me weg zou voeren. Ver weg.

Er werd gefloten en gelachen. Ik voelde dat hij me losliet. De moffen zaten te klappen. Ik hoorde er een zeggen: 'Dat was nog eens een echte Franse kus.'

Jean-Luc gooide wat munten op de bar en pakte mijn hand. 'Kom.' Ik zag dat hij kwaad was. Ik had hem voor schut gezet.

Zodra we buiten waren, trok hij me mee de hoek om. Toen liet hij mijn hand los en hoorde ik zijn wandelstok op de grond vallen. Hij sloeg zijn armen om me heen en drukte me tegen zich aan. Zijn lippen vonden de mijne en ik voelde dat hij zwaar ademde. Hij smaakte naar zout, zoals de zee. Naar vrijheid. Ik weet niet hoelang we daar met een bonkend hart tegen elkaar aan stonden te hijgen, alsof we bang waren te verdrinken. Toen zijn lippen de mijne eindelijk verlieten, wilde ik alleen maar in hem opgaan en de rest vergeten.

'Charlotte,' fluisterde hij in mijn oor. 'Laten we samen weglopen.'

En op dat moment, op die plek, was dat alles wat ik wilde.

22

Parijs, 30 april 1944

Charlotte

'Ik wil hem graag aan jullie voorstellen.' Ik wist dat het gestoord was, maar als ik met hem weg zou lopen, wilde ik dat ze in ieder geval wisten dat hij een fatsoenlijke man was.

Maman keek me indringend aan. 'Daar is het nu de tijd niet voor, Charlotte.'

'Daar kan ik toch niets aan doen! Ik ben die oorlog niet begonnen!'

'Genoeg, Charlotte. We kunnen hem niet voor de lunch uitnodigen. Je weet dat we amper genoeg te eten hebben voor ons drieën, laat staan voor nog iemand.'

'Dat geeft niet, maman. Hij kan 's middags surrogaatkoffie komen drinken. Dan doen we net of het een *goûter* is.'

'Misschien neemt hij wel iets mee.' Papa draaide zich om op zijn stoel. 'Ik durf te wedden dat hij connecties heeft, zo'n jonge kerel die in Drancy werkt. Hij weet vast hoe hij dingen te pakken kan krijgen.' Het woord 'collabo' werd niet uitgesproken, maar hing wel in de lucht.

Omdat ik van tevoren al wist dat ze hem niet voor de lunch wilden ontvangen, was ik zo verstandig geweest Jean-Luc om vier uur uit te nodigen. Niemand had iets te doen op zondagmiddag om vier uur, en Clothilde werkte niet op zondag. Mijn uitnodiging had hem verrast, en nadat hij die had geaccepteerd, was ik dat ook. Het was een impulsief plan en eerlijk gezegd begon ik te twijfelen aan mijn motief. Probeerde ik mijn ouders iets te bewijzen? Wilde ik ze laten zien dat ik niet meer hun kleine meisje was? Of misschien wilde ik ze wel ergeren door een spoorwegarbeider mee naar huis te nemen, terwijl ik maar al te goed wist welk belang ze hechtten aan opleiding en klasse.

'Het zou alleen maar beleefd zijn om iets mee te nemen.' Papa onderbrak mijn gemijmer. 'Ik ga ervan uit dat hij indruk op ons wil maken.'

Het enige waar zij aan dachten was eten. Eten. Eten. Eten. Stonden er nou echt geen belangrijkere dingen op het spel? Ik draaide hen de rug toe, liep naar de gootsteen en keek uit het raam naar de binnenplaats.

'Waarom was hij naar een Duits ziekenhuis gestuurd?' Maman sprak tegen mijn rug.

'Dat weet ik niet.' Ik draaide me om. 'Waarschijnlijk omdat hij in Drancy werkt.'

Papa tuitte zijn lippen.

'Ik werk toch ook in een Duits ziekenhuis? Wat is het verschil?'

'Matig je toon, Charlotte.' Maman keek me met samengeknepen ogen aan.

Jean-Luc was er stipt om vier uur; mijn hart sloeg op hol toen ik de zoemer hoorde. Papa deed de deur open en schudde hem formeel de hand. Maman keek met over elkaar geslagen armen toe. Toen Jean-Luc zijn hand naar haar uitstak, hield ik mijn adem in.

Langzaam liet ze haar armen zakken en reikte hem de hand. Vervolgens draaide hij zich naar mij, maar ik stak mijn hand uit voordat hij me op de wang kon kussen. Het voelde belachelijk formeel, maar ik wilde niet dat hij me zoende waar mijn ouders bij waren. Ik zag hem glimlachen en voelde mijn wangen warm worden toen ik zijn glimlach beantwoordde.

Een paar tellen stonden we daar alsof we niet goed wisten wat we moesten doen. Toen opende Jean-Luc zijn tas. 'Ik heb iets meegebracht.' Hij rommelde erin en haalde er uiteindelijk iets uit wat verpakt was in krantenpapier. '*Saucisson.*'

Meteen werd de sfeer luchtiger. De worst zag er in mijn ogen niet echt geweldig uit – rozig grijs en gerimpeld – maar mamans ogen lichtten op toen ze hem aannam en weglegde voor later.

'Hebt u zin in koffie?' vroeg ze.

Papa schaterde. 'Koffie! Het zijn gemalen eikels, net als bij iedereen.' Hij wendde zich tot Jean-Luc. 'Laten we in de woonkamer gaan zitten. Breng de koffie maar binnen, Beatrice.'

Ik volgde hen naar de woonkamer en liet het koffiezetten aan maman over. Papa nestelde zich in zijn leunstoel en Jean-Luc en ik gingen op de bank zitten. Ik onderdrukte de neiging zijn hand vast te pakken en keek in plaats daarvan naar papa, omdat ik benieuwd was hoe hij het gesprek zou openen. Maar hij leunde achterover alsof hij afstand nam.

‘Charlotte heeft erg goed voor me gezorgd in het ziekenhuis,’ zei Jean-Luc.

Papa nam even de tijd om te antwoorden. ‘Ja. Ze vertelde me dat u een ongeluk had gehad.’ Hij zweeg even. ‘In Drancy.’

‘Koffie.’ Maman kwam de kamer in met een dienblad waarop drie kop-en-schotels stonden en koekjes waarvan ik niet wist dat we die hadden. Uiteraard vroeg ik me af waarom ze indruk op hem wilde maken, maar ik besloot het op te vatten als een goed teken.

‘Merci, madame.’ Jean-Luc nam zijn koffie en het dunne koekje aan. ‘Ja,’ ging hij verder. ‘Ik werk nu... twee maanden in Drancy.’ Hij sloeg zijn ogen neer en balanceerde de kop-en-schotel op zijn knie. Langzaam nam hij een slokje en keek mij over de rand van het kopje aan.

‘U bent spoorwegarbeider.’ Het klonk meer als een beschuldiging dan als een vraag uit papa’s mond.

‘Ja, en ik ben hulpverpleegster.’ Ik flapte het er zonder nadenken uit, maar ik kon het niet uitstaan dat hij hem hiermee een gevoel van minderwaardigheid bezorgde.

‘Dat weten we, Charlotte.’ Maman sprak zacht en rustig, alsof ze het tegen een kind had. ‘Iedereen moet doen wat hij kan in oorlogstijd.’ Ze wendde zich tot Jean-Luc. ‘Wat is er gebeurd dat u in het ziekenhuis bent beland?’

‘Ik werkte aan een van de sporen toen er een koevoet omhoogschoot en me in mijn gezicht raakte. En toen ik viel, brak ik mijn been.’ Hij zweeg even. ‘Het was een stom ongeluk.’

Papa trok een wenkbrauw op als om dat te bevestigen.

‘Ja.’ Maman keek hem aan. ‘Dat is een flink litteken.’

Zijn hand schoot ernaartoe en betastte de gerimpelde randen. Ik stelde me het ruwe gevoel onder zijn vingertoppen voor.

‘Hoelang werkt u al voor de SNCF?’ Papa tilde het kopje naar zijn mond. Ik hoopte maar dat hij aardig zou zijn.

‘Sinds mijn vijftiende.’

‘Dus u bent op uw vijftiende van school gegaan?’

‘Oui, monsieur.’

‘Voor het baccalauréat?’

‘Ja.’ Jean-Luc wendde zijn blik af.

Ik schaamde me voor papa’s insinuatie – voor het examen van school gaan, betekende dat je veroordeeld was tot een leven als handarbeider of knecht. Er viel een ongemakkelijke stilte.

'Aha.' Papa zette zijn kopje weer neer. 'Wat doet u in Drancy?'

Ik kromp ineen en wierp een blik op Jean-Luc. Zijn gezicht werd rood. 'Ik help bij het onderhoud van de rails.'

Papa kuchte en maman keek in haar kopje. Weer viel er een stilte. Ik zocht koortsachtig naar een manier om die te verbreken.

'Jean-Luc zegt dat er veel treinen vertrekken uit Drancy.' Ik keek naar papa, die fronste. 'Ze deporteren gevangenen daarvandaan,' ging ik verder.

Papa keek me ijzig aan. Maman verstijfde, haar kopje bleef in de lucht hangen, en Jean-Luc schoof over de bank naar me toe. De sfeer werd gespannen.

'Charlotte heeft gelijk.' Jean-Luc verbrak de stilte. 'Er vertrekken nu veel treinen. Soms wel met duizend gevangenen aan boord.'

'Duizend?' Papa zweeg even. 'In één trein?'

'Oui, monsieur.'

'Hoe kunnen ze er nou duizend in één trein krijgen?'

'Ze proppen ze in veewagons.'

Maman zat nog steeds in haar kopje te kijken. Ik wist dat ze een gloeiende hekel had aan dit soort gesprekken.

'Waar brengen ze die mensen naartoe?' vroeg papa.

'Naar het oosten, volgens mij.'

Papa knipperde met zijn ogen. 'Tja, ze hebben er inderdaad duizenden opgepakt en die moeten ergens heen gebracht worden. Het oosten klinkt wel logisch. Polen, denk ik.'

'Ja, waarschijnlijk wel.' Jean-Luc wierp een blik op mij. 'Maar wat gebeurt er met hen?'

'Wat er met hen gebeurt?' Papa fronste.

'Ja. Als ze in veewagons gepropt worden waarin ze alleen kunnen staan...' Jean-Luc sloeg een iets assertievere toon aan en ik kreeg de zenuwen van de snelle wending van het gesprek. 'En ik heb gezien... Ik heb het perron gezien nadat de treinen waren vertrokken. Het is daar... een rotzooi.'

'Wat bedoelt u?'

'Nou, er liggen spullen... spullen die van die mensen waren. Boeken, hoeden, koffers, kinderspeelgoed. Volgens mij worden ze met geweld die treinen in geduwd...'

'Kinderspeelgoed?' zei papa.

Maman keek hem fronsend aan. 'Je weet best dat ze de kinderen ook meenemen.' Ze zweeg even en keek naar mij. 'Weet je nog die enorme razzia van bijna twee jaar geleden, toen ze complete families naar het Vélodrome d'Hiver brachten?'

Papa zette zijn kop-en-schotel op het dienblad en leunde weer achterover in zijn stoel. Ik probeerde oogcontact te maken met Jean-Luc, maar hij had zijn ogen neergeslagen.

'Bien,' zei maman. 'Ik hoop dat deze winter snel voorbij is.'

Jean-Luc keek op. 'Het is een afschuwelijke baan.' Hij zette het kopje, dat op weg was geweest naar zijn mond, weer op het schoteltje. 'Ik weet niet of ik ermee door kan blijven gaan.'

Mijn hart ging tekeer. Van mij hoefde hij niet zó eerlijk, zo direct tegen hen te zijn.

Papa fronste. 'Hoe bedoelt u?'

'Nou ja, ik help de moffen bij hun werk, toch? Ik help ze mensen te deporteren naar God mag weten waar, alleen omdat ze Joods zijn.'

'Waarom? Waarom hebben ze daar een misdaad van gemaakt?' flapte ik eruit om de spanning te breken.

Papa keek me aan alsof hij me voor het eerst zag. 'Ze hebben banen ingepikt van Franse burgers. En ze hebben geprobeerd onze economie te beheersen, net als in Duitsland.'

'Dat is helemaal niet waar!' Jean-Luc zette zijn kop-en-schotel met een klap op tafel, waardoor de bruine vloeistof nog net niet over de rand golfde. 'Dat is allemaal propaganda.'

'Hoe moeten wij dat nou weten? Bent u een politicus? Hebt u verstand van economie?' Papa zweeg en keek Jean-Luc kil aan. 'U bent gewoon een arbeider.'

'Ik zie het heus wel als er iets niet in de haak is.' Jean-Luc keek boos terug.

'O ja? En wat gaat u er dan aan doen, jongeman?'

'Ik heb wel een paar ideeën.'

Papa ging rechtop zitten. 'Nou moet u eens even goed naar me luisteren.' Hij klonk standvastig. 'Het is gewoon een kwestie van tanden op elkaar en doorbijten. U hebt geen keus. Dat hebben we geen van allen.'

Maman raakte papa's elleboog aan, een teken dat hij het wat rustiger aan moest doen.

'O nee?' Jean-Luc wierp een blik op mij. 'Volgens mij hebben we altijd een keus. Die is alleen soms erg moeilijk.'

'Ach, kom nou toch. Op dit moment hebben we geen keus. We zitten gevangen. Maar deze oorlog zal niet eeuwig duren. Het ziet er niet goed uit voor Duitsland. Blijf gewoon doen wat u opgedragen wordt.'

'Moet ik dat doen?' Jean-Luc stond op. 'Vindt u dat ik het gewoon vol moet houden, terwijl zij duizenden landgenoten deporteren en waarschijnlijk vermoorden?' Hij ging harder praten. 'Vindt u echt dat ik dat moet doen?'

Papa stond ook op, zijn gezicht werd rood. 'Genoeg! Ik ben niet gediend van die toon.'

Ik verstijfde. Jean-Luc had zich volkomen onmogelijk gemaakt.

'Nou, ik ben niet gediend van wat er gaande is. En ik wil niet achteroverleunen en niets doen, alleen blij zijn dat ik niet Joods ben.' Hij zweeg even en zei op iets zachtere toon: 'Het spijt me dat u het niet met me eens bent.'

Papa trok zijn schouders naar achteren en keek hem recht aan. 'Ik denk dat u beter kunt vertrekken.'

Mijn hart bonkte alsof dat het enige functionerende orgaan in mijn lichaam was. Ik kwam met trillende knieën overeind en was doodsbang dat ik hem nooit meer zou zien. Ik sloeg mijn armen om Jean-Lucs nek uit vrees dat ik zou vallen als ik hem losliet.

'Charlotte!' schreeuwde maman.

Vlug fluisterde ik in zijn oor: 'Ga nergens heen zonder mij.'

Papa's hand landde op mijn schouder en trok me bij hem weg.

Ik keek zwijgend toe hoe Jean-Luc vertrok. Hij had me geen antwoord gegeven.

23

Parijs, 30 april 1944

Charlotte

'Je mag hem nooit meer zien. Nooit! Hoor je me?'

Ik liet papa's woorden over me heen stromen terwijl ik naar het parket staarde, maar ik voelde mamans dwingende ogen branden. Ze wilde dat ik me verontschuldigde, een brave dochter was. Maar mijn tong lag bevroren in mijn mond.

'Kijk me aan als ik tegen je praat.' Papa deed een stap naar me toe; ik rook de geur van verrotte eikels in zijn adem en walgde. Ik moet achteruitgedeinsd zijn, want hij deed nog een stap naar voren. 'Je bent een dom gansje!' Hij keek me boos aan. 'Hij met zijn praatjes! Wie denkt hij wel niet dat hij is?' Hij hief zijn handen. 'En dan ook nog in óns huis!'

Hij draaide zich naar maman. 'Ik heb je toch gezegd dat we niet streng genoeg voor haar zijn.' Hij keek mij weer aan. 'Ze heeft geen idee welke gevolgen dergelijke praatjes hebben.'

'Maar het is waar.' Mijn hart ging tekeer. 'Hij verzint het niet. Het is waar wat hij zei.'

'Dat kan me geen moer schelen.' Papa's bulderende stem galmde door de woonkamer. Ik onderdrukte de neiging mijn handen voor mijn oren te slaan. 'Daar gaat het niet om. Dat soort dingen zeg je niet.' Hij wilde mijn schouder vastpakken. 'Begrepen?'

Ik duwde zijn hand weg, rende de kamer uit naar mijn slaapkamer en knalde de deur achter me dicht. Ik zou Jean-Luc weer zien. Echt. Niemand kon me tegenhouden.

Ik hoorde de voordeur dichtslaan. Godzijdank, papa was het huis uitgegaan. Maar het was nu te laat om achter Jean-Luc aan te rennen. Paniek borrelde op toen ik bedacht dat hij zou vluchten en zich zonder mij aansloot bij de Maquis. Hoe moest ik hem dan vinden?

God, wat haatte ik papa. Waarom had hij niet gewoon naar Jean-Luc kunnen luisteren en op gelijke voet met hem van gedachten kunnen wisselen? Waarom dacht hij altijd dat hij superieur was aan anderen? De minachtende manier waarop hij 'u bent spoorwegarbeider' had gezegd. Jean-Luc wist meer over de oorlog dan papa, hij zat tenslotte in Drancy, in het hol van de leeuw, zoals hij altijd zei. Hij verkeerde in de beste positie om te weten wat er echt gaande was, maar niemand had naar hem willen luisteren. Maman koos altijd partij voor papa, wat hij ook zei. Ik wist niet eens wat ze zelf van dingen vond, niet echt.

Ik plofte op mijn bed en pakte de oude, plat geworden teddybeer die mijn oma voor me had gemaakt toen ik een baby was. Elke keer dat ik me eenzaam of onbegrepen voelde, zocht ik troost bij de vertrouwde knuffel. Hij had in de loop der jaren vele tranen opgezogen, maar nu begon de vulling uit zijn hals te komen. Daar pulkte ik graag aan en dan vroeg ik me af waar ze al die stukjes felgekleurde stof vandaan had gehaald die ik eruit trok. Er was de afgelopen maanden zo veel gebeurd. Er veranderden dingen – ik veranderde. Het werd tijd dat ik mijn eigen beslissingen ging nemen, mijn jeugd achter me liet. Resoluut rolde ik de beer tot een bal en propte die onder mijn bed.

De deur ging open en daar stond maman. Ze zag er bleek en bezorgd uit. Ik had bijna met haar te doen. 'Ben je weer een beetje gekalmeerd, Charlotte?'

Ik draaide me naar haar toe. 'Hoezo?' Ik nam de zorgelijke rimpels rond haar mond in me op. 'Ik ben niet degene die moet kalmeren.'

'Charlotte! Hoe durf je zo te praten!'

'Maar het is toch zo? Papa verloor zijn beheersing, niet ik.' Ik wendde me van haar af. Echt hoor, wat had het voor zin?

Ze drentelde een beetje rond en ik wist dat ze op zoek was naar een verklaring voor papa's gedrag, hoewel ze volgens mij best wist dat ik die niet wilde horen. Ze kwam naast me op het bed zitten.

'Waarom is het onmogelijk om in dit gezin eerlijk te zijn?' vroeg ik.

'Waar heb je het over?'

'Niemand wil praten over wat er aan de hand is.' Ik draaide me van haar af en dempte mijn stem. 'Jullie willen het gewoon niet weten, hè?'

'Dat is niet waar, Charlotte!'

'Wel! Jullie stoppen liever je kop in het zand.' Ik draaide me weer naar haar toe en zag haar slikken en op haar lip bijten. Toch ging ik verder. 'We moeten actiever zijn, ons meer verzetten tegen wat er onder onze neus gaande is.'

Ze staarde me met grote zwarte pupillen aan. Dit was de eerste keer dat ik haar het hoofd bood.

'Je begrijpt het niet, Charlotte.' Ze hief haar hand alsof ze me wilde aanraken, maar ik kromp ineen en ze trok hem snel terug. 'Je bent nog zo jong. Je kunt de situatie gewoon niet goed inschatten.'

Ik slaakte een luide zucht. Ja hoor, we gingen er weer omheen draaien.

'Alsjeblieft, Charlotte. Je moet niet zo hard oordelen over je vader, en ook niet over mij. Hij heeft meer meegemaakt dan je denkt. Misschien hadden we meer met je moeten praten, maar... dat wilde hij niet.' Ze zweeg even. 'Hij was pas achttien toen hij naar Verdun gestuurd werd tijdens de vorige oorlog. Hij heeft dingen gezien die geen mens zou mogen zien. En dat weet ik alleen door zijn nachtmerries.' Ze pakte mijn hand. 'Weet je waarom hij nooit naar de slager wil? Heb je je dat weleens afgevraagd?'

Ik schudde mijn hoofd, maar vermoedde wat het antwoord was.

'De geur van bloed.' Ze haalde haar hand weg en wreef ermee over haar voorhoofd. 'Zoals zo velen dacht hij dat Pétain een oorlogsheld was, dat het verstandig van hem was om over een soort vrede te onderhandelen met Hitler. Pétain wist wat oorlog was. En hij deed wat hij moest doen om ons een andere te besparen.'

'Maar dat is hem toch niet gelukt, maman? Hij heeft ons geen andere bespaard. We zitten er middenin.'

Ik zag haar frons dieper worden en besefte dat dat voor haar niet zo was. We zaten niet midden in een oorlog, we zaten deze uit.

'Het was verschrikkelijk zwaar voor je vader,' ging ze verder. 'We hadden niet gedacht dat het zover zou komen. We dachten allebei dat het beter was om de krachten te bundelen met Duitsland dan om ze te bestrijden.'

'Krachten te bundelen?'

'We hadden geen leger om tegen ze te vechten.'

'Maar... maar dan zijn we toch collaborateurs?'

'Nee, Charlotte. Nee!' Ze pakte mijn hand weer en kneep er nu in. 'We zijn gewoon burgers. En we doen ons best om te overleven – stichten een gezin, gaan gewoon verder – omdat... omdat we wel moeten. Dat is wat we doen. We zijn geen soldaten.'

Ik vroeg me af of dit het moment was om mijn armen om haar heen te slaan, maar de hevigheid van papa's uitbarsting galmde nog na in mijn hoofd. Ik wist niet zo goed hoe ik me nu moest gedragen, wat ik van mijn ouders moest denken. Het voelde alsof ik van hen afdreef, in een andere stroomversnelling terecht was gekomen.

Ik wilde alleen Jean-Luc.

DEEL 2

24

Santa Cruz, 24 juni 1953

Jean-Luc

'Drancy. Vertel ons eens wat u daar deed.' Jackson schuift een stoel naar achteren, ploft erop neer en strekt zijn lange benen voor zich uit. Jean-Luc neemt hem op. Zijn geprononceerde voorhoofd en smalle neus geven hem iets roofdierachtigs. En nu dreigt hij zijn prooi te verschalken.

'Ik was spoorwegarbeider. Ik werkte sinds mijn vijftiende voor de SNCF.'

'De Franse nationale spoorwegen?'

'Ja.'

'Die door de nazi's waren overgenomen.'

'Ja.'

'Dus u werkte voor de nazi's in Drancy.'

'Niet echt.' Hij krabt op zijn hoofd. Zijn ze daarop uit? Een bekentenis dat hij heulde met de nazi's? 'Ik had geen keus. Ik ben ernaartoe gestuurd. We wilden er geen van allen zijn.'

'Vast!' Jackson buigt zich naar voren en kijkt hem recht aan. 'Ik durf te wedden dat vooral de Joden daar niet wilden zijn. Wist u dat ze hen naar een vernietigingskamp brachten?'

'Nee.'

Bradley zucht. 'Had u de term "vernietigingskamp" al eens gehoord?'

'Nee! Nooit!' Jean-Luc ademt in en geeft zichzelf een minuutje om zijn antwoord voor te bereiden. 'Hoewel het me duidelijk was dat veel gevangenen in de trein zouden sterven of zodra ze op hun bestemming aankwamen.'

'Maar u beweert niet te wéten dat de gevangenen naar een vernietigingskamp werden gestuurd?'

Hij geeft geen krimp en probeert te bedenken wat het verschil is tussen weten en begrijpen. Hij legt zijn vingers op de plek tussen zijn wenkbrauwen in een poging het gebonk in zijn hoofd te temperen.

'Wist u dat Auschwitz een vernietigingskamp was?' Jackson weet niet van ophouden en verheft zijn stem.

'Nee! Dat wist ik niet.'

Ze kijken hem kil aan. Hij ziet dat ze hem niet geloven. Ze haten hem zonder hem te kennen.

Opeens staat Jackson op. 'Is er nog iets anders wat u ons wilt vertellen, meneer Bow-Champs?'

Jean-Lucs hartslag gaat omhoog. Wat weten ze?

Jackson richt zijn kraalogen op hem, maar Jean-Luc doet zijn best een uitdrukkingsloos gezicht te trekken.

'Niets, dus.' Jackson draait zich opzij en knikt naar Bradley. 'Ons onderzoek loopt nog. We moeten u vragen in de staat Californië te blijven voor het geval we u voor verder verhoor moeten oproepen. Voorlopig bent u vrij om te gaan.'

Jean-Lucs hart slaat hard en snel als ze hem over de gang, de trap op en door de dubbele deuren vergezellen. Zodra ze weer naar binnen zijn, haalt hij diep adem en geniet van de geur van de vrijheid. Alles komt goed.

Had hij maar gevraagd of hij Charlotte mocht bellen. Dan had hij haar kunnen vragen hem op te halen. Maar zijn hoofd had niet naar dergelijke praktische zaken gestaan. Misschien komt er snel een bus langs. Hij staat echter stijf van ongeduld en besluit zich niet te druk te maken over het geld: hij neemt een taxi naar zijn werk. Hij heeft al meer dan een halve dag gemist.

Aan het eind van de middag belt hij Charlotte vanaf zijn werk. Ze neemt meteen op; aan haar gehaaste manier van praten merkt hij hoe ongerust ze is. 'Godzijdank, jij bent het. Wat is er gebeurd? Wat wilden ze?'

'Geen zorgen, ik ben nu op mijn werk, maar ik moet overwerken om de verloren uren in te halen. We praten wel als ik thuis ben.'

'Hoe laat kom je?'

'Niet voor achten.'

'Oké. Ik hou wel wat eten voor je warm.'

De taxi zet hem om half negen af voor zijn huis. Hij moet de neiging onderdrukken het pad op te rennen. Misschien kijkt er iemand. Zodra de voordeur achter hem in het slot valt, slaakt hij een zucht van opluchting. Hij blijft even staan om te genieten van de geur van citroen en rozemarijn. Thuis.

Charlotte komt de woonkamer uit. 'Wat is er gebeurd? Wat wilden ze?' Ze zegt niet eens gedag.

'Dat weet ik niet.'

'Dat weet je niet!'

Hij kijkt haar aan, zijn ogen doen pijn van vermoeidheid.

'Maar wat zeiden ze dan?'

'Eigenlijk niets. Ze hebben me alleen vragen gesteld over wat ik in Bobigny deed.'

'Niets over...'

'Nee. Niets.'

'Maar wat gebeurt er als ze erachter komen?'

'Dat komen ze niet. Dat is praktisch onmogelijk.'

'Praktisch!' Ze steekt haar handen in het haar, balt haar vuisten en doet haar ogen dicht. Dan zijn ze opeens weer open en dijen haar pupillen uit tot zwarte poelen. 'Praktisch betekent dat het mogelijk is. Mogelijk!' Haar gedempte geschreeuw wordt luider.

Hij doet een stap naar haar toe en steekt zijn handen uit in een poging haar te kalmeren. 'Shh, Charlotte. Ligt Sam te slapen?'

Ze kijkt naar de trap en knikt.

'Kom mee naar de woonkamer.'

Ze negeert zijn uitgestoken handen, maar loopt achter hem aan de woonkamer in.

Hij ziet het whiskeyglas op de kast staan. 'Heb je een borrel genomen?' Het komt eruit als een beschuldiging. Hij heeft spijt dat hij iets gezegd heeft en probeert de spanning te breken. 'Ik denk dat ik er ook een neem. Wil je er nog een?'

'Nee!'

Hij pakt de fles Southern Comfort uit de kast. Als hij de dop eraf draait, komt ze achter hem staan.

'We hadden het moeten vertellen. We hadden het moeten vertellen toen we hier kwamen. Het is allemaal mijn schuld.'

'Charlotte, alsjeblieft.'

'Maar het is toch zo? We moesten leven met een leugen. En nu komen ze erachter. Dat weet ik gewoon.'

'Natuurlijk niet. Wie interesseert dat nou na al die tijd? Negen jaar!'

Het laatste waar hij nu behoefte aan heeft is ruzie. Hij is nog steeds op van de zenuwen. Zuchtend neem hij een grote slok. Als hij weer opkijkt, ziet hij Sam in de deuropening staan. Hij ziet er zo klein uit, zo kwetsbaar, zoals hij daar staat in zijn pyjama.

'Sam.' Hij steekt zijn hand uit.

'Wat is er? Waar was je?' Sam wrijft in zijn ogen.

'Niets aan de hand. Ik moest alleen even helpen bij een onderzoek. Kom hier.' Jean-Luc spreidt zijn armen.

Maar Sam blijft waar hij is.

Jean-Luc loopt naar hem toe, gaat op zijn hurken zitten en zegt op zachte, rustige toon: 'Er is niets aan de hand, Sam. De mannen die hier vanmorgen waren, wilden me een paar vragen stellen. Dat is alles.'

'Maar waarover?'

'Gewoon dingen die lang geleden gebeurd zijn.'

'Welke dingen?' Blijkbaar is Sam nog niet van plan het onderwerp te laten rusten.

'Over wat er voor jouw geboorte gebeurd is, in de oorlog.'

Sam fronst. 'Wat is er dan gebeurd?' Daar had je het. De vraag. Uit de mond van zijn eigen kind.

'Dat hoef je niet te weten, Sam.' Jean-Luc zwijgt even. '*On ne voit bien qu'avec le coeur.*'

'Wat zeg je, papa?'

'"Alleen met het hart kun je goed zien." Het komt uit *Le Petit Prince.* Je weet wel, dat boek dat we je vorig jaar voor je achtste verjaardag hebben gegeven.'

'Wil je me dat voorlezen? Je hebt vanavond niet voorgelezen.'

Jean-Luc knikt en knippert tranen weg.

25

Santa Cruz, 3 juli 1953

Jean-Luc

Hij kijkt hoe Sam ronddraait in het zand. Zijn olijfkleurige huid wordt langzaam bruin onder de Californische zon. 'Zullen we jouw honderd meter oefenen?'

'Het zijn yards, pap!' Sam schiet overeind en schuifelt opgewonden heen en weer, terwijl zijn vader een streep trekt in het zand.

Jean-Luc heft zijn arm. 'Klaar voor de start... af!' Hij laat hem in een snelle beweging vallen.

Met zijn spichtige benen en een vastberaden frons spuit Sam vooruit. Zijn nieuwe gele zwembroek flappert rond zijn knokige knieën en dan strekt hij nog één keer zijn benen om de finish te passeren. Zwaar hijgend buigt hij zich voorover en hapt naar adem. Zijn hoofd hangt tussen zijn knieën: een miniversie van een echte atleet.

'Vijfentwintig seconden. Goed gedaan, jongen.'

'Wauw! Jo! Dat is snel, toch pap?'

'Zeker weten. Misschien wel een record!' Jean-Luc kan zich niet inhouden: hij slaat zijn armen om hem heen en zuigt zijn warmte op. Maar dan rukt Sam zich los, rent naar de zee en blijft halverwege staan. Hij draait zich om, houdt zijn hoofd scheef en zet zijn handen in zijn zij, terwijl hij wacht op zijn vader.

Jean-Luc rent zo snel als zijn goede been hem dragen kan naar hem toe. In de branding ademt hij diep in en geniet van de geur van zout die zich mengt met die van suikerspin die op het strand verkocht wordt. Hij staart naar de immense turkooizen vlek die zich uitstrekt tot de horizon. Miljoenen piepkleine diamantjes fonkelen naar hem terug. Het is allemaal zo vrolijk en prachtig, de lijnen zijn zo helder. Dit is Amerika met zijn pure kleuren – de blauw-met-gouden lucht. Als hij terugdenkt aan Parijs ziet hij juist saaie kleuren, grijze en zwarte stroken die door elkaar lopen, maar zich niet vermengen, en vage, valse lijnen. Hij is verliefd op zijn tweede land.

En op zijn zoon. Elke minuut die hij met Sam doorbrengt, wist een minuut uit het leven hiervoor. Hij opent zijn mond en ademt de smaak van geluk. Dan houdt hij zijn adem in en duikt door de golven de zee in.

Sam plonst achter hem aan, maar wordt teruggeduwd door de stroming. Jean-Luc stopt met zwemmen en steekt een hand uit naar zijn zoon. Hun vingers komen samen en hij trekt hem verder de zee in. Met één hand onder de buik van het kind houdt hij hem drijvende, zodat hij de schoolslag kan oefenen.

'Zullen we haaitje spelen, pap?'

'Wat is dat?'

'Je doet je ogen dicht en telt tot vijftig en dan zwem ik weg en dan moet jij me proberen te pakken.'

Hij volgt de instructies van zijn zoon op, terwijl Sam zijn hand afglijdt. Na vijftig tellen doet hij zijn ogen open. Merde! Sam is veel te ver weg; het is daar veel te diep. Hij zwaait met zijn armen. Jean-Luc duikt meteen tussen de golven door naar hem toe. Als hij bij hem is, trekt hij hem tegen zich aan en houdt hem al watertrappend stevig vast.

'Ik was bang, papa. Het is echt heel diep!'

'Je was te ver weg. Kom, we gaan terug.'

'Maar nu heb je me gepakt, dus nu moet je me opeten.'

'Ik eet geen jongetjes. We gaan terug naar het strand om een boterham te eten.'

'Ik heb geen trek. Kunnen we nog even blijven – alsjeblieft?'

'Nee. Het is lunchtijd.'

'Alsjeblieft?'

'Niet zeuren, Sam.'

Als ze teruglopen over het strand houdt Charlotte een handdoek op voor Sam en slaat die om zijn schouders. Ze trekt hem op haar schoot en kust zijn kruin. 'Was het koud?'

'Nee. Het is lekker warm. Kom jij er ook in?' Sam draait zich naar haar toe.

'Na de lunch.' Charlotte pakt een thermosfles en schenkt zelfgemaakte limonade in bekertjes. Ze geeft Jean-Luc zijn favoriete sandwich – ham met tomaat – en Sam de zijne: pindakaas met jam.

'Zullen we volgend weekend gaan kamperen?' Sams gezicht glimt van gretigheid.

'Goed idee. Waar wil je naartoe?'

'Naar Frankrijk.'

Jean-Luc verslikt zich bijna in zijn limonade. 'Frankrijk? Maar dat is aan de andere kant van de wereld.'

'Hoe kom je daar zo opeens bij?' vraagt Charlotte.

'Juf Armstrong zei dat we met onze opa's en oma's moesten praten om te vragen hoe het was toen zij klein waren. En daar moeten we dan iets over schrijven. Die van mij wonen in Frankrijk. Toch?'

Jean-Luc neemt een hap van zijn boterham en kijkt naar de zee.

'Ja,' antwoordt Charlotte. 'Maar dat is ver weg. Ik kan je wel vertellen hoe het voor je grootouders was om op te groeien in Frankrijk.' Ze legt haar hand op Sams knie. Jean-Luc weet dat ze probeert hem gunstig te stemmen.

'Mag ik schrijven om het ze te vragen?'

'Nee, Sam. Ze zijn te oud.' Ze haalt haar hand weg en krabt op haar rechterschouder.

Jean-Luc herkent het gebaar: dat doet ze altijd als ze onzeker is of tijd wil winnen.

'Te oud om te schrijven?' Sam is een volhouder.

'Ja.' Ze draait zich opzij en rommelt in de koelbox.

'Maar waarom komen ze nooit naar ons? Al mijn vrienden hebben grootouders en het lijkt net of ik ze niet heb.'

'Sam,' zegt Jean-Luc, 'weet je nog dat we je verteld hebben over de oorlog in Frankrijk? Dat die voor iedereen zwaar was? Wij hebben kunnen ontsnappen met jou, maar de mensen die er bleven, zoals je grootouders, kijken niet graag terug. Ze willen vergeten.'

'Hè? Willen ze ons vergeten?'

Jean-Luc wisselt een blik met Charlotte. 'Nee, ons niet, maar ze waren verdrietig toen wij weggingen. Misschien kunnen we er op een dag heen. Maar vliegtuigen zijn erg duur, weet je.'

'Oké.' Sam knabbelt de korst van zijn boterham.

Jean-Luc draait zich om naar Charlotte. Ze zit gebogen over de koelbox, haar donkere, zijdezachte haar heeft ze losjes vastgebonden met een paarse zijden sjaal. Hij is bang dat het gesprek haar van streek heeft gemaakt.

'Wat heb je daar nog meer in zitten, liefje?' vraagt hij.

Ze haalt er een bruine papieren zak uit en geeft die aan hem, maar kijkt hem niet aan. De sfeer is beladen. Er is zo veel onuitgesproken.

Dan zegt Sam: 'Zijn het koekjes?'

Jean-Luc maakt de zak open. 'Ja, je lievelings. Chocolate chip.'

'Joepie!' Sam steekt zijn hand uit om er een te pakken.

Als er toch eens geen chocoladekoekjes waren, denkt Jean-Luc ironisch.

Later, als Sam verderop kuilen in het zand aan het graven is, gaan Charlotte en Jean-Luc languit op het picknickkleed liggen. Jean-Luc draait op zijn zij, legt zijn hoofd op zijn hand en kijkt naar haar.

Ze vervallen in stilzwijgen en hij vraagt zich af of zij er als eerste over zal beginnen. Hij kijkt naar haar staart die opzij is gevallen. Hij vindt het leuk dat ze altijd sjaals bij zich heeft. Ze drapeert die om haar hals of wikkelt haar haar erin. Soms bindt ze er een om haar middel. Ze heeft stijl. Originaliteit. Ook daar is hij voor gevallen. Ze is geen type dat op de achtergrond verdwijnt, hoe hard ze daar ook haar best voor zou doen.

'Jean-Luc.'

'Ja?' Hij voelt dat het komt.

'Sam stelt weer vragen. Al zijn vriendjes hebben familie – opa's, oma's, ooms, tantes en alles. Hij heeft niemand.'

'Hij heeft ons.' Jean-Luc strijkt met zijn vinger over de ronding van haar wang. 'We moeten er gewoon voor zorgen dat wij genoeg zijn.' Weer baalt hij ervan dat ze Sam geen broertjes en zusjes hebben kunnen geven. Een groot gelukkig gezin zou goed zijn geweest tegen Charlottes heimwee en ervoor gezorgd hebben dat ze zich hier meer thuis had gevoeld, maar het gebeurde gewoon niet. Ze zijn er zelfs voor naar de dokter geweest. Die zei dat Charlottes menstruatie ongetwijfeld was gestopt vanwege de ontberingen tijdens de bezetting, maar kon niet vertellen waarom die nooit was teruggekomen. Hij wilde een paar testjes doen, maar dat had Charlotte geweigerd. Ze zei dat ze gewoon het meeste zouden moeten maken van wat ze hadden. Jean-Luc had geen zin gehad om aan te dringen. Het onderwerp voelde heikel en pijnlijk, dus hij had het laten vallen.

Als hun lijf niet nog meer hitte kan verdragen en ze te moe zijn om te zwemmen, pakken ze hun spullen en verlaten het strand. Ze passeren een straatveger in een blauwe overall die staat te leunen op een grote bezem. Daaronder ligt een verzameling van de genoten pret van die dag – ijspapiertjes, peuken en kapotte kartonnen dozen. Hij lijkt geen haast te hebben om verder te gaan met zijn werk.

'Het weer kan elk moment omslaan.' Hij wijst omhoog naar de naderende schapenwolken. 'Misschien krijgen we wel onweer.'

Hun ogen volgen de lijn van zijn vinger en zien de dreigende lucht. Ze haasten zich naar de auto. De opvallende motorkap en glooiende lijnen van de donkerblauwe Nash 600 vervullen Jean-Luc altijd met trots. Hij had nooit gedacht dat hij nog eens zo'n prachtige wagen zou bezitten, maar hier in Amerika is alles mogelijk. Zodra hij de sleutel in het contact stopt, galmt er muziek door de auto.

'*How much is that doggie in the window?*'

Al meezingend rijden ze weg.

Die avond blijft de warme lucht aan hen plakken. Er hangt een drukkende stilte aan de roerloze bladeren en de kat ligt uitgestrekt op haar rug onder de schaduw van de treurwilg. Jean-Luc en Sam zitten lusteloos te schommelen op de bank op de veranda aan de voorkant en proberen een briesje op te vangen. Charlotte brengt koude limonade in hoge glazen met rammelende ijsblokjes. Jean-Luc pakt er een en drukt die tegen zijn nek. Al snel sijpelt er water over zijn rug, maar dat biedt slechts kort soelaas aan de Californische zomerhitte.

Geluiden van *The Ed Sullivan Show* komen uit het open raam van de buren.

Jean-Luc kijkt naar de lucht. 'Ik wou dat dat onweer een beetje opschoot.'

26

Santa Cruz, 4 juli 1953

Charlotte

Ik word veel te vroeg wakker, onrust knaagt aan mijn onderbewustzijn. Verplichtingen voor vandaag komen langzaam bovendrijven. De Caleys geven een barbecue om Amerika's onafhankelijkheid te vieren. Ik heb nooit iets gehad met de Fourth of July. Het herinnert me eraan dat dit niet echt mijn thuis is, dat de Amerikaanse geschiedenis de mijne niet is. Het zal wel gewoon heimwee zijn. Er zijn dagen dat ik daar last van heb. Soms denk ik dat ik weggerukt ben van thuis voordat ik oud genoeg was om te beseffen wat dat echt betekende. Het betekent niet dat ik hier niet gelukkig ben. Hoe zou ik dat niet kunnen zijn? De mensen zijn aardig, je kunt alles kopen wat je nodig hebt en de levensstandaard is prima. Soms voel ik alleen een enorm verlangen naar thuis, naar mijn familie, naar mijn land.

Er is ook iets met de geïnstitutionaliseerde behoefte om iets te vieren wat me stoort. Misschien is het de druk om zo verdomd gelukkig te zijn. Overal waar je kijkt wordt breed gelachen, hamburgers en ijs, cola en bier in overvloed van tussen de middag tot diep in de avond. Het is uitputtend, maar niemand mag naar huis vóór het afsluitende vuurwerk. Dat zou niet vaderlandslievend zijn.

Vermoedelijk doet het me denken aan Quatorze Juillet, als de bestorming van de Bastille wordt gevierd. Dan besef ik weer hoe ver ik van huis ben en vraag ik me ongewild af hoe maman en papa dat vieren. Misschien gaan ze naar de Champs-de-Mars om naar het vuurwerk te kijken dat de Eiffeltoren verlicht. Of wandelen op de oevers van de Seine. Ik zou heel graag teruggaan om hen te bezoeken, maar Jean-Luc is daar niet happig op. 'Dit is nu ons thuis, Charlotte. Ons leven is hier,' zegt hij altijd. 'We hebben alles. Laat het verleden achter je.'

Soms overweeg ik hem te vertellen dat mijn 'alles' misschien wel niet hetzelfde is als dat van hem, maar ik weet dat dat alleen maar uitloopt op een zinloos gebekvecht en daar heb ik een pesthekel aan. Zo gemakkelijk vergeet je het verleden niet; je kunt het niet gewoon in een hoek schuiven en net doen of het er niet is. Het is er altijd, volgt me als een schaduw en herinnert me eraan wat we gedaan hebben.

Ik kijk naar de lege plek naast me in bed. Hij is vandaag zelfs nog vroeger wakker geworden dan ik. Als ik de keuken in loop, zit hij aan tafel de krant te lezen met een grote mok koffie in zijn hand. Ik weet dat daar veel melk in zit, het een soort kinderversie van echte koffie is – groter en smakelozer. Om de een of andere reden irriteert me dat. Waarom kan hij niet gewoon als een echte volwassene zwarte koffie drinken?

'Ik heb geen zin om vandaag naar de Caleys te gaan, Jean-Luc.'

Met grote ogen van verbazing kijkt hij op. 'Wat is er dan?'

'Ik heb gewoon geen zin.'

'Maar we gaan altijd. Sam vindt het heerlijk.'

'Ga jij dan met hem. Dan blijf ik thuis. Ik weet niet eens zeker of ik die mensen wel mag.'

'Hoe bedoel je?' Zijn stem krijgt een scherp randje. 'Ze zijn altijd aardig tegen ons geweest.'

'Josh is een gluiperd.'

'Hè?'

'Niets.'

'Kom op, Charlotte. We moeten echt gaan.'

Ik werp een blik uit het raam. 'Ik ben moe.'

Hij slaakt een luide zucht. 'Dan ga ik wel met Sam. Wat moet ik tegen ze zeggen?'

'Dat ik een hekel heb aan de Fourth of July, al dat eten en drinken. Waarom vieren we Quatorze Juillet nooit?'

'Waarom zouden we? We zijn niet in Frankrijk.'

'Precies!'

'Precies wat, Charlotte?'

Misschien moet ik eerst een kop koffie drinken. Ik pak de koffiepot, maar zet hem dan weer neer. Koffie maakt het er alleen maar erger op. Eerlijk gezegd weet ik niet wat ik wil. Misschien dat een glas water me zal afkoelen. Ik draai de kraan open, maar als het glas vol is, laat ik hem lopen en stroomt het water over mijn hand. Ik kijk er gehypnotiseerd naar, terwijl ik de koelte opzuig.

Ik voel Jean-Luc naast me. Hij draait de kraan dicht en pakt het glas uit mijn hand. 'Wat is er aan de hand, Charlotte?'

'Ik denk dat ik gewoon heimwee heb.'

Ik hoor de adem mijn longen verlaten en heb spijt dat ik dat gezegd heb. Hij begrijpt het toch niet. Ik keer hem de rug toe en loop naar de veranda, waar ik neerplof op de schommelbank. Ik zou natuurlijk positiever moeten zijn. Ik heb ergens folders liggen van verschillende vertaalcursussen om door te nemen. Als ik nou een opleiding ging volgen en een baan kreeg, zou ik me hier meer thuis voelen, net als Jean-Luc met zijn baan op het station. Hij heeft zich moeiteloos aangepast aan de Amerikaanse manier van leven: bier drinken met de mannen, honkballen met de kids, hamburgers met ketchup eten; en dat allemaal met zo verdomd veel genoegen. Ik zou graag mijn studie hebben opgepakt aan een van de universiteiten. Ik weet dat er een studie Franse literatuur is, maar de universiteiten hier zijn duur en het is waar dat ik ook gewoon zelf kan lezen.

Jean-Luc komt de veranda op. Liet hij me nou maar met rust.

'Charlotte,' begint hij. De moed zinkt me nog verder in de schoenen. Ik zit niet te wachten op zijn o zo redelijke reactie en hoef zijn mening niet te horen. 'Je weet dat ik ook graag terug zou gaan,' gaat hij verder. 'Op een dag, als we genoeg gespaard hebben en de oorlog nog verder achter ons ligt, zouden we op bezoek kunnen gaan. Bij je ouders. En de mijne.'

Mijn vingers frunniken aan de rand van het kussen. Ik heb geen zin in dit gesprek – we komen toch altijd in een vicieuze cirkel terecht. Maar opeens word ik overspoeld door een golf van medelijden. Hij kan er ook niets aan doen. Hij is gewoon praktisch – verstandig en praktisch, zoals altijd.

'Zit het jou dan niet dwars?' Ik zwijg en vraag me af waarom ik hem vanmorgen zo tegen me in het harnas jaag. Ik zal wel slecht geslapen hebben. 'Vind je het niet erg dat Sam niet dezelfde cultuur heeft als wij?'

'Hoe bedoel je?'

'Nou, wij zijn Frans en hij is nog nooit in Frankrijk geweest. Hij spreekt de taal niet. Baart het je geen zorgen dat dit thuis is voor hem?'

'Nee. Hij is thuis bij ons, de rest doet er niet toe.'

Ik doe mijn best hem te geloven, maar heb toch het gevoel dat er iets ontbreekt, dat we iets wezenlijks zijn vergeten. 'Hadden we maar Frans met hem gesproken toen we hier kwamen. Dan hadden we hem tenminste op een dag mee terug kunnen nemen en had hij zich daar meer thuis gevoeld. Ik had hem zo graag de Franse klassiekers in het Frans voorgelezen!'

'Hier hebben we het al eerder over gehad, Charlotte. We moesten integreren en de taal leren. Als we gewoon Frans waren blijven praten, hadden we ons afgezonderd, waren we het Franse gezinnetje geworden dat aan de oorlog was ontsnapt. We moesten dat achter ons laten, een nieuwe start maken. Je weet hoe mensen zijn. Ze zouden dan gevonden hebben dat we het hoog in onze bol hadden.'

'Ja, dat weet ik, maar het voelt toch als een erg hoge prijs, je cultuur kwijtraken. Soms krijg ik er gewoon… Ik weet het niet… gewoon heimwee van.'

Jean-Luc trekt aan zijn oorlelletje. 'Misschien was het voor mij gemakkelijker. Ik denk dat ik minder gehecht was aan Frankrijk. Sterker nog, ik wilde met alle liefde mijn cultuur en mijn nationaliteit van me afgooien. Het voelde bevrijdend.'

'Maar je familie dan? Je ouders?'

'Zij zijn blij voor me.' Hij zwijgt even. 'Jij bent nu mijn familie.' Hij slaat zijn arm om mijn hals. 'Jij bent alles wat ik nodig heb. Jij en Sam.'

27

Santa Cruz, 10 juli 1953

Jean-Luc

Zeemeeuwen krijsen en de krachtige Californische zon doorboort de gordijnen. Hij voelt dat de echte wereld hem roept en werkt zich met moeite door lagen slaap heen. Hij zit gevangen in die ruimte tussen dromen en waken, en zou graag terugglijden in de droom die hem de laatste tijd achtervolgt, die hem altijd achterlaat met een hol gevoel, alsof hij op de verkeerde plek is, iemands anders' leven leidt, en hij wil weten hoe het afloopt. Er huilt een baby en een vrouw steekt afwachtend haar armen uit. Dan ziet hij het donkere haar dat over haar schouders valt en die lieve lach en beseft hij dat het zijn eigen moeder is. Ze ziet er prachtig uit. Ze draait zich om en wil iets tegen hem zeggen, maar dan wordt hij wakker. Kon hij maar in die droom blijven om te horen wat ze te zeggen had.

De vroege ochtendzon werpt lichtbanen door de kamer. Hij had liever shutters voor de ramen gehad, want hij weet zeker dat de felle zon hier niet bevorderlijk is voor zijn nachtrust. Hij wordt altijd te vroeg wakker en raakt zijn vermoeidheid niet kwijt. Maar goed, het heeft geen enkele zin om hier te gaan liggen piekeren. Hij kan net zo goed opstaan.

Het is pas zes uur, maar hij zet koffie en begint aan de afwas van gisteren. Als de kraan loopt, hoort hij een auto door de straat rijden.

Hij buigt naar voren en leunt met zijn voorhoofd tegen het glas om de auto met zijn ogen te volgen. Die komt dichterbij en vertraagt. Hij kan hem nu goed zien. Hij is blauw en wit. Met een diepe zucht doet hij een stap achteruit en probeert zijn ademhaling te beteugelen. Een politieauto? Om zes uur 's morgens? Er loopt een rilling vanuit zijn nek over zijn hoofd. Hij hoort de auto tot stilstand komen en weet op de een of andere manier dat hij achter de eik staat. Hij gaat naast het raam staan en tuurt om te kijken wie er in de auto zit.

Aan de voorkant stappen twee politieagenten uit. Dan herkent hij de gedrongen gestalte van Bradley, die aan de achterkant uitstapt.

Charlotte en Sam slapen nog. Omdat hij er niet aan moet denken dat ze hierdoor wakker worden, verlaat hij de keuken, loopt naar de hal, haalt de deur van het slot en zet die op een kier. Hij wacht.

De agenten kijken op hun horloge. Een van hen haalt zijn schouders op en dan wijken ze uiteen om met Bradley tussen hen in over het tuinpad naar hem toe te lopen.

Met een bonkend hart duwt hij de deur verder open om te laten zien dat hij er is voordat ze aan kunnen bellen.

De drie mannen zijn verbaasd dat ze opeens oog in oog met hem staan.

'Goedemorgen, meneer Bow-Champs.' Bradley kijkt hem vanonder zijn borstelige wenkbrauwen aan.

'Hallo.' Jean-Luc houdt zijn adem in.

'We zouden u graag meenemen maar het bureau om nog wat vragen te stellen.'

Jean-Luc zoekt houvast aan de deur. Hij blaast de adem uit die hij heeft ingehouden en zijn hart bonkt in zijn oren. 'Waarom?'

Opeens zijn ze binnen. De kleinere agent doet de voordeur achter zich dicht. Jean-Luc zet een stap achteruit. Ze zijn nu in zijn huis. Hoe heeft hij dit kunnen laten gebeuren?

'Dit is niet de goede plek om te praten, meneer Bow-Champs. U moet mee naar het bureau.'

Jean-Luc draait zich van hen af, kijkt naar de trap en denkt aan de slapende Charlotte en Sam. Hij draait zich weer naar de mannen toe. 'Vindt u het erg om buiten te wachten? Ik wil mijn gezin niet wakker maken.'

De langere agent doet de voordeur open en ze gaan naar buiten. 'Tien minuten.'

Jean-Luc keert zich naar de trap, grijpt de leuningen vast en trekt zich tree voor tree omhoog. Wat weten ze? Zijn hart gaat sneller slaan als hij bedenkt wat ze ontdekt zouden kunnen hebben.

Bij binnenkomst in de slaapkamer ziet hij dat Charlotte nog als een roos ligt te slapen. Er komt een zacht gesis uit haar mond. Hij wil haar niet wakker maken. Er is nog steeds een kans dat hij hier uit kan komen. Hij overweegt een briefje voor haar achter te laten, maar hij weet niet wat hij moet schrijven. Hij wendt zich van haar af en trekt de broek en het overhemd van gisteren aan, maar doet geen moeite een stropdas uit te zoeken.

Zonder iets te zeggen volgt hij de agenten naar hun auto. Hij ziet de gordijnen achter Marges keukenraam bewegen. Heeft ze staan kijken?

Een kwartiertje later parkeren ze voor het politiebureau. Ze nemen de trap, lopen over een lange gang langs lege cellen en betreden een kleine kamer met een grijze tafel en vier plastic stoelen.

'Ga zitten.' De kleine agent haalt een pakje sigaretten uit zijn borstzakje, pakt er een sigaret uit en gooit het pakje naar zijn collega. Ze steken de sigaretten aan. De lange gaat zitten en tikt as in een aluminium asbak. De ander tikt zijn as op de grond.

'Hé, kom op nou, Jack. Denk aan de schoonmaakster.'

'Ik zorg gewoon dat ze wat te doen heeft, man.'

Jean-Luc ziet hen rookwolken uitblazen. Ze nemen er de tijd voor, alsof ze ervan genieten.

'Waarom ben ik hier?' Hij heeft zijn best gedaan mee te werken, rustig te blijven, maar nu moet hij het weten.

Bradley gaat eindelijk zitten. Hij legt zijn handen op zijn knieën en buigt zich naar hem toe. 'Was u zich ervan bewust dat iemand u de afgelopen negen jaar gezocht heeft?'

Jean-Luc schudt zijn hoofd. Zijn keel zit dicht. Hij krijgt er geen woord uit. Hij kan niet eens slikken.

'Ze heet Sarah Laffitte. Zij is Sams moeder.'

DEEL 3

28

Parijs, 2 mei 1944

Sarah

Hurkend en met haar rug tegen het bed gedrukt, mompelt ze tegen zichzelf: 'Ademhalen.' Maar in plaats van een rustige ademhaling, rijst er een hevig gekreun op uit haar buik. Ze moet overgeven, maar heeft er de kracht niet voor. Straaltjes zweet belanden prikkend in haar ogen. Ze veegt het weg en legt haar hand snel terug op haar verharde buik in de vergeefse veronderstelling dat ze zo de pijn weg kan nemen.

David legt zijn hand op haar vochtige haar. 'Je kunt beter gaan liggen, Sarah. Toe!'

'Ik... Ik kan me niet bewegen.'

'Je moet op het bed gaan liggen.' Hij stopt zijn handen onder haar armen en trekt haar omhoog. Ze bijt hard op haar onderlip om de schreeuw te onderdrukken die opwelt in haar keel. Zodra ze op het bed neerkomt, rolt ze zich op haar zij en trekt kermend haar knieën omhoog. 'Is de verloskundige onderweg?' zegt ze hijgend.

'Er wilde niemand komen.'

'Nee, David! Zorg alsjeblieft dat er iemand komt!'

'Het komt wel goed, Sarah. We kunnen dit best zelf. Ik weet wat ik moet doen. Ik heb alles voorbereid.'

Er wordt drie keer hard op de voordeur geklopt, even later gevolgd door nog één tik. Ze slikt haar volgende tegenwerping in en ziet de flits van angst in Davids ogen. Er is er maar één die zo klopt: hun betrouwbare vriend Jacques. Zonder iets te zeggen verlaat David de slaapkamer.

Ze dwingt zichzelf op haar rug te gaan liggen en kijkt naar het plafond, terwijl ze probeert mee te ademen met de pijn. Niet nu, smeekt ze zacht. Alsjeblieft niet nu.

Ze hoort de voordeur opengaan en Jacques' gedempte, indringende stem. 'Jullie moeten vanavond vertrekken.'

'Vanavond? Dat kan niet! Sarah heeft weeën!' De paniek die ze in Davids stem hoort, zet de volgende wee in gang. Die tilt haar met kracht van het bed, als een ontketende energie.

'Jullie staan op de lijst. Ze komen jullie vanavond halen.'

Ze hoort David wanhopig kermen. De pijn is er nog steeds, maar die verdwijnt bijna naar de achtergrond door wat er nu zal gebeuren.

Hij komt de slaapkamer weer in, doet de deur achter zich dicht en leunt ertegen. 'Heb je het gehoord?'

Ze knikt, is niet in staat om te praten omdat de volgende wee haar doorklieft en het zwijgen oplegt. Tranen mengen zich met het zweet dat over haar gezicht stroomt. Dan zit David naast haar op het bed en voelt ze de koelte van de natte handdoek die hij op haar voorhoofd legt. Ze pakt zijn hand en wacht op de volgende golf.

'Het komt goed, Sarah. Dat beloof ik je. Ik zal voor je zorgen.' Zijn gezicht vertrekt als zij uit alle macht in zijn hand knijpt.

De weeën volgen elkaar nu snel op en starend naar het plafond bidt ze: 'Alstublieft God, zorg dat het snel gaat.' Ze laat Davids hand los zodat hij kan kijken wat er gebeurt. Ze hoort zichzelf hijgen.

'Ik kan het hoofdje zien! Persen!'

Ze zet haar tanden op elkaar en perst uit alle macht. En nog een keer. En weer. Ze is uitgeput, maar voelt het kind komen. Ze perst nog één keer heel hard.

'Is het in orde? David?' Ze is bang dat de nachtmerries die ze heeft gehad over het krijgen van een misvormde baby uitgekomen zijn.

'Hij is volmaakt.' Ze hoort zijn stem breken en wordt overspoeld door opluchting.

'Bedankt, God,' fluistert ze.

Ze hoort de knip van een schaar en beseft dat hij de navelstreng heeft doorgeknipt. Ze kijkt opzij en ziet dat hij het piepkleine nieuwe leven in zijn grote handen houdt. Alle pijn is weg.

'Neem hem maar even. Ik moet de nageboorte controleren.' David buigt voorover en legt de nog natte baby op haar borst. Ze betast zijn hoofdje, strijkt over het spaarzame haar en kijkt dan naar zijn gekreukelde gezichtje. Donkere ogen schieten ongefocust maar onderzoekend door de kamer. Heel even kijken ze in die van haar en ze voelt haar baarmoeder samentrekken: er wordt een onzichtbare band gesmeed. Met haar vingertoppen streelt ze zijn kleine lijfje en verwondert zich over de zachte, smetteloze huid. Meer dan wat dan ook wil ze dat dit kind blijft leven. Ze houdt hem tegen haar borst en bidt.

29

Parijs, 2 mei 1944

Sarah

David geeft haar een glas water en gaat naast haar op het bed zitten. Ze kijken naar de baby die smakkend haar tepel zoekt. Heel even voelt ze hem zuigen, maar dan is hij de tepel weer kwijt. Ze weet dat het een dag of twee duurt voordat haar melkproductie op gang komt en probeert zich daar niet druk om te maken.

David schuift naar haar toe. 'Dit is een bijzonder moment. Wij drieën samen, hier thuis. Dit moeten we onthouden, wat er ook gebeurt.' Hij sluit zijn ogen, leunt met zijn hoofd tegen de muur en haalt diep adem. Ze beseft dat de bevalling voor hem ook uitputtend is geweest. Al die verantwoordelijkheid die op zijn schouders rust, terwijl alles wat hij weet uit een boek komt. Ze drukt zich tegen hem aan en ademt zachtjes zijn muskusachtige, ietwat zweterige geur in.

Hij kust haar kruin. 'We moeten weg als het donker wordt, rond een uur of zes.'

'Hoe laat is het nu?' Ze is alle besef van tijd kwijt, heeft geen idee of het nog ochtend of al middag is.

'Bijna twaalf uur. Jacques zei dat hij om vier uur terugkomt.'

'Vier uur. Ik moet slapen voordat we gaan. Ik ben doodop.'

'Natuurlijk. Ik zal iets te eten maken en wat spullen inpakken.'

De oogjes van de baby zijn nu dicht en zijn mond staat een stukje open. David tilt hem van Sarahs borst en drukt hem tegen de zijne aan. Een grote hand ondersteunt zijn piepkleine rug. Ze begrijpt zijn behoefte hem dicht bij zich te hebben. Voordat ze van zichzelf in slaap mag vallen, kijkt ze hun slaapkamer rond in het besef dat dit misschien de laatste keer is dat ze die ziet. Ondanks het gevaar waarin ze verkeren, heeft ze een vredig gevoel bij het zien van de grote eiken ladenkast die vroeger van haar ouders is geweest en het schilderij daarboven van de krijtrotsen en het strand van Étretat, het stuk rots dat boven de zee uitsteekt. Ze zijn er op huwelijksreis geweest en David heeft het schilderij bij een plaatselijke kunstenaar gekocht. Het was een volmaakte dag; ze hadden in zee gezwommen en waren vervolgens omhooggelopen naar de kerk, waar ze dicht tegen elkaar aan buiten op het gras hadden gezeten. 'Ik wil je iets geven wat je herinnert aan deze dag,' had hij in haar oor gemompeld. En toen ze weer naar beneden wandelden, naar het piepkleine dorpje, waren ze gestuit op het atelier van een lokale kunstenaar. Het schilderij was duurder dan ze zich konden veroorloven, maar ze waren erin geslaagd af te dingen. Ze waren tenslotte op huwelijksreis.

Ze laat haar oogleden zakken en glijdt nog nagenietend van haar herinneringen weg. Alles komt goed. God zal voor hen zorgen.

Voor ze het weet, strijkt David liefdevol over haar wang. 'Hier, ik heb iets te eten voor je.' Hij heeft de slapende baby – die nu een wit truitje aan heeft – in zijn ene hand en geeft haar met de andere een bord met gebakken krieltjes, wortelpuree en een hele poot *confit de canard.*

Ze zet grote ogen op. 'Waar heb je die in hemelsnaam vandaan?'

Hij glimlacht en strijkt over zijn neus. 'Dat doet er niet toe. Ik heb het bewaard voor vandaag. Je moet weer op krachten komen.'

Ze kust hem vlug op zijn wang en tilt het bord dan op. Bij het ruiken van de geur van warm eten, beseft ze opeens hoeveel honger ze heeft en valt de eend aan met haar mes en vork.

Maar dan legt ze haar bestek weer neer. 'Waar is jouw eten?' Waarom valt dat haar nu pas op?

'Ik heb al in de keuken gegeten.'

Ze weet dat hij liegt, en na nog een paar happen legt ze haar vork neer. 'Ik zit vol,' liegt ze. 'Ik ben het niet meer gewend om zo veel te eten. Wil je me helpen?'

Ze tilt de vork met een stukje eend naar zijn mond en ze delen de maaltijd, terwijl de baby als een roos ligt te slapen in Davids armen. Als ze klaar zijn, neemt hij het bord van haar aan en zet dat op de grond.

Ze geeft hem nog een zoen. 'Dank je. Dat was verrukkelijk.'

'Ja, nu smaakt jouw melk naar eend.'

'Dat is vast lekkerder dan koolraap, zaagsel en eikels.'

De baby maakt een krampachtige beweging in zijn slaap en strekt zijn handjes als zeesterren. Ze pakt er een, legt dat op de hare en kijkt naar de piepkleine vingertjes en volmaakte nageltjes. 'Zullen we hem vernoemen naar mijn vader?'

'Samuel. Natuurlijk.' David bukt en kust de baby op zijn hoofd. 'Hij heeft lange vingers. Misschien wordt hij later ook wel violist, net als zijn moeder.' Hij krabt in zijn baard alsof hij ergens over nadenkt. 'Ik weet nog dat ik je voor de eerste keer zag. Je speelde viool in dat orkest. Ik kon aan je zien dat je er helemaal in opging.' Hij zwijgt even. 'Ik wilde dat je zo naar mij zou kijken.' Hij grinnikt. 'En toen deed je dat op een dag. Hoewel het wel even duurde.'

'Ja.' Ze glimlacht. 'Al die zondagsconcerten die je moest bijwonen!'

'Ik vond het heerlijk.'

'En ik vond het heerlijk jou in het publiek te zien en te weten waarom je er was.'

Hij schiet in de lach. 'Weet je nog dat jouw ouders me bij jullie thuis uitnodigden en je vader me vragen stelde over vioolconcerten?'

'Ja. Je had geen idee.'

'Weet je nog wat hij zei? "Je lijkt meer geïnteresseerd in de violiste dan in de viool."'

'Dat was zijn gevoel voor humor.' Tranen prikken in haar ogen.

'Ik weet hoe erg je hem mist.'

Ze kijkt naar haar pasgeboren zoon en knippert de tranen weg. 'Vind je dat Samuel op hem lijkt?'

'Op je vader?' Hij aait over het hoofdje van het kind. 'Ja, hij heeft zijn hoge voorhoofd, maar volgens mij hebben zijn ogen dezelfde vorm als die van jou en je moeder. En hij heeft mijn vaders kin; kijk maar hoe die naar voren steekt. Hij wordt een koppig ventje.'

'Wat zouden ze het fijn vinden om hem nu te zien. Ze zouden zo trots zijn.' Even is ze stil. 'Denk je dat dat ooit zal gebeuren? Zullen we alle mensen die we kwijt zijn ooit terugvinden?' Ze strijkt met een vinger over Samuels voorhoofd. 'Waar zijn ze gebleven?'

'Dat weet ik niet, Sarah. Maar we moeten de hoop niet opgeven. We moeten blijven bidden.'

'En als wij nu opgepakt worden? Dan halen ze Samuel bij ons weg. Dat weet ik. Ze zouden ons naar een werkkamp sturen en hem in een weeshuis stoppen.' Bij die gedachte springen de tranen in haar ogen.

'We worden niet gepakt, Sarah. Wij zijn overlevers.'

Ze kijkt hem aan en vraagt zich af waarom hij denkt dat hij meer kans heeft om te overleven dan willekeurig welke andere Jood.

De schrik slaat haar om het hart bij het horen van harde voetstappen op de trap buiten. Ze grijpt Davids hand. 'En als ze ons nu komen halen?'

Hij knijpt in haar hand. 'Jacques staat op de uitkijk. Er komt nu niemand. Je weet dat ze altijd 's avonds of 's morgens vroeg komen.'

'Niet altijd.' Ze zijn nooit veilig. Dat is iets waar ze nooit aan zal wennen: de constante angst. De knoop in haar maag is er continu, maar zorgt er in ieder geval voor dat ze minder trek heeft.

'Weet je ons eerste etentje samen nog?' David knijpt weer in haar hand.

Ze weet dat hij haar probeert af te leiden, en hij heeft gelijk. Niemand heeft er iets aan als zij zich zorgen maakt.

Ze sluit haar ogen en gaat in gedachten terug, doet haar best zich voor het heden af te sluiten. 'Ik ben de hele dag bezig geweest met de voorbereiding.'

'Echt?'

'Ja.' Ze opent haar ogen en kijkt in de zijne. 'Maar vlak voordat je me kwam halen heb ik de pumps uitgetrokken die maman me geleend had, de rouge van mijn wangen gewreven en de lippenstift weggeveegd.'

'Waarom?' David lijkt het oprecht niet te begrijpen.

'Het voelde gewoon niet als mij.'

Hij pakt haar hand en tilt die naar zijn mond. 'Ik vind dat jij je geweldig kleedt. Je ziet er altijd ongedwongen uit. Ik bedoel...'

Er borrelt een lach op bij haar. 'Ongedwongen? Dat klinkt niet erg...'

'Sexy?' Hij maakt de zin voor haar af.

Ze bloost. Dat soort woorden gebruikt hij meestal niet.

'Er is niets aantrekkelijkers dan iemand die *bien dans leur peau* is – lekker in zijn vel zit. Dat gevoel heb ik bij jou altijd.'

Ze pakt zijn hand en kust zijn vingers. 'Ik heb nooit het gevoel dat ik iets moet bewijzen voor jou. Je veroordeelt me nooit en vraagt ook nooit waarom ik zus of zo doe en niet iets anders. Je accepteert me zoals ik ben.'

'Je bent precies goed zoals je bent.'

De baby kronkelt in Davids armen en trekt zijn neusje op. Sarah streelt over zijn wang en zijn gezicht wordt weer glad en rustig.

'Hij controleert gewoon of je er nog bent.' David glimlacht.

'Ik zal er altijd voor hem zijn. Ik laat hem nooit in de steek.' Weer wellen er tranen op omdat ze zich realiseert dat ze wellicht niet in staat is zich aan die belofte te houden. Niet nu.

Alsof hij haar gedachten kan lezen, streelt David haar achterhoofd en fluistert in haar oor. 'Wij zorgen dat hem niets overkomt.'

Ze knikt terwijl stille tranen over haar wangen glijden.

Jacques arriveert stipt om vier uur. Sarah hoort hem praten zodra de voordeur dicht klikt. 'We hebben een plek voor jullie gevonden om een nacht of twee te blijven. Daarna zorgen we voor iets beters. Het is in Le Marais, Rue du Temple.'

'Dank je, Jacques. Ik weet niet of we ooit in staat zijn het je terug te betalen. Heb je even tijd om naar onze zoon te komen kijken?' Sarah hoort de trots in Davids stem en ze moet erom glimlachen. Hij wordt zo'n geweldige vader.

'Natuurlijk! En hoe is het met de moeder?'

David neemt Jacques mee naar de slaapkamer. Eerst buigt hij zich voorover om Sarahs wang te kussen en dan tilt hij het wollen dekentje op.

Sarah ziet tranen opwellen in Jacques' ogen. Hij kijkt haar aan en doet dan een stap achteruit. 'Geen zorgen. Ik zorg dat die klootzakken hem niet te pakken krijgen.'

Sarah glimlacht bedroefd. 'Dat weet ik, Jacques.'

'Het spijt me, maar ik moet weer weg.'

'Natuurlijk. Ga maar gauw.' David laat hem uit.

Omdat het voor Sarah een heel eind lopen is naar Le Marais, besluiten ze om de metro te nemen op het station Passy en over te stappen op Étoile. David had erop gestaan haar Amati-viool mee te nemen. 'Sommige dingen zijn te dierbaar om achter te laten. Hij is van je vader geweest en daarvoor van diens vader. Het is niet zomaar een viool. Het is jouw geschiedenis.' Dus zij heeft Samuel op haar arm, terwijl hij een koffer en het instrument draagt, alsof ze gewoon op weg zijn naar het huis van een vriend om te musiceren. En niet rennen voor hun leven.

Ze komen tegenwoordig zelden de deur uit en het voelt raar om buiten te zijn. De straten zijn verlaten, er lopen alleen een paar soldaten met opgestoken geweren heen en weer. David en Sarah blijven in de schaduw van de gebouwen en veranderen van koers zodra ze een militair zien. Maar Sarah is doodmoe. Haar longen schrijnen bij elke raspende ademhaling; ze lijkt gewoon niet genoeg lucht binnen te krijgen. En haar baarmoeder trekt bij elke stap pijnlijk samen.

Als ze eindelijk bij het metrostation aankomen, zien ze tot hun opluchting geen soldaten bij de hekken staan. Ze gaan in het achterste rijtuig zitten dat gereserveerd is voor Joden. Dat is leeg, met uitzondering van een oude man, een rabbijn. Zijn hoofd schiet omhoog zodra ze plaatsnemen, als een schildpad die zijn kop uit zijn schild steekt. 'Bonsoir, madame, bonsoir, monsieur.' Ze zien ontbrekende tanden als hij lacht.

'Bonsoir, monsieur.'

Hij buigt zich naar voren. 'Kijk uit. Ze zijn vanavond op Étoile, als een zwerm sprinkhanen.'

'Dank u.' David knikt.

'Is dat een baby?' De man strekt zijn hoofd verder naar voren.

'Ja, onze zoon.' David glimlacht.

De man knikt ernstig. 'Hij is erg klein. Hoe oud is hij?'

'Ongeveer zes uur.'

De man hoest en de tranen springen hem in de ogen. 'Zes uur! U moest dus weg.' Hij gaat op zijn trillende benen staan, legt een zwaar gerimpelde hand op het hoofdje van het kind en slaat zijn andere hand voor zijn ogen. Hij prevelt een gebed in het Hebreeuws. Dan gaat hij weer zitten en sluit zijn ogen. Als hij die weer opendoet, fonkelen ze tussen zijn gerimpelde huid. 'God zal uw kind beschermen. Geen zorgen. Maar stap niet uit op Étoile. Dat is niet veilig.'

Ze volgen zijn raad op en stappen over op Trocadéro en dan nog een keer op Marbeuf. Bij het station Hotel de Ville verlaten ze eindelijk de metro. Sarahs hoofd tolt als ze uitstappen; ze is doodsbang dat ze tegengehouden worden. Ze ademt snel en het voelt vochtig tussen haar benen. Ze is bang dat ze nog steeds bloedt, maar zegt niets.

Eindelijk bereiken ze het adres dat Jacques hun gegeven heeft: een hoog gebouw naast een voormalige boulangerie. David duwt de zware houten deur open en houdt die vast voor Sarah. Zodra ze de binnenplaats op lopen, wordt duidelijk dat de moffen hier geweest zijn. Shutters zwaaien open en overal liggen omgekeerde plantenbakken op de grond. Kledingstukken dwarrelen rond in de zachte avondbries: één enkele beige kous, een babyvestje en een gescheurd overhemd. Een windvlaag pakt de kous op en blaast die tegen een omgevallen plant. Sarah bukt, raapt hem op en zet de plant overeind in zijn pot. Het lijkt of deze plek onteerd is.

'We kunnen hier niet blijven, David!'

'We hebben geen keus. Ze zijn hier al geweest en alles is geplunderd. Alles van waarde is weg, dus we zijn hier veilig.' Hij kijkt om zich heen en ze volgt zijn blik, terwijl ze zich afvraagt of iemand hen in de gaten houdt. Het is griezelig stil.

'Kom.' Hij loopt naar de deur aan de linkerkant van de binnenplaats. 'Het is op de derde verdieping.'

Ze wil alleen maar liggen. Bij het beklimmen van de trap voelt ze iets langs de binnenkant van haar been lopen. Ze is duizelig en grijpt de stevige houten leuning om zichzelf op te trekken, maar klapt dan dubbel door een hevige pijnscheut in haar buik.

David zet de viool neer en helpt haar met zijn vrije hand overeind, maar ze heeft geen kracht meer om verder te gaan.

'Ik breng Sam even naar de etage, Sarah, en dan kom ik jou halen.'

'Nee! We kunnen hem niet alleen laten.' Ze kijkt om zich heen en heeft opnieuw het gevoel dat ze in de gaten worden gehouden. Waarom zouden alle woningen in dit gebouw geëvacueerd zijn? Er woonden hier vast niet alleen Joden. De muren staren haar zwijgend aan. Dan ziet ze de kogelgaten. Er moet gevochten zijn. Misschien dat ze daarom het hele gebouw ontruimd hebben; wellicht waren er verzetsstrijders bij betrokken. Ze huivert als ze bedenkt waar die mensen nu allemaal zijn.

David neemt Samuel van haar over en helpt haar naar boven. Hij laat de viool en de koffer op de trap staan en loodst haar langzaam naar de woning twee verdiepingen hoger.

'Mag ik een beetje water?' Ze kijkt om zich heen op zoek naar een keuken. De kastjes zijn aan diggelen geslagen en de ovendeur hangt nog maar aan één scharnier. Laden liggen ondersteboven op de grond, de inhoud is verspreid over de vloer en op de muren zitten bloedspatten. Ze wendt haar blik af en slikt de gal in haar keel door. 'Laat maar,' zegt ze.

David brengt haar naar een kleine slaapkamer. Dan haalt hij een sleutel uit zijn zak en steekt die in een piepklein slot in de muur dat haar volkomen ontgaan was. Hij duwt de gecamoufleerde deur open en schijnt met een kleine zaklantaarn naar binnen. Ze houdt haar adem in, verwacht half er gehurkte onderduikers in aan te treffen, maar de ruimte is leeg. Bij het licht van de zaklantaarn kruipen ze naar binnen. Feitelijk is het gewoon een kast – er is amper genoeg ruimte om te liggen. Maar hij is ten minste leeg en ruikt nergens naar, behalve naar stof.

'Ik haal even een matras.' Hij geeft Samuel weer aan haar. 'Wacht hier.'

Met de baby in haar armen zakt ze in elkaar op de grond, te uitgeput om antwoord te geven.

30

Parijs, 3 mei 1944

Sarah

Samuel huilt zachtjes in zijn slaap. Ze zou zich graag omdraaien en weer in slaap vallen. De helende werking daarvan lijkt haar krampen tot bedaren te hebben gebracht. Maar ze weet dat haar kindje honger moet hebben en ze wil hem voeden voordat die zachte kreetjes omslaan in gekrijs. Het is belangrijk dat ze zo weinig mogelijk geluid maken, maar dat is niet het enige. Ze moet er niet aan denken dat hij gaat huilen. Lijden. Dat jaagt haar de meeste angst aan. Ze probeert er niet aan te denken, maar heeft het zien gebeuren. Baby's, kinderen die losgerukt werden van hun moeder.

In het pikkedonker pakt ze hem op en schuift omhoog tot ze zit. Met haar vinger duwt ze zijn lipjes uit elkaar en helpt hem haar tepel te vinden. Hij pakt die vast, maar laat dan weer los en wringt zich in bochten, alsof hij gefrustreerd is. Ze is nog steeds bang dat ze niet genoeg melk heeft.

Wat heeft ze geboft met die vlotte bevalling. Alleen de pijn was wel even schrikken. Maar hoelang zal het hen nog meezitten? Ze hadden veilig moeten zijn in hun appartement in het welvarende 16de arrondissement. Niemand wist verdorie dat ze Joods waren voor ze die verdomde gele ster moesten dragen. Het leek wel een gapende wond, of een doelwit. Achteraf gezien heeft ze spijt dat ze zich ernaar gevoegd heeft, had ze hem liever niet gedragen, hoewel ze dat om de een of andere perverse reden laf zou hebben gevonden. Ze schaamt zich er tenslotte niet voor dat ze Joods is; dat is waar ze vandaan komt. Niemand zal haar daar ooit een schaamtegevoel over kunnen aanpraten. En dus had ze de ster zoals opgedragen vastgenaaid en was met opgeheven hoofd naar buiten gegaan. Dat was nogal naïef, want ze werd meteen iemand anders. Mensen keken naar de ster en vervolgens naar haar.

De eerste keer dat ze de metro nam nadat de ster verplicht was geworden, had de conducteur vinnig gezegd: 'Achterste rijtuig, mademoiselle.' Dus was ze de volgende halte uitgestapt en naar het achterste rijtuig gelopen, terwijl ze de brok van zelfmedelijden in haar keel had doorgeslikt.

Een week later werd haar vader opgepakt omdat hij zijn ster had vastgeniet in plaats van genaaid. Dat leek hem gemakkelijker bij het overzetten naar andere kledingstukken. Hij werd opgemerkt door een soldaat en meteen naar Drancy gestuurd – geen gerechtelijk onderzoek, geen proces, geen kans om in beroep te gaan. De zes maanden daarna ontvingen ze brieven en stuurden ze liefdevol pakketjes met eten en bemoedigende woorden. Vervolgens kwam er niks meer en was hij spoorloos, alsof hij nooit bestaan had. Ze knippert de tranen weg die telkens als ze aan hem denkt opwellen.

David ligt doodstil naast haar. Hij moet kapot zijn. Maar ze heeft verschrikkelijke dorst, en ook honger. Misschien komt er daarom geen melk. 'David,' fluistert ze. 'David, ben je wakker?'

'Nee. Waarom?'

'Kun je een beetje water voor me halen, alsjeblieft?'

'Hoe is het met Samuel?' mompelt hij.

'Hij heeft honger, maar ik denk dat ik niet genoeg melk heb.'

'Maak je niet druk. Dat komt nog wel.' Ze voelt dat hij gaat zitten. 'Ik haal wel even wat water.'

'Dank je. Ik heb zo'n dorst.'

Hij pakt de zaklantaarn en verlaat hun kamertje.

Sarah kan wel janken. Samuel wriemelt en jammert, pakt het ene moment haar tepel, maar laat die dan weer los. Stel dat ze hem niet kan voeden?

David komt een paar minuten later terug en geeft haar een groot glas water. 'Het is drie uur. Onze zoon heeft vijf uur geslapen. Dat is behoorlijk goed voor een pasgeborene. Het andere goede nieuws is dat ze niet alle glazen hebben gebroken. Drink dit maar op, dan ga ik even op strooptocht.'

Dankbaar klokt ze het water naar binnen. Waarschijnlijk kwam het door haar dorst. Haar melkproductie komt nu ongetwijfeld op gang.

Tijdens Davids afwezigheid doet ze haar best zich te ontspannen, houdt ze zichzelf voor dat ze hier veilig zijn, dat deze waanzin binnenkort voorbij is, dat op een dag alles weer normaal wordt. Ze moeten het gewoon nog eventjes volhouden.

David komt terug en ze hoort opwinding in zijn stem. 'Raad eens wat ik gevonden heb?'

'Nou?'

'Ze hadden eten verborgen in de spoelbak van de wc.'

'Kunnen we dat wel eten dan?'

'Ja, het zat allemaal in blik. Zwartebessenjam, tonijn, olijven, ingelegde pepers.' Hij zwijgt en tovert dan als een goochelaar een bord vol eten tevoorschijn.

Samen delen ze de vreemde verzameling. 'Ik ben dol op tonijn met zwartebessenjam.' Sarah knijpt in zijn hand. 'Dankjewel. Ik begrijp niet dat ik dat niet eerder heb geprobeerd.'

Terwijl ze zich tegoed doet aan het eten, houdt ze de baby met één hand tegen haar tepel, maar maakt zich er niet druk meer om of hij wel zuigt. Na een tijdje dringt het tot haar door dat hij niet meer wriemelt en hoort ze hem slikken. Hij drinkt. Ze leunt tegen de muur en geniet van deze nieuwe sensatie. Het komt allemaal goed.

Later doezelt ze weg, volkomen tevreden en voor de verandering met een volle maag.

Ze droomt dat er iemand op het raam klopt en smeekt om binnengelaten te worden. Net als ze het raam open wil doen, wordt ze wakker.

Er wordt inderdáád geklopt. Maar niet op het raam. Haar hart schiet in haar keel. Er wordt op de muur van de kast geklopt.

'David!' Ze schudt hem wakker.

'Wat is er?'

'Shh. Luister. Er is iemand.'

Hij zwijgt. Sarah ziet voor zich dat hij zijn oren spitst.

Daar is het weer! Ze knijpt zijn arm fijn. Een zacht geklop. Drie keer, en na een korte stilte nog één keer.

'Het is Jacques.' David doet de deur open, terwijl Sarah de adem uitblaast die ze heeft ingehouden.

'Alles in orde,' fluistert Jacques. 'De kust is veilig. Jullie kunnen eruit komen.'

Jacques heeft spullen voor hen gekocht, vooral eten, maar ook een paar truitjes en luiers voor het kindje. 'Mijn vrouw vond dat ik meer mee moest nemen, maar dat durfde ik niet voor het geval ik aangehouden zou worden.' Na een korte stilte voegt hij eraan toe: 'Jullie moeten morgen weer weg.'

‘Waarom?’ David fronst. ‘Het zou goed zijn voor Sarah om een paar dagen te rusten.’

‘Dat weet ik, maar dat is te riskant. Ik ben bang dat we een verrader in onze groep hebben. De moffen vinden onze onderduikadressen te snel en te gemakkelijk. Iemand móét hun tips geven, dat kan niet anders. Alleen ik en twee anderen die ik vertrouw weten dat jullie hier zijn, dus dat zou goed moeten gaan. Maar het is veiliger als jullie hier vertrekken.’ Hij glimlacht. ‘En dit keer heb ik een huis op het platteland voor jullie. In Saint-Germain-en-Laye. Niet al te ver, maar jullie moeten met de auto. Die ben ik aan het regelen. Morgenmiddag moeten jullie weg.’

David legt zijn hand op Jacques’ schouder. ‘Dank je, Jacques. We zullen nooit vergeten wat je voor ons gedaan hebt.’

Jacques legt zonder iets te zeggen zijn hand op die van David.

31

Parijs, 4 mei 1944

Sarah

Ze wordt ergens wakker van. Hoewel het donker is in de kast weet ze dat het vroeg in de morgen is. Als eerste denkt ze aan haar kind. Het lijkt wel of ze een cadeautje heeft gekregen, het mooiste, meest opwindende cadeau ooit. Zodra ze wakker wordt wil ze hem zien, aanraken, controleren of hij echt is, dat ze het niet gedroomd heeft. Hoewel ze hem in de donkere kast niet kan zien, voelt ze dat hij naast haar ligt, hoort ze zijn lichte, regelmatige ademhaling. Instinctief weet ze dat hij slaapt als een roos. Een krakend geluid jaagt haar de stuipen op het lijf. Het klinkt alsof er iemand in het trappenhuis is.

'David,' fluistert ze. 'Hoorde jij dat ook?'

'Nee.' Hij draait zich om en steekt op de tast zijn hand naar haar uit. Ze pakt die vast, verstrengelt haar vingers met de zijne en houdt zich voor dat ze het zich verbeeld moet hebben, dat ze gewoon weer moet gaan slapen zolang de baby slaapt. Ze moet al haar krachten verzamelen voor wat komen gaat. Misschien moeten ze wel elke dag verkassen. Maar ze voelt zich niet veilig nu ze weet dat zíj nu naar hen op zoek zijn.

Een enorme dreun doet de muur schudden. Het zweet breekt haar uit. Ze laat Davids hand los en trekt zichzelf omhoog. Ze pakt de baby op en drukt hem stevig tegen zich aan.

David is ook gaan zitten. Ze kan hem niet zien, maar ze voelt dat zijn lichaam verstijfd is als een standbeeld. Ze dwingen zichzelf allebei in steen te veranderen.

Ze hoort deuren opengaan en dichtknallen, zware laarzen de trappen op rennen, geschreeuwde bevelen in het Duits. 'Schnell!' '*Bewege dich schneller!*'

Ze wil iets fluisteren tegen David, iets over de gecamoufleerde deur en de sleutel die hij heeft gebruikt om die te openen. Heeft hij hem van binnen op slot gedraaid? Zitten ze ingesloten? Zullen ze gevonden worden? Maar ze durft amper te ademen, laat staan dat ze kan fluisteren. Kon ze hem maar zien, dan zou ze zich veiliger voelen.

Een deur knalt hard dicht – harder dan de andere. Het klinkt als de voordeur van hun woning. Ze hoort David scherp inademen. Zwijgend bidt ze: Alstublieft God, bescherm onze zoon. Ik zal nooit meer om iets vragen.

Ze hoort harde Duitse stemmen, vlak voor de kastdeur. David slaat in het donker zijn arm om haar heen. Hij houdt haar stevig vast en zij drukt trillend hun kind tegen zich aan.

'*Hier drin!*' schreeuwt een Duitse stem.

Sarah verstaat het niet, maar ze weet dat degene die het zegt vlak voor de kastdeur staat. Ze bidt in gedachten: Alstublieft God, bescherm hem.

Samuel slaapt nog als een roos. Ze vraagt zich af waarom hij niet wakker is geworden van alle commotie. Dan kreunt hij zachtjes. Ze verstijft, al haar zenuwen staan op scherp. Ze legt haar vingers over zijn lippen en probeert wanhopig over te brengen dat hij stil moet zijn. Volledig over haar toeren legt ze hem aan haar borst, maar hij draait zijn gezicht weg en valt weer in slaap.

Ze luistert naar het luide gesprek in het Duits dat aan de andere kant van de dunne wand wordt gevoerd. Wat zou ze nu graag die taal verstaan. Davids vingers klieven pijnlijk in haar schouder, maar ze geeft geen krimp. Ze verwelkomt de pijn juist bijna als afleiding van de groeiende doodsangst.

Samuel kronkelt in haar armen en jammert zachtjes. Misschien houdt ze hem te stevig vast, net als David doet bij haar. Ze verslapt haar greep en blaast bewust de adem uit die ze heeft ingehouden. Hij mag haar spanning niet voelen. Misschien gaat hij er wel van huilen.

Zijn gejammer gaat een tandje omhoog. Haar hart stokt. Weer duwt ze hem tegen haar borst in een poging hem het zwijgen op te leggen. Maar hij trekt zijn hoofdje terug en slaakt een kreet. Hard en scherp.

Een enorme dreun weergalmt tegen de deur. Dan nog een, en nog een. Grote zwarte laarzen trappen de kast in.

32

Parijs, 29 mei 1944

Sarah

De muizen rennen dag en nacht heen en weer, hoewel God mag weten wat ze te eten vinden. Misschien is het de stank van menselijke vuiligheid die ze hier houdt. Zodra ze het vrouwengedeelte betrad, had ze die geroken. Het deed haar denken aan de stallen bij de manege waar ze als kind ging paardrijden – de indringende vochtige geur van zweet en mest.

Ze laat Samuel geen minuut alleen uit angst dat hij een gemakkelijke prooi is voor dergelijke aaseters. Zijn nabijheid troost haar en ze denkt terug aan wat de rabbijn in de metro had gezegd: 'God zal voor uw kind zorgen.' Ze klampt zich vast aan dat sprankje hoop en maakt zichzelf wijs dat het een profetie was. Dat smoort de angst een beetje.

Veertig vrouwen zijn in een kleine, rechthoekige ruimte gepropt, op stapelbedden waar alleen stro op ligt. Maar ze zijn aardig tegen haar omdat ze een pasgeboren baby heeft. Ze zorgen er altijd voor dat ze genoeg water te drinken krijgt en sommigen delen zelfs hun voedselpakketten met haar. Ze kan hun niets teruggeven, alleen een kleine glimlach. Ze merkt dat ze niet kan praten. Praten vermoeit haar en ze moet al haar energie sparen om Samuel te voeden. Dat is nu het enige wat ertoe doet. Hem in leven houden.

Er zijn slechts twee toiletten in Drancy voor de duizenden gevangenen – een voor vrouwen en een voor mannen – en ze mogen er alleen op bepaalde tijdstippen naartoe. Elke keer dat ze dat doet, scant ze de gezichten in de lange rij in de hoop David te zien, maar dat gebeurt nooit. En elke dag kijkt ze naar de lijst voor het volgende transport, doodsbang dat ze daar op een dag hun namen op ziet staan. Ze moeten gewoon volhouden, denkt ze. Deze oorlog zal niet eeuwig duren.

Maar op 29 mei verschijnen hun namen op de deportatielijst van de volgende dag: David Laffitte, Sarah Laffitte, Baby Laffitte. Ze hebben niet eens gevraagd hoe hij heette. Alsof ze zich niet konden voorstellen dat hij er een nodig zou hebben.

33

Parijs, 30 mei 1944

Jean-Luc

'Raus! Raus! Tijd om op te staan!' Hij ligt zo diep te slapen dat hij eerst denkt dat hij droomt, maar dan beseft hij dat het geschreeuw van dichtbij komt.

'Philippe!' zegt hij. 'Wakker worden, Philippe!' Op de tast zoekt hij de lichtschakelaar aan de muur.

Opeens wordt hun deur opengetrapt en stroomt het licht van de gang hun kamer binnen. 'Achtung! Opstaan.'

Hij trekt zijn pyjama uit en worstelt zich in zijn overall. Hij is zich ervan bewust dat Philippe hetzelfde doet. De bewaker staat bij hen te wachten en duwt hen dan naar de lift. De andere vier mannen zijn daar al in gepropt. 'Probleem in trein,' zegt de bewaker die zich ook nog bij hen perst. 'Zit vast.'

Buiten is het nog pikkedonker en koud, de opkomende zon is nergens te bekennen. Met zijn zessen zitten ze zwijgend in de truck die door de donkere straten snelt. Eindelijk gaan ze een trein zien. Nu komt hij erachter of het echt veewagons zijn. Hij vermoedt dat ze de trein hebben geladen voordat ze beseften dat die vastzat, dus dit keer ziet hij de gevangenen misschien met zijn eigen ogen.

Zijn maag knort luid en Frédéric kijkt hem aan. 'Denk je dat we ontbijt krijgen?'

'Ik betwijfel het.' Xavier schudt zijn hoofd. 'Ze willen die trein natuurlijk zo snel mogelijk weg hebben.'

'Ja, voordat het licht wordt.' Frédéric kijkt op zijn horloge. 'Het is pas vijf uur.'

'Merde!' Marcel kijkt op. 'Geen wonder dat ik moe ben.'

Opeens gaat de chauffeur op de rem staan. 'Achtung!' De bewaker springt eruit en zij haasten zich achter hem aan.

Als ze bij het perron komen, blijven ze met een schok staan, waardoor Frédéric tegen Jean-Lucs rug aan botst. 'O mijn god!'

'Wat krijgen we nou?' Marcel legt zijn hand op Jean-Lucs schouder alsof hij steun zoekt.

Ze horen gegil, geschreeuw en gehuil uit de veetrein komen die met gesloten deuren op het spoor staat.

'Doorlopen!' De bewaker duwt hen vooruit met zijn stok. Jean-Luc voelt die in zijn rug prikken. Hij onderdrukt de neiging zich om te draaien, de stok uit de handen van de bewaker te grissen en in diens verdomde gezicht te slaan. In plaats daarvan loopt hij verder en stapt over spullen die verspreid over het perron liggen: jassen, hoeden, handtassen. Terwijl hij met open mond naar de trein kijkt, ziet hij een lange, dunne hand door een smalle spleet aan de bovenkant steken. En dan nog een, en nog een. Ze houden allemaal een stukje papier vast. Dan gaan de handen open en waaien de papiertjes weg. Hij blijft staan om er een op te rapen, maar kan in het donker niet lezen wat erop geschreven is. Het enige licht komt van een enorme schijnwerper die op de trein gericht is. Hij stopt het papiertje in zijn zak en vermoedt dat het waarschijnlijk een brief voor iemand is – een dierbare. Hij twijfelt nu niet meer. Deze mensen zijn op weg naar hun dood.

Een hand duwt hem naar voren. '*Nachschauen!* Nakijken!' De bewaker achter hem richt zijn zaklantaarn op het spoor. Jean-Luc ziet meteen wat er aan de hand is: een wiel is in het gat tussen twee spoorstaven gezakt. De lasplaat die ze normaal gesproken bij elkaar houdt, is open. Hij heeft geen idee hoe ze dat wiel weer op het spoor moeten krijgen. Hij kijkt achterom. Frédérics gezicht glimt in het vage licht en Jean-Luc ziet een glimlachje op zijn lippen. Heeft Frédéric dit gedaan? Hij hoopt van wel. Maar wat kunnen ze eraan doen? Hij kijkt om zich heen naar de soldaten en bewakers op het perron. Het zijn er veel, misschien wel veertig. En ze hebben allemaal een wapen. Er zijn ook honden, die grommend aan hun riem trekken. Het is hopeloos.

Weer krijgt hij een zet in zijn rug. 'Probleem zien?' Maar Jean-Luc is als aan de grond genageld. De hand duwt nog een keer. 'Kijken!'

Hij draait zich om naar de boze bewaker. 'Wat moet ik doen?'

'Maken. Trein terugzetten.'

'Dat kan ik niet. De lasplaat is stuk. We moeten de trein uitladen en van het spoor tillen om die te repareren.'

'Wat?' De frons van de bewaker wordt dieper.

Er nadert een andere bewaker die iets in het Duits zegt. Zo te horen vertaalt hij wat Jean-Luc gezegd heeft. De eerste schudt zijn hoofd. 'Niet uitladen.'

'Dan is het onmogelijk! De trein is veel te zwaar!' Jean-Luc gooit zijn armen in de lucht om aan te tonen hoe hopeloos het idee is.

'Oké. Oké.' De eerste bewaker verdwijnt en komt even later terug met een groepje ongezond ogende mannen. Ze zijn vel over been en lijkbleek.

'Nee!' Jean-Luc kijkt naar de verzwakte mannen. Dat werkt gewoon niet, dat kan iedere idioot zien. Er nadert een grotere groep mannen. De zes arbeiders doen een stap achteruit en laten hen luidkeels discussiëren in het Duits.

'Ja, trein uitladen!' schreeuwt iemand. Meteen worden grendels verschoven, schuiven deuren open en springen gevangenen op het perron. Ze huilen en schreeuwen namen, terwijl ze hun armen naar elkaar uitsteken.

Dan klinkt er een schot. 'Stil!'

De herrie neemt af, gehuil en geschreeuw veranderen in gejammer en gekerm. Maar de gevangen baby's luisteren niet naar de Duitse bevelen, en dat geldt ook voor de moeders die hen proberen te sussen. Op de achtergrond blijft een gejammer hoorbaar.

Weer klinkt er een schot. Het geluid van blaffende honden galmt door het donker. 'Stil, zei ik!'

Er valt iemand op de grond. Weer klinkt er geschreeuw. Nog een schot. Dan wordt het bijna stil, alleen de honden zijn nog te horen. De soldaten lopen heen en weer over het perron, zwaaien met hun geweren en schreeuwen bevelen in het Duits, terwijl er nog steeds mensen uit de wagons springen.

'Mijn god, hoeveel zijn het er wel niet?' Frédéric raakt Jean-Lucs elleboog aan.

'Alleen al in deze wagon moeten er honderd zitten!'

De soldaten drijven de gevangenen met geweren en stokken naar de achterkant van het perron.

Jean-Luc kan zich nog steeds niet bewegen. De gevangenen dringen zich langs hem heen om te ontkomen aan de harde klappen van de soldatenstokken. Iemand duwt een stukje papier in zijn hand. Er worden ook papiertjes naar hem toe gegooid. En toch verroert hij zich nog steeds niet. Hij heeft zich nog nooit zo machteloos gevoeld. Hij kan het wel uitschreeuwen: hou op! Hij zou de wapens wel uit de handen van de soldaten willen rukken om die op hen zelf te richten. Maar hij is verlamd en kijkt vol ongeloof toe. Hij ziet dat ze een andere wagon openmaken. Ook daar komen honderden mensen uit die zich schreeuwend en huilend aan elkaar vastklampen. Het geluidsniveau stijgt weer.

Dan voelt hij een hand aan de kraag van zijn overall trekken. Als hij omlaag kijkt, ziet hij een jonge vrouw met groene ogen. Ze trekt verwoed zijn hoofd naar haar mond. 'Wie bent u? U bent geen gevangene.'

Hij houdt haar vast bij haar middel, zodat ze niet meegesleurd wordt met de stroom. Hij fluistert in haar oor. 'Ik ben spoorwegarbeider. Moet ik een boodschap aan iemand overbrengen?'

'Nee.' Ze huilt, tranen stromen over haar wangen. Hij wil haar vasthouden, kan haar niet laten gaan. Hij draait zich opzij om haar tegen de oprukkende massa te beschermen. Het lawaai zwelt aan doordat er nog meer mensen uit de trein springen. Hij wacht tot er weer geschoten wordt.

Ze slaat haar arm om zijn nek en drukt haar mond tegen zijn oor. Hij zou graag haar tranen wegvegen, maar weet dat ze hem iets probeert te vertellen. 'Alstublieft,' zegt ze. Hij voelt dat er iets tegen zijn borst wordt geduwd. Iets zachts en warms. Hij kijkt omlaag.

Een stomp neusje steekt uit lagen stof. Donkere ogen gaan open en kijken hem recht aan. Het geluid lijkt te verstommen als het kind ernstig naar hem staart.

'Neem alstublieft mijn kind mee!'

34

Parijs, 30 mei 1944

Jean-Luc

'Hij heet Samuel.' De tranen blijven stromen over het gezicht van de vrouw. 'Neem hem mee!'

Hij probeert achteruit te stappen, maar zit klem in de massa. 'Nee!' Hij schudt zijn hoofd. 'Dat kan ik niet!'

Met een vastberaden blik duwt ze het bundeltje dichter tegen hem aan. Een grote man botst tegen hen aan, waardoor zij bij hem weg schiet en het kind loslaat. Snel pakt hij het met één hand vast om te voorkomen dat het op de grond valt en vertrapt wordt. Zijn andere hand steekt hij naar haar uit, maar ze is al opgeslokt door de menigte. Hij zoekt haar lichtgroene ogen in de zee van mensen, maar ziet haar niet meer.

Mensen bewegen langs hem heen, terwijl hij als vastgenageld aan de grond staat. De menigte dunt uit, de soldaten aan de rand komen dichterbij. Hij moet de baby verstoppen. Met zijn linkerhand ondersteunt hij het bundeltje en met zijn rechter maakt hij de knopen van zijn overall los. Hij schuift de baby eronder en maakt de knopen dan weer dicht. Het dringt tot hem door dat het kind geen kik heeft gegeven, maar voelt dat het warmte uitstraalt. Hij wordt overspoeld door besluiteloosheid en voelt paniek opkomen. Wat moet hij in hemelsnaam doen?

Hij kijkt om zich heen. De stroom gevangenen is bijna de trein uit, dus hij staat hier binnenkort in zijn eentje. Snel wurmt hij zich in het gedrang en probeert op te gaan in de menigte.

Het huis van de stationschef! Daar moet hij heen. Hij duwt een oude man opzij. Twee vrouwen die zich aan elkaar vastklampen versperren hem de weg. Hij doet een stap opzij en loopt snel over het perron.

Er klinkt weer een schot en heel even lijkt de menigte stil te blijven staan. Dan deint die weer naar voren. Met gebogen hoofd loopt Jean-Luc door. Hij duwt de deur van het huis van de stationschef open. Er is niemand. Wat nu? Denk na! De tijd dringt. Zo snel als zijn slechte been hem kan dragen loopt hij de trap op. Hij weet niet wat hij moet doen, waar hij heen moet.

De wc's zijn op de eerste verdieping. Hij loopt de ruimte in en doet de deur zachtjes achter zich dicht. Hier kan hij zich verstoppen om te bedenken hoe hij hier in godsnaam weg moet komen. Aan de achterkant van het huis is een deur naar het station. Die wordt meestal bewaakt, maar in alle chaos gebeurt dat nu misschien niet. Hij kijkt uit het raam aan de achterkant, maar ziet slechts duisternis.

Net als hij wil vertrekken, hoort hij voetstappen de trap op komen. Hij werpt een blik op de hokjes en vraagt zich af of hij zich moet verbergen, maar het is al te laat. De deur zwaait open en er loopt een soldaat naar binnen.

'*Verdammt noch mal, was machst du da?*' De mof kijkt hem fronsend aan. 'Wat doe jij hier, verdomme? Deze wc's zijn alleen voor Duitsers. Raus!'

De baby slaakt een kreetje.

'Wat is dat?' De frons van de mof wordt dieper.

Jean-Luc is snel. Hij haalt zijn rechterhand van de baby, schiet naar voren en grist het pistool uit de open holster van de man. Het is lichter dan hij gedacht had. Het is de eerste keer dat hij een pistool vasthoudt en hij moet even naar beneden kijken om te zien waar de trekker zit. Hij vouwt zijn vinger eromheen, maar zorgt dat hij hem niet overhaalt. Nog niet. Hij richt het wapen op de Duitser en houdt met zijn linkerhand het kind tegen zijn borst.

De mof verbleekt. '*Dafür konntest du erschossen werden!* Hier kun je voor doodgeschoten worden!'

Jean-Luc verroert zich niet. 'Trek je kleren uit.'

'Wat?'

Hij duwt het pistool tegen het voorhoofd van de man. 'Trek je kleren uit! Schnell!'

Terwijl de soldaat zich uit zijn uniform worstelt, worden de kreten van de baby luider. Jean-Luc moet zich daar niet door laten afleiden. De komende paar minuten zijn van levensbelang. Met het pistool gericht op zijn gevangene loopt hij naar de wastafels. Hij haalt de baby onder zijn overall vandaan en legt hem in een wastafel. Nu hij geen menselijk contact meer heeft, begint het kind hartverscheurend te huilen.

Jean-Luc moet dat buitensluiten. Hij pakt het pistool met twee handen vast. Het is tijd om een knoop door te hakken. Buiten klinken schoten. Ze zijn nu vast naar hem op zoek. Hij moet snel zijn. Zijn vinger aan de trekker trilt en zijn hart gaat tekeer. Hij kan beter geen getuigen achterlaten. Maar eerst moet hij dat uniform hebben en daar mag geen bloed op komen.

Al snel ligt het uniform van de soldaat op de grond, terwijl de mof staat te rillen in zijn ondergoed. 'Niet schieten.'

Jean-Luc staart hem aan, neemt diens miezerige witte borstkas en magere armen in zich op. Hij is niet ouder dan hij, waarschijnlijk zelfs jonger. Feitelijk nog een jongen. Weer wordt er buiten geschoten. Het gehuil van de baby doorboort zijn trommelvlies. Zijn zenuwen staan op scherp. Met al die herrie kan hij geen beslissing nemen.

'Kind honger,' fluistert de soldaat. 'Ik melk halen.'

'Kop dicht! Hoe kom ik hier weg?' Jean-Luc drukt het pistool weer tegen zijn voorhoofd.

'Deur aan achterkant. Geen bewaker nu. Laat mijn papieren zien.'

Met het pistool gericht op zijn gevangene schiet Jean-Luc uit zijn overall. Hoe moet hij de man onder schot blijven houden als hij diens uniform aantrekt? Misschien moet hij hem nu neerschieten, zodat hij beide handen vrij heeft. Dat zou een stuk gemakkelijker zijn. Maar goed, iemand zou het schot kunnen horen.

Hij negeert het gehuil van de baby en trekt met zijn linkerhand de broek aan, gevolgd door het jasje en de pet. Dan steekt hij zijn voeten in de laarzen. Hij is er bijna; het jasje zal hij later dicht moeten knopen. Eerst moet hij afrekenen met de mof. Hij richt het pistool op diens hoofd.

Opeens zit de man op zijn knieën en smeekt: 'Niet schieten! Alsjeblieft! Ik heb familie.'

'Dat kan me geen reet schelen! Denk je dat die mensen geen familie hebben?'

'Sorry! Sorry. Ik...'

'*Ferme ta gueule!* Hou je bek! Anders knal ik je voor je kop.'

De soldaat wordt stil. Maar de baby ligt nog te krijsen en dat weerhoudt hem er op de een of andere manier van te schieten.

Met zijn linkerhand tilt hij de baby uit de wastafel, terwijl hij met zijn andere de soldaat onder schot houdt.

'Nee! Alsjeblieft!' De soldaat is in tranen. 'Ik hier blijven! Ik niet weggaan!'

Jean-Luc telt tot drie en haalt de trekker over.

35

Parijs, 30 mei 1944

Charlotte

'Wie kan dat nou zijn?' Maman kijkt me aan.

'Ik ga wel.' Ik draai me af van de gootsteen en droog mijn handen af. De zoemer gaat weer en ik haast me naar de voordeur. Het geluid van een huilende baby bereikt mijn oren. Ik blijf even staan voordat ik de deur opentrek.

Het is Jean-Luc. In een moffenuniform. Met een baby in zijn armen. Mijn hand valt van de klink. Ik voel het bloed uit mijn gezicht wegtrekken en mijn maag krimpen van teleurstelling. Een baby! Die moet van hem zijn.

Hij duwt me opzij en doet de deur achter zich dicht. 'Je moet me helpen, Charlotte!'

Ik sta hem met open mond aan te gapen en weet niet hoe ik de vragen die door mijn hoofd schieten moet stellen. Van wie is die baby?

'Hij moet iets eten!' Zijn ogen schieten alle kanten op.

Mijn tong voelt als een droge, dikke lap in mijn mond. Ik dwing hem te bewegen, maar krijg geen woord over mijn lippen. Dan voel ik dat maman achter me staat.

'Wat is er aan de hand?' Ze staart naar Jean-Luc. 'Wat doet u hier?'

Hij doet nog een stap onze woning in. De baby huilt nu harder. 'Een vrouw in Drancy heeft me haar kind gegeven. Ik weet niet wat ik met hem moet doen.'

Maman verheft haar stem. 'U had hier niet moeten komen.'

'Alstublieft! Hij moet gevoed worden. Ik kon nergens anders heen.'

Maman wendt zich tot mij en zegt kordaat en zakelijk: 'Charlotte, ren naar madame Deschamps op de vijfde. Ze heeft net een kind gekregen. Vraag haar of ze deze baby wil voeden.' Voordat ik weg kan lopen, pakt ze mijn arm. 'Vertel haar niet over Drancy. Zeg maar dat we hem op de stoep voor de oude boulangerie hebben gevonden.'

Ik zie nog net hoe ze de baby van Jean-Luc overneemt. 'Ga naar de slaapkamer. Ze mag u niet zien.'

Met een tollend hoofd haast ik me de deur uit. Hij heeft een baby meegenomen!

Buiten adem bel ik aan bij madame Deschamps. Haar zoontje doet de deur open.

'Is je moeder thuis?'

Hij draait zich om en roept: 'Maman!'

'Oui,' hoor ik vanuit de woonkamer. 'Wie is het?'

Hij kijkt me aan en er verschijnt een diepe frons op zijn gezicht.

'Zeg maar dat het Charlotte van de derde etage is.' Maar ik wacht niet op hem en haast me regelrecht naar de woonkamer. 'Madame...'

'Hallo, Charlotte.' Ze glimlacht naar me vanuit een grote leunstoel. Tegen haar borst ligt een baby te slapen. 'Ik heb je lang niet meer gezien, niet sinds je in het ziekenhuis bent gaan werken. Hoe is het met je?'

'Ik... ik... We hebben uw hulp nodig. Er is een baby... Die heeft verschrikkelijk veel honger. Wilt u hem voeden? Alstublieft?'

'Wat? Welke baby?'

'Hij is te vondeling gelegd. Voor de oude boulangerie.'

'Ik weet het niet, hoor. Het is al moeilijk genoeg om mijn eigen kind te voeden.'

'We kunnen u onze bonnen geven,' zeg ik roekeloos. 'Alstublieft!'

'Oké, oké. Geef me vijf minuten.'

Ze haalt het slapende kindje van haar tepel en legt het op de bank. 'Laurent,' zegt ze tegen haar zoontje. 'Kun jij even een oogje op je zusje houden?'

De jongen knikt plechtig en gaat naast de baby zitten.

Ik wacht tot madame Deschamps haar blouse heeft dichtgeknoopt. Samen haasten we ons de trappen af. We horen de baby al huilen.

'Dat klinkt erg hongerig. Hopelijk heb ik genoeg melk.' Ze pakt haar borsten vast alsof ze de inhoud meet. Ik vind ze er niet groot uitzien en vraag me af of het haar wel gaat lukken.

Maman komt met de krijsende baby in haar armen de woonkamer uit. 'Micheline. Merci. Kun je ons helpen?'

'Dat vraag ik me af. Ik weet niet of ik genoeg melk heb. Ik heb net de mijne gevoed en ik heb vandaag nog niets gegeten.'

'Ga even wat brood en die saucisson halen, Charlotte. En neem ook wat water mee.'

Als ik terugkom met het eten en drinken zit madame Deschamps in papa's leunstoel haar knoopjes los te maken. Maman geeft haar de baby. Met grote ogen zie ik hoe madame Deschamps zijn hoofdje in haar halfopen blouse steekt. Maar de baby blijft huilen en wringt zich in allerlei bochten. Ze haalt hem van haar borst en kijkt naar zijn glimmende rode gezichtje dat vertrokken is van woede. Dan tilt ze haar borst op en duwt haar tepel in zijn mond. Maar de baby trekt zich terug en begint alleen maar harder te krijsen. Madame Deschamps zucht en kijkt maman met opgetrokken wenkbrauwen aan. 'Die heeft nu al een eigen willetje,' zegt ze.

'Probeer het alsjeblieft nog een keer.' Mamans stem trilt.

Ik ben ook bang. Stel dat we hem niet kunnen voeden? Gaat hij dan dood?

Madame Deschamps wiegt de baby heen en weer. Volgens mij staat ze op het punt het op te geven. Maar dan begint ze zachtjes te neuriën en probeert het nog een keer. Langzaam maakt het huilen plaats voor zuigende geluidjes. Opgelucht draai ik me glimlachend naar maman, maar zij kijkt met getuite lippen gebiologeerd naar de baby. Ik zie dat ze probeert te bedenken wat we nu moeten doen.

'Maman,' fluister ik. 'Ik heb haar onze voedselbonnen beloofd.'

Zuchtend loopt ze naar het bureau en pakt de envelop uit de bovenste la. Ze haalt er de bonnen uit en geeft die aan madame Deschamps.

'Arme ziel. Zijn ouders zullen wel opgepakt zijn.' Madame Deschamps kijkt maman aan.

'Dat weet ik niet. We hebben hem op de stoep voor de oude boulangerie gevonden.'

'Mensen worden tegenwoordig gedwongen de vreselijkste dingen te doen. Afschuwelijk.'

Maman knikt en ze kijkt madame Deschamps indringend aan. 'Kun jij hem niet nemen? Of haar? Ik weet niet eens wat het is. Kun jij de baby in huis nemen?'

'Nee!' Het klinkt scherp. 'Dat risico is me te groot, ik heb er zelf al vier thuis.' Dan zegt ze op mildere toon: 'Stel dat ze ernaar op zoek zijn?'

'Naar een baby?' Maman kijkt haar fronsend aan. 'Waarom zouden ze zich druk maken om een baby?'

Madame Deschamps dempt haar stem. 'Stel dat het kind Joods is?' Dan klopt ze op zijn bips. 'Volgens mij is hij al een tijdje niet verschoond. Hij is doorweekt. En het arme ding is nu al gestopt met drinken. Hij slaapt, maar volgens mij heeft hij niet veel binnengekregen.'

Maman kijkt mij aan. 'Haal even een theedoek, Charlotte. Dan verschoon ik hem.'

'Een theedoek?'

'Ja, dat moet wel lukken.'

Als ik terugkom met de theedoek zie ik maman voorovergebogen op de bank zitten en op gedempte toon met madame Deschamps praten. Ik zie hoe ze de baby voorzichtig van haar overneemt en die op de grond legt. Ze pelt hem uit de lagen wol waarin hij gewikkeld is. Hij draagt een grijs vestje. Ze maakt de knoopjes los en trekt het uit. De huid eronder lijkt bijna doorschijnend – ik kan de ribben tellen.

'God, wat is hij smerig. We moeten hem wassen.' Ze veegt de kleverige gele brij van zijn billetjes. 'Hij is niet besneden.' Ze wendt zich weer tot madame Deschamps. 'Wil je hem echt niet meenemen? Alsjeblieft. We kunnen je financieel steunen.'

'Nee. Ik heb al gezegd dat ik dat niet kan.' Ze zwijgt even. 'Waarom houden jullie hem niet? Charlotte kan je helpen.'

'O nee!' zegt maman meteen.

'Maar dat zou best kunnen, maman!'

'Nee, Charlotte. Geen sprake van.'

'Ik kan wat melk kolven.' Madame Deschamps klinkt nu meelevend.

'En een weeshuis? Zouden we hem niet kunnen achterlaten bij een weeshuis?' Ik zie dat maman en madame Deschamps een blik van verstandhouding wisselen bij mijn suggestie.

'Dan is hij binnen een week dood,' zegt madame Deschamps effen.

Maman knikt. 'Weeshuizen zijn op dit moment gevaarlijke plekken. Hij is al ondervoed en best zwak.' Ze wendt zich weer tot mij. 'Laat de afwasteil in de keuken vollopen met warm water.'

Ik doe wat me wordt opgedragen. Het teiltje is pas halfvol als maman met de baby de keuken in komt. 'Ik heb Micheline naar huis gestuurd. Ze gaat wat melk kolven. Dat is gemakkelijker dan proberen koemelk te pakken te krijgen en waarschijnlijk ook beter voor hem.'

'Alstublieft.' Ik probeer geen smekerige toon aan te slaan. 'Kunnen we hem niet houden? Ik help u wel. U kunt me laten zien wat ik moet doen.'

'Dat kan niet, Charlotte.' Haar ogen glimmen en ik bespeur iets van spijt in haar stem. 'Snap je dan niet dat ze, zodra ze het verband tussen jou en Jean-Luc leggen, meteen hiernaartoe komen? Misschien sturen ze zelfs de Gestapo wel.'

'De Gestapo? Nee!'

'Ja. En dan gaan ze met de buren praten. Ik hoop dat Micheline haar mond houdt, maar je weet nooit wat mensen doen als ze onder druk worden gezet.' Ze zucht. 'We zijn niet veilig meer.' Na een korte stilte voegt ze daaraan toe: 'Dankzij Jean-Luc.'

Er loopt een rilling over mijn rug. Hij heeft ons in gevaar gebracht. 'Sorry, maman.' Stel dat ze de Gestapo op ons afsturen? Of ons arresteren?

'Zeg maar dat hij naar buiten kan komen. Hij moet leren hoe hij voor de baby moet zorgen en dan kan hij net zo goed beginnen met hem te wassen.'

'Jean-Luc,' fluister ik bij het openen van de slaapkamerdeur. 'Kom er maar uit.'

Met neergeslagen ogen schuifelt hij naar buiten. 'God, het spijt me zo, Charlotte. Ik wist niet waar ik anders heen moest.'

Ik probeer te glimlachen, maar er zit een stevige knoop in mijn maag. Ik kan alleen nog maar denken aan de Gestapo die onze trap op komt marcheren.

'Hij heet Samuel.' Jean-Luc kijkt me aan.

Ik knik. 'Ja, we zijn er net achter gekomen dat het een jongetje is.'

Bij het betreden van de keuken wendt maman zich tot Jean-Luc. 'Hij moet gewassen worden,' meldt ze op kille toon. 'Ik zal laten zien hoe dat moet.'

Ze helpt ons Samuel te wassen en dan laat ze Jean-Luc vaseline op de rode huid van zijn beentjes smeren. Ik zie dat hij de zalf erop dept alsof hij bang is hem aan te raken.

Ik weet waarom maman dit doet: ze wil hem verantwoordelijkheid bijbrengen. Ik zie hoe ze naar hem kijkt en dat ze woedend op hem is, maar kalm probeert te blijven. Mannen weten niet hoe ze voor baby's moeten zorgen. Wat zal hij doen?

Als de baby eenmaal schoon is en op een kussen in de leunstoel ligt, wendt ze zich tot Jean-Luc. 'Waarom draag je een moffenuniform?' Ze laat alle beleefdheidsvormen varen. 'Hoe kom je daaraan?' Ze slaat een kille toon aan.

'Ik heb het pistool afgepakt van een mof en hem gedwongen zijn uniform aan mij te geven. Dat was de enige manier.'

'Heb je hem doodgeschoten?'

'Alleen in zijn been.'

'Je had hem moeten doden. Nu is er een getuige. Ze zullen achter je aan gaan.' Maman ijsbeert door de kamer. 'Mijn man komt vanmiddag thuis. Hij mag hier niets van weten.'

Jean-Luc knikt. 'Als ze naar mij op zoek zijn, gaan ze eerst naar mijn adres. Ze kunnen niet weten dat ik hier ben.'

'Hoe weet je dat je niet gevolgd bent?' Maman kijkt hem fronsend aan.

'Dat heb ik gecontroleerd. Er was niemand in de buurt.'

'Maar ze weten dat je Charlotte hebt ontmoet in het ziekenhuis. Het zal niet lang duren voor ze die link leggen. Ze kunnen hier snel zijn.' Ze fronst. 'Je moet vertrekken. En je moet de baby meenemen. Ze zullen inmiddels wel weten dat je hem hebt meegenomen. We kunnen hem niet hier houden, dat is te riskant. We hebben Micheline er al bij betrokken.' Ze blijft ijsberen door de woonkamer. 'Zij is de zwakke schakel waardoor wij opgepakt kunnen worden. Ik zal een verhaal moeten verzinnen, maar je weet hoe mensen zijn. Ze zal haar mond voorbijpraten.' Ze zucht. 'Ik had het haar niet moeten vragen. Ik had beter moeten weten.'

'Maar we moesten hem iets te eten geven, maman. Hij had zo'n honger. Dat is niet uw schuld.'

'Zie je dan niet hoe we onszelf in het nauw hebben gedreven, Charlotte?'

'Het spijt me. Ik had hier nooit naartoe moeten komen.' Jean-Luc strijkt met zijn hand door zijn haar.

Maman doet zijn verontschuldiging met een schouderophalen af. 'Ik weet niet hoe we nu onze sporen moeten wissen.' Ze buigt zich naar de leunstoel en kijkt naar de baby. 'Wat ga je nu doen?' Ze kijkt Jean-Luc aan. 'Je moet iets verzinnen.'

Ik weet dat dit haar manier is om te zeggen dat zij niets kan bedenken.

'Alstublieft, maman, we moeten hem helpen. Bedenk iets.'

Ik zie haar wenkbrauwen naar elkaar toe bewegen. De baby ligt rustig te slapen, alsof de wereld een vredige plek is.

'Oké,' zegt maman met een blik op Jean-Luc resoluut. 'Misschien kan ik helpen. Maar wat ik je nu ga vertellen, moet geheim blijven.'

36

Parijs, 30 mei 1944

Charlotte

'Ik zou je dit eigenlijk niet moeten vertellen.' Ze zit naast me op de bank en werpt Jean-Luc een boze blik toe. 'Als dit bekend wordt, kunnen vele levens gevaar lopen.'

'Dat begrijp ik.' Jean-Luc slikt.

Maman kijkt hem met samengeknepen ogen aan. 'Jawel, maar ben je sterk genoeg om je mond te houden als ze je te pakken krijgen?'

'Ik sterf nog liever dan dat ik iemand anders in gevaar breng.' Hij buigt voorover en legt zijn handen op zijn knieën.

'Mooie, dappere woorden. Maar niemand weet wat hij zal doen tot het écht gebeurt.' Ze draait zich naar mij. 'Ik moet het risico nemen, ik zie geen andere manier.'

Jean-Luc knikt.

'Ik heb een oom, hij heet Albert en woont in Ciboure, een dorpje bij Saint-Jean-de-Luz.' Ze zwijgt en wrijft in haar nek. 'Hij zit daar in het verzet en heeft mensen geholpen te ontsnappen over de Pyreneeën; Britse piloten die terug moesten naar Engeland, Joden.'

Heeft maman mensen geholpen te ontsnappen? Ik staar haar aan en vraag me af wie ze echt is. Tranen van schaamte wellen op. Ik knipper ze weg en bekijk haar met andere ogen.

'Hij zou je kunnen helpen,' gaat ze verder. 'Ik zal je zijn adres vertellen en dat moet je onthouden. Schrijf het nooit op.' Haar ogen boren zich in die van Jean-Luc. 'Oké?'

Hij knikt.

Maman tilt de baby uit de leunstoel en aarzelt even, alsof ze niet goed weet wat ze ermee aan moet. Dan gaat ze met een diepe zucht weer zitten en neemt hem op haar schoot. 'Avenue de l'Océan 24...'

'Maman,' onderbreek ik haar. 'Hebt u al eerder mensen geholpen? Hebt u hun dit adres gegeven?'

Ze kijkt me even aan en zegt dan: 'Ja.'

'Maar... maar... waarom hebt u me dat niet verteld?'

'Charlotte!' Het klinkt wrang. 'Je weet toch dat dit geen dingen zijn om over te praten.'

Ik ben weer het domme kind dat in het ongewisse gelaten moet worden. Ergens ben ik kwaad op haar, maar aan de andere kant moet ik toegeven dat ik bewondering voor haar heb. Ik zou het alleen graag geweten hebben. Dan was alles anders geweest.

'Is... weet papa het?'

'Dit is niet het moment om het daarover te hebben, Charlotte. We moeten snel handelen.'

Nu ben ik het egoïstische kind dat zo opgaat in haar eigen wereld dat ze zich niet kan verplaatsen in die van anderen.

Ze wendt zich weer tot Jean-Luc. 'Het zal gevaarlijk zijn. Erg gevaarlijk. Ik neem aan dat je geen Duits spreekt?'

'Nee.'

'Dan moet je dat uniform uittrekken. Ik kan je een vals identiteitsbewijs geven. We kunnen je haar en je wenkbrauwen knippen, zodat je meer op de foto lijkt. Dat heb ik al eerder gedaan. En ik kan je wat geld geven.' Ze is even stil. 'Je moet de baby meenemen. Niemand anders zal hem in huis halen en het is te riskant om met hem onder te duiken.' Ze kijkt naar het kind dat rustig op haar schoot ligt. 'Ik vraag me zelfs af of hij het wel zal overleven.'

Ik weet wat ze denkt, maar zeg niets.

'Je moet met de trein naar Bayonne,' gaat ze verder. 'En van daar lopen naar Ciboure. Dat is ongeveer veertig kilometer. De trein zal het lastigst zijn, maar zolang je met niemand praat...'

'Maar zullen mensen het niet vreemd vinden dat een man alleen met een baby reist?' Weer val ik haar in de rede. 'Ze zullen hem vragen stellen en hoe komt hij aan melk?' De afschuwelijke gedachte dat ze gewoon van hem af wil, komt bij me op. Ik ken haar niet meer, ik weet niet waartoe ze in staat is.

'We kunnen hem poedermelk voor twee dagen meegeven; tegen die tijd zou hij er moeten zijn.' Ze kijkt weer naar Jean-Luc. 'Je zult zo min mogelijk contact moeten hebben.'

'Maar maman.' Ik kijk haar aan. 'Dat is gestoord! Iemand zal hem aanhouden. Dat weet ik zeker.'

'Charlotte,' zegt Jean-Luc zacht. Hij strijkt over mijn hand. 'Het komt wel goed. Ik heb dat valse identiteitsbewijs.'

'Nee!' Ik schiet overeind. Er is me iets te binnen geschoten. Ik doe een stap naar maman, buig me voorover, til de baby van haar schoot en houd hem tegen me aan. Hij is zo klein, zo licht. Ik kijk over zijn hoofdje naar maman en zeg uit angst dat ik hem wakker zal maken zacht: 'Een stelletje dat met een baby op reis is zal veel minder argwaan wekken dan een man alleen.'

Ik zie aan haar ogen dat ze weet dat ik gelijk heb. 'Nee, Charlotte! Nee!' Haar ogen spuwen vuur.

Jean-Luc staat ook op. 'Wat ben jij toch dapper,' fluistert hij in mijn oor, terwijl hij zijn arm om mijn schouder slaat. Dan richt hij zich tot maman. 'Ik zal er alles aan doen om haar te beschermen.'

'Ben je gek geworden?' sist maman. 'Je kunt jezelf niet eens beschermen!'

Voorzichtig neemt hij de baby van me over en kijkt dan weer naar maman. Zijn stem is stabiel en rustig, alsof hij probeert een wild dier te sussen. 'Ik weet dat u uw dochter niet kwijt wilt. En dat het gevaarlijk zal zijn. Maar ik zweer dat ik haar en dit kind met mijn leven zal beschermen.'

'Zij gaat nergens heen!' Mamans blik schiet van hem naar mij.

Ik doe nog een stap naar haar toe. 'Alstublieft, maman. Denk na. We kunnen doen alsof we geheime minnaars zijn die ontsnappen om te gaan trouwen omdat we een onecht kind hebben...'

'Nee!' Ze pakt me bij mijn schouder. 'Er kan van alles gebeuren. Misschien zien we je wel nooit meer!' Ze slikt. 'Je mag niet weg!'

Ik kijk haar aan en besef dat ze wel degelijk van me houdt. Natuurlijk doet ze dat! Ik word overspoeld door spijt en schaamte. Waarom heb ik dat niet eerder gezien?

Maar ik kan hier niet blijven. Ik voel een brandend verlangen om nu in actie te komen, iets te doen. 'U moet me dit laten doen. Alstublieft, maman.'

'Je hebt geen idee van de gevaren...' Haar stem trilt en stokt dan, alsof ze weet dat ze me al kwijt is.

'Ik weet wat de risico's zijn. En toch wil ik het doen. Ik móét het doen.'

37

Parijs, 30 mei 1944

Charlotte

Het is een chaos op Gare Montparnasse. Het wemelt er van de soldaten en gendarmes die mensen aanhouden, papieren controleren en bevelen schreeuwen. Volwassenen kijken gespannen naar de perrons waar de treinen vertrekken, terwijl bleke, vermoeide kinderen die te oud zijn om te huilen er verslagen bij staan. En de hele tijd worden er mensen weggestuurd bij de treinen.

'De politie is overal, Charlotte!'

Ik ben me maar al te bewust van dit feit en druk de baby stevig tegen me aan, terwijl ik om me heen kijk.

'Kijk niet zo! Gedraag je normaal.'

Jean-Luc is zo prikkelbaar dat ik er bang van word. Als hij niet kalmeert, trekt hij zo nog ongewenste aandacht. Ik blijf even staan en kijk in zijn onrustige ogen. Mijn hart bonkt tegen mijn ribben en mijn handpalmen zijn bezweet, maar ik herinner mezelf eraan wie wij veinzen te zijn: geliefden die van huis weglopen met hun illegale kind. Wat zouden geliefden doen?

Ik ga op mijn tenen staan en sla een arm om Jean-Lucs nek. De baby hangt tussen ons in. Ik trek hem naar me toe en hef mijn gezicht. 'Kus me,' fluister ik in zijn oor.

In eerst instantie voelen zijn lippen stijf en koud, maar hoe langer de mijne daar blijven dralen, hoe zachter en warmer ze worden. De geluiden om ons heen verdwijnen op de achtergrond. Van een afstandje hoor ik gefluit, huilende kinderen en schreeuwende mannen, terwijl wij daar staan te zoenen. Mijn hart maakt een sprongetje. Het komt goed. Ik weet het zeker.

Dan trekt hij zich terug. 'Kom, we gaan. Perron vijftien.' Hij pakt mijn arm en trekt me achter zich aan. Samen banen we ons een weg naar de soldaat die de kaartjes en papieren controleert voordat mensen het perron op mogen. Hij werpt een nieuwsgierige blik op Jean-Lucs valse papieren en kijkt met een schuin hoofd naar diens been. 'Hoe bent u gewond geraakt?' vraagt hij met een Duits accent.

'Bedrijfsongeval,' zegt Jean-Luc met een uitgestreken gezicht op vlakke toon.

Er vormt zich een rij achter ons, maar de soldaat lijkt geen haast te hebben. Hij kijkt op Jean-Lucs identiteitskaart, dan weer naar hem en dan weer op de kaart. Ziet hij iets wat niet klopt? Maman had zich moeten haasten toen ze zijn haar in zo'n beetje hetzelfde model knipte als op de pasfoto.

'Michel Cevanne?'

'Ja.' Jean-Luc slaagt erin rustig te blijven.

'Geboortedatum?'

'Vijf juli 1922.'

De soldaat richt zich tot mij. 'Wat is uw relatie met deze man?'

'Ik ben… We zijn… vrienden.'

'Vrienden? Uw papieren, mademoiselle.'

Ik geef ze hem.

'Is dat een baby?' Hij kijkt niet naar de papieren, maar staart naar de baby in mijn armen.

'Ja.'

Met zijn lange, slanke vingers slaat hij het dekentje weg. 'Hebt u zijn geboortebewijs?'

'Ik… we… Daar hebben we nog geen tijd voor gehad.'

'Alle geboortes moeten binnen drie dagen aangegeven worden.'

Mijn zenuwen lijken elk moment te kunnen knappen. Ik weet niet wat ik moet zeggen.

Dan verschijnt er een politieagent die iets in het oor van de soldaat fluistert. Ze beginnen een verhit klinkend, gedempt gesprek. Jean-Luc kijkt me aan. Ik weet wat hij denkt. Dit is onze kans.

Hij pakt mijn hand en we rennen zonder om te kijken over het perron. Bij de eerste deur gaan we de trein in en komen terecht in een lege coupé voor acht personen. Jean-Luc schuift de deur achter ons dicht. 'Ga zitten en doe normaal.'

Ik ga bij het raam zitten met de baby op mijn schoot. Jean-Luc laat zich naast me zakken. Ik adem gejaagd, maar mijn longen lijken zich niet te vullen. Mijn hoofd begint te tollen.

Opeens wordt de deur opengeschoven. Een bewaker tuurt naar binnen. 'Hier!' schreeuwt hij achteromkijkend.

Ik pak Jean-Lucs hand. Ik krijg geen adem. Doodsbenauwd wacht ik af terwijl de bewaker de deur openhoudt.

Een man met een grote koffer wurmt zich naar binnen, gevolgd door een vrouw en drie kleine jongens. Jean-Luc trekt zijn hand weg onder de mijne. Ik slaak een zucht. De man tikt even ter begroeting tegen zijn hoed en gaat tegenover ons zitten. Zij neemt naast hem plaats en hun kinderen vechten om de twee resterende plekken naast hun ouders. De kleinste vist naast het net en blijft opgelaten staan.

'Doe niet zo gek, Henri. Ga zitten,' zegt de vader vermanend tegen hem.

De jongen gaat zonder iets te zeggen tegenover de rest van het gezin zitten, naast Jean-Luc. Pruilend begint hij aan het korstje op zijn knie te krabben.

Niemand zegt iets. Iedereen heeft geheimen. Als de trein op gang komt, beginnen de twee oudere jongens te wriemelen en elkaar te porren.

'Shh, rustig. Probeer maar te slapen.' Met een boze blik maakt hun moeder een eind aan het ongewenste gedrag, hoewel de jongens in elkaars knieën blijven knijpen. 'Zeg er wat van, Georges.'

'Stilzitten, jongens. Probeer uit te rusten.' Hun vader kijkt op, maar schenkt hun nauwelijks aandacht.

'Ik heb honger, papa. We hebben niet ontbeten.'

'Stil!'

De hongerige jongen staart uit het raam. Ik volg zijn blik en zie grijze gebouwen tegen een blauwe lucht. Alstublieft God, fluister ik in gedachten. Zorg dat we veilig in Bayonne komen.

Opeens schuift de coupédeur open en komt er een vermoeid ogende gendarme binnen. 'Papieren,' zegt hij met een blik op het gezin en vervolgens op ons. Mijn hart versnelt weer.

Jean-Luc haalt zijn papieren uit zijn binnenzak. Zijn handen trillen niet en zijn gezicht blijft rustig en vriendelijk. Mijn vingers trillen wel als ik mijn papieren overhandig. Ik schuif heen en weer op mijn plek, maar tover ter compensatie mijn liefste glimlach op mijn gezicht.

'Monsieur Cevanne en mademoiselle de la Ville, reizend met een baby.' De gendarme trekt zijn wenkbrauwen op.

'We gaan naar Biarritz om te trouwen,' flapt Jean-Luc eruit.

Mijn nepglimlach wordt nog breder.

De gendarme kijkt van mij naar Jean-Luc en weer terug. 'Weet u niet dat het oorlog is?'

'We doen het voor de baby,' zeg ik. 'Mijn vader zou me vermoord hebben als ik gebleven was. En de baby ook.' Ik laat mijn tranen de vrije loop en ben me bewust van de geschokte gezichten van het gezin. Dit heeft een extra dimensie toegevoegd aan hun reis.

Er valt een stilte in de coupé.

'Aha!' De gendarme lacht vals. 'Gaat u maar even met mij mee naar de gang, monsieur. Wij moeten even praten.'

Jean-Luc klopt op mijn hand als hij zijn plunjezak pakt. 'Natuurlijk, monsieur.'

Ik zie hem de coupé uit stappen en kijk dan naar de vader van het gezin tegenover me. Hij wendt zijn blik af en kijkt door het raam.

Alstublieft God, alstublieft, alstublieft. Ik bijt op mijn onderlip terwijl de seconden overgaan in minuten.

Na wat voelt als een eeuwigheid komt Jean-Luc terug en gaat zitten. Ik word overspoeld door opluchting en kan weer ademhalen. Hij buigt zich naar me toe en fluistert: 'Hij wilde geld. Om zijn mond te houden. Een geheim om een ander geheim te verbergen.' Hij strijkt over mijn knie en kijkt in mijn ogen. 'Een halve waarheid is de beste leugen.'

38

Het zuiden, 30 mei 1944

Charlotte

De trein komt eindelijk tot stilstand in Bayonne. Het is donker en stil als we uitstappen. Tegenover het station staan hoge etagewoningen, maar de luiken zijn dicht en de bewoners lijken vertrokken, hoewel ze zichzelf waarschijnlijk gewoon binnengesloten hebben.

'Laten we naar de rivier lopen. Het stadscentrum ligt vast over de brug.' Jean-Luc pakt mijn hand. Als we de hoek omslaan, zien we een stel gendarmes onze kant op komen. Ik blijf stokstijf staan. 'Gewoon doorlopen.' Hij geeft me een por met zijn elleboog.

We lopen door een bochtige straat omhoog naar de kathedraal. Hier is het wat drukker; een paar mensen op een caféterras draaien zich om en kijken ons met ondoorgrondelijke gezichten na. We lopen verder langs de kathedraal, slaan een hoek om en zien een klein hotel.

'Hier kunnen we het even proberen.' Jean-Luc duwt de deur open. Door het luide gekraak schrikt de oude dame achter de receptiebalie wakker. Ze kijkt ons met waterige ogen aan.

'We zouden graag een kamer voor een nacht willen, alstublieft.' Jean-Lucs stem is een octaaf te hoog en hij kucht.

'Papieren.' Ze steekt afwachtend haar knokige vingers uit.

Ik haal de mijne tevoorschijn. Ze grist ze als een hongerige kat uit mijn hand, haalt een piepkleine leesbril uit het rechterborstzakje van haar blouse en neemt ze onder de loep. Ze geeft ze zonder commentaar terug en steekt dan haar hand uit voor die van Jean-Luc. Ze trekt haar neus op tijdens het bestuderen ervan en kijkt dan opeens op met een geniepige glimlach op haar strakke mond. 'Niet getrouwd!' stelt ze op schrille toon vast.

'We zijn op weg om te gaan trouwen.' Jean-Luc tovert zijn meest charmante glimlach tevoorschijn.

'Dan wilt u vast gescheiden kamers, nietwaar?'

'Als u dat liever hebt.' Jean-Luc slaakt een luide zucht, terwijl ik gegeneerd mijn blik afwend.

'Inderdaad. Hoelang blijft u?'

'Een nachtje maar.'

'Dus twee kamers, een nacht – dat is dan vijf vijftig, inclusief diner en ontbijt.'

Jean-Luc graaft in zijn zak en haalt er wat munten uit.

Haar ogen lichten op als ze die telt.

'Kunnen we wat melk kopen?' vraag ik.

'Melk?' Er verschijnen diepe rimpels in het voorhoofd van de vrouw.

'Voor de baby.'

'Welke baby?'

Ik klop op het bundeltje in mijn armen. Ze is echt stekeblind.

'Een baby! Niet getrouwd en een baby!'

Ik verwacht dat ze de prijs verhoogt, maar in plaats daarvan vraagt ze: 'Waarom voedt u hem zelf niet? U weet hoe moeilijk het is om aan melk te komen.'

'Ik ben ziek geweest, ik kan hem niet voeden.'

'Ziek?'

Ik voel mijn wangen branden. 'Ja. Behoorlijk. Ik had een gemene infectie.'

Ze leunt achterover. 'Tuberculose?'

'Nee, in het geheel niet.'

Er volgt een gespannen stilte.

'Melk is erg duur.' Haar krakende stem snijdt door de stilte.

'Dat weten we.' Jean-Luc lacht weer naar haar. 'Maar het is voor de baby en uiteraard betalen we ervoor.'

'Ik zal zien wat ik voor u kan doen. Geef me nog een franc, dan vraag ik het mijn neef. Hij is boer.'

'Dank u. We waarderen uw hulp.' Jean-Luc haalt nog een munt uit zijn zak.

'Hoe heet het kind?' Ze zet haar bril af en stopt die terug in haar borstzakje.

'S...' zeg ik, maar Jean-Luc valt me snel in de rede.

'Serge,' zegt hij.

Ik knijp mijn mond dicht om de naam Samuel binnen te houden. Ik moet echt beter nadenken. Zijn Joodse naam zou ons natuurlijk verraden.

'Serge,' herhaalt de vrouw langzaam, alsof ze het zorgvuldig afweegt. 'Mooie naam.'

Ze schuifelt achter haar balie vandaan en gaat ons voor de trap op. Aan het eind van een donkere gang op de eerste verdieping blijft ze staan en pakt een sleutel die aan een ketting om haar middel hangt. '*Pour* monsieur.' Ze opent een deur en we zien een klein bed dat tegen een raam aan is geschoven.

'Merci, madame.' Jean-Luc loopt langs haar de kamer in.

Meteen doet ze de deur achter hem dicht. Ze draait zich om naar mij en loopt dan de gang weer door naar een andere deur. 'Et pour madame.' Ze spreekt het woord 'madame' sarcastisch uit, maar ik kijk met geheven hoofd rond. Een eenpersoonsbed domineert de kamer. 'Voor u en het kind.' Ze kijkt me aan.

Ik stap de kamer in en er loopt een rilling over mijn rug. Zonder nog iets te zeggen, doet ze de deur met een klik achter me dicht. Opeens voel ik me erg alleen. Ik kijk omlaag naar het bed dat is bedekt met een versleten bruine deken. Met de baby in mijn armen laat ik me erop zakken. Het gepiep van oude ijzeren veren jaagt me de stuipen op het lijf en ik sta snel weer op. Maar dan schrik ik weer van het zachte geklop op de deur.

Jean-Luc komt binnen. 'Is hij al wakker?'

'Nee.' Ik til het bundeltje van mijn borst en kijk omlaag naar het zijdezachte donkere haar boven op zijn hoofdje. 'Hoelang slapen baby's normaal gesproken?'

'Dat weet ik niet precies, maar het duurt nu al twaalf uur.' Jean-Luc steekt zijn armen uit en ik leg het kindje erin. Wat heeft maman hem precies gegeven waardoor hij zo lang blijft slapen? Ik hoop dat ze wist wat ze deed. Jean-Luc legt hem op het bed en pelt de lagen dekens en kleertjes van hem af, zodat zijn grijze wollen vestje te zien is. Ik kijk naar zijn korte beentjes; die lijken wel van marmer met dat netwerk van dunne aderen onder zijn bijna doorzichtige huid. Zijn voetjes zijn gestoken in gebreide slofjes, zijn armpjes zwaaien omhoog naast zijn hoofd, waardoor het lijkt of hij zich overgeeft. Aarzelend leg ik een vinger op zijn been. Hij is erg warm. Ik buig me over hem heen en blaas zachtjes op zijn oogleden.

Hij verroert zich niet.

Ik draai me om naar Jean-Luc. 'Hij is toch wel in orde?'

'Hij ademt. Ik zou het alleen fijn vinden als hij wakker werd. Hij slaapt al zo lang.' Hij tilt het lijfje op, legt het tegen zijn schouder en klopt op de rug. Vervolgens loopt hij heen en weer in de kamer en blijft over zijn rug strijken. 'Samuel, *réveille-toi*. Wakker worden.'

Ik hou mijn adem in.

Behoedzaam steekt hij hem een armlengte voor zich uit. 'Pak even een natte handdoek.'

Met een van de theedoeken die maman voor ons ingepakt heeft, ren ik naar de wc op de gang. Terwijl ik die onder de koude kraan houd, bid ik in gedachten: Alstublieft God, ik zal nooit meer om iets vragen, maar zorg dat hij wakker wordt. Alstublieft God.

Als ik terugkom op de kamer zit Jean-Luc lijkbleek op het bed met de baby op zijn schoot. Hij neemt de theedoek van me aan, wrijft ermee over Samuels gezicht en houdt die wat langer op zijn oogleden. Het enige wat ik hoor is Jean-Lucs zware ademhaling.

Het neusje beweegt. Dan verandert die minuscule beweging in een grotere: Samuel trekt zijn neus op en fronst zijn voorhoofd. Opeens verbreekt een oorverdovend gekrijs de stilte.

Jean-Luc grijnst opgelucht. 'Hij zal wel een beetje chagrijnig zijn na al dat slapen. Laten we hem maar een fles geven.'

Ik blaas mijn adem uit. Dank u, God. Dank u.

Met de rest van de melk die we meegenomen hebben, maak ik de fles klaar en geef die dan aan Jean-Luc. Hij gaat weer op het bed zitten en stopt de speen in het open mondje van de baby. 'Stil maar, kleintje. Hier is je eten.'

Al snel hoor ik zacht slikkende geluiden. Opgelucht ga ik ook op het bed zitten. Ik vraag me af waarom ik de fles aan Jean-Luc heb gegeven; ik had ook kunnen proberen Samuel zelf te voeden. Vermoedelijk voel ik me daar nog niet helemaal toe in staat.

Als de fles leeg is, leunt Jean-Luc achterover tegen de hoofdsteun van het bed. Samuels wangetje ligt platgedrukt tegen zijn borstkas. Zijn handjes schieten ongecoördineerd de lucht in en hij wil zijn beide vuistjes tegelijkertijd in zijn mond proppen.

Ik schrik me wild van geklop op de deur.

'Ik heb een bedje voor u,' roept een schrille stem.

Met moeite haal ik mijn ogen van de baby en sta op om de oude vrouw binnen te laten.

Maar ze doet de deur al open voordat ik er ben. Haar hand rust op een klein houten ledikantje. 'En het avondeten is klaar.'

'Dank u. Dat is erg aardig van u, madame.' Ik neem het bedje van haar aan en doe de deur dicht, voordat ze de kans heeft echt binnen te komen en te vragen wat Jean-Luc op mijn kamer doet.

'Ze controleert ons gewoon.' Hij staat op van het bed. 'We laten hem hier en gaan even eten. Dat redt hij best, we zijn zo weer terug.'

'Hem hier laten? Kunnen we hem niet meenemen? Ik vind dat eng.'

'Anders trekken we te veel aandacht.'

'Mag ik hem even vasthouden?'

'Straks. We moeten eerst gaan eten.'

Jean-Luc legt Samuel in het bedje, maar hij ziet er totaal niet moe uit en wil nog steeds al zijn vingertjes in zijn mond duwen.

'Zo te zien heeft hij nog honger.' Ik kijk Jean-Luc aan. 'Het voelt niet goed om hem hier alleen te laten. Laten we hem alsjeblieft meenemen naar beneden.'

'Volgens mij kunnen we dat beter niet doen, Charlotte. Mensen zullen zich ons herinneren als ze een baby zien.'

'Samuel... Serge,' fluister ik gebogen over het bedje. Zijn bewegingen worden iets minder gedreven en hij kijkt me aan. Behoedzaam wrijf ik over zijn buikje. Hij graait naar mijn hand. 'Ik wil hem optillen.'

'Straks. We moeten nu gaan, anders krijgen we niets meer te eten. Die oude taart zou ons met liefde ons avondeten onthouden. Kom. We zijn zo weer terug.'

Het voorgerecht is een plak grijze paté waarvan de afkomst niet te achterhalen is. Hond? Kat? Als we geluk hebben is het misschien konijn. Het wordt gevolgd door een heerlijke stoofschotel van groenten waarvan meer dan genoeg is. Groenten zijn hier duidelijk gemakkelijker te telen dan in Parijs. Drie oude dames zitten rond een tafel in de hoek en in het midden van de kamer buigen twee oudere stellen zich over hun borden. Ik eet snel en neem grote happen, omdat ik zo snel mogelijk terug wil naar Samuel. Baby's kunnen soms doodgaan in hun slaap en die gedachte grijpt me nu naar de keel.

'Maak je niet zo druk, Charlotte. Ik ga wel even naar boven om te kijken.'

Maar voordat Jean-Luc op kan staan, beent er een mof naar binnen. 'Bonsoir, *mesdames*, messieurs.'

Dit wordt beantwoord met een zacht gemompel. Vaag ben ik me ervan bewust dat hij een servet instopt onder zijn kin en gaat zitten. De andere gasten eten verder, nog stiller dan daarvoor.

De oude dame, die naast receptioniste schijnbaar ook dienstdoet als serveerster, schuifelt naar binnen. Bij het zien van de mof doet ze een stap achteruit en trekt alle kleur weg uit haar gezicht.

Ik zie dat ze zich vermant.

'Bonsoir, Herr Schmidt.' Ze benadert hem met uitgestrekte hand en een valse glimlach die haar gerimpelde gezicht vervormt.

'Bonsoir, madame. En waar is uw lieftallige dochter vanavond?'

'Ze is ziek. Een buikgriepje, vrees ik.'

Ik doe verschrikkelijk mijn best om niet te kijken.

'Wat jammer.'

Ik vóél gewoon dat de mof achteroverleunt op zijn stoel en zijn klauwachtige handen spreidt op de tafel. 'Wens haar beterschap en zeg tegen haar dat ik haar nog hoop te zien voordat ik vertrek.' De stellige manier waarop hij dat laatste uitspreekt, maakt duidelijk dat het eerder een bevel is dan een verzoek.

'Ze heeft het behoorlijk te pakken. U wilt vast niet besmet raken.'

'Dat risico wil ik best nemen. De kans dat ik iets oploop van deze ranzige paté van u is een stuk groter.'

'Laten we gaan,' fluister ik over de tafel tegen Jean-Luc.

'En de melk dan? Die hebben we straks nodig. Ga jij maar terug naar de kamer. Ik ga het wel even vragen in de keuken.'

De mof schraapt luidkeels zijn keel en bijt dan overdreven hard in zijn geroosterde brood. Zonder achterom te kijken verlaat ik de eetzaal en haast me de trap op. Tot mijn vreugde merk ik dat het stil is op onze kleine slaapkamer.

De baby ligt te brabbelen in zijn bedje. Ik til hem op, wieg hem zachtjes heen en weer, en neurie een liedje dat maman vroeger altijd voor mij zong.

'*Dodo, l'enfant do*
L'enfant dormira bien vite
Dodo, l'enfant do
L'enfant dormira bientôt.'

Opeens word ik overvallen door heimwee. Ik mis maman nu al: haar gepieker over waar ons volgende stuk vlees vandaan zal komen, haar eeuwige frons, haar ingehouden doch grote liefde voor haar gezin.

Een paar minuten later komt Jean-Luc de kamer in. 'Ik heb melk.'

'En die mof? Heeft hij iets tegen je gezegd?'

'Nee. Die maakt zich alleen druk over dat meisje.'

'Arme stakker.' Ik moet er niet aan denken naar bed te moeten gaan met iemand die je haat, die aan te raken, te zoenen. Er loopt een rilling over mijn rug. Maar feitelijk maak ik me ergens anders zorgen om. 'Volgens mij heeft de baby weer honger.'

'Dat kan niet. Ik heb hem pas een uur geleden de fles gegeven. Stop anders je pink even in zijn mond.'

Aarzelend doe ik wat hij geopperd heeft. Ik schrik van de kracht waarmee hij zuigt. Ik loop naar het bed, ga erop zitten en leg hem op mijn schoot. Mijn maag krimpt ineen en ik voel opeens een hevige beschermingsdrang. 'Het komt allemaal goed, toch Jean-Luc?'

'Ja, hoor. Dit is het beste wat ik ooit gedaan heb.' Hij buigt zich over de baby en drukt een kusje op diens kruin. Dan kijkt hij mij aan. 'Bedankt voor alles, Charlotte.' Hij kust me zacht op mijn lippen.

'En zijn ouders? Wat denk je dat er met hen zal gebeuren?' Ik voel me schuldig dat ik hier gelukkig zit te zijn, terwijl Samuels echte ouders naar God mag weten waar worden getransporteerd.

'Het zal verschrikkelijk voor hen zijn, maar ze hoeven tenminste niet te zien dat hun kind dezelfde gruwelen als zij moet ondergaan. Het is nu onze taak om voor hem te zorgen.'

Hij neemt Samuel voorzichtig van me over en legt hem in het bedje. Dan komt hij terug, kruipt naast me op het bed en leunt tegen de hoofdsteun. Hij kijkt me met zijn scheve lachje aan. Ik lach terug. Een gevoel van geborgenheid en rust verspreidt zich door mijn lichaam. Het voelt alsof we een gezin zijn. Natuurlijk weet ik best dat dat niet zo is en dat Samuel ons kind niet is, maar toch doe ik net alsof dat wel zo is, omdat het zo fijn voelt. Ik wil voor hen allebei zorgen, hun veiligheid, geborgenheid en liefde bieden. Ik verplaats mijn blik naar het bedje in de hoek, waar brabbelende geluidjes uit komen.

'Ik meen het, Charlotte.' Jean-Luc draait een pluk van mijn haar om zijn vinger. 'Dit is het beste wat ik ooit gedaan heb. En ik had het niet kunnen doen zonder jou. Nou ja, misschien wel, maar dat zou niet hetzelfde zijn geweest.' Hij kust mijn wang. 'Ik wist dat je het in je had. Ik zag het in je ogen.'

Ik leg mijn hand op zijn been. Het verbaast me dat dat zo natuurlijk voelt, mijn hand op de been van een man. Nog maar een paar weken geleden had ik me dat nooit kunnen voorstellen. 'Wat heb ik in me?'

'Dit. Deze lef. Dat roekeloze van je.'

Ik vraag me af of ik wel zo roekeloos ben. Even vrees ik dat hij denkt dat ik meer durf dan ik doe. Wat zal er nu gebeuren? Opwinding vermengd met onrust giert door mijn lijf, mijn adem suist door mijn oren. Ik wil iets zeggen, maar het blijft steken in mijn keel.

'Ik denk dat we nu moeten gaan slapen.' Hij drukt een kus op mijn voorhoofd. 'We hebben een lange dag voor ons. Ik neem de baby wel mee; hij moet vannacht misschien een fles hebben.'

Ik zie dat hij de fles in zijn zak stopt, met één hand de baby optilt en met de andere het bedje.

39

Het zuiden, 31 mei 1944

Charlotte

De volgende ochtend wordt het ontbijt geserveerd in de eetzaal: een mandje met oud brood en een schaaltje met een bruine vloeistof om dat in te dopen. Blijkbaar zijn jam en koffie hier net zomin te krijgen als in Parijs. We eten snel en gaan dan op weg naar Saint-Jean-de-Luz. Eerst moeten we naar Biarritz, dat maar acht kilometer verderop ligt. Vanaf daar hadden we de kustroute kunnen nemen, ware het niet dat de Duitsers daar een eind aan hebben gemaakt door het bouwen van de Atlantikwall. Nu zullen we ons een weg moeten banen over weiden en akkers vlak voor de duinen.

In het open landschap zijn we alert op legervoertuigen, maar zien alleen een oude vrouw die brandhout aan het sprokkelen is. Dikke dauwdruppels die aan de lange grashalmen op de verwaarloosde weiden hangen, maken onze schoenen vochtig. We zeggen niets; je hoort alleen het geluid van onze voeten, onze ademhaling en af en toe wat vogelgetjilp. Jean-Luc draagt Samuel in een draagzak die hij gemaakt heeft van een lang kussensloop.

Al na een paar uur bereiken we Biarritz. Ik kijk naar de zee die zich uitstrekt tot aan de horizon en zie dan de bergketen links van me.

'Kijk.' Jean-Luc wijst naar de hoogste berg. 'Daar ligt Spanje.'

'Daar al! Dat lijkt niet zo ver.'

Rond sommige bergpieken hangen lage wolken, waardoor het moeilijk te zien is hoe hoog ze echt zijn. Felwitte zonnestralen priemen erdoorheen en verlichten lapjes groen, waardoor die de kleur van verse limoenen krijgen.

Opeens hoor ik een snel accelererende auto onze kant op komen.

'Ga liggen!' Jean-Luc hurkt in het lange gras.

Met een wild kloppend hart druk ik me plat op de grond.

'Het is oké, hij is weg.' Het motorgeluid verstomt. 'Verderop staan een paar bomen, daar zijn we veiliger.'

Mijn hart bonkt in mijn oren als ik overeind kom. We moeten nog ongeveer vijftien kilometer afleggen voordat het donker wordt, maar mijn schoenen wrijven pijnlijk over mijn hielen. Ik verwijt mezelf dat ik schoenen heb meegenomen die ik amper gedragen heb. Maar de zolen zagen er stevig uit en al mijn andere schoenen waren te versleten om lange afstanden mee te lopen. Het liefst zou ik ze uittrekken, maar ik vrees het ergste. Mijn hielen voelen vochtig.

Jean-Luc loopt voor me uit tot we uit het zicht van de weg zijn en dan pakt hij mijn hand. Ik probeer te glimlachen, maar krimp in plaats daarvan ineen. Ik doe mijn best om door te lopen, maar na ongeveer een halfuur is de pijn ondraaglijk en kan ik er niet meer tegen. Ik blijf staan en zeg: 'Kunnen we even stoppen?'

Hij kijkt fronsend achterom. 'We moeten nog een heel stuk. Kun je nog een uurtje wachten?'

Ik weersta de golf van zelfmedelijden die me dreigt te overspoelen. 'Nee,' fluister ik. 'Volgens mij heb ik een blaar.'

'Oké, dan stoppen we even. Dan geef ik meteen Samuel de fles; hij is nu toch wakker.' Hij doet zijn rugzak af, maakt de draagzak los en gaat tegen een boom aan zitten met de baby op zijn knieën.

'Is hij dat, of ruikt het gewoon zo op het platteland?'

Als Jean-Luc zich snuffend over hem heen buigt, graait de baby naar het haar op zijn achterhoofd en moet Jean-Luc zichzelf bevrijden. Dan maakt hij de katoenen luier los, veegt daarmee de aangekoekte poep weg en legt hem opzij. Ik kijk nog even hoe hij een schone luier uit de rugzak haalt en maak dan met ingehouden adem mijn veters los. Als ik de eerste voet uit mijn schoen haal, zie ik meteen dat er bloed zit op het leer aan de achterkant.

Jean-Luc kijkt ook. 'Je voeten, Charlotte! Heb je nog andere schoenen?'

Ik schud mijn hoofd en voel tranen opwellen. Wat ben ik toch stom!

'Hier.' Hij geeft me een zakdoek. 'Bind die om je enkel. En geef me je schoenen.'

Voorzichtig trek ik een sok uit en bekijk mijn hiel. De huid is eraf gewreven en er zit een rode, bloederige vlek. Nu het martelwerktuig verwijderd is, heb ik geen pijn meer en ik vraag me af of ik niet beter op blote voeten verder kan lopen.

Met de baby op zijn schoot kneedt Jean-Luc het harde leer tussen zijn duim en wijsvinger. 'De zakdoek dient als kussentje. Je had het moeten zeggen, dan waren we eerder gestopt.' Hij geeft de schoen terug. Ik besluit die pas weer aan te trekken als we verdergaan. Ik weet dat het pijnlijk zal zijn, zelfs met de zakdoek.

'Ik geef Samuel even de fles.' Hij zoekt de flacon met melk in de rugzak om die over te gieten in de fles.

'Mag ik het doen?'

'Natuurlijk. Sorry, het was niet mijn bedoeling om het altijd zelf te doen. Ik voel me gewoon verantwoordelijk.' Hij legt de baby in mijn armen en geeft me de fles.

Ik houd hem schuin en er vallen een paar druppels op Samuels wang. Hij wringt zich in allerlei bochten en het is lastig om de speen in zijn mond te krijgen. Er vallen nog meer druppels op zijn gezicht. 'Dit is koeienmelk, toch?'

'Ja, de andere melk is op.'

'Maman zei al dat het moeilijker zou zijn hem dit te laten drinken. Zullen we anders wachten tot de volgende stop?'

'Hmm. Misschien is dat niet zo verstandig. Het is al drie uur geleden dat hij voor het laatst een fles heeft gehad. Probeer hem wat meer overeind te houden, misschien is het slikken dan wat gemakkelijker.'

Ik volg zijn raad op en duw de speen behoedzaam in Samuels mond. Hij zuigt een beetje, maar draait dan zijn hoofdje weg alsof hij het niet lekker vindt.

'Volgens mij gaat het beter als hij meer honger heeft.' Ik aai zijn wangetje en stop mijn pink in zijn mondje, waar hij meteen hevig aan zuigt. 'Anders stoppen we straks weer.'

'Ja. Dan kunnen we allemaal wat eten.'

Jean-Luc legt Samuel in de draagzak, maar die laat dat dit keer niet zomaar toe, hij wriemelt en jammert als Jean-Luc de zak vastknoopt. 'Kom op, kleintje,' sust Jean-Luc. 'We hebben nog een heel eind te gaan.'

Aarzelend stop ik mijn voeten terug in de stijve leren schoenen, terwijl Jean-Luc de vieze luier verstopt achter een rots.

Terwijl we verder lopen tussen de bomen verandert Samuels gejammer in gekrijs. Zelf heb ik ook zin om in janken uit te barsten, want bij elke stap krimp ik in elkaar van de pijn. Ik word overspoeld door een golf van paniek als de omvang van waar ik aan begonnen ben tot me doordringt. 'Impulsief' is het woord dat papa vaak gebruikte om mij te beschrijven en hij had gelijk. Dat ben ik. Maar ik ben ook dapper. In mijn hart weet ik dat ik het juiste heb gedaan. Samen gaan Jean-Luc en ik dit kindje redden en dat is het belangrijkste.

Als ik maar niet op die verdomde schoenen hoefde te lopen. 'Zullen we alsjeblieft even stoppen, Jean-Luc?'

Zijn ogen worden groot van verbazing als hij me aankijkt. 'We zijn pas een paar minuten onderweg. Samuel wordt straks echt wel rustig.'

Ik knik, slik mijn tranen door en buk om mijn schoenen uit te trekken.

'Wat doe je, Charlotte?' Hij blijft opeens staan, waardoor de baby nog harder gaat huilen.

'Ik loop wel verder op mijn sokken. Ga maar door.'

De aarde is zacht en verend onder mijn voeten en het is een opluchting die snijdende pijn niet meer te voelen. Nu en dan prikt er alleen een takje of steentje in mijn voeten. Het gejammer sterft langzaamaan weg als de baby in slaap doezelt. We lopen een tijdje in gemoedelijk stilzwijgen en ik krijg weer hoop. Het komt goed, denk ik, hoewel er nog steeds dingen zijn waar ik niet zeker van ben.

'Moeten we hem nu Samuel of Serge noemen, Jean-Luc?'

'Wat?'

'Samuel klinkt wel Joods.' Alleen al het woord 'Joods' hardop zeggen, voelt als een misdaad en ik kijk schuldig op.

Hij blijft even staan en kijkt me aan. 'Maar dat is de naam die zijn moeder hem gegeven heeft. We kunnen die nu niet gebruiken, maar wel zodra we Frankrijk uit zijn.'

'Ik vind hem wel mooi.'

'Ik ook. Het is een degelijke, stoere naam. Hoe is het met je voeten?'

'Beter zonder schoenen.'

'We kopen wel nieuwe voor je zodra we de Pyreneeën over zijn.' Hij pakt mijn hand, tilt die naar zijn mond en kust hem zachtjes. 'Ik ben zo blij dat je met me meegegaan bent, Charlotte. Ik zal deze dagen met jou nooit meer vergeten. Je beseft zelf niet hoe dapper je bent.'

'Nou, zo dapper is dat dan niet, hè? Ik ben gewoon niet zo goed in het inschatten van risico's.' Ik grinnik alsof ik een grapje maak, hoewel ik me vanbinnen afvraag of het niet gewoon waar is.

'Ja, je bent een beetje zenuwachtig, hè? Telkens als er een boom kraakt, zie ik je schrikken.'

'Niet waar!'

'Wél!' Hij schiet in de lach. 'En dus ben je dapper. Je bent bang, maar je doet het toch.'

Ik glimlach en geef hem met liefde gelijk.

Na een paar uur vinden we een afgeschermde plek onder een grote eikenboom. Samuel ligt nu te kermen en heeft duidelijk honger. Ik neem hem in mijn arm en stop de fles in zijn mond. Hij zuigt eraan, laat hem dan los en huilt hard met een mond vol melk.

'Hij vindt het niet lekker.'

'Laat mij maar even.' Jean-Luc steekt zijn armen uit, waar ik met tegenzin de baby in leg. Voordat Jean-Luc hem de fles geeft, wiegt hij Samuel in zijn armen en geeft kusjes op zijn gezicht. Dat lijkt hem te kalmeren. Ik kijk gefascineerd toe hoe Jean-Luc druppels melk op zijn vingertop laat vallen en die vervolgens in Samuels mond duwt. Pas dan stopt hij voorzichtig de speen in zijn wachtende mondje. Hoe wist hij dat hij dat moest doen?

'Heb jij broers en zussen? Zo te zien heb je er verstand van.'

'Nee.' Hij glimlacht. 'Het zal wel instinct zijn.'

Ik voel een vlaag van jaloezie en onzekerheid. Tot nu toe had ik zelfs nog nooit een baby vastgehouden. Niet dat het me koud laat, maar ik ken gewoon niemand die er een heeft. Alleen Micheline Deschamps van boven, maar haar kind heb ik alleen van een afstandje gezien.

Samuel drinkt de hele fles leeg. Jean-Luc legt hem tegen zijn schouder en wrijft over zijn rug. Opeens schrik ik me rot van een enorme boer. We schieten allebei in de lach.

'Hoe wist je dat dan?' vraag ik. 'Ik zou dat niet geweten hebben.'

'Mijn moeder paste vroeger op de baby van de buren en ik weet nog dat ze altijd geduldig wachtte op het boertje nadat ze hem de fles had gegeven. Want dat duurde meestal langer.' Hij legt Samuel op het gras, zodat hij met zijn beentjes kan trappen. Dan haalt hij het brood tevoorschijn dat we die ochtend hebben gekocht en de droge saucisson die we hebben meegenomen uit Parijs. Die snijdt hij met zijn zakmes in plakjes. De worst is taai, maar ik val er gretig op aan. Bovendien is er een groot stuk romige brie om hem mee door te slikken.

Omdat ik me een beetje slaperig voel, ga ik op het gras liggen en sluit mijn ogen. Jean-Luc legt zijn hoofd zachtjes op mijn buik. 'Dit is volmaakt,' fluistert hij. 'Alsof de tijd stilstaat. We zijn op de vlucht, maar liggen hier in het gras alsof we aan het picknicken zijn.'

Ik snap wat hij bedoelt. Ik voel me veilig hier met hem en Samuel, alsof de wereld met al zijn problemen ermee heeft ingestemd ons met rust te laten. Het is maar schijn, die veiligheid, hou ik mezelf voor, en we kunnen hier beter niet te lang blijven. Gewoon nog een paar minuten. Ik strijk met mijn vingers door zijn haar en vraag me af hoe zo veel geluk mogelijk is. Ik ben blij verrast dat je kunt krijgen wat je graag wilt; je moet het gewoon meer dan wat dan ook willen, bereid zijn er al het andere voor op te offeren. En dat heb ik ook gedaan, besef ik. Ik heb mijn familie en vrienden achtergelaten. Mijn vader zal waarschijnlijk nooit meer met me willen praten en mijn moeder... Dat weet ik eigenlijk niet. Ze wist dat ze niets kon doen om me tegen te houden en heeft me dus geholpen, maar ze was kwaad omdat ik haar in zo'n lastige positie had gebracht. Ze heeft me niet gekust bij het afscheid, dat ging er gewoon praktisch aan toe. Maar goed, dat is altijd zo geweest bij haar.

'Charlotte.' Jean-Luc haalt me uit mijn gemijmer door zachtjes mijn naam uit te spreken. 'Er zijn geen regels, toch?'

Ik strijk langzaam over zijn neus. 'Hoe bedoel je?'

'Dat we onze eigen regels bepalen. We volgen niet het pad dat voor ons uitgestippeld is. We bepalen zelf onze toekomst.'

'Onze eigen regels? Ja, maar ik denk dat we toch behoefte hebben aan de principes waarmee we zijn opgevoed.'

'Principes? Wat zijn dat? Mijn enige principe is mijn manier van leven niet door principes in de weg te laten zitten.'

Mijn vinger blijft liggen op zijn voorhoofd. Ik weet niet helemaal zeker of ik begrijp waar hij op doelt. 'Toch hebben we iets nodig, iets wat sterker is dan wij zelf; waarden en normen die van generatie op generatie worden doorgegeven. Toch?'

Hij pakt mijn vinger, brengt die naar zijn mond en kust hem. 'Heb je het over godsdienst?' Hij zwijgt even. 'Geloof jij echt in God? Na... na alles?'

'Nu wel.' Ongewild schiet ik even in de lach. 'Ja, dat doe ik.' Ik haal mijn vinger van zijn mond. 'Ik heb een keer om iets gebeden en God heeft me gehoord.'

'Hij heeft je gebed verhoord?'

'Ja.'

'Waar heb je om gevraagd?'

'Dat kan ik je niet vertellen. Dat is iets tussen God en mij.'

'Je maakt me jaloers.'
'Zeg dat nou niet. Het klinkt blasfemisch.'
'Sorry. Maar ik vraag me gewoon af waarom je gevraagd hebt. Een knappe man die je zou ontvoeren?'
Ik knijp zachtjes in zijn wang. 'Als dat zo was, zou ik nu nog aan het wachten zijn, nietwaar?'
Hij schatert en zijn lach baant zich een weg door mijn hart.
'Konden we hier maar voor eeuwig blijven liggen.' Ik kus zijn wang.

40

Het zuiden, 31 mei 1944

Jean-Luc

Tegen de tijd dat we in Saint-Jean-de-Luz aankomen, zakt de zon in een roze gloed tussen laaghangende sluierwolken. De golven slaan in een tijdloos ritme op de kust. Hoge, sierlijke huizen aan de straat tegenover het strand worden door bruggetjes over de weg verbonden met de boulevard. Het ziet er allemaal zo pittoresk uit dat hij zijn gedachten de vrije loop laat en fantaseert over strandvakanties: spelen in het zand, vreedzaam en veilig bakken in de zon. Hij schudt zijn hoofd en knijpt zijn ogen dicht. Zou zo'n droom op een dag weer normaal worden?

Ze moeten naar het dorpje dat net over de rivier ligt: Ciboure. De brug is gemakkelijk te vinden, maar Ciboure zelf is een doolhof van smalle, bochtige straten. Voor hun gevoel lopen ze in kringetjes rond. Maar er is nergens een soldaat te bekennen; het is griezelig stil en ongewild vraagt Jean-Luc zich af of ze door spleten in muren in de gaten worden gehouden.

'De avondklok gaat zo in.' Charlottes stem is een octaaf te hoog. Ze trekt haar schoenen weer aan en hij ziet hoeveel pijn elke stap haar doet, maar zegt niets. Na het omslaan van een hoek herkent hij meteen de straatnaam: avenue de l'Océan. Samuel ligt te wriemelen en jammeren tegen zijn borst. Hij klopt zachtjes op de deur van nummer 24, maar hoort niets. Dan tikt hij met zijn knokkels op het hout en buigt zich met gespitste oren naar voren.

'Oui?' De deur gaat op een kier open, maar blijft met een ketting op slot.

Hij stapt achteruit om Charlotte de ruimte te geven haar mond bij de kier te brengen. 'We zijn hier vanwege de kippen. Er is er een ziek,' fluistert ze. Het is het wachtwoord dat ze van haar moeder gekregen heeft.

Hij houdt zijn adem in als hij de ketting door de sleuf hoort glijden. Dan gaat de deur open en stappen ze snel over de drempel, terwijl de vrouw de straat af tuurt en de deur weer achter hen dichtdoet.

Het ruikt naar gekookte kool in de lange, donkere gang. Samuel wringt zich in bochten tegen zijn borst en jengelt zachtjes.

Er verschijnt een grote man in een deuropening in de gang. 'Wie is daar, vrouw?' roept hij, terwijl hij naar hen toe schuifelt.

De vrouw neemt hen van top tot teen op, doet dan schouderophalend een stap achteruit en laat hem passeren.

'Wie hebben we hier?' De man kijkt hen met donkerblauwe ogen in een hoekig en zwaar gerimpeld gezicht boos aan.

'Ik ben Charlotte de la Ville; u moet mijn oudoom Albert zijn.' Ze buigt zich naar voren om hem op de wang te kussen, maar hij deinst achteruit.

'*Quoi?*' Hij wil nog iets anders vragen, maar wordt overvallen door een hoestbui. De vrouw slaat hard op zijn rug. '*Ça va*!' Hij duwt haar hand weg.

Als hij uitgehoest is, gaan zijn ogen van Charlotte naar Jean-Luc en weer terug, maar hij zegt niets. Er valt een gespannen stilte.

'*Alors?*' zegt hij uiteindelijk.

'Mijn oma is uw zus. Mijn moeder heeft gezegd dat we hiernaartoe moesten gaan.'

Opeens pakt hij Charlottes kin vast en draait die alle kanten op. Jean-Luc ziet haar verstijven en zijn hart gaat sneller slaan uit angst dat dit de verkeerde man is op het verkeerde adres.

Dan laat hij haar al net zo abrupt weer los. 'Ja, die ogen herken ik uit duizenden. Je lijkt erg op haar. Heb je iets persoonlijks van haar?'

'Van wie?'

'Van jouw oma. Mijn zus.'

'Ze heeft me een broche gegeven... voor mijn achttiende verjaardag.'

'Laat zien.' Hij krabt in zijn baard en kijkt haar met samengeknepen ogen onderzoekend aan.

Met trillende vingers maakt ze de knopen van haar jas los en haalt de broche van haar blouse.

Hij pakt hem vast in zijn ruwe, eeltige handen en strijkt met zijn vingers over de gladde groene steen. 'Ja, deze herinner ik me. Wie had hem aan haar gegeven?'

'Haar vader, voor haar eenentwintigste verjaardag.'

Er valt een stilte als hij de broche ronddraait in zijn handen. Dan legt hij die in haar geopende hand en sluit teder haar vingers eroverheen.

'Kijk uit dat je hem niet verliest.' Hij zwijgt en er verschijnt bijna een glimlach op zijn gezicht. Dan pakt hij haar opeens bij de schouders, trekt haar naar zich toe en geeft haar op elke wang twee klapzoenen. Hij laat haar los en wendt zich tot Jean-Luc. 'En wie is dit dan?'

Jean-Luc steekt zijn hand uit. 'Jean-Luc Beauchamps, aangenaam u te ontmoeten, monsieur.'

Alberts ogen worden weer spleetjes als hij hem van top tot teen opneemt. 'Ik wil graag weten wat voor vlees ik in de kuip heb, voordat ik u de hand schud,' verklaart hij korzelig.

Jean-Luc laat zijn hand vallen. Samuels zachte gejammer verandert weer in huilen, alsof hij de afwijzing heeft aangevoeld. Jean-Luc tilt hem uit de draagzak en houdt hem omhoog. 'En dit is Samuel.'

'Jullie zoon?'

'Nee,' zegt Charlotte snel.

De behoedzame blik op Alberts gezicht wordt vriendelijker. 'We kunnen beter even gaan zitten.'

Ze schuifelen over de donkere gang naar de keuken. Albert gaat aan het hoofdeinde van de lange eettafel zitten, als een koning voor zijn hofhouding. Jean-Luc ziet de schroeiplekken van hete pannen en vergeten sigaretten. Hij geeft de baby aan Charlotte en zoekt in de rugzak naar de fles. Als hij die schudt, lijkt het kleine beetje vloeistof dat er nog in zit door de keuken te galmen.

'Hebt u misschien wat melk?'

'We kunnen wel wat halen.' Albert richt zich tot de vrouw. 'Ga het even aan Pierre vragen, Marie.'

Zonder iets te zeggen schuifelt ze weg.

Jean-Luc vult de fles met de resterende melk en geeft hem aan Charlotte. Ze hannest er even mee voordat ze erin slaagt Samuel te laten drinken. Hij merkt dat hij al die tijd zijn adem heeft ingehouden.

'Hoe oud is hij?' Albert fronst. 'Hij ziet er erg klein uit.'

'Dat weten we niet precies,' zegt Jean-Luc schouderophalend. 'Waarschijnlijk maar een paar weken.'

'Jullie zijn uit Parijs hiernaartoe gereisd met een baby die niet eens van jullie zelf is?'

Een tijdlang zegt niemand iets, maar dan kijkt Charlotte op. 'Hij is erg rustig. En we hebben geluk gehad dat we niet zijn aangehouden.' Jean-Luc hoort de trots in haar stem.

'Maar goed.' Albert trekt een borstelige wenkbrauw op. 'Waarom zijn jullie hier? Wat willen jullie van mij?'

'We hopen dat u ons kunt helpen.' Charlotte kijkt hem aan. 'Maman vertelde dat u mensen hebt helpen vluchten naar Spanje.'

Albert krabt in zijn baard en kijkt van Charlotte naar Jean-Luc en terug. 'Maar waarom moeten jullie vluchten? Wat hebben jullie gedaan? Is Jean-Luc Joods?'

'Nee,' zegt Charlotte.

Jean-Luc neemt het over. 'Ik ben spoorwegarbeider. Ik werkte op het station in Bobigny – Drancy.'

'Ja, ja.' Alberts dikke wenkbrauwen komen bij elkaar en vormen diepe rimpels in zijn voorhoofd.

'Ik wist dat ik er weg moest en wachtte op het juiste moment. Eerst heb ik geprobeerd te knoeien met de rails, maar daardoor belandde ik in het ziekenhuis. Maar toen er op een ochtend een trein vertrok, smeekte een vrouw me haar kind aan te nemen... om hem te redden.'

'Deze baby?'

'Ja.'

'Dus het is waar. Ze transporteren de Joden vanuit Drancy.'

'Ja, met duizenden tegelijk.'

'Dat had ik al gehoord. Maar waar brengen ze die mensen naartoe?'

'Dat weet ik niet zeker, maar ik vermoed naar ergens ver in het oosten. Ze veranderen van machinist op de grens. Alleen de moffen weten waar ze echt heen gaan.'

De rimpels op Alberts voorhoofd worden nog dieper. 'Alleen de moffen. Klootzakken!'

Charlotte staat op. Jean-Luc ziet dat ze probeert Samuel te kalmeren, die nu erg hard huilt. Ze kijken allemaal op als Marie gehaast terugkomt met een ijzeren kan. 'Dit heeft me twee pakjes Gitanes gekost.'

'Wij hebben sigaretten.' Jean-Luc haalt twee verkreukte pakjes uit zijn borstzak. Hij schuift ze over de tafel.

Albert steekt een sigaret op. 'Dus die vrouw heeft u gevraagd haar baby over te nemen?' Hij steekt het pakje uit naar Jean-Luc.

'Ja.' Jean-Luc slaat de aangeboden sigaret hoofdschuddend af. 'Ze smeekte het me. Ze wist wat er zou gebeuren als ze hem meenam op die trein.'

'Maar waarom hebt u hem dan niet aan iemand anders gegeven?'

'We kenden niemand. En... nou ja... we moesten snel weg uit Parijs. Ik had namelijk een moffenuniform nodig om het station uit te komen.'

Albert knikt. Er speelt een vage glimlach om zijn lippen.

'Ik heb een mof in zijn been geschoten om dat te bemachtigen. Dus ik wist dat ze achter me aan zouden komen en toen ben ik naar Charlotte gegaan. Ik wist niet waar ik anders heen moest en haar moeder heeft ons geholpen. Ze heeft ons verteld over u en ons geld gegeven.'

'O ja?' Albert hoest en het klinkt alsof er voor jaren aan slijm loskomt.

Marie staat op en slaat op zijn rug. 'Ik zei toch dat het tijd was om te stoppen met roken?'

'Jij zou me echt alle pleziertjes onthouden als je dat kon, hè vrouw?'

Ze sputtert luidkeels, maar blijft over zijn rug wrijven.

'Het verbaast me dat jouw moeder haar enige dochter zomaar liet vertrekken. Ze weet hoe gevaarlijk het is.'

'Ze kon me niet tegenhouden.' Charlotte heft haar hoofd.

'Godzijdank heb ik geen dochters.' Hij lacht schor. 'Ik heb altijd gezegd dat die niets dan problemen opleveren. Hebben jullie bedacht waar jullie heen gaan als je in Spanje bent?'

'Naar Amerika.' Jean-Luc kijkt naar Charlotte. 'Het land van de vrije mensen.'

'Geen slecht idee. In Frankrijk zal het er nog een paar jaar heftig aan toe gaan. Als deze verdomde oorlog over is, krijgen we ongetwijfeld te maken met vergeldingen. Ik moet er niet aan denken hoe afschuwelijk dat zal zijn.' Albert kijkt naar het jonge stel alsof hij een berekening maakt. Uiteindelijk zegt hij: 'Het is lastig met een baby. *Passeurs* nemen die liever niet mee.'

Charlotte werpt een blik op Jean-Luc.

'Baby's zijn onvoorspelbaar. Ze huilen. Dat kan levens kosten.' Albert tikt as in de grote ijzeren asbak. 'Het is een risico. Als hij huilt, kunnen jullie ontdekt worden. En ze zullen niet gedwongen willen worden een baby te doden.' Hij is even stil. 'Soms is dat de enige optie. Een leven opofferen om andere te redden.' Hij kijkt Charlotte met vochtige ogen aan. 'Niemand wil een baby doden.'

'Behalve de nazi's,' zegt Marie opeens vol walging.

'Maar... we kunnen hem niet zomaar achterlaten.' Charlotte slikt, haar ogen schieten van Marie weer naar Albert.

'Er moet een manier te vinden zijn,' zegt Jean-Luc. 'We zouden hem iets kunnen geven waardoor hij gaat slapen. Dat werkte ook in de trein.'

'Misschien.' Albert krabt weer in zijn baard. 'Misschien. Maar in je eentje heb je meer kans om de Pyreneeën over te komen. Misschien kunnen we een gezin vinden dat hem op wil nemen...'

'Is hij besneden?' komt Marie tussenbeide.

'Nee.' Jean-Luc antwoordt snel.

'Dat maakt het gemakkelijker,' zegt Albert.

'We laten hem niet achter.' Charlottes stem is luid en duidelijk.

Jean-Luc is verbaasd over haar assertiviteit, maar wacht af en overweegt hun opties.

'Tja.' Albert neemt een grote hijs van zijn Gitane en blaast langzaam uit. 'Ik heb jullie gewaarschuwd. En het zal lastig zijn om een passeur te vinden. Alleen Florentino wil het misschien doen.'

'Hij is een braaf kind. Hij huilt bijna nooit. Het grootste deel van de tijd slaapt hij,' zegt Charlotte gehaast.

Jean-Luc kijkt naar Albert. 'Hebt u iemand in gedachten bij wie we hem achter zouden kunnen laten?'

'Nog niet. Dat zullen we moeten bekijken. Maar één ding weet ik wel. Die klotemoffen zijn verdomd vasthoudend. Ik heb ze al eerder kinderen zien weghalen, kinderen zonder ouders die huilden en schreeuwden. Ze gaan net zo lang door tot ze de laatste Jood in Frankrijk te pakken hebben, hoe oud die ook is.'

'Nee!'

Ze draaien zich allemaal naar Charlotte.

'Ik zei nee. We laten hem niet achter.'

'Het is een verschrikkelijke klim over de Pyreneeën,' zegt Albert fronsend. 'Niet iedereen haalt het. Zeker niet met een baby.'

'We laten hem niet achter!' Charlotte verheft haar stem.

Jean-Luc ziet tranen opwellen in haar ogen. Hij begrijpt hoe ze zich voelt, heeft gemerkt dat ze zich met de dag meer aan het kind is gaan hechten. Maar hij is pragmatischer dan zij. Hij weegt risico's altijd zorgvuldig af voordat hij een besluit neemt.

Of niet? Hij heeft de baby aangenomen zonder er echt over na te denken. Zouden de beste beslissingen genomen worden met het hart? In zijn hart voelt hij een vlaag van liefde voor Samuel, een behoefte hem te beschermen, zich er koste wat kost doorheen te slaan.

'We nemen hem mee. We halen het wel. Dat weet ik.' Met een bonkend hart kijkt hij naar Charlotte.

41

Het zuiden, 31 mei 1944

Charlotte

'Ik breng jullie naar de kamer,' zegt Marie. We lopen achter haar aan de trap op. Samuel ligt nog steeds te slapen in mijn armen. Ik kijk de kamer rond en neem het bobbelige tweepersoonsbed in me op. Zou dat voor Samuel en mij, Jean-Luc en mij, of voor ons drieën zijn?

'We hebben alleen deze.' Blijkbaar heeft ze mijn gedachten gelezen. 'Dus jullie zullen hier met zijn drieën moeten slapen.'

'Prima. Dank u wel. Samuel kan tussen ons in slapen.' Jean-Luc glimlacht naar haar.

Ze gromt. 'Zoals u wilt.'

Ik weet niet zo goed wat ze anders van ons verwacht.

'Nou,' vervolgt ze, 'dan laat ik jullie alleen. Welterusten.'

'Welterusten. Bedankt voor alles. U bent erg vriendelijk.'

Zonder nog iets te zeggen laat ze ons alleen.

Mijn armen beginnen pijn te doen door het gewicht van Samuel, dus ik leg hem op het bed. Hij geeft geen kik.

Jean-Luc pakt een kussen en legt dat op de grond. 'Misschien is het beter als hij hier slaapt. Ik wil niet per ongeluk boven op hem gaan liggen.' Hij tilt Samuel op en legt hem voorzichtig op het kussen. Dan legt hij zijn jas over hem heen, stopt de mouwen onder het kussen en kust hem liefdevol op zijn voorhoofd. Dan draait hij zich om naar mij en fluistert: 'We moeten proberen een beetje te slapen. Over een paar uur is hij waarschijnlijk weer wakker.'

Ik knik en ga op het bed zitten. Wat gaat er nu gebeuren? Mijn hart bonkt, hoewel ik niet weet of dat door opwinding of angst komt.

Met zijn rug naar me toe maakt hij zijn riem los, laat zijn broek zakken en buigt dan om die samen met zijn sokken uit te trekken. Zijn overhemd hangt los naar beneden en ik zie dat hij het losknoopt en uittrekt. Zijn schouders zijn breed en hoekig, zijn rug vormt een volmaakte driehoek waarvan de punt verdwijnt in zijn onderbroek. Ik onderdruk de neiging om op te staan en met mijn vingers over zijn ruggengraat te strijken.

Opeens draait hij zich om. 'Wil je dat ik het licht uitdoe?'

'Als je dat wilt.'

Hij klikt de schakelaar aan de muur de andere kant op en het is donker. Hij glipt het bed in en ook ik kleed me uit. Ik hou net als hij mijn ondergoed aan. Ik besef dat ik mijn adem in heb gehouden en probeer zachtjes uit te ademen, maar het klinkt afgrijselijk hard in de stille kamer.

'Gaat het?' vraagt hij.

'Ja, hoor.' Ik hoop dat hij de trilling in mijn stem niet hoort.

Hij draait zich naar me toe en kust mijn voorhoofd. In eerste instantie meen ik dat hij dat doet omdat hij niet goed kan zien in het donker en eigenlijk op mijn mond had gehoopt, maar dan zegt hij: 'Welterusten, Charlotte. Het wordt morgen waarschijnlijk een lange dag.'

Morgen! Hoeveel morgens hebben we nog? Stel dat we gepakt worden? Dan worden we naar zo'n kamp gestuurd waar nooit iemand uit terugkomt. Ik doe mijn ogen dicht en probeer die gedachte van me af te zetten en mezelf te kalmeren, maar ik ben in de war. Waarom heeft hij me niet echt gekust?

'Jean-Luc,' mompel ik in het donker.

Maar ik krijg geen antwoord. Slaapt hij? Nu al? Ik draai me op mijn zij naar hem toe en vraag me af hoe hij ligt. Aarzelend schuif ik mijn hand tastend naar hem toe. Hij ligt op zijn zij met zijn rug naar me toe. Mijn vingers betasten hem zachtjes, zoeken naar zijn ruggengraat en blijven op elke wervel even liggen. Als ik bij zijn onderrug kom, laat ik mijn hand liggen in het kuiltje daar. Ik voel het ritme van zijn ademhaling en zuig de warmte van zijn huid in me op. Dan ga ik verder naar beneden en vraag me af hoe het zal zijn om hem aan te raken. Voorzichtig laat ik mijn hand onder het elastiek van zijn onderbroek glijden. Even gaat het door me heen dat ik niet wil sterven zonder hem volledig te kennen.

Hij mompelt. Mijn hand verstijft.

'Charlotte,' fluistert hij, terwijl hij zich omdraait en met zijn hand mijn gezicht zoekt. 'Ik wil dat het volmaakt wordt. Ik wil dat we trouwen in een kerk met God als onze getuige. Dan wil ik je champagne brengen als je op een bed met rozenblaadjes ligt...'

Ik glimlach in het donker. 'Het hoeft niet zo te gaan. Ik bedoel, ik vind het niet erg om niet in een kerk te trouwen. Wat mij betreft trouwen we helemaal niet.'

'Maar ik dacht…'

'Ik geloof niet dat God alleen in kerken is en volgens mij hebben we zijn zegen toch al.'

Hij streelt mijn gezicht. 'Je klinkt erg overtuigd.'

'Dat ben ik ook. Ik heb erover nagedacht.'

'Fijn om te horen.' Hij kust me liefdevol op mijn mond en gaat zo verder tot aan mijn oor. 'En die rozenblaadjes en champagne dan?' Zijn adem is warm.

'Mmm,' mompel ik. 'Een andere keer. Nu wil ik alleen jou.'

42

Het zuiden, 1 juni 1944

Charlotte

Als we de volgende avond gaan zitten om te eten, galmen drie snelle tikken op de deur als pistoolschoten door de kamer. Ik druk Samuel tegen me aan. Jean-Luc springt overeind.

'Rustig maar.' Albert verlaat de kamer. 'Dat is ons teken.'

Al snel keert hij terug met een beer van een kerel. 'Onze passeur, Florentino.'

De man haalt een platte baret van zijn hoofd. Ik sta op om hem te begroeten en kan mijn ogen niet van de diepe rimpels op zijn gezicht afhouden. Zijn ogen zijn daarentegen felblauw, als die van een jongere man. Ik hou Samuel met een hand tegen mijn borst gedrukt en steek mijn andere naar hem uit. Hij pakt hem stevig vast; zijn enorme kolenschop omklemt hem volledig. Ik voel me klein en breekbaar bij hem, bijna onbetekenend.

Ik trek mijn hand terug en Marie geeft hem een glas rode wijn. Hij knikt als dank en slokt het naar binnen alsof het water is. Dan wendt hij zich tot Albert. 'Geen baby.'

Ik pak Samuel steviger vast.

'Dat weet ik.' Albert schudt zijn hoofd. 'Maar het moet. Ze kunnen meer betalen.'

'Geen baby.' Florentino steekt zijn glas uit voor meer wijn.

Ik werp een blik op Jean-Luc. Wat nu? Hij ziet me kijken en haalt een stapel bankbiljetten uit zijn achterzak. Hij kijkt de passeur aan terwijl hij ze telt. 'Hoeveel meer?'

'Nee! Geen baby!' Florentino zet zijn lege glas hard op tafel.

Albert slaat zijn hand op de schouder van de passeur en buigt zich naar hem toe om iets in zijn oor te fluisteren.

Ik zie de rimpels op Florentino's voorhoofd dieper worden. Dan draait hij zich opeens naar mij toe en steekt zijn armen uit. 'Baby.'

'Wat?' Instinctief draai ik Samuel weg.

'Hij wil hem zien, Charlotte.' Jean-Luc raakt mijn elleboog aan.

Aarzelend leg ik het slapende kind in de enorme handen van de man. Hij kijkt naar Samuel en legt hem dan met een hand tegen zijn schouder.

Word alsjeblieft niet wakker.

Met een abrupte, vlugge beweging verplaatst hij hem naar zijn andere schouder. Samuel wriemelt, maar geeft geen kik. Onwillekeurig voel ik een vlaag van trots. Dan gromt Florentino en kijkt Albert met zijn felblauwe ogen doordringend aan. 'Je weet wat gebeurt als baby huilt.'

Albert knikt en kijkt me aan. Ik wend mijn blik af. Het zal niet gebeuren. Het kán niet gebeuren.

Jean-Luc kucht. 'We zorgen dat hij niet huilt.' Hij zet een stap naar me toe en slaat zijn arm om mijn schouder. 'We weten hoe we hem stil kunnen houden.'

Florentino kijkt hem met een licht opgetrokken wenkbrauw aan alsof hij probeert te achterhalen hoe Jean-Luc dat weet. Dan geeft hij Samuel opeens aan Jean-Luc en steekt zijn grote hand uit naar de tafel om zijn opnieuw gevulde glas op te pakken.

Na een paar slokken somt hij een lijstje op. 'Morgen, 22.00 uur, boerderij, Urrugne. Lastige klus. Vijftienhonderd peseta's nu, vijftienhonderd volgende keer.'

Jean-Luc telt de bankbiljetten die mijn moeder ons gegeven heeft. 'Dank u.'

Florentino gromt en richt zich tot Albert. 'Geef cognac voor baby.'

Albert knikt en mijn maag keert zich om, maar ik hou mijn mond. We moeten Samuel gewoon Frankrijk uit krijgen.

Florentino gaat zitten en Marie brengt hem een bord met paté en ingemaakte groenten. Ik zie hoe hij stukken slijmerige rode paprika in zijn mond schuift. Wij leggen ons leven in de handen van deze man, die ons zo te zien niet eens mag. Het gevaar van het oversteken van de Pyreneeën is nu te dichtbij. Ik doe mijn ogen dicht om de angst buiten te sluiten. Heb vertrouwen, fluister ik tegen mezelf. Het komt allemaal goed.

43

Het zuiden, 2 juni 1944

Charlotte

De volgende avond vertrekken we in het donker. Marie heeft ons allebei een paar espadrilles gegeven; die zijn schijnbaar het best voor het beklimmen van de Pyreneeën. Ik ben alleen maar opgelucht dat het geen grote, harde leren schoenen zijn en ik de achterkant naar beneden kan drukken – de huid op mijn hielen is nog steeds gevoelig. Jean-Luc draagt een kleine tas met extra kleren, melk, cognac en water, terwijl ik Samuel dicht tegen mijn borst draag in het lange kussensloop dat om me heen is geknoopt.

Zwijgend volgen we de route die ze ons hebben beschreven, maar vanwege het hoge tempo krijg ik het al snel warm. Ik til Samuel van mijn klamme lichaam om wat lucht te laten circuleren, maar daar wordt hij wakker van en ik voel dat hij met zijn vingertjes mijn jasje vastgrijpt. 'Shh,' fluister ik, terwijl ik zijn hoofdje bedek met mijn hand. Hij nestelt zich weer tegen me aan en ik besluit dat ik de extra warmte die zijn lijfje uitstraalt wel kan verdragen. Als alles goed gaat, zijn we over een paar dagen veilig en kunnen we met ons nieuwe leven beginnen. Ik blijf even staan en pak Jean-Lucs hand.

'Het is oké, Charlotte. We gaan het halen.'

'Dat weet ik.' Ik knijp in zijn hand, maar we zeggen niets meer. Alleen onze gedempte voetstappen en het geschreeuw van uilen zijn te horen.

We hebben nog niet zo lang gelopen als Florentino geluidloos tevoorschijn komt uit het donker. Zonder iets te zeggen volgen we hem door een klein dennenbos. De talloze bomen en de met twijgjes bedekte grond absorberen elk geluid dat we maken. Ik voel me hier met Florentino veiliger dan daarnet, maar hij loopt wel erg snel en schiet als een schicht tussen de hoge dunne bomen door. Ik voel mijn adem schuren in mijn borstkas en het zweet staat op mijn voorhoofd. Kordaat veeg ik het af en blaas lucht op mijn verhitte gezicht. Ik maak me zorgen om Jean-Luc met zijn stok, maar hij vertraagt niet één keer zijn pas.

Na een paar uur bereiken we een boerderij. Florentino duwt hard tegen de zware houten deur en laat ons binnen. Afgezien van het licht van een paar kaarsen is het donker binnen. Ik slaak een zucht van opluchting en popel om te gaan zitten en Samuel los te maken. Mijn nek doet pijn van zijn gewicht en ik voel een straaltje zweet over mijn borstkas lopen. Een oude vrouw komt ons begroeten. Ze helpt me uit mijn jasje en maakt de knoop van het kussensloop op mijn rug los. Samuel knijpt zijn ogen tot spleetjes als ik hem uit de draagzak haal; waarschijnlijk bespeurt hij de verandering van omgeving. Zijn gezicht is rood en ik besef dat hij net zo oververhit moet zijn als ik. Hij stopt een vuistje in zijn mond en slaakt een kreet.

Al snel staat Jean-Luc met een fles naast me. Hij neemt Samuel van me over en maakt sussende geluidjes, terwijl hij hem in zijn armen wiegt. Ik kijk naar de versleten bank en plof er dankbaar op neer. Florentino en de oude vrouw fluisteren naar elkaar, terwijl zij iets opwarmt op het fornuis. Het ruikt naar nootmuskaat en knoflook, en mijn maag knort hoorbaar.

De vrouw draait zich om en geeft me een kom bouillon. Het is verrukkelijk en ik slurp het gretig naar binnen, terwijl ik vanuit mijn ooghoeken naar Jean-Luc kijk die Samuel de fles geeft en tegen hem fluistert. Ik weet dat Samuel hem met zijn onschuldige bruine oogjes aan ligt te kijken. Jean-Luc wordt verliefd op de baby en ik word verliefd op Jean-Luc. Ik heb nog nooit een man gezien die zo teder is, maar wat me het meest verbaast is de vanzelfsprekendheid waarmee hij het doet en zijn totale gebrek aan gêne. Het kan hem blijkbaar niets schelen wat anderen denken. Heerlijk!

Blij maar uitgeput sluit ik mijn ogen.

Het voelt alsof ik net even ben weggedoezeld als Florentino me wakker schudt en me een kom warme melk en een stuk baguette geeft. Iemand moet gisteravond mijn espadrilles uitgetrokken hebben en een deken over me heen hebben gelegd. Ik ga zitten en neem slokjes melk. Jean-Luc maakt met zijn melk een fles voor Samuel. Florentino leunt tegen het fornuis. Zijn ongeduld is duidelijk merkbaar aan zijn diepe, gereguleerde ademhaling, alsof hij aftelt. Zodra de baby gevoed is, geeft hij ons net zo'n blauwe overall als hij zelf draagt. We trekken die snel aan en dan helpt Jean-Luc me het lange kussensloop weer vast te binden om mijn rug, zodat ik Samuel kan dragen.

Zodra we buiten zijn, geeft Florentino me een dikke tak die ik als stok kan gebruiken. Hij kijkt naar Jean-Lucs wandelstok. 'Goed, jij hebt al stok, maar als je langzaam...'

'Ik kan rennen met die stok.' Jean-Luc lacht zenuwachtig.

Florentino negeert hem, wijst voor zich uit en begint met grote, geluidloze stappen te lopen.

Ik steun Samuel met mijn hand onder zijn billen om de druk op mijn nek en rug te verlichten. Het enige wat ik voor me zie is de donkere gedaante van Florentino. De aarde ruikt naar vers hout en roept herinneringen op aan Kerstmis. Ik vraag me af hoe dat er straks uit zal gaan zien. Zullen wij met zijn drietjes een gelukkig gezinnetje vormen? Krijgen we op een dag ook kinderen van onszelf? Maar deze gedachten aan de toekomst lijken surrealistisch. Het enige wat er nu toe doet is Samuel in veiligheid brengen. De rest komt later wel.

Het is net of de hele wereld ligt te slapen, behalve de vogels die naar elkaar tsjilpen. Ik schrik me opeens wild van een krakend geluid en verstijf, terwijl mijn linkerknie nog in de lucht hangt. Ik kan nog net Florentino zien die bij ons wegloopt.

'Kom op!' fluistert Jean-Luc.

We rennen om hem in te halen. Florentino draait zich om als we vlak achter hem zijn. 'Kapotte tak,' zegt hij grommend. 'Ik zeg wel als je bang moet zijn.' Zijn toon is onderkoeld.

Er is geen tijd om de schoonheid van de ontluikende dag in ons op te nemen: onze blik dient continu gefocust te zijn op onze voeten om kronkelige wortels, losse steentjes of modderige stukken te ontwijken. Al snel wordt het terrein steiler. Zwaar hijgend doe ik mijn best om de mannen bij te houden. Dan maakt de zachte grond plaats voor leistenen. Ik glij uit. Eén hand vliegt instinctief naar Samuel, terwijl ik de andere voor me uitstrek om mijn val te breken. Hij slaakt een kreet. Ik buig me voorover en mompel zachtjes in zijn oor. 'Niets aan de hand. Alles komt goed.' Ik zeg het meer tegen mezelf dan tegen hem, maar hij lijkt gerustgesteld en geeft geen kik meer.

Florentino kijkt achterom naar mij en in het halfduister vang ik zijn blik op. Hij denkt echt dat wij deze reis niet kunnen maken en ik weet bijna zeker dat hij het terecht zou vinden om ons in de steek te laten als hij daar aanleiding toe zag. Ik zal hem eens wat laten zien, fluister ik tegen mezelf.

Opeens blijft hij staan en wijst naar een groep bomen. Maar voordat we doorhebben welke kant hij op gaat, is hij verdwenen. Met een wild bonkend hart volg ik Jean-Luc, die op de gok tussen de bomen door loopt. Godzijdank zien we al snel Florentino's forse gedaante tussen de spichtige dennen door zigzaggen naar een open plek, waar we opeens oog in oog staan met een steile rotswand. Vanaf de bovenkant loopt een spleet met de breedte en diepte van een fors mensenlichaam naar beneden. Florentino klimt er met gespreide armen en benen door omhoog. Er is geen tijd om na te denken. Geen tijd om bang te zijn. Jean-Luc duwt me voor zich uit. 'Ga.'

Snel trek ik de achterkant van de espadrilles omhoog, want anders glippen die vast en zeker van mijn voeten. Met alle kracht die ik in mijn benen heb, duw ik me omhoog naar de spleet en steek een hand uit naar een uitstekend stukje. Met mijn andere hand hou ik Samuel vast.

'Je moet allebei je handen gebruiken,' roept Jean-Luc zacht naar boven. Hij geeft me een zetje om me verder te helpen. Maar ik durf Samuel niet los te laten. Stel dat het sloop hem niet houdt? Of dat hij vooroverval? Aarzelend haal ik mijn hand van de baby en strek die uit naar het volgende uitstekende stuk steen. Maar ik trek hem meteen weer terug. Ik kan hem niet loslaten. Ik zal met mijn andere hand het uitsteeksel te pakken moeten krijgen. Maar dat is te ver weg. Ik zit vast. Verstijfd van besluiteloosheid maak ik de fatale fout omhoog te kijken. Ik haal het nooit.

Florentino's rode gezicht verschijnt schokkerig in beeld. Ik bespeur zijn woede. Daardoor verstijf ik nog meer. Zijn grote voeten glijden naar beneden in de spleet en al snel is hij vlak boven me. 'Geef mij baby,' sist hij met een uitgestoken hand. Maar ik kan geen spier bewegen. Hij landt naast me, buigt zich opzij, steekt zijn hand in het kussensloop en haalt Samuel eruit. Dan klautert hij als een behendige beer weer met één hand omhoog in de spleet.

Niet naar boven of beneden kijken, fluister ik tegen mezelf. Door me alleen te focussen op het dichtstbijzijnde grijppunt boven me klim ik langzaam omhoog door de spleet; elke stap geeft me meer zelfvertrouwen. Ik hoor Jean-Lucs zwoegende ademhaling achter me. Even vraag ik me af hoe hij dit klaarspeelt met zijn slechte been, maar die gedachte zet ik meteen weer van me af. Het enige dat ertoe doet is dat het hem lukt.

'Allez,' dringt Florentino van boven aan.

Ik werp een blik omhoog en zie hem met een uitgestrekte hand over de rand hangen. Opeens dringt het tot me door hoe hoog we zijn. Hoe diep ik kan vallen.

'Allez,' fluistert hij nog wat harder.

Ik doe mijn ogen dicht en steek mijn hand naar hem uit. Hij wikkelt zijn sterke kolenschop eromheen en trekt. Ik zet af met mijn benen en duw mezelf naar hem toe. Rollend op mijn zij beland ik naast hem. Bedankt, God. Ik durf niet naar beneden te kijken als hij Jean-Luc omhoog helpt.

Zonder plichtplegingen geeft hij Samuel aan me terug, waardoor ik me een slechte moeder voel. Maar ik ben zijn moeder niet eens! Hoe kan ik dan zo verlamd zijn geweest uit angst voor hem?

Ik hoop op een korte pauze na die uitputtende klimpartij, maar nee, Florentino staat alweer overeind. En Samuel is nu rusteloos; hij wriemelt en jengelt tegen me aan. Misschien voelt hij mijn angst en vermoeidheid. Maar net als ik denk dat ik niet verder kan, gebaart Florentino dat we gaan stoppen. Meteen begeven mijn benen het en plof ik letterlijk neer onder een grote boom. Samuel jammert. 'Shh,' mompel ik, terwijl ik over zijn hoofdje aai.

'Ik geef hem de fles wel,' fluistert Jean-Luc in mijn oor.

Ik vraag me af of hij er de cognac bij doet zoals ons is opgedragen. Nee, dat doet hij niet en Florentino lijkt het niet te merken. Die leunt tegen de boom en sluit zijn ogen. Mijn spieren zijn pijnlijk en voelen zwaar, dus ik doe hetzelfde. Als mijn oogleden naar beneden zakken, ben ik me er vaag van bewust dat Jean-Luc een schone doek uit de tas haalt en een luier vouwt. Maar net als ik mezelf overgeef aan de slaap, geeft Florentino me een por. 'Allez.'

'Non! Mogen we alsjeblieft even uitrusten?'

'Doe dat maar als je dood bent.' Hij steekt zijn hand uit om me overeind te helpen.

Ik kan het. Echt, fluister ik tegen mezelf, terwijl ik mezelf dwing op mijn zware benen te gaan staan.

'Kun je Samuel nog dragen?' Jean-Luc kijkt me bezorgd aan.

Ik knik.

We sjokken verder, niet langer onder de beschutting van bomen. Dan gaat het steeds verder omhoog en glippen losse leistenen onder onze voeten door. Ik grijp plukjes hard, prikkend gras om mezelf in evenwicht te houden.

Als we voor mijn gevoel al uren zo aan het klimmen zijn, blijft Florentino staan en duikt weg achter een paar rotsblokken. Gnuivend verschijnt hij weer met een fles waar een heldere vloeistof in zit. Hij neemt een grote slok en geeft de fles dan aan Jean-Luc.

Jean-Luc ruikt eraan. 'Eau de vie.' Hij neemt een slok en de tranen springen hem in de ogen. Hij hoest voordat hij nog een slok neemt en de fles aan mij geeft.

Mijn keel brandt ervan, maar het kalmeert mijn gespannen zenuwen. Ik zie Florentino naar me grijnzen als ik een hoestbui onderdruk. Hij steekt zijn handen uit en doet net of die onbeheerst trillen. 'Eh, eh?'

'Ja,' beken ik. Natuurlijk ben ik verlamd van angst. Maar we leven nog en de alcohol heeft de ruwe kantjes ervan afgehaald.

Hij graaft in zijn zakken en haalt er een papieren zakje uit dat hij aan mij geeft. Gedroogde abrikozen. Dankbaar stop ik er een paar in mijn mond en geef het zakje dan aan Jean-Luc.

Florentino tikt op zijn pols en steekt vijf vingers op. Vijf minuten. 'Allez! Allez!' dringt hij aan.

Het is vast lunchtijd. Ik heb nog steeds honger en vreselijke dorst. We zijn al uren aan het lopen en ik heb iets nodig om me gaande te houden. Mijn energiereserves zijn op. Mijn gedachten dwalen af naar maman, die er alles aan heeft gedaan om te voorkomen dat ik wegging. Nu begrijp ik dat ik hier in de bergen zou kunnen sterven, maar toen aarzelde ik geen moment. Was dat dapper of juist oerdom?

Samuels lijfje maakt me warm en plakkerig, het sloop trekt aan mijn pijnlijke nek. Florentino kijkt toe als ik de draagzak verschuif in een poging er minder last van te hebben. Hij steekt zijn grote hand uit, maar ik schud mijn hoofd. Deels uit trots en deels omdat ik het fijn vind om het babylijfje naast mijn kloppende hart te voelen.

Na een hele dag lopen met slechts korte rustpauzes begint het donker te worden. Florentino vindt een afgeschermde plek achter een groot rotsblok en we zakken ineen op de grond. Jean-Luc en ik kruipen tegen elkaar aan; een vuurtje stoken om onze vermoeide, verstijfde botten te verwarmen is uit den boze. Florentino geeft ons wat gedroogde ham en een handje rozijnen. Dan tovert hij een hele camembert tevoorschijn, die hij in drie stukken scheurt, waardoor de romige binnenkant eruit druipt. Ik neem meteen een hap en geniet van de rijke, volle smaak die ik bijna vergeten was. Florentino likt luidruchtig de smeuïge kaas van zijn vingers, té luidruchtig voor een man die stilte eist. Hij geeft de eau de vie weer door en we slaan die achterover als doorgewinterde drinkers.

Omdat we uitgeput zijn en niet mogen praten, vallen we al snel in slaap.

Ik schrik wakker. Ik kan maar een paar centimeter voor me uit kijken, maar voel dat er iets verschrikkelijk mis is. Ik betast Samuels wang, die verbazingwekkend warm is. Ik buig me naar Jean-Luc. Zijn mond staat een stukje open en hij ademt zwaar. Dan draai ik me om naar Florentino. Mijn hart klopt in mijn keel. De plek waar hij lag is verlaten.

Een plotseling gekraak verbrijzelt de stilte. Ik onderdruk een schreeuw. Er klinkt een pistoolschot. Geschreeuw. Nog meer schoten.

Jean-Luc springt overeind en grijpt Samuel. Samen duiken we ineen achter de rots. De baby slaakt een kreetje. Jean-Luc buigt zich over hem heen en dempt het geluid.

Dan zien we Florentino hevig hijgend op ons afrennen. 'Allez! Allez! Nu!'

We grijpen onze spullen en gaan ervandoor, struikelend over stenen, glippend op leisteen. Godzijdank had Florentino ons opgedragen onze schoenen aan te houden. Ik hoor dat Jean-Luc buiten adem is. Mijn hoofd tolt, de grond draait onder me. Het kost me al mijn krachten om door te lopen.

'Stop!' fluistert Florentino. Hij wijst naar een dikke boom. Hij buigt voorover en wijst naar zijn rug. Hij wil dat we daarop klimmen om in de boom te komen.

Ik neem Samuel over van Jean-Luc. 'Ga jij maar eerst. Dan geef ik hem aan jou.' Niet nadenken, hou ik mezelf voor. Gewoon doen.

Jean-Luc klimt op Florentino's brede rug en hijst zichzelf op de laagste tak. Ook ik klim op zijn rug en Florentino komt een stukje omhoog, zodat ik de baby aan Jean-Luc kan geven. Dan grijp ik dezelfde tak en trek mezelf omhoog in de boom. Binnen de kortste keren zit Florentino naast ons. Ik begrijp niet hoe hij dat klaarspeelt met dat grote lijf van hem.

Samuel kreunt en Jean-Luc stopt meteen zijn pink in zijn mondje. Godzijdank wordt hij stil. Ik twijfel er geen moment aan wat Florentino gedaan zou hebben als dat moest.

In de verte hoor ik knerpende voetstappen op de grond. Ik hou mijn adem in en versmelt met de boom.

De voetstappen ebben weg. Zouden ze zich echt terugtrekken?

We wachten nog een halfuur. Mijn gewrichten worden stijf en gevoelloos, maar ik mag pas bewegen als Florentino dat zegt.

'Naar beneden! Allez!' fluistert hij. 'Ze zijn achter anderen aan.'

Ik klauter de boom uit. Mijn enkel blijft ergens achter haken en ik val achterover. Ik kom hard op de grond terecht, waardoor alle lucht uit me geslagen wordt. Ik rol op mijn zij en braak. De grond draait voor mijn ogen. Met mijn gezicht in de bladeren wil ik niets liever dan vergetelheid.

Ik voel Jean-Lucs armen om me heen, maar mijn benen zijn als pap. Ik hang als een lappenpop tegen hem aan. 'Charlotte.' Ik hoor hem mijn naam fluisteren, maar het klinkt mijlenver weg. 'Je moet opstaan, Charlotte.'

'Ga jij maar verder,' hoor ik mezelf antwoorden. 'Neem Samuel mee. Laat mij maar hier.'

Maar zijn armen weten niet van wijken. 'Ik ga nergens heen zonder jou.' Hij begraaft zijn gezicht in mijn haren.

Mijn uitgeputte lichaam wil niets liever dan het opgeven, maar ik moet verder. Dat moet. Ik kan het niet opgeven. Ik dwing mezelf op mijn trillende benen te gaan staan en met Jean-Lucs arm om me heen strompelen we door de duisternis. Al snel besef ik dat we geen van beiden Samuel dragen. Florentino, die vijf stappen voor ons loopt, heeft hem. De passeur is thuis in deze bergen. Ze zijn taai en meedogenloos, net als hij. Maar de bergen kennen ons niet. Wij zijn indringers.

Uiteindelijk komen we bij een beekje, waar we een paar minuten op adem komen en wat drinken. De zon piept net boven de bomen uit. Samuel, die wellicht voelt dat er een nieuwe dag aanbreekt, slaakt een kré-tje. Ja, het is tijd voor het ontbijt.

'Mogen we hem voeden?' vraag ik aan Florentino.

Hij knikt. 'Vergeet de cognac niet.'

Jean-Luc doet een scheut cognac bij de melk voordat hij Samuel overneemt van Florentino. Ik zou zelf ook wel wat lusten. Mijn zenuwen staan nog op scherp.

Als we verder lopen – Florentino draagt Samuel weer – hoor ik de rivier voordat ik die zie. Dan vang ik tussen de bomen glimpen op van kolkend blauw. Hij stroomt snel. Ik slik de opkomende angst in. Misschien kunnen we de brug nemen, hoewel ons verteld is dat die meestal bewaakt wordt. We mogen die alleen als laatste redmiddel gebruiken, als we echt niet door het water kunnen oversteken.

We klauteren over de rivieroever op zoek naar een plek om over te steken. Mijn voeten glijden uit in de zompige grond en ik moet moeite doen om overeind te blijven.

Na ongeveer twintig minuten blijft Florentino staan. 'Nee,' fluistert hij.

We kijken hem verbaasd aan.

'Het is te gevaarlijk. Vandaag niet oversteken.'

'Wat?' Het komt eruit als een beschuldiging.

'Te gevaarlijk,' herhaalt hij.

En wat moeten we nu dan doen? Teruggaan? We hebben hem ingehuurd omdat hij onverschrokken was en nu is hij bang! We moeten verder. Het idee om terug te keren is voor mij beangstigender dan de rivier.

'Alsjeblieft.' Ik leg mijn hand op zijn arm en kijk hem smekend aan.

'Vandaag niet.' Hij zwijgt even. 'In het donker. Vanavond. We wachten op donker.'

44

Het zuiden, 3 juni 1944

Charlotte

Misschien heeft Florentino toch gelijk en is het beter om het oversteken van de rivier nog even uit te stellen. Het is het gevaarlijkste deel van de reis en nu hebben we nog even tijd om te herstellen voordat we die hindernis nemen.

We lopen nog een uur door en dan wijst hij naar een groot rotsblok dat iets verder van de oever af ligt. We gaan erachter zitten en ik slaak een zucht van verlichting, blij dat ik even kan uitrusten, hoewel een van ons altijd wakker moet zijn om op de uitkijk te zitten. Ik ben doodsbang dat ik in slaap zal vallen als het mijn beurt is om de wacht te houden. Ik ben zo uitgeput dat ik zelfs tijdens het lopen bijna in slaap ben gevallen. Dus ik zorg ervoor dat het tijd is om Samuel de fles te geven als het mijn beurt is. Dat heb ik nu redelijk onder de knie en ik geniet ervan hem te zien drinken uit de fles. Zijn oogjes vallen langzaam dicht en zijn knuistjes gaan open en dicht, alsof hij houvast zoekt. Eerst geef ik hem mijn vinger, die hij onmiddellijk vastgrijpt; hij klampt zich aan me vast alsof hij bang is dat ik zal verdwijnen. Zijn behoefte aan mij gaat me aan het hart, spoort me aan daaraan te voldoen. 'Geen zorgen,' fluister ik. 'Ik laat je niet in de steek.' Hij trappelt met zijn beentjes tijdens het drinken. Ik pak een voetje vast en geef er een kusje op.

's Middags lopen we verder langs de rivier. We houden goed in de gaten of we geen patrouillerende soldaten zien, maar naar het langsstromende water durf ik niet te kijken. Nu en dan jagen vlagen van angst mijn hart op hol. We kunnen niet meer tegen elkaar fluisteren, want de rivier verzwelgt alle andere geluiden.

Na een lichte maaltijd van noten en kaas wachten we tot het gaat schemeren. We trekken onze espadrilles uit en stoppen die in Jean-Lucs rugzak. Ik pak Samuel, die weer wakker is en met wazige oogjes om zich heen kijkt, alsof hij het gevaar bespeurt.

'Zoek houvast met voet. Er is sterke stroming.' Florentino kijkt me aan.

Ik sla bijna mijn ogen ten hemel, maar hou me in en wend me tot Jean-Luc. 'Kun jij even kijken of het sloop goed zit?'

Voor de derde keer controleert Jean-Luc of het lange kussensloop stevig vastgebonden zit en Samuel muurvast tegen mijn borst drukt. 'Ja, hij kan er niet uit vallen.'

Florentino bukt om zijn broekspijpen op te rollen en stapt dan in het water. Als hij stevig staat, steekt hij zijn hand naar me uit, maar die kan ik maar net zien in de schemering. Ik haal diep adem en zet een voet in het water. Met één hand druk ik Samuel tegen me aan; de andere steek ik uit naar Florentino. Het ijzige water doet me naar lucht happen, terwijl de stroming hevig aan mijn benen trekt. Ik duw Samuel omhoog en ben opeens doodsbang dat het sloop losschiet. Maar mijn arm is niet lang genoeg. Ik kan niet bij Florentino's hand komen.

'Allez!'

Ik klem een voet achter een kleine steen en sleur de andere het water door. Mijn benen trillen van de inspanning. Ik steek mijn arm verder uit, maar kan er nog steeds niet bij.

'Geef Samuel aan mij.' Opeens staat Jean-Luc naast me en ligt zijn hand op mijn schouder. Maar we hadden afgesproken dat ik Samuel zou dragen vanwege Jean-Lucs been. Trouwens, het risico om hem staand in de wild stromende rivier over te dragen zou ik nooit nemen.

'Ik kan het wel!' Weer strek ik me uit naar Florentino, maar hij is te ver weg. Het is hopeloos. Ik zit vast. Als ik mijn voet optil om dichter naar hem toe te gaan, zal de kracht van de rivier me meesleuren. Maar ik heb geen keus.

Ik til mijn voet op. Opeens slinger ik naar voren. Ik graai om me heen naar de dichtstbijzijnde steen. Samuel slaakt een scherpe kreet. Dan nog een.

'Sta op!' hoor ik Florentino schreeuwen.

Met een hand stevig tegen Samuel gedrukt hijs ik mezelf overeind. Ik negeer zijn kreten en graaf met hevig trillende benen mijn voeten in de rivierbodem. Weer strek ik me uit naar Florentino en dit keer raak ik zijn vingers. Meteen slaat hij zijn grote hand om mijn pols en trekt me naar zich toe. 'Laat baby ophouden! Pak Jean-Lucs hand.'

Opeens besef ik wat ik moet doen en het is alsof ik een stomp in mijn maag krijg. Ik moet mijn hand van Samuel afhalen om Jean-Luc naar me toe te trekken. Ik weet dat het sloop stevig vastgeknoopt zat, maar stel dat het losgeraakt is door de inspanning van die ene stap? Waarom heeft Florentino mij met de baby in het midden gezet? Hij had Samuel zelf moeten dragen. Opeens ben ik laaiend op onze gids. Ik doe mijn ogen dicht.

'Nu! Doe het!' schreeuwt Florentino boven het geraas van de rivier uit.

'Charlotte,' roept Jean-Luc. 'Samuel is veilig! Geef me je hand!'

Maar mijn hand weigert de baby los te laten.

Jean-Luc drukt zijn stok in de rivierbodem. Machteloos kijk ik naar zijn trillende armen en benen. Hij neemt een grote stap en slingert zijn hand naar de mijne. Heel even laat ik Samuel los om Jean-Lucs hand stevig vast te pakken.

Zonder waarschuwing trekt Florentino opeens hard aan mijn andere arm. Glijdend over de gladde stenen schiet ik vooruit, waardoor Samuel een stuk omhoog schiet. Ik gil.

'Geef mij baby!' schreeuwt Florentino. 'Nu!'

Ik kan het niet. Zijn woede verlamt me. Zo te horen wil hij Samuel in de rivier gooien. Maar zijn kolenschop graait al naar hem. 'Nu!'

Terwijl ik nog sta te hannesen met het sloop, trekt hij de baby er aan zijn armpje uit, alsof hij een konijn aan zijn oren optilt.

Ik gil. Dan slik ik mijn tranen in en maak zijwaartse passen door de rivier. Florentino trekt aan de ene kant aan me en aan de andere trek ik Jean-Luc verder. Als we eindelijk op de andere oever zijn, zak ik hevig trillend in elkaar op de grond.

Florentino duwt de huilende baby in mijn armen. 'Veel geluk gehad. Ik zei geen baby.'

Ik begraaf mijn gezicht in Samuel om hem te sussen. Ik wieg hem heen en weer op mijn knieën. We gaan vast allemaal dood bij deze verdomde rivier! Dan voel ik een hand op mijn schouder.

'We zijn in Spanje, Charlotte!' Ik hoor Jean-Lucs stem breken. 'We zijn in Spanje!' Hij laat zich huilend naast me op de grond vallen en slaat zijn armen om Samuel en mij heen. Stevig verstrengeld zitten we te snikken. Dan schieten we in de lach – een hysterisch gegiechel.

Ik voel Florentino aan me trekken. Hij hijst me overeind en pakt Samuel. Dat doet hij niet zo ruw als daarnet, maar heel voorzichtig. Terwijl ik naar hem kijk, ben ik me er vaag van bewust dat Jean-Luc naar droge kleren zoekt in de rugzak. Florentino helpt de baby al uit zijn natte vodden en trekt zijn eigen jasje uit. In het maanlicht zie ik dat hij Samuel tegen zijn brede behaarde borst aan legt en vervolgens zijn jas weer aantrekt. Samuels gehuil klinkt omfloerst, maar ik kan al horen dat het afneemt.

'Maak de fles!' Ik draai me naar Jean-Luc, die al een scheut cognac bij de melk doet.

Florentino grist die uit zijn handen en stopt hem onder zijn jas in Samuels mond. Dan staan we weer en rennen tussen de bomen door. Florentino, die nog steeds Samuel vast heeft, trekt me door de duisternis en ik sleur Jean-Luc achter me aan.

We lopen blindelings verder en ik verlies alle besef van tijd. Bij elke krakende tak, elk wegschietend dier, schiet mijn hart in mijn keel. Dan gaan we heuvelafwaarts en is het gemakkelijker. Eindelijk blijft Florentino staan. 'Daar. Zie je licht?'

Ik staar voor me uit in het donker en zie niets. Dan zie ik iets glinsteren; hoe langer ik ernaar kijk, hoe groter het wordt. Ik schiet in een onbeheersbare lach.

'Shh, Charlotte.' Jean-Luc knijpt in mijn hand, maar ik lach nog steeds als we half rennend, half strompelend naar de boerderij gaan.

Ik val in de armen van de vrouw die de deur opent. Dan wordt alles troebel. Ik ben me er slechts vaag van bewust dat er een deken over me heen gelegd wordt. Vervolgens niets. Zalige onwetendheid.

DEEL 4

45

Santa Cruz, 10 juli 1953

Jean-Luc

'We hebben redenen om aan te nemen dat Samuel uw zoon niet is, meneer Bow-Champs.'

Hij kan zich niet bewegen, krijgt geen adem. 'Leeft ze?' fluistert hij, meer tegen zichzelf dan tegen wie dan ook. Het kan niet waar zijn. Niemand heeft het overleefd.

Ze staren hem aan. Bradley knikt, maar niemand zegt iets.

'Hoe heeft ze... Hoe kan dat? Weten jullie zeker dat zij het is?'

'Dus u geeft het toe: Samuel is niet uw echte zoon?'

'Wat? Ja. Nee.'

'U staat onder arrest voor ontvoering. Alles wat u...'

Hij moet het verkeerd verstaan hebben. Zijn hoofd tolt. 'Ontvoering?'

'Ja.' De lange agent kijkt hem met een kille blik aan. 'U hebt het recht om te zwijgen, maar alles wat u zegt kan tegen u gebruikt worden in een rechtszaak.'

'Ontvoering?' Hij grijpt zich vast aan de zijkant van zijn stoel. Niemand antwoordt. Ze blijven hem aanstaren.

'Maar ik heb hem niet ontvoerd! Jullie hebben het volkomen bij het verkeerde eind. Hij zou gestorven zijn als ik hem niet had meegenomen.' Ontvoering? Het woord galmt door zijn hoofd. Hij moet hun duidelijk maken dat het heel iets anders was.

'Ik wil een advocaat,' flapt hij eruit.

'O ja?' De agent gnuift. 'Wat wilt u nog meer voor ons verbergen, meneer Bow-Champs?'

'Niets.' Hij beseft dat dit voor de eerste keer de waarheid is. Hij heeft niets meer te verbergen. Heel even voelt dat als een opluchting. 'Ik heb niets te verbergen.' Hij gaat rechtop zitten. 'Ik probeerde Sam alleen maar te beschermen.'

'Echt?' De agent heeft weer die ironische blik in zijn ogen. Sigarettenrook kringelt omhoog. 'U probeerde de jongen te beschermen tegen zijn eigen moeder? De enige aanknopingspunten die zij had, waren het litteken op uw gezicht en uw misvormde hand. Maar ze heeft het nooit opgegeven. Ze is de afgelopen negen jaar naar hem op zoek geweest.'

Hoe is dat mogelijk? Toen hij de gruwelijke foto's uit de kampen zag, had hij de gedachte dat zij het overleefd zou hebben meteen van zich afgezet. Van de tienduizenden die daarnaartoe waren gestuurd, waren er maar tweeënhalfduizend teruggekeerd. Nee, het kan gewoon niet. Auschwitz was een vernietigingskamp, niemand hield het daar langer dan een paar maanden uit. Als ze bij aankomst niet werden vermoord, stierven ze wel van uitputting en honger. Hoe kon die broos ogende vrouw die haar kind in zijn armen drukte het overleefd hebben?

'Bent u na de oorlog op zoek gegaan naar Samuels moeder?' Bradley blaast een rookwolk uit.

Jean-Luc schudt nauwelijks zichtbaar zijn hoofd. Hij staart naar de grijze muren, terwijl het tl-licht in zijn oren zoemt.

'Dat dacht ik al. En waarom niet?'

'Ik kon me niet voorstellen dat ze nog leefde.' Zijn stem is vlak. Alle lucht is uit hem geslagen.

'Toch had u op zoek kunnen gaan. Na alles wat zij had meegemaakt, had u dat moeten doen.'

Jean-Luc wendt zijn blik af; hij kan nog steeds niet begrijpen dat ze het heeft overleefd.

Alsof hij zijn gedachten kan lezen, zegt Bradley: 'Ze zaten op een van de laatste treinen naar Auschwitz, in mei, slechts een week voor D-day.'

Even valt er een stilte. Jean-Luc weet dat alles wat hij zegt nu afschuwelijk gemaakt zal klinken.

'Ze hebben het overleefd, zijn beide ouders, ruim zeven maanden hel in Auschwitz. Daarna moesten ze achttien dagen lang door sneeuw en ijs lopen tot ze enigszins veilig waren. Achttien dagen met niets te eten behalve sneeuw. Er zijn er uiteraard veel gestorven, maar meneer en mevrouw Laffitte niet. Weet u wat hen in leven hield?'

Jean-Luc kijkt hen met grote ogen aan. Hij weet het.

'Ja, de gedachte herenigd te worden met hun zoon.' Bradley drukt zijn sigaret uit in de aluminium asbak.

'Hebt u hen gesproken?'

'Ja, ik heb hen gesproken.'

Hij wil vragen in welke taal. Hoe weten ze zeker dat zij het echt zijn?

Alsof hij zijn gedachten kan lezen, gaat Bradley verder. 'Ik heb mevrouw Laffitte aan de telefoon gesproken, in het Frans.'

Jean-Luc fronst.

'U bent niet de enige die Frans spreekt, meneer Bow-Champs. Ik ben van moederskant Frans-Joods. Wij zijn in 1939 vertrokken en opnieuw begonnen.'

De agenten achter Bradley kijken elkaar aan.

'Hoe is het met ze?' vraagt Jean-Luc. Het klinkt triviaal, maar dat is het niet. Hij wil het weten.

'Samuels ouders? Veel beter nu.' Bradley tikt met zijn pen op de tafel. Dan haalt hij nog een sigaret uit zijn borstzakje, steekt die aan en inhaleert diep. Tot Jean-Lucs verbazing houdt hij hem het pakje voor.

Jean-Luc schudt zijn hoofd en vraagt zich af waarom hij hem nu een sigaret aanbiedt. Het brengt hem van zijn stuk.

'Ja,' vervolgt Bradley. 'Mevrouw Laffitte huilde van vreugde toen ik haar het goede nieuws vertelde. Ze zei dat ze altijd geweten heeft dat haar kind nog leefde, dat ze dat voelde.'

Jean-Luc heeft spijt dat hij de sigaret niet aangenomen heeft. Hij rookt niet, maar dan zou hij iets te doen hebben gehad met zijn handen. Hij ademt snel en hij voelt dat het zweet hem uitbreekt. Hij weet wat er komt. Dat voelt hij.

'Ze zei dat ze wist dat ze op een dag herenigd zou worden met haar kind. Ik vermoed dat ze alleen niet besefte hoelang dat zou duren.' Bradley blaast de rook uit en kijkt hoe die naar boven kringelt. 'Maar nu is die dag gekomen.'

O nee, alsjeblieft niet! De knoop van angst in Jean-Lucs maag groeit.

'Ze willen hun zoon terug.'

Hij slikt de opkomende gal in zijn keel door. Hij moet de controle houden. Hij kan hen dit niet laten doen. 'Maar… Sam woont nu hier. Hier is hij thuis.'

'U bent illegaal Amerika binnengekomen met een kind dat u in Frankrijk hebt afgenomen van zijn ouders.'

'Maar zo was het helemaal niet. Ik heb hem niet van haar afgenomen. Ze heeft hem aan mij gegeven.'

'Gegeven?' Bradley trekt een wenkbrauw op. 'Of u de zorg toevertrouwd tot de oorlog voorbij was?'

'Wat gaat er met Sam gebeuren?' Dat is het enige wat telt.

'De Fransen willen dat we u uitleveren. Zij zullen besluiten wat er met u en de jongen moet gebeuren. Tegen ons advies in heeft mevrouw Laffitte verzocht dat Samuel bij uw vrouw blijft tot besloten is wat er moet gebeuren. Ze wil hem niet onnodig traumatiseren. Ze staat in contact met een of andere psycholoog of psychiater. Ze heeft echt het beste met hem voor.'

46

Santa Cruz, 10 juli 1953

Charlotte

De deurbel priemt door mijn droom en slaat die aan diggelen. Beelden van mijn ouders verdampen zodra ik besef dat ik in Amerika ben. Gek dat mijn dromen me nu mee terugnemen, alsof ik weer een kind ben. Ik blijf achter met een gedesoriënteerd gevoel en het duurt even voordat ik me weer aan de realiteit heb aangepast. Ik voel op de plek naast me. Jean-Luc ligt er niet. Hij moet weer vroeg zijn opgestaan.

'Mam!' schreeuwt Sam. 'De bel gaat.'

'Kun jij even opendoen? Ik ben nog niet aangekleed.' Misschien is het later dan ik dacht. Ik draai me naar de wekker en zie dat het halfacht is. Misschien is het de postbode.

Marges stem galmt door het huis. 'Ha, Sam. Is je moeder thuis?'

Wat kan zij nou willen zo vroeg in de morgen? Ik gooi de dekens van me af, trek mijn duster aan en ga naar beneden.

'Hai, Marge.' Ik begroet haar vanaf de onderste tree.

Ze ziet er verhit uit, alsof ze gerend heeft. Ze draagt haar knaloranje jurk en die vloekt bij haar rode wangen. Ik merk dat ze wacht tot Sam weg is.

'Charlie.' Ze klinkt bezorgd. 'Is alles in orde? We hebben de politie-auto gezien.'

'Wat?' Mijn hart staat stil.

'De politieauto, vanmorgen vroeg.'

Ik grijp de leuning vast. Ik heb het gevoel dat ik van grote hoogte naar beneden val. Ik trek de ceintuur van mijn duster strak en dwing mezelf rechtop te blijven staan.

'Alles goed, Charlie?' Ze doet een stap naar me toe.

'Ja, hoor. Ik ben gewoon te snel opgestaan.' Ik steek mijn hand op om haar tegen te houden. Dan begeven mijn benen het en zak ik ineen op de trap.

Marges gezicht doemt vlak bij me op. Ze komt naast me zitten, maar de trap is smal en ik voel haar dij door de stof van mijn duster. Haar zoete parfum dringt mijn neusgaten binnen en maakt me misselijk.

'Wat is er aan de hand, Charlie?'

Ik krijg niets over mijn lippen. Er zit een dam in mijn hoofd die elk moment kan breken. 'Ik... Ik weet niet wat die auto hier deed, Marge. Ik weet het niet. Ik kan me beter gaan aankleden.'

Maar Marge verroert zich niet. 'Je weet dat je alles tegen me kunt zeggen. We zijn vriendinnen.'

'Niets aan de hand,' fluister ik tussen mijn opeengeklemde kaken door. 'Ik bel je nog wel.'

Ze legt haar hand op mijn schouder. 'Je bent de afgelopen weken nogal afstandelijk, Charlie. Ik zie gewoon dat iets je dwarszit.'

Ik schud mijn hoofd en probeer een luchtige toon aan te slaan. 'Niets aan de hand.'

'Kom op nou. Ik zie toch dat dat niet zo is. En je weet: gedeelde smart is halve smart.'

Ik wil gewoon dat ze vertrekt. Ik moet nadenken. Ik sta op, loop naar de voordeur en doe die open.

Ze kijkt me met grote, ongelovige ogen aan. 'Nou, je weet me te vinden als je me nodig hebt.' Ze werpt me nog een betekenisvolle blik toe en vertrekt dan.

Door het rookglas zie ik haar vervormde gedaante weglopen. Dan draai ik me weer naar de trap en leun tegen de leuning. De politie heeft hem meegenomen. Ze weten het.

De telefoon ontploft in mijn oren. O God, laat dat alsjeblieft Jean-Luc zijn die zegt dat hij op weg is naar huis, dat er sprake was van een misverstand. Ik neem op. 'Hallo.'

'Charlotte.'

'Jean-Luc. Waar ben je?'

Ik hoor dat hij iets probeert te zeggen. 'Jean-Luc?'

'Sams ouders leven nog.'

'Wat? Wat zeg je?' Ik klem de telefoon tegen mijn oor en snap niet wat ik net gehoord heb.

'Ze hebben het allebei overleefd, Charlotte.'

'Wat? Maar... maar hoe? Dat kan niet waar zijn.' Ik laat de hoorn vallen. Mijn handen trillen, mijn hele lichaam trilt. Ik hoor zijn stem aan de andere kant van de lijn, maar kan de hoorn niet oppakken.

47

Parijs, 30 mei 1944

Sarah

'Alstublieft God, nee! O, nee!' Ze sloeg haar handen voor haar oren, sloot haar ogen en wiegde haar hoofd heen en weer. Wat had ze gedaan? Het kon gewoon niet. Welke moeder deed dat nou? Was ze gek geworden? Ze had er niet goed over nagedacht. Ze had de man vol medelijden naar hen zien kijken en geweten dat hij er niet bij hoorde, maar ook geen gevangene was. Hij was spoorwegarbeider. Een fatsoenlijke man, dat zag ze gewoon. Anders had ze hem nooit haar kind gegeven. Nee, ze zou hem nooit zomaar aan iemand hebben gegeven. Ze had in zijn ogen gekeken en geweten dat hij een goed mens was. David zou het vast begrijpen. Ze had niet anders gekund. Nu moest ze op zoek naar David. Ze hadden hen uit elkaar gehaald in Drancy en ze had hem nog steeds niet kunnen vinden. Ze moest het hem vertellen. Hij zou blij zijn dat zijn zoon niet was meegegaan in deze veewagon.

De trein wisselde van spoor. Een elleboog schoot tussen haar ribben. Het geschreeuw zwol aan. '*Fermez vos gueules!* Koppen dicht!' schreeuwde iemand. 'Het is nu toch te laat!'

Te laat. Ze had het gedaan. Hij was weg. Met haar lege armen was ze niets meer dan een hol omhulsel. Gevoelloos. Ze zou gevoelloos worden. Haar gevoelloosheid zou haar afschermen. Het omhulsel van haar lichaam stond in de veewagon, maar haar hart zou altijd bij Samuel zijn. En ze zou hem terugvinden, beloofde ze zichzelf.

'Ben jij dat, Sarah?' Een hand trok aan haar mouw.

Met tegenzin draaide ze zich om en zag een bekend gezicht dat ze niet helemaal kon plaatsen.

'Ik ben het. Madeleine. Van school.'

'Madeleine Goldman.' Door het uitspreken van de naam van de vrouw werd ze uit haar verdwaasde toestand het heden in gerukt.

Madeleine greep met tranen in haar ogen haar hand vast. 'Waar brengen ze ons naartoe?'

'Dat weet ik niet.'

'Ze hebben mijn man al meegenomen.' Madeleine pakte Sarahs andere hand ook vast. 'Ik hoop dat ze ons naar dezelfde plek brengen.' Ze keek Sarah aan. 'Godzijdank hebben we geen kinderen.'

Sarahs hart stopte met slaan, onuitgesproken woorden vormden brokken in haar keel. Hoe kon ze zoiets zeggen? Hoe kon ze dat nou weten? Ze rukte zich los uit Madeleines greep en hapte naar lucht. Haar keel zat dicht. Ze slaakte een verstikte kreet, en toen nog een; het leek wel of die werden losgerukt uit haar moederschoot. Madeleine sloeg haar armen om haar heen en hield haar vast.

Urenlang stonden ze in de rijdende trein tegen elkaar aangedrukt. Madeleine kletste aan één stuk door; over de oorlog, de verdwijning van familieleden en vrienden, waar ze naartoe zouden gaan. Maar Sarah kon alleen maar aan Samuel denken. Waar zou hij nu zijn? Had hij te eten gekregen? Huilde hij om haar? Haar eigen angst, haar honger, haar brandende dorst deden haar niets. Ze moest en zou het verdragen. Maar Samuel... zo klein, zo onschuldig. De gedachte dat hij pijn zou lijden sneed in haar hart.

Een vrouw die vlak bij hen stond en wier jonge zoon zich vastklampte aan haar rok kreunde zachtjes. Een man was aan het bidden, anderen huilden, en weer anderen zwegen. Mensen waren gebruik gaan maken van de emmer in de hoek van de wagon. Die liep al over en er was lang niet genoeg stro om het te absorberen. Aan de stank van urine, poep en oud zweet viel niet te ontkomen. Sarah begroef haar hoofd in Madeleines schouder; ze moest ontzettend nodig naar de wc, maar kon dat niet doen waar iedereen bij was.

'Wanneer laten ze ons hieruit?' fluisterde Madeleine in haar oor.

Er was maar voor een beperkt aantal mensen ruimte om te zitten en na vele lange uren duizelde het in Sarahs hoofd. Ze had het gevoel dat haar knieën op slot zaten. Toen gaf iemand haar een por en zei: 'Jij bent aan de beurt.' Blijkbaar was er sprake van een schema. Ze liet zich langzaam op de grond zakken en trok behoedzaam haar stijve benen op. Haar borsten waren hard en pijnlijk, dus ze maakte van de gelegenheid gebruik om die te masseren, waardoor er melk uitkwam. Samuels melk. Ze kneep haar ogen dicht om de tranen binnen te houden en smeekte God in stilte dat iemand anders haar zoon nu voedde.

Toen ze haar ogen weer opende, merkte ze dat Madeleine naar de vochtplekken op haar blouse stond te staren. Die waren net zichtbaar in het schemerlicht van de raamloze veewagon.

'O, wat erg.' Madeleines stem trilde. 'Heb je een baby?'

Sarah was dankbaar dat ze in de tegenwoordige tijd sprak. Dat gaf haar hoop. Ze sprak langzaam en overwogen, hoewel elk woord haar pijn deed. 'Samuel. Hij is een maand oud.'

Madeleine kneep in haar hand.

'Ik heb hem aan iemand gegeven. Om hem dit te besparen.'

'Goed gedaan. Je kunt hier toch geen baby voeden? We zijn zelf uitgedroogd.'

'Ik moet het aan mijn man laten weten. David. Hij moet hier ook ergens zijn.'

'We schrijven een briefje voor hem en geven dat aan een van de mannen, zodat die het door kan geven.' Madeleine was even stil. 'Ze zullen de mannen en vrouwen wel niet bij elkaar laten, hè?'

Sarah schudde haar hoofd; ze wist dat ze gescheiden zouden worden.

'Ze geven de mannen vast ander werk,' ging Madeleine verder. 'Zwaarder werk. Wij zullen wel in de keuken moeten werken. Waarschijnlijk is het een gigantisch werkkamp, een mijn misschien.'

Sarah knikte.

Uit haar borstzakje haalde Madeleine een stukje papier en een pen. 'Schrijf klein, dan is het gemakkelijk te verstoppen. Je weet het maar nooit.'

Maar ze wisten het wel. Ze wisten dat ze naar iets afschuwelijks toe gingen, dat ze wreed behandeld zouden worden, dat ze er misschien wel zouden sterven. Ze wisten het, maar toch klampten ze zich vast aan dat kleine beetje hoop.

Sarah schreef in piepkleine letters: *Onze zoon is veilig. Ik heb hem aan een Franse spoorwegarbeider gegeven. Ik weet dat hij voor hem zal zorgen. Blijf in leven, zodat we hem weer kunnen vinden. Je liefhebbende echtgenote.* Geen namen. Dat was veiliger. Ze vouwde het papiertje tot een klein vierkantje dat ze in haar zak stak tot ze iemand zou zien die ze betrouwbaar vond.

Het was stil geworden in de wagon. Het gekreun, gehuil en de onbeantwoorde vragen waren weggestorven. De gevangenen met hun droge mond en lege maag zwegen. Er kwam een jong meisje bij Sarah en Madeleine staan. Ze klappertandde en Madeleine sloeg zonder iets te zeggen een arm om haar heen. 'Hoe heet je?'

'Cecile,' fluisterde het meisje.

'Waar is je moeder?'

'Ze is vorig jaar opgepakt.'

Er ging een steek door Sarahs hart. Ze pakte Ceciles hand vast. 'Wij zorgen wel voor je.'

Telkens als de trein stopte, riepen ze om water, maar er gebeurde niets. Eindelijk, op de tweede dag, kregen ze lauw drinkwater en hoorden ze mensen die Pools spraken. Toen de trein weer op gang kwam, tuurden ze door de spleten in de planken naar een vlak, naargeestig landschap.

Op de derde avond bleef de trein staan. De gevangenen wachtten in stilte af, doodsbang, uitgehongerd en uitgeput. Toen werden de deuren opengeschoven.

'Schnell! Schnell! Stap uit, smerige beesten!'

Ze klampten zich aan elkaar vast om niet te vallen en strompelden de wagon uit. Er floepten schijnwerpers aan die hen verblindden. Honden gromden en ontblootten messcherpe tanden; ze rukten aan hun riem om bij de gevangenen te komen. De ss'ers hielden knuppels en zwepen vast. Onder hen waren enkele vrouwen met lange zwarte capes met een capuchon en hoge zwarte leren laarzen.

'Mannen naar links! Vrouwen naar rechts!'

Sarah hield haar briefje stevig vast en zocht iemand aan wie ze het kon geven. Ze koos de dichtstbijzijnde man uit en stopte het in zijn hand. 'Geef dit alstublieft aan David Laffitte.'

'Rijen van vijf! Nu!' Er landde een knuppel op het hoofd van een vrouw naast Sarah. Instinctief greep Sarah haar vast voordat ze op de grond kon vallen.

Uitgeput, verstijfd van angst en van drie dagen opgepropt zitten in een veewagon gingen ze in rijen van vijf achter elkaar staan. Sarah liet haar ogen over de groep mannen dwalen, maar zag David nergens.

'Schnell! Schnell!' Er klonk een schot en de dreun van een lichaam dat op de grond viel, galmde door Sarahs hoofd. Ze durfde niet te kijken. Ze klampte zich vast aan Madeleine en Cecile; een trio dat door deze waanzin aan elkaar gebonden was.

'Hé, hoe oud ben jij?' De man die met zijn stok naar Cecile wees, was een gevangene die een gestreepte broek en dito jasje droeg.

'Dertien,' antwoordde ze.

'Niet waar! Je bent achttien.'

'Niet, ik ben dertien!'

'Je gaat dood als je dertien bent.' Op zachtere toon voegde hij eraan toe: 'Zeg gewoon dat je achttien bent.' Hij liep verder langs de rij.

Een andere gevangene nam zijn plaats in en schreeuwde naar hen: 'Hadden jullie dan echt niets door? Het is verdomme 1944! Waarom zijn jullie hier gekomen? Jullie hadden beter zelfmoord kunnen plegen.' Hij wees naar zwarte rookwolken tegen een hemel die slechts een tint lichter was. 'Daar eindigen jullie. Het crematorium.'

Madeleine draaide zich om en braakte. Opeens begreep Sarah waar die afschuwelijke stank vandaan kwam. Nu twijfelde ze helemaal niet meer. Ze had er goed aan gedaan haar zoon weg te geven. Ze waren in een hel op aarde beland.

48

Auschwitz, november 1944

Sarah

Alleen de hoop dat ze haar zoon zou terugvinden hield haar in Auschwitz in leven, hoewel dat zonder haar hechte vriendinnengroep waarschijnlijk onmogelijk was geweest.

Toen ze in de derde week tussen de middag in de rij stonden voor de waterige soep, duwde een vrouw die ze niet kende zich tegen haar aan. 'Pak aan,' fluisterde ze, terwijl ze een hard stukje brood in Sarahs hand duwde. 'Er zit iets in.'

Doodsbang dat ze betrapt zou worden, glipte Sarah de rij uit. Ze keek om zich heen of niemand haar zag. Alleen Madeleine, die een paar plekken achter haar in de rij stond, had het gemerkt, en Sarah voelde de ogen van haar vriendin in haar rug branden. Geheimen kon je hier maar beter geheimhouden. Ze hadden manieren om informatie los te peuteren. Vaak doorboorden angstaanjagende kreten de lege nachten.

Er liep een rilling over haar rug toen ze zich over het hompje brood boog. Er was nog net een randje van het papier zichtbaar. Om geen kostbaar voedsel te verspillen, zoog ze voorzichtig het hard geworden brood eraf totdat ze het papiertje er gemakkelijk uit kon trekken. Ze moest haar ogen samenknijpen om het te kunnen lezen: *Liefde van mijn leven, je hebt het goed gedaan. Je bent dapper en waarachtig. Blijf in leven. We zullen onze zoon weer vinden.*

Er vielen tranen op het briefje waardoor de letters uitliepen. Ze vroeg zich af wat hij gedaan moest hebben voor zo'n gevaarlijke gunst. Ze drukte het vochtige papier terug in het brood en at dat langzaam op. Nu was David bij haar. Ze zou hem met zich meedragen en hij zou haar meer voeden dan eten ooit kon doen. Ik ga het overleven. Ik kom hier doorheen, fluisterde ze tegen zichzelf.

Opeens stond Madeleine naast haar. 'Wat doe je?' Ze keek Sarah fronsend aan. 'Wil je geen soep?' Ze hief haar lepel en liet de bleke, waterige vloeistof terugvallen in de kom. 'Het is weer koolcrèmesoep.'

Haar ironische lach bereikte haar ogen niet. 'Je bent je lepel toch niet kwijt?'

'Nee.' Sarah tilde haar jasje op om haar lepel te laten zien, die vastgebonden zat met een stukje oud touw. Ze had haar brood twee dagen moeten opsparen voor dit flinterdunne ijzeren gereedschap, maar dat was het waard geweest. Je kon die soep niet zonder lepel eten.

'Ben je ziek?' Madeleine legde haar hand op Sarahs voorhoofd.

'Nee. Ik ga het nu halen.' Sarah liep snel weg, voordat ze in de verleiding kwam haar te vertellen over het briefje. Niet dat ze haar vriendin niet vertrouwde. Dat deed ze wel. Maar ze wist dat ze dingen met je konden doen waardoor je zelfs je meest dierbaren verlinkte.

De zon brandde ongenadig tijdens de lange zomerdagen, alsof die hen bespotte. De dorst was ondraaglijk. Sarahs kaken leken wel aan elkaar geklonken en haar tanden voelden vastgeplakt aan haar wangen. Dorst kon gekmakend zijn en het werd een obsessie voor haar. Ze droomde van water, verlangde er dag en nacht naar, zou er elke prijs voor betaald hebben. Op een wel erg hete dag was ze erin geslaagd wat brood dat ze had opgespaard te ruilen voor een emmer water. Ze had haar hoofd in de emmer gedoopt en het allemaal opgedronken. Daarna voelde ze zich beter en was de obsessie verdwenen.

Het was onmogelijk om in je eentje te overleven wanneer iets wat zo gewoon was als het kwijtraken van je schoenen een enkeltje gaskamers betekende; vrouwen waren tenslotte gemakkelijker te vervangen dan schoenen. Sarah had een hechte groep vriendinnen: Madeleine, Simone – iemand die Madeleine kende uit haar buurt – en het jonge meisje uit de trein, Cecile. Ze steunden elkaar en de oudere vrouwen hielden een oogje op Cecile, vooral tijdens de eindeloze appels. Vaak werden ze om drie uur 's nachts gewekt en naar buiten gedirigeerd, hoewel ze pas geteld werden als het licht werd. Wanneer een van hen te zwak was om te blijven staan, gingen de andere vrouwen eromheen staan om haar te steunen. Na afloop van het appel lagen er altijd mensen op de grond. Die werden doodgeschoten als ze al niet gestorven waren. Sarah kneep haar ogen dicht wanneer ze de schoten hoorde en keek nooit achterom naar de gesneuvelde vrouwen.

Na het appel moesten ze twee uur lang over drassige akkers marcheren om vervolgens kruiwagens zonder wielen vol te scheppen die verderop in een greppel geleegd moesten worden. De hele dag waren ze aan het scheppen, vervoeren en legen, met uitzondering van een middagpauze voor de waterige soep. Het was slopend, maar als ze ook maar even stopten, stuurden de bewakers grommende honden op hen af die hapten naar hun hielen. Of ze kwamen zelf om klappen uit te delen. Tijdens het werk moesten ze kreten van angst en pijn aanhoren, terwijl de bewakers in groepjes om hen heen stonden te praten en zelfs te lachen. Aan het eind van de dag voelden ze zich koortsig. Sommigen zakten in elkaar om nooit meer op te staan. Maar Sarah en haar vriendinnengroepje probeerden elkaar altijd op te zoeken en te steunen tijdens de lange terugmars. De sterksten zongen 'La Marseillaise' en degenen die dat konden vielen hen bij. Op sommige dagen zongen ze helemaal niet.

Toen ze op een avond terugliepen, werden ze gepasseerd door mannelijke gevangenen. Sarah zocht wanhopig naar David. Maar hij was er niet bij. Ze werd overmand door een intense angst. Stel dat hij gestorven was? Hoe moest ze het dan overleven?

Een van de langslopende mannen liet iets bij haar voeten vallen. Een paar wollen sokken. Ze raapte ze op en stopte ze onder haar gestreepte hes. Toen ze die in de barak weer tevoorschijn haalde, viel er een stukje papier uit. Er waren slechts drie woorden op geschreven: *Geef niet op.* Het leek Davids handschrift, maar ze wist het niet zeker. Alstublieft God, bad ze, zorg dat hij blijft leven.

Het was van begin af aan duidelijk dat veel vrouwen zouden sterven. Voor velen was het te mensonterend, te schokkend om te verdragen. Zelfs met een gang naar de latrine riskeerde je je leven, want dat betekende waden door uitwerpselen en kruipen over een lang open riool met het risico erin te vallen. Sommigen hadden de kracht noch de wil om zich aan te passen aan deze hel, maar Sarah beschikte over beide. Hoewel haar lichaam kromp alsof het zichzelf opat en haar borsten waren verdwenen, gaf haar vastberadenheid om Samuel te vinden haar de kracht om door te gaan waar anderen eraan onderdoor gingen.

Terwijl ze dagelijks ploeterden en vochten voor hun leven werd het winter. Als ze nu vielen tijdens het appel betekende dat een wisse dood, zelfs als ze na afloop werden opgetild. Er was niets te doen aan de natte, modderige kleren die aan hun rug vastvroren. Het lot van eenieder hing af van de mensen om hen heen en het individualisme verdween. Dit was wat hen gaande hield. Op het ruwe randje van overleven, kwamen ze tot dingen waartoe ze zichzelf nooit in staat geacht hadden. Het leven draaide niet zozeer om vriendschap, maar om solidariteit.

Sarah werd steeds zwakker. Open wonden op haar rug waren geïnfecteerd geraakt. Omdat Simone als tandarts voor de ss-bewakers werkte, kon ze aan extra kleding en zelfs medicijnen komen op een plek die ze gekscherend 'Canada' noemden, omdat ze zich dat voorstelden als het land van overvloed. Ze depte Sarahs zweren met ontsmettingsmiddel als ze dat te pakken kon krijgen, maar ze genazen maar niet. Op een dag kwam ze echter terug met goed nieuws. Ze had een baantje voor Sarah weten te regelen in de ziekenbarak: ze moest er de ratten verjagen en de doden naar buiten dragen. Het wemelde van de ratten in Auschwitz; sommige waren zo groot als katten. Ze waagden het zelfs hun tanden te ontbloten als Sarah de schep hief om ze weg te jagen. Aanvankelijk durfde ze er niet naar te kijken en zwaaide gewoon wild met de schep om ze te verjagen, maar ze werd al snel dapperder en na twee weken sloeg ze er zelfs een dood, toen die haar staand op zijn achterpoten uitdagend aankeek. Dat schonk haar een vlaag van trots en een gevoel van macht in een wereld waar ze niet meer waard was dan een rat. Het was de rat of zij, en zij had gewonnen.

Als ze de doden naar buiten droeg, moest ze ondanks haar ingehouden adem en gesloten ogen toch kokhalzen. Het zou geholpen hebben als ze hen had kunnen bedekken met lakens of zoiets, maar hun uitgemergelde lichamen waren naakt als ze die naar het massagraf bracht. Hoe kon ze zoiets doen? Had ze het moeten weigeren? Zichzelf naar de gaskamers laten sturen in plaats van de doden zo oneerbiedig te behandelen? Als Samuel er niet was geweest had ze dat misschien wel gedaan, maar nu had ze de plicht om te overleven.

Dankzij dit baantje hoefde ze tijdens de gure wintermaanden niet buiten te werken en het bood haar tevens de gelegenheid medische hulpmiddelen te stelen. Dat zou fataal zijn als ze betrapt werd, maar toen Cecile ziek werd had ze geen keus. Het arme kind had hoge koorts en kon tijdens het appel niet op haar benen blijven staan. Ze moesten om haar heen gaan staan om haar overeind te houden. Ze had waarschijnlijk tyfus en alleen antibiotica konden haar redden. Sarah wist dat die bewaard werden in een glazen kast in de kamer waar operaties werden uitgevoerd. Daar was normaal gesproken niemand tijdens de lunchpauze, dus ze hoefde er alleen maar binnen te glippen en een paar pillen te pakken. Maar op de dag dat ze dat wilde doen, bleven de bewakers in de kamer hangen. Er was voortdurend iemand binnen.

Toen ze die avond terugkwam in de barak lag Cecile te ijlen van de koorts. Ze klampte zich aan Simone vast en zei: 'Maman! Ik dacht dat je me in de steek had gelaten.'

'Je moet het morgen doen.' Simone keek Sarah over het hoofd van het meisje aan.

Sarah knikte, vastberaden om een manier te vinden.

Maar de volgende dag kwam en ging, en nog steeds was er continu iemand aanwezig in de kamer. Ze kon de medicijnen niet te pakken krijgen.

Radeloos kwam ze die avond terug in de barak. Simone zag haar aankomen en spreidde haar armen. 'Het is te laat,' fluisterde ze. 'Ze is overleden.'

Ceciles dood greep hen allemaal erg aan. Ze waren er niet in geslaagd het meisje te beschermen. Het schuldgevoel dat ze haar hadden overleefd vrat aan hen. Ze zongen niet meer en in plaats van elkaar 's avonds verhalen te vertellen, hingen ze rond bij andere groepjes zonder daar echt bij te horen.

Zo ging het niet langer. Sarah besefte dat ze niet toe moesten geven aan apathie; ze mochten niet zo worden als de Muselmänner: de arme zielen met die lege blik in hun ogen die meer dood dan levend waren.

Het hoorde allemaal bij het plan van de nazi's om hen hun menselijkheid te ontnemen. Ze vroeg zich af of ze er baat bij hadden hun gevangenen niet langer als mensen te zien. Hoe konden ze hen anders zo behandelen? En op deze schaal? Ze sloegen hen, martelden hen, vermoordden hen. Hoe had dit kunnen gebeuren? Die vragen spookten door haar hoofd. Niemand in de normale wereld zou zich kunnen voorstellen hoe diep mensen konden zinken. Ze vroeg zich af of mensen hen zelfs wel zouden geloven als ze het er door een of ander wonder levend vanaf zouden brengen.

49

Auschwitz, januari 1945

Sarah

Ze was zevenenhalve maand in Auschwitz, maar voor haar gevoel was ze zeventig jaar ouder geworden. Ze was zichzelf niet meer. Ze liep als een gevangene die levenslang had, haar hoofd en schouders voorovergebogen om het gewicht van haar verschrompelde lichaam vooruit te trekken, haar benen vormeloos en opgezwollen, haar lippen rood door bloedend tandvlees. Er waren uiteraard geen spiegels, maar ze wist dat ze er zo uitzag, omdat ze dat allemaal deden.

Het sneeuwde nu al weken, misschien wel maanden. Ze was doodsbang dat David longontsteking zou krijgen en naar de gaskamer gestuurd zou worden, maar hij leek over goede contacten te beschikken. Hij slaagde erin om haar om de paar weken een berichtje te sturen en zij deed dat ook zodra ze iets uit Canada kon krijgen om de boodschapper mee te betalen.

Het gonsde de hele winter van de geruchten – de geallieerden kwamen eraan, het Rode Kruis onderhandelde over hun vrijlating, de Russen waren onderweg – maar het kwam nooit tot iets. Toen hoorden ze op een avond in januari artillerievuur in de verte. Sarah en haar vriendinnen schoten overeind in hun stapelbedden en pakten elkaar stevig vast. Mochten ze een sprankje hoop koesteren? De rest van die nacht deden ze geen oog meer dicht van de opwinding die door hun vermoeide aderen stroomde.

De volgende dag ging Sarah zoals gebruikelijk naar de ziekenbarak. De dokter was aan het praten met de patiënten toen ze binnenkwam. 'Morgenavond wordt dit kamp geëvacueerd. De zieken blijven hier.'

De moed zonk haar in de schoenen: ze werden ergens anders naartoe gebracht voordat ze bevrijd konden worden. Ze zag dat sommige patiënten wanhopig hun bed probeerden uit te komen; die wilden niet achterblijven om vervolgens door de nazi's doodgeschoten te worden. Degenen die te ziek of te ver heen waren om zich druk te maken, reageerden niet.

Sarah verzamelde zo veel mogelijk dekens en rende terug naar haar barak om de andere vrouwen te waarschuwen.

'Iedereen die achterblijft schieten ze neer.' Madeleine pakte Sarah bij haar schouders. 'Ze willen geen getuigen. En waar brengen ze ons naartoe? Weet jij dat?'

'Nee. Maar ik heb dekens meegenomen. We hebben kleren nodig, anders sterven we van de kou. En schoenen! We moeten schoenen hebben!'

De bewakers waren de hele dag bezig met het verbranden van documenten en lieten daarna de gevangenen de barakken schoonmaken. 'Ze mogen niet denken dat jullie in een zwijnenstal leefden!' schreeuwden ze.

De volgende dag werden ze met zijn duizenden nog voor zonsopgang naar de poort gedirigeerd. Ze waren weinig meer dan geraamtes en hadden zichzelf in lágen kleren of dekens gehuld, waaronder ze als uitgeputte oude pakezels gebukt gingen. De schijnwerpers gingen aan. Honderden ss-bewakers en hun honden omsingelden hen. En het bleef maar sneeuwen. 'Schnell! Opschieten! Opschieten! In de rij!'

De poort van het kamp ging open.

Blok voor blok marcheerden ze naar buiten. Sarahs groep moest wachten tot de ongeveer veertig blokken voor hen vertrokken waren voordat ze zelf de poort door konden. Ze betastte het brood in haar zak. Nee. Later, droeg ze zichzelf op. Later heb je het hard nodig. Ze wist dat er geen eten of water zou zijn voor de gevangenen. Wat kon het de bewakers schelen of ze stierven in de sneeuw? Het zou hen waarschijnlijk goed uitkomen – dan hoefden ze ze niet zelf te doden.

'Sneller! Sneller! Smerige vlooienpakhuizen.'

Ze zetten het op een rennen. Het bloed pompte door Sarahs aderen en warmde haar op, gaf haar vermoeide organen weer energie. Haar hart bonkte. Ze leefde! Ze verlieten Auschwitz en ze leefde nog!

Als een geoliede machine bleven ze maar doorlopen. Er werd voortdurend geschoten. Iedereen die probeerde ervandoor te gaan werd meteen neergeknald en dat gold ook voor degenen die achteropraakten of op de grond zakten, hoewel die laatsten meestal gewoon vertrapt werden. De ene voet voor de andere zetten, dat was het enige wat ze moest doen. Blijven gaan. Maar ze had verschrikkelijke dorst, een gillende honger en was doodmoe. Een meisje naast haar schepte tijdens het lopen een handje sneeuw van de jas van de vrouw voor haar en stopte dat in haar mond. Sarah deed haar na en hield de sneeuw in haar mond totdat die smolt.

Vervolgens betastte ze het brood in haar zak weer, maar misschien had ze dat later harder nodig. Ze had geen idee hoelang ze het nog zonder voedsel moest doen.

Er zakten steeds meer mensen ineen in de sneeuw; ze gaven zich over aan de bevrijding van de dood. De rest marcheerde over of langs hen heen. Er was geen keus, het was een kwestie van overleven. Sarah vroeg zich af wat voor mens ze zou worden als ze dit overleefde. 'Niet nadenken. Gewoon doorlopen,' fluisterde ze in de duisternis. 'Je moet blijven leven.' Maar de gedachte aan de dood bleef hangen. Ophouden te bestaan. Geen pijn meer. Geen kou. Geen uitputting. Niets. Ze stond op het punt om het op te geven, maar wist dat David hier ook ergens was. Ze hoorde zijn stem fluisteren in haar hoofd. Sarah, Sarah. Liefde van mijn leven. Kom me zoeken. Zoek me.

Zonder na te denken, probeerde ze naar voren te rennen. Ze moest bij hem zien te komen.

Een klap tegen haar hoofd deed haar duizelen. Ze sloot haar ogen en zakte ineen in de sneeuw. Het zachte wit voelde als een deken die haar verwelkomde. Eindelijk kon ze gaan slapen. Ze begroef haar gezicht in de koelte, wetende dat ze David terug zou vinden in haar dromen.

Handen trokken haar overeind. 'Sarah! Opstaan!' Simones gezicht doemde op.

'Laat me slapen.' Haar hoofd was te zwaar voor haar lichaam. Ze wilde alleen maar wegglijden in vergetelheid. Maar waar was David? Had ze hem gevonden? 'David. Waar is David?'

'Hij moet hier ergens zijn. Sta op! Je moet hem vinden.'

Sarah voelde dat er nog een paar handen onder haar armen werden geschoven en aan haar sjorden. Er klonk een schot, en toen nog een. Het geluid weergalmde door haar rillende lijf. Ze was niet gestorven. Ze moest op deze wereld blijven. Wat er ook gebeurde, ze moest doorgaan – ze moest haar fragiele lichaam vergeten en zich laten leiden door haar geest. God, help me hier doorheen, bad ze. Met behulp van de vrouwen naast zich verzamelde ze al haar krachten, negeerde het gebonk in haar hoofd en hees zichzelf overeind uit de sneeuw. Ze kuste haar vriendinnen op hun koude lippen en mompelde: 'Blijf leven. Beloof me dat jullie blijven leven!'

Als antwoord sleurden ze haar mee. Samen strompelden ze verder. Eindelijk kwam de zon op, maar die bracht geen warmte. Een ijzige wind sneed door de lagen kleding tot aan hun huid en in hun zwakke en vermoeide botten. Er vielen nog veel meer vrouwen.

'Jullie hebben twintig kilometer gelopen!' schreeuwde de Kommandant. Ze waren aangekomen in een dorp, waar geen ziel te bekennen was. 'Tijd om te rusten.'

Ze dromden samen in een groot gebouw met een ingevallen dak. Binnen lag een dikke laag sneeuw, maar ze waren beschermd tegen de wrede wind. Gevangenen lieten zich vallen en sliepen al voor ze de grond raakten. Maar Sarah moest door. Ze moest David vinden. Als ze ging slapen, zou ze sterven. Dus ze verliet haar groepje, klauterde over lichamen naar kamers met ingezakte muren. 'David! David!' riep ze. Als ze hem nu niet vond, zou ze niet verder kunnen. Ze was aan het eind van haar krachten. 'David!' Bij het zien van die zee van gezichten werd haar stem steeds zwakker.

'Sarah!'

Hij was het! Het bloed pompte weer door haar aderen. Ze had hem gevonden! De stem kwam uit een hoop lichamen die tegen een muur gepropt zaten. Ze rende ernaartoe.

Zijn ogen zag ze als eerste. Zijn donkerbruine ogen die oplichtten uit een zee van sneeuw. Ze wierp zich op hem, bedekte hem met haar lichaam en bracht haar handen naar zijn gezicht. Ze pakte dat vast met haar knokige vingers en keek in zijn ogen. 'Ben jij het? Ben jij het echt?'

'Sarah, je hebt me gevonden.'

50

Santa Cruz, 10 juli 1953

Jean-Luc

Nadat ze hem met Charlotte hebben laten bellen, zijn Bradley en de twee agenten vertrokken uit de verhoorkamer en hebben de deur achter zich op slot gedaan. Voor zijn gevoel zit hij er al uren, maar als hij op zijn horloge kijkt, ziet hij dat het pas vijftig minuten is. Hij wil verschrikkelijk graag naar Charlotte. Hij had het haar nooit zo moeten vertellen, over de telefoon. Hoe had hij het in zijn hoofd gehaald? Het zal de schok geweest zijn. Het schuldgevoel.

Een agent die hij niet kent komt de kamer binnen. 'Morgenochtend vliegt u naar Frankrijk. U kunt nu naar huis om een tas te pakken en dan moet u meteen weer mee hiernaartoe.'

'Maar ik heb nog geen advocaat gesproken. Ik wil een advocaat.'

'Die kan u niet helpen. U wordt uitgewezen. U kunt er een inschakelen als u in Frankrijk bent.'

'Maar... hoe zit het dan met mijn rechten?'

Er verspreidt zich een glimlach over het gezicht van de agent. 'Ik denk dat u de ernst van uw vergrijp niet helemaal inziet, meneer Bow-Champs. Ontvoering is evenals moord reden voor uitwijzing. En wij hebben wens noch reden om geen gehoor te geven aan de Fransen. Het is nu aan hen om te besluiten of het ontvoering was of... iets anders. Wij gaan er niet meer over. We brengen u nu naar huis; u hebt tien minuten om in te pakken.'

'Tien minuten! Maar ik moet met Charlotte en Sam praten. Ik kan toch niet zomaar vertrekken?'

'Tien minuten, zei ik. En hou op met zeuren, anders maak ik er vijf van.'

'Alstublieft...'

De agent slaat zijn armen over elkaar en kijkt op zijn horloge.

Zonder nog iets te zeggen staat Jean-Luc op en volgt hem naar de wachtende auto buiten. Godzijdank is hij niet geboeid. Hij stapt met de agent achterin. Ze rijden naar zijn huis.

‘Wij wachten hier,’ zegt de agent als ze parkeren achter de eikenboom.

Jean-Luc stapt uit en is zich vaag bewust van de bewegende keukengordijnen bij Marge. Hij loopt over het tuinpad en duwt de voordeur open. Behoedzaam ademt hij in; waar zouden Charlotte en Sam zijn? De muren begroeten hem met een griezelig stilzwijgen.

Hij hoort schuifelende geluiden uit de keuken komen. Terwijl het bloed door zijn aderen suist, loopt hij ernaartoe.

Charlotte staat met een kleine koffer in haar hand in het midden van de keuken. Haar mond valt open als ze hem ziet en de kleur trekt weg uit haar gezicht.

Hij weet wat ze van plan is. Zijn hart breekt als hij haar verdriet ziet. ‘Charlotte.’ Hij strekt zijn armen naar haar uit.

‘We moeten gaan. Nu!’ schreeuwt ze.

Hij raakt haar schouder aan en trekt haar zachtjes naar zich toe. Hij voelt al haar strijdlust wegebben. Ze valt tegen hem aan.

‘Shh, stil maar… mon ange.’ Ze zakt ineen op de vloer, alsof ze verkruimelt onder zijn armen. Hij hurkt naast haar neer en aait haar, terwijl hij mompelt: ‘Charlotte, Charlotte.’

Er kucht iemand. Hij kijkt op en ziet Sam met een lijkbleek gezicht in de deuropening staan.

Met zijn ene arm nog om Charlotte strekt Jean-Luc de andere naar hem uit. Zonder iets te zeggen voegt Sam zich bij hen. Hij slaat zijn armen om Jean-Lucs nek en fluistert in zijn oor: ‘Niet nog een keer weggaan, papa. Ik ben bang.’

51

Santa Cruz, 13 juli 1953

Charlotte

'Waarom mochten wij niet met papa mee naar Frankrijk?' Sam rent de slaapkamer in en springt naast me op het bed. Ik wil hem in mijn armen nemen en voor eeuwig vasthouden. Het voelt alsof de wereld zich weer in al zijn lelijkheid op ons leven stort en ik hem er dit keer niet tegen kan beschermen.

'Papa moest ernaartoe om te helpen bij een politieonderzoek, Sam.' Ik strijk over zijn zijdezachte haar. 'Het is geen vakantie.'

Hij steekt zijn onderlip naar voren. 'Maar ik wilde gaan kamperen in Frankrijk.'

'Dat weet ik. Een andere keer misschien.'

Hij komt overeind, duwt de gordijnen een stukje opzij en kijkt uit het raam. 'Waarom staat die politieman daar, mam?'

'Hij zorgt voor ons.'

'Waarom?' Hij draait zich fronsend om. 'Waarom moet hij voor ons zorgen?'

Er loopt een rilling over mijn rug. Wat moet ik nou zeggen? 'Gewoon voor het geval.'

'Voor welk geval?'

'Voor het geval de boeman komt. Kom, je moet terug naar je bed.'

'Maar wie is de boeman?'

'Die bestaat niet. Dat zeggen mensen gewoon.'

'Waarom zei je het dan?'

'Kom op, Sam. Naar bed. Boeman of niet.'

Hij kijkt me met grote, klaarwakkere ogen aan. 'Ik kan niet slapen.'

Ik buig me naar hem toe en kus zijn voorhoofd. 'Natuurlijk wel.'

'Niet waar, ik ben bang. Mag ik bij jou in bed? Papa is er niet.'

Het is verleidelijk hem naast me te laten kruipen. Ik ben ook bang. 'Oké, voor deze ene keer dan.'

Nadat ik hem heb ingestopt, ga ik nog even naar beneden. In de keuken schuif ik de vitrage opzij om naar de politieauto te kijken. Ze denken dat ik misschien zal proberen te ontsnappen met Sam. Niet dat ze dat gezegd hebben, maar ik zie het aan de manier waarop ze naar me kijken: argwaan met iets wat lijkt op medelijden. Ik weet niet wat ik met mezelf aan moet. De tijd glipt tussen mijn vingers door terwijl anderen beslissingen nemen over ons leven. Marge is niet meer terug geweest. Sterker nog, er heeft zelfs niemand gebeld. Ik denk dat het niet lang geduurd heeft voordat het nieuws bekend werd. Dan hebben ze iets om over te praten tijdens het koffiedrinken.

Ik slenter doelloos naar de woonkamer en schenk een glas Southern Comfort in. Ik drink het snel leeg en voel de stress iets zakken. Ik ben moe en in de war. Misschien kan ik beter weer naar bed gaan; morgen ziet het er wellicht allemaal anders uit. Ik sluip weer naar boven, blij dat Sam in mijn bed ligt. Ik wil hem dicht bij me hebben. Zonder het licht aan te doen stap ik in bed en hoor zijn lichte, maar regelmatige ademhaling. Hij moet al in slaap gevallen zijn. Ik ga op mijn rug liggen en adem door mijn buik in een poging me te ontspannen.

Sam slaakt een lange, diepe zucht en draait zich om. Dan draait hij zich weer naar me toe. Ik verstijf en voel dat hij naar me toe schuift; zijn zachte haar strijkt langs mijn arm. Ik rol op mijn zij en aai over zijn hoofd.

'Mam,' fluistert hij. 'Met welk onderzoek helpt papa de politie?'

'Het is ingewikkeld, Sam.' Misschien is het gemakkelijker om het in het donker uit te leggen. Ik heb het moment voor me uitgeschoven, omdat ik besef dat alles zal veranderen als hij het eenmaal weet. 'Sam...'

'Ja.'

'Ik moet je iets vertellen.'

'Wat dan, mam?'

'Het gaat over jou. Het is jouw verhaal.'

'Welk verhaal?'

In het donker kus ik zijn kruin. 'Weet je nog dat we je over de oorlog verteld hebben, dat je geboren bent in Parijs, en dat we over de bergen en de zee gevlucht zijn naar Amerika?'

'Ja.'

'We moesten weg. Er werd heel erg gevochten, er vielen bommen. We waren bang dat de Duitsers Parijs gingen opblazen.'

'Ja, dat weet ik.'

'Toen jij geboren werd, was het allemaal heel anders dan nu. Je kunt het je bijna niet voorstellen. Elke dag werden mensen gearresteerd en gedood.' Ik blijf over zijn hoofd strijken. 'Wat ik je nu ga vertellen is moeilijk te begrijpen, dus luister alsjeblieft heel goed en laat me uitpraten. Oké?' Ik pak zijn hand.

'Oké, mam.'

'Je bent tijdens de oorlog geboren en ze hebben je gearresteerd en naar een afschuwelijke gevangenis gebracht, ook al was je een piepkleine baby.'

'Waarom stopten ze een baby in de gevangenis?'

'Je bent op de verkeerde plek geboren, Sam. Ze pakten alle Joden in Parijs op en brachten ze naar een verschrikkelijke gevangenis. Heel veel mensen zijn doodgegaan. Maar iemand heeft jou gered.'

'Wat zijn Joden?'

Ik vraag me af hoe ik dat moet uitleggen. Ik weet zelf niet eens zeker of het een volk of een religie is. 'Dat zijn... mensen van wie de ouders Joods waren. Het wordt van de ene op de andere generatie doorgegeven.'

'Hè? Net als kleurenblind zijn? Dat wordt ook doorgegeven. En de kleur van je ogen ook, toch?'

'Ja, dat is zo, maar dit is iets heel anders. Het heeft meer te maken met je achtergrond – waar je vandaan komt, je godsdienst.'

'Zijn wij Joods?'

'Nee.' We praten niet veel over religie, hoewel Sam veel Bijbelverhalen kent. Na onze aankomst in Amerika zijn we in een katholieke kerk getrouwd, maar Jean-Luc en ik staan ietwat afkerig tegenover de indoctrinatie en de regels van de kerk. Misschien omdat we er zo veel hebben overtreden.

'Maar waarom zaten we in de gevangenis?'

Ik weet niet zo goed hoe ik verder moet. Hoe vertel ik hem dat hij onze zoon niet is? Ik denk niet dat ik dat kan.

Ik haal diep adem, sla mijn armen om hem heen en trek hem tegen me aan. Ik inhaleer zijn geur: citroenshampoo en een vleugje muskus. Mijn keel knijpt samen. Ik kus zijn kruin en streel zijn zachte wang. Dan knijp ik zachtjes in zijn neus, zoals ik altijd deed toen hij klein was.

Hij is een en al warme zachtheid en ik voel dat hij al mijn liefde voor hem opzuigt. Even blijven we zo liggen. Geborgen. Samen.

Dan begint hij te wriemelen. Ik kan het niet langer uitstellen. Ik moet het hem vertellen.

'Je zat in de gevangenis omdat je Joods was, Sam.'

'Maar je zei dat we niet Joods waren.'

'Wij zijn dat niet, maar jij wel.' Ik pak zijn wangen vast. 'Luister goed, en laat me uitpraten, oké? Degene die je gered heeft uit de gevangenis was je vader.'

'Papa?'

'Ja. Hij heeft je meegesmokkeld toen niemand keek. Je was piepklein, nog maar een maand oud ongeveer.'

'Waar was jij?'

'Ik was er niet bij. Luister gewoon even, Sam. Je vader werkte aan de spoorweg bij de gevangenis.'

'Ja, en?'

'Toen hij je meenam, moest hij je verstoppen, maar omdat je zo klein was, was dat niet zo moeilijk. Hij verstopte je onder zijn jas.' Ik stop even om mijn gedachten te ordenen. Ik ben me bewust van de enorme impact die ze zullen hebben als ik ze uitspreek. 'Hij kon je vader en moeder niet meenemen, Sam. Die kon hij niet net zo verstoppen als jou.'

'Wat... Ik snap het niet. Heb je het over jullie?'

'Nee. Je echte ouders zijn Joods. Zij zaten ook gevangen, maar papa kon ze niet redden, alleen jou.'

'Maar ik snap het niet. Jullie zijn toch mijn ouders!' Hij schiet overeind en haalt de lichtschakelaar over. De kamer baadt in het licht.

Ik knijp mijn ogen samen. Maar ik moet en zal Sam zien, dus ik kijk in het verblindende licht.

'Waarom zeg je dit?' Hij slaat zijn handen voor zijn oren, alsof hij de waarheid tegen kan houden.

Ik leg mijn handen over de zijne. 'Sam, mon coeur. Het spijt me zo. Wij zijn... wij zijn niet je echte ouders. Je echte ouders zijn opgepakt tijdens de oorlog.'

'Nee!' Hij springt op. 'Nee!'

'Sam, luister alsjeblieft.'

'Nee!' Hij spurt de kamer uit.

Ik hoor zijn slaapkamerdeur slaan. Ik moet naar hem toe. Ik kan hem niet alleen laten met deze nachtmerrie. Ik trek mijn duster aan en geef hem een paar minuten om te kalmeren. Als ik zijn deur opendoe, ligt hij met zijn gezicht in zijn kussen op bed.

'Sam,' fluister ik.

Hij doet net of hij me niet hoort. Ik loop de kamer in en ga op zijn bed zitten. 'We houden heel erg veel van je, Sam.'

'Waarom zei je dat dan allemaal?' zegt hij in het kussen. Dan draait hij zich om en kijkt me boos aan. Zijn woede is hartverscheurend. Hij wil net zo graag dat wij zijn echte ouders zijn als wij.

'Sam, ik snap hoe moeilijk dit voor je is.' Ik haal zijn hand uit zijn pyjamamouw en pak die stevig vast.

'Je wilt me niet, hè? Je vindt me niet meer leuk.'

'Nee! Nee! Natuurlijk niet!' Hoe kan hij dat nou denken? 'We houden heel veel van je. We hebben je hier mee naartoe genomen omdat we jou wilden en we zullen altijd van je blijven houden.' Hij moet begrijpen dat mijn liefde voor hem puur en onvoorwaardelijk is, dat niemand meer van hem kan houden dan ik.

Ik zie de tranen in zijn ogen springen en over zijn wangen glijden. Hij steekt zijn tong uit om ze op te vangen. Ik beeld me de zilte smaak in: troostend als de zee.

Hij staart naar het plafond. Er wellen nog steeds tranen op in zijn grote bruine ogen. 'Daar hangt een spinnenweb,' zegt hij dan opeens.

Verbaasd door deze wending in het gesprek volg ik zijn blik naar boven.

'Ik haat spinnen!' Hij veegt zijn gezicht af met zijn mouw. 'Ze klimmen door je neus naar binnen en door je mond naar buiten als je ligt te slapen. Dat weet bijna niemand. Ik las het en toen wist ik het, en toen kon ik het niet meer niet-weten. Ik haat dat – al die dingen die gebeuren en die je niet weet.'

'Ik vind het heel erg, Sam. We hadden het je veel later willen vertellen. Je bent nog zo jong. Het is moeilijk voor een jongen om...'

Met ogen die wild alle kanten op schieten springt hij van het bed. Zijn blik blijft rusten op het kasteel dat Jean-Luc voor hem gebouwd heeft. Ik weet wat hij gaat doen; ik voel het, alsof ik in zijn hoofd zit. Hij tilt het op en steekt het voor zich uit. Dan gooit hij het neer. Het breekt aan de zijkanten open. Hij tilt zijn been op en trapt het aan diggelen.

Ik hap naar lucht. Jean-Luc heeft het gebouwd van losse stukjes hout en ijslollystokjes. Al die tijd en liefde die hij erin heeft gestopt: weg.

Sam zakt op de vloer voor het kapotte kasteel in elkaar en trekt zijn benen omhoog naar zijn borst. Hij huilt tranen met tuiten.

Ik ga naast hem liggen, maar raak hem niet aan. Het moment is te broos. 'We houden zo ontzettend veel van je, Sam. We wilden je redden. In ons hart zijn wij je echte papa en mama. Dat zullen we altijd zijn.'

52

Santa Cruz, 15 juli 1953

Charlotte

Ze houden me voortdurend in de gaten. Ze noemen het surveilleren, maar het voelt meer als huisarrest. En zij zijn niet de enigen: soms zie ik Marge achter de bewegende gordijnen van haar keukenraam. De hele buurt kan zien dat er een jonge agent in de blauw-met-witte auto voor ons huis zit. Geen wonder dat er niemand meer belt. Hij is een paar jaar jonger dan ik, net getrouwd en heeft onlangs een kind gekregen; vandaar de wallen onder zijn ogen. Hij houdt zich beleefd op afstand en dringt zich niet op, alsof hij zich ervoor geneert dat hij me zo in de gaten houdt. Hij doet gewoon zijn werk.

Ik besluit hem uit te nodigen voor de koffie. Hij moet weten dat ik een gewone moeder ben en niet een of ander anoniem gezicht. Bovendien kan ik via hem misschien iets te weten komen over de rechtszaak. Met een rechte rug en opgeheven hoofd loop ik naar zijn auto.

Hij stapt uit als hij me aan ziet komen, strijkt zijn gekreukelde broek glad en zet zijn pet recht. 'Goedemorgen, mevrouw.'

'Goedemorgen...'

'John,' vult hij voor me in.

'Goedemorgen, John. Ik vroeg me af of je zin had om een kopje koffie te komen drinken.'

'Ik weet niet of dat wel mag.'

'Aha.' Ik zie dat zijn handen een beetje trillen als hij zijn pet weer verschuift. 'Wat denk je dat ik ga doen? Je opsluiten in mijn huis en wegrennen?'

Hij schiet in de lach. Het is een hoge, zenuwachtige lach die hij probeert te verbloemen door te hoesten en vervolgens zijn tot een mannelijke vuist gebalde hand naar zijn mond te brengen.

'Ik heb ook koekjes gebakken,' zeg ik, terwijl ik me omdraai naar het huis.

Zoals ik al vermoedde, wil hij niet onbeleefd overkomen, dus loopt hij achter me aan. Zodra hij binnen is, zet hij zijn pet af en laat de rand continu door zijn vingers glijden.

'Kom, we gaan naar de keuken.'

Hij ziet dat ik koffiebonen in de molen doe en eraan draai.

'Wauw.' Hij glimlacht. 'Echte koffie.'

'Ja, we zijn gesteld op onze koffie.'

Even valt het stil en dan kucht hij weer.

'Zit er maar niet mee dat je me zo in de gaten houdt.' Ik wil hem op zijn gemak stellen. 'Je doet gewoon je werk.'

'Ja, dit is nou niet het meest interessante onderdeel. Ik ben liever buiten in de weer.' Hij slaat op zijn buik alsof hij kilo's is aangekomen nu hij drie dagen achter elkaar in de auto heeft gezeten.

'Nog nieuws over de rechtszaak?' Ik probeer het terloops te laten klinken.

'Nee, maar maakt u zich geen zorgen. Het gaat om het welzijn van een minderjarige, dus het zal niet lang duren.'

'Maar als ze eenmaal inzien dat Jean-Luc hem niet ontvoerd heeft, dat hij hem gered heeft, houden ze er wel mee op, toch? Ze kunnen hem toch geen ontvoering ten laste leggen?'

'Dat kan ik u niet vertellen, mevrouw Beauchamps. Ik weet er niets van.'

Ik heb hem zenuwachtig gemaakt. Hij neemt slokjes van zijn koffie, hoewel die nog veel te heet is om te drinken. Ik durf te wedden dat hij zo snel mogelijk terug wil naar zijn auto.

'Nee, sorry, natuurlijk niet.' Ik haal diep adem. 'Hoe is het met de kleine?' vraag ik.

'Geweldig. Een lieve jongen. Hoewel hij niet zo veel slaapt.'

'O jee. Wij hebben nooit problemen gehad met Sam. Die sliep altijd als een roos.'

'Dan hebt u geboft.'

'Ja, hij was dol op slapen en eten. Wat we in Frankrijk een bon vivant noemen. Hij was zo'n makkelijk, vrolijk kind. We hebben het echt getroffen.'

'Bedankt voor de koffie, mevrouw Beauchamps.' Vastberaden zet hij zijn kop neer en staat op.

Als ik hem vergezel naar zijn auto, zie ik de postbode wegfietsen. In stilte bid ik dat er een brief van Jean-Luc in de brievenbus ligt. Het wachten is moordend. Ik kan niet slapen, niet eten. Ik kan amper functioneren. Ik kijk naar het huis van Marge aan de overkant van de straat. Ik heb overwogen ernaartoe te gaan, haar de waarheid te vertellen, maar om de een of andere reden denk ik dat ze daar nog niet aan toe is. Het is raar om te merken dat alle vriendelijke gezichten in de buurt opeens verdampt zijn. Ik had gehoopt dat een van mijn zogenaamde vriendinnen wel langs zou komen om mijn kant van het verhaal te horen. Een kans om het uit te leggen, zelfs als ze het niet begrepen, zou geholpen hebben. Maar de gordijnen voor de keukenramen zijn dicht en er is de laatste tijd niemand in zijn tuin.

Als ik de brievenbus opentrek, zie ik een dunne brief. Ik haal hem er snel uit en kijk naar de postzegel. Frankrijk. Ik scheur hem open.

Liefste Sam en liefste Charlotte,
Jullie tweeën zijn alles voor me: mijn thuis, mijn liefde, mijn leven. Elke dag weer dank ik de sterren aan de hemel dat jullie in mijn leven gekomen zijn. De afgelopen negen jaar zijn meer dan waar ik ooit op had durven hopen en ze hebben me meer vreugde geschonken dan ik verdiend heb.

Sam, door jouw ogen heb ik de wereld in de mooiste, meest levendige kleuren gezien. Je hebt me zo veel geleerd: dat we van nature goed zijn, dat het leven de moeite waard is, het waard is om voor te vechten. Dat we altijd een keus hebben. De beste keus die ik gemaakt heb ben jij. Jou aannemen was het beste dat ik ooit gedaan heb.

Je moeder zal je inmiddels alles wel verteld hebben. Het is een bijzonder verhaal, over een zeer bijzondere jongen. Jij bent dapper en moedig, en hoewel de komende tijd moeilijk zal worden, heb ik vertrouwen in je. Je bent sterker dan je denkt.

Toen we eenmaal gevlucht waren naar Amerika, zijn zowel je moeder als ik vreselijk veel van je gaan houden en hebben niet gezocht naar je echte ouders. Vergeef ons dat alsjeblieft.

Charlotte, jij hebt me zelfvertrouwen geschonken, dankzij jou ben ik een beter mens geworden. Begrijp goed dat dit allemaal aan mij te wijten is, dat het mijn fout is. Jij hebt er niets mee te maken. Je mocht van mij niet over het verleden praten. Ik zei dat dat allemaal achter ons lag, dat ik in Amerika een nieuw bestaan voor ons zou opbouwen. Jij wilde de waarheid vertellen, maar dat stond ik je niet toe. Onthoud dat jij onschuldig bent, wat er ook gebeurt.

Hou je haaks, voor Sam.
Alle liefs,
Jean-Luc

Hij wil alle schuld op zich nemen, terwijl het mijn fout was. Ik was degene die weigerde naar de autoriteiten te gaan. Ik was van Sam gaan houden en vreesde dat een van die Joodse organisaties hem van ons af zou nemen om hem te 'repatriëren'. Ik had angstbeelden dat hij geadopteerd werd door een Joods gezin in Israël. Ik wist dat dat was gebeurd met de kinderen die tijdens de oorlog waren ondergedoken en wier ouders omgekomen waren. Ik heb Jean-Luc ervan overtuigd dat we dat risico niet konden lopen, dat Sam beter af was bij ons. Ik was ervan overtuigd dat hij bij ons hoorde, omdat ik niet zonder hem zou kunnen leven.

53

Santa Cruz, 16 juli 1953

Sam

Ik mis mijn vrienden. Er gebeurt helemaal niets. Niemand belt meer en ik zie Jimmy nooit meer in de tuin. Ik weet het nu wel – mijn verhaal. Ik wil gewoon dat papa thuiskomt en alles weer normaal wordt. Mam zei dat ik binnen moest blijven en me gedeisd moest houden. Maar het is zo saai. Oersaai. Maar ik kan natuurlijk stiekem naar Jimmy toe gaan. Als ik snel ben, komt ze daar nooit achter. En als ik wegduik achter de auto van die politieman, kan hij het haar ook niet vertellen. Hij zit trouwens heel vaak te slapen.

Ik spring overeind, ren de voordeur uit, de tuin door, achter de politieauto langs en de straat over. Ik druk op Jimmy's bel.

Er wordt niet opengedaan. Ik bel nog een keer, maar dan wat langer. De gordijnen achter het keukenraam bewegen en ik zie Marge naar me kijken. Ik zwaai en voel me dan stom omdat ze niet terugzwaait. Ik krijg er een zwaar gevoel van vanbinnen. Ze loopt weg bij het raam en ik stap achteruit van de deur, wacht tot ze me binnenlaat.

Langzaam gaat de deur een klein stukje open. 'O, Sam. Hallo.'

Ik weet niet waarom ze doet alsof ze verbaasd is dat ik het ben. 'Hai,' zeg ik. 'Mag ik met Jimmy spelen?'

Voordat ze kan antwoorden, hoor ik iemand de trap af rennen en zie ik Jimmy. Ik voel me nu al beter. Maar hij blijft op de onderste tree staan en zegt. 'Hé, Sam.'

'Hé, Jimmy.'

'Weet je wel wat ze allemaal over je zeggen?'

'Shh, Jimmy,' zegt Marge.

'Mag hij mee naar boven, mam?'

Eerst hoefde Jimmy dat nooit te vragen.

'Kom, Sam.' Nou ja, hij wacht tenminste niet op haar antwoord en rent weer naar boven.

Zonder Marge aan te kijken, ren ik achter hem aan.

'Je moet zo de tafel dekken, Jimmy,' roept Marge naar boven. 'Sam kan niet lang blijven.'

We doen net of we haar niet horen en maken ruimte om te gaan zitten tussen de stukken Meccano in zijn slaapkamer. 'Wat maak je?' vraag ik.

Hij kijkt me aan. 'Niks.'

Het wordt stil en ik voel me rot.

'Iedereen zegt dat jouw vader een nazi is.' Hij kijkt me met samengeknepen ogen aan.

'Wat?'

'Ja. En dat hij je ontvoerd heeft. Omdat je een baby was.'

'Wat is een nazi?' Ik denk aan papa's brief en probeer dapper te zijn.

'Nou, het is echt heel erg. Dat waren Duitsers die in de oorlog mensen martelden en dood maakten. Ze hadden allemaal lange zwarte jassen en hoge zwarte laarzen en ze marcheerden door de straten en maakten iedereen dood.' Hij haalt even adem. 'Was je vader echt een nazi?'

'Nee!' Ik kan er niets aan doen: de tranen springen in mijn ogen. Ik wrijf ze weg en slik de rest in. Dan kijk ik Jimmy lang en boos aan. 'Hij was geen nazi. Hij vocht in het geheim tegen de nazi's. Hij heeft me gered. Zij gingen me doodmaken, dus hij heeft me meegenomen. Hij heeft me niet ontvoerd. En toen is hij met mijn moeder ontsnapt naar Amerika.'

'Wauw! Heftig.' Jimmy kijkt me aan en ik kan zien dat hij niet zo goed weet of hij me moet geloven. 'Is je moeder je echte moeder?'

Ik schud mijn hoofd. Opeens moet ik denken aan dat we altijd zó hard moesten lachen dat we steken in onze zij kregen. En als we dan stopten wisten we niet meer waarom we zo moesten lachen en dan schoten we weer in de lach. Jimmy is altijd mijn beste vriend geweest.

'Maar waarom gingen ze jou doodmaken?'

'Omdat ik op de verkeerde plek ben geboren en in de oorlog doen ze slechte dingen met kinderen, zelfs met baby's.'

'Ja.' Jimmy kijkt omlaag en ik zie dat hij erover nadenkt. Dan kijkt hij weer omhoog. Hij ziet er nu aardiger uit dan daarnet. 'Wie zijn je echte ouders dan?'

'Weetiknie. Zij waren ook gevangen en zijn bijna doodgegaan. Maar dat is niet gebeurd.'

'Ga je ze zien?'

'Misschien, weetiknie.'

‘Waarom staat er elke dag een politieman voor jouw huis? Waar is je vader?’

‘Hij is in Frankrijk om ze te helpen met het onderzoek. Dus nu let die politieman op ons.’

‘Cool.’ Jimmy fronst. Ik zie dat hij het allemaal moeilijk kan geloven. Ik snap eigenlijk ook niet waarom die politieman er is. Sommige kinderen hebben geen vader, maar die krijgen ook geen politie om op ze te letten.

Hij geeft me een por. ‘Zullen we een auto maken?’

54

Santa Cruz, 16 juli 1953

Charlotte

De tv is uit en het is stil in huis. 'Sam!' roep ik.

Hij zal wel op zijn slaapkamer zijn. Net als ik wil gaan kijken, gaat de deurbel. Het is de jonge agent. John. Hij neemt zijn pet af, veegt zijn voeten op de deurmat en komt binnen. 'Ik moet u iets vertellen, mevrouw Beauchamps.' Hij zwijgt en slaat zijn ogen neer.

De manier waarop hij het zegt – bijna mompelend – maakt me bang. Het is geen goed nieuws. Dat weet ik gewoon.

'Kom binnen.' Ik doe een stap opzij.

'Dank u.' Hij houdt zijn pet vast voor zijn kruis.

'Wil je iets drinken?' Ik zet mijn vriendelijke gastvrouwenstem op, ben een en al beleefdheid, vertoon uitstelgedrag.

'Ja, graag. Dank u.' Alles in één adem. Hij voelt zich vast erg ongemakkelijk.

'Koffie? Een sapje?'

Hij volgt me naar de keuken. 'Ja, lekker. Sap. Bedankt.'

Hij kijkt hoe ik sinaasappelsap in een glas schenk. 'Weet Sam het van zijn ouders en zo?' vraagt hij opeens.

'Ja.'

'Hoe is het met hem?'

'Het is verwarrend voor hem. Hij mist zijn vader vreselijk. Wij allebei.'

John knikt alsof hij het begrijpt. We gaan aan de keukentafel zitten. Ik bekijk hem als hij zijn sap drinkt. Hij heeft een open gezicht en lichtblauwe ogen. Zijn haar is donkerblond en opzij gekamd, zijn neus is klein, delicaat zelfs, en hij heeft een ronde kin. Hij ziet er erg jong uit. Terwijl ik hem bekijk, neem ik een slok uit mijn eigen glas. Maar omdat ik afgeleid ben, mis ik mijn mond en mors ik water op tafel. Voordat ik een doekje kan pakken, is hij al overeind gekomen en trekt de theedoek van de greep van de ovendeur. Ik laat hem het water opdeppen.

'Hebt u deze zelf gemaakt?' Hij houdt de theedoek omhoog en wijst naar de geborduurde Pont Neuf. 'Hij is mooi.'

'Mijn oma.' Waarom wil hij het over die verdomde theedoek hebben?

'Hebt u die meegenomen op uw vlucht? Dat hele eind?'

'Ja, ik heb er drie. We wikkelden Sam erin.' Ik voel de jaren wegglippen, de klok achteruitlopen. Het is net of ik er weer ben en wanhopig probeer te vluchten.

'Hebt u contact gehad met uw familie in Frankrijk sinds u hier bent?'

'Niet echt. Ze vinden het moeilijk om mij te vergeven wat ik hun heb aangedaan.' Ik sta even stil bij het egocentrisme van mijn beslissing. 'Ik ben gewoon weggelopen zonder ook maar één keer aan hen te denken.'

Hij knikt, alsof hij probeert het te begrijpen.

'Ik was erg jong.'

'Ja, we maken allemaal fouten als we jong zijn.'

'Fouten? Denk je er zo over? Zie je het als een stomme fout?'

Hij bloost. Arme ziel. Hij kan er niets aan doen. 'Wat wilde je vertellen?' Ik wil het nu horen. 'Gaat het over de rechtszaak?'

'Ja, die is erg snel gegaan – voor een rechtszaak. Ze hadden het erover op het bureau voordat ik vertrok. Ze sturen binnenkort iemand om u officieel op de hoogte te brengen.'

Ik staar hem aan. Dit moet slecht nieuws zijn. 'Je bent hier nu toch, John, dus vertel het me maar.' Als het moet, zal ik het uit hem schudden.

Ik zie hem slikken. Ik durf te wedden dat hij liever buiten was gebleven.

'De jury was unaniem, mevrouw Beauchamps.'

'Unaniem?'

'Ja. Het spijt me. Ik weet niet goed hoe ik het u moet vertellen.'

Mijn hart schiet in mijn keel. Ik pak de theedoek uit zijn handen om mijn ogen af te vegen en bid: Alstublieft God, laat het niet zó erg zijn. 'Vertel het me nou maar. Alsjeblieft.'

'Ze hebben uw man schuldig bevonden aan ontvoering, maar vanwege verzachtende omstandigheden krijgt hij slechts twee jaar gevangenisstraf. Het is eigenlijk een symbolische straf.'

'Maar hij is geen ontvoerder!' Ik spring overeind en stoot mijn glas om. Alles om me heen wordt vaag.

'Ze moesten hem wel veroordelen, mevrouw Beauchamps. Anders waren er mensen in opstand gekomen.'

'Mensen? Welke mensen? Hij is geen kidnapper. Hij heeft Sam gered!'

'Ga alstublieft weer zitten, mevrouw Beauchamps. Dit is nog niet alles.'

Ik voel een scherpe pijnscheut in mijn borstkas en hap naar lucht. Praten lukt niet. De keuken begint te draaien. Ik krijg geen lucht. Alles wordt zwart.

Hij houdt mijn hand vast op zijn gebogen knie. Er druipt water van mijn gezicht en mijn natte shirt plakt aan me vast.

'Sorry,' zegt hij. 'Ik heb water in uw gezicht gegooid. U kwam maar niet bij.' Hij stopt zijn handen onder mijn armen en probeert me op te hijsen, maar mijn spieren werken niet mee en ik zak ineen op de grond. Hij staat naar me te kijken. 'Sorry dat u zo nat bent. Wilt u een beetje water?'

Ik kijk hem aan en schiet in de lach. Nog meer water? Het lachen neemt hysterische vormen aan en ik kan het niet tegenhouden. Ik doe mijn best om iets te zeggen, maar blijf het uitgieren.

'Alstublieft, mevrouw Beauchamps. Laat me u overeind helpen.' Hij probeert het nog een keer. Ik dwing mezelf te stoppen met lachen en slaag er dit keer wel in te gaan staan. Ik laat me door hem weer op de stoel zetten.

'Misschien moet u iets zoets eten. U ziet erg bleek.' Hij pakt de koektrommel en steekt die naar me uit. Ik word misselijk van de geur en schud mijn hoofd.

Hij doet het deksel er weer op en kijkt me dan aan. Zijn lichtblauwe ogen boren zich in de mijne. 'Mijn vader is in Frankrijk omgekomen.'

Dat wil ik helemaal niet weten. Hij moet gewoon weggaan. Twee jaar! Hoe is het mogelijk?

'Hij zat bij de marine. Hij was erbij op D-day. Als officier. Na de oorlog zijn we naar een herdenkingsdienst in Normandië geweest. Naar de begraafplaats waar hij ligt – dat is nu Amerikaans grondgebied.'

Ik vraag me af waarom hij me dit vertelt. Wat kan mij dat nou schelen? 'Twee jaar? Weet je het zeker?'

'Ja. Normaal krijg je veel meer voor ontvoering.'

'Maar hoe kunnen ze hem nou beschuldigen van ontvoering? Hij is toch helemaal geen kidnapper?'

Het duurt even voor hij antwoord geeft. 'Het spijt me, mevrouw Beauchamps. Het is niet aan mij om daar iets over te zeggen.'

'Maar ze slaan de plank volkomen mis, toch?'

'Daar kan ik niets over zeggen. Dat zou niet professioneel zijn.'

'Professioneel?'

'Ja. En ik ga er ook niet over, toch?'

'Maar wat vind je?'

'U had de jongen terug moeten geven na de oorlog.' Hij blijft me aankijken. Ik zie sympathie, maar ook hardnekkigheid.

'Wat is er nog meer? Je zei dat dit nog niet alles was... Waar is Sam?' Ik verstijf van angst.

'Hij is bij zijn vriendje.'

'Echt? Hij heeft niet gevraagd of dat mocht.'

'Geen zorgen, hij is er nog steeds.' Hij raakt mijn schouder aan. 'Mevrouw Beauchamps, u hebt er vast niets aan, maar ik vind dat u een geweldige moeder bent voor Sam. Ik zie dat hij gelukkig en geliefd is. Ik begrijp dat u hem wilde houden en de oorlog wilde vergeten, maar als het erop aankomt is hij toch niet van u, hè? Luister, u hebt nog even tijd om met hem te praten, om het hem uit te leggen.'

Ik staar hem verlamd van angst aan.

'Ze hebben een beslissing genomen. Over Sam.'

Ik knijp mijn ogen dicht, alsof ik het kan blokkeren. Ik wil het niet weten.

'Sam moet terug naar zijn biologische ouders in Frankrijk.'

'Nee! Nee!' Weer begint alles te draaien. Ik voel zijn handen op mijn schouders. Ik zak tegen hem aan. Mijn lichaam schokt door geruisloos gesnik.

'Rustig maar, mevrouw Beauchamps. U moet sterk zijn. Voor Sam.'

Kalmeren... Ik moet tot rust komen, de controle behouden. Ik doe mijn ogen dicht, adem diep in en hou de lucht vast tot die elke spier in mijn lichaam bereikt heeft. Hij heeft gelijk. Sam is de enige die ertoe doet. Ik moet sterk zijn, zodat ik hem kan redden.

Ik open mijn ogen, laat hem los en ga staan. 'Bedankt dat je het me verteld hebt, John. Dat waardeer ik.' Ik wrijf in mijn gezicht en kijk hem aan. Ik moet even rustig nadenken. 'Ik ga even naar de badkamer,' zeg ik. 'Wil je hier alsjeblieft op me wachten? Ik wil nu niet alleen zijn.'

Hij fronst bezorgd. 'Natuurlijk. Ik ga nergens heen.'

Zachtjes loop ik naar boven, naar Sams kamer. Ik pak zijn rugzak die midden in de kamer op de grond ligt en houd die ondersteboven boven zijn bed, zodat zijn schoolboeken eruit vallen. Ik prop er zijn pyjama, een trui, een broek, schoon ondergoed, zijn tandenborstel en zijn knuffel in.

Ik ben praktisch, kalm zelfs. Al mijn energie is gericht op het redden van Sam. Dat is nu het enige dat telt.

Ik sluip de overloop weer op en ga naar de badkamer. Ik trek de wc door. Dan draai ik de kraan open en ga naar mijn eigen slaapkamer om een paar spullen in een tas te proppen. Ik loop terug naar de badkamer om de kraan dicht te draaien, loop vervolgens naar beneden en verstop onze tassen half onder de jassen aan de kapstok.

'Fijn dat je hier bent, John,' zeg ik als ik de keuken in loop.

'Graag gedaan. Echt. Hoe voelt u zich?'

'Ik doe mijn best sterk te zijn, voor Sam.'

Hij knikt, de bezorgdheid zit nog in de rimpel op zijn voorhoofd. Hij moet de keuken uit, want hier kan hij de straat zien.

'Vind je het erg om even naar de woonkamer te gaan, John? Heel even maar, zodat ik kan bedenken wat ik tegen Sam moet zeggen. Ik weet niet zo goed hoe ik het hem moet vertellen.'

Hij kijkt op zijn horloge. 'Tuurlijk,' zegt hij. 'Mijn dienst zit er pas over twee uur op.'

Ik kijk hem vragend aan. 'Komt er dan iemand anders?'

'Ja.'

'Wat gaan ze doen?' O mijn God, ze gaan hem bij me weghalen. Ik weet het zeker.

'Dat weet ik niet. Sorry. Ik weet niet of ze hem gelijk meenemen of daar nog even mee wachten.'

Over twee uur kunnen ze hem al komen halen! Ik moet hem meenemen. Meteen. Ik moet in twee uur zo ver mogelijk weg zijn. De paniek slaat toe en ik krijg braakneigingen. Ik loop naar de gootsteen, vul een glas met water en dwing mijn ademhaling naar mijn middenrif. Ik moet de boel in de hand houden. Voor Sam.

Ik werp een blik op het huis van Marge. De jongens zijn nergens te bekennen. Ze zijn vast binnen aan het spelen. Onze auto staat op de oprit. Godzijdank heb ik hem vanmorgen niet in de garage gezet toen ik terugkwam van boodschappen doen.

Ik richt me weer tot John met mijn valse gastvrouwenstem. 'Zullen we naar de woonkamer gaan?'

Hij loopt achter me aan. Ik ga op de bank zitten en hij laat zich zakken op de leunstoel. Ik barst in snikken uit. 'Sorry, John,' zeg ik tussen het snikken door. 'Ik maak het je wel moeilijk.'

'Dat geeft niets.' Hij kucht op die mannelijke manier van hem, met zijn vuist voor zijn mond.

'Ik ga even mijn gezicht wassen,' zeg ik op een 'poging tot dapper zijn'-toon. 'Geef me tien minuten om even tot mezelf te komen. Denk je dat je me kunt helpen om te bedenken wat ik tegen Sam moet zeggen?'

'Ja. Natuurlijk.'

Hij is gevleid dat ik hem om hulp vraag. Dat zie ik aan de manier waarop hij zijn lippen tuit, alsof hij er al over nadenkt. 'Bedankt, John. Ik ben blij dat ze jou gevraagd hebben voor deze klus.'

Nu móét hij wel glimlachen. Ik voel me een manipulator en besef dat ik voor Sam echt álles zou doen. Alles om hem te beschermen.

Ik loop de kamer uit en doe de deur achter me dicht. Ik pak de tassen naast de kapstok op, doe geruisloos de voordeur open en sluit die achter me.

55

Santa Cruz, 16 juli 1953

Sam

'Sam! Sam!' Ik hoor mam roepen.

Jimmy kijkt me aan. 'Zo te horen zoekt je moeder je.'

'Ja.' Ik doe net of het me niets kan schelen, maar ik ben bang dat ze boos is. Of misschien is papa thuis. Dat zou super zijn. Met twee treden tegelijk ren ik de trap af.

Mam staat bij de voordeur.

'Je mag niet binnenkomen,' hoor ik Marge zeggen. 'Sam is prima, maar jij niet.'

Mam geeft geen antwoord. Ze pakt gewoon mijn hand en trekt me mee.

'Sorry dat ik je niet verteld heb dat ik naar Jimmy was, mam.'

Ze blijft staan en kijkt me aan. Ik verwacht een standje, maar ze zegt: 'We moeten weg, Sam. Nu. Stap in de auto.'

'Wat? Waar gaan we heen?'

'Dat vertel ik je onderweg wel. Stap nou maar in.'

Ik doe wat ze zegt, want ik merk dat het belangrijk is.

Heel snel rijden we de oprit af. Ik zie dat Marge ons met open mond nastaart. Mam rijdt alsof we achtervolgd worden. Ik word er bang van. Ze doet een beetje gestoord.

'Waar is die politieman, mam? Wat is er aan de hand? Waar gaan we heen?'

Ze kijkt me niet aan. 'Ik moet me even concentreren op het rijden, Sam.'

Ik kan wel janken, maar wrijf met mijn mouw in mijn ogen en probeer dapper te zijn. Ik staar uit het raampje.

Als we op de snelweg zijn, legt ze haar hand op mijn knie. 'Het komt goed, Sam.'

'Maar waar gaan we heen, mam?'

'We moeten vluchten.'

'Wat?'

'Weet je nog wat ik je verteld heb over je biologische ouders? Meneer en mevrouw Laffitte?'

'Ja.'

'Nou, er is iets gebeurd.'

'Papa komt zeker terug, hè?'

'Het gaat nu niet over je vader. Het gaat over jou, Sam. Meneer en mevrouw Laffitte willen jou terug. Ze willen dat je bij hen in Frankrijk komt wonen.'

'Maar dat wil ik niet.'

'Dat weet ik. Maar toch willen ze dat je gaat. Ze willen dat je Frans leert en hun zoon bent.'

'Wees maar niet bang, mam. Ik ga toch niet. Ik wil niet weg.'

'Dat wil ik ook niet, maar ze kunnen zorgen dat je gaat.'

'Nee, hoor. Ik ga gewoon niet.'

'Ik ben bang van wel. Daarom moeten we nu weg. Dan kunnen ze ons niet vinden.'

'Zeg gewoon dat ik het niet wil.'

'Ze luisteren niet naar me, Sam. Ze zijn nog steeds erg boos dat we hen na de oorlog niet hebben opgespoord. Ze waren naar jou op zoek.'

'Maar ik wil hier blijven. Ik wil dat papa terugkomt.'

Opeens wijkt ze uit naar een andere rijstrook, vlak voor drie auto's. Een ervan toetert. 'Kop dicht!' schreeuwt ze.

Ik schrik me wild. Mijn hart bonkt. Ik weet niet zeker of ze dat tegen de chauffeur, de toeterende auto of mij zei. Ik kijk naar de snelheidsmeter. We rijden nu zo hard dat de wijzer alle cijfers voorbij is.

'Mam,' zeg ik. 'Je hebt de snelheidsmeter verslagen.'

'Ja, dat is zo.' Ze schiet in de lach, maar het is een raar, hoog geluid dat ik niet leuk vind.

'En papa dan?' Ik wou dat hij hier was.

'Hij komt later bij ons, als we een plekje gevonden hebben.'

Ik leun achterover en probeer niet te huilen. Ik wil niet vluchten. 'Maar waar gaan we naartoe? Waar gaan we wonen?'

'Mexico, Sam. We gaan naar Mexico.'

'Mexico? Maar dat ligt niet eens in Amerika!'

'Maak je niet druk. Het is niet ver. Zet anders de radio even aan.'

Ik draai aan het knopje en herken het liedje meteen.

Oh, my pa-pa, to me he was so wonderful...

'Eddie Fisher,' zegt mam.

Ik moet huilen door de woorden. Papa zou wel weten wat we moesten doen. Hij zou ze vertellen dat ik niet in Frankrijk kan wonen. Was hij maar hier. 'Wanneer komt papa?'

'Dat weet ik nog niet. Dat moeten we afwachten. Maar ik weet dat hij elke minuut van de dag aan je denkt.'

Daar voel ik me iets beter door. Ik doe mijn ogen dicht. Die zijn droog en branderig, en mijn oogleden zijn zwaar. Mijn hoofd valt opzij tegen het raampje.

Als ik wakker word, is het donker en rijden we nog steeds. Ik moet heel erg plassen. 'Kunnen we even stoppen, mam? Ik moet naar de wc.'

'Oké, maar doe het wel snel.'

We stoppen bij een benzinestation en ze geeft me een kwartje om wat lekkers te gaan kopen terwijl zij tankt. Het bordje van de wc's wijst naar de achterkant van de winkel, maar daar brandt geen licht. Ik probeer dapper te zijn en ga met mijn handen langs de muur tot ik een deur voel. Dan schrik ik me opeens rot van een krijsende vogel.

'Mam!' roep ik.

Geen antwoord.

'Mam!' roep ik harder. 'Mam!'

'Je moet het licht aandoen.' Ik hoor een vrouwenstem in het donker.

Opeens wordt het heel licht. Ik knijp mijn ogen dicht. 'Volgens mij is je moeder aan het tanken.'

'Oké,' zeg ik, terwijl ik de deur naar de wc's opendoe. Ik sluit mezelf op in een hokje en schaam me dood. Het geluid van mijn plas in het water van de wc galmt door het hokje. Ik vraag me af of de mevrouw daarbuiten het kan horen.

Als ik eruit kom, is de mevrouw weg. Ik zie mam in de winkel lopen, dus ik loop naar haar toe alsof er niets gebeurd is. Maar dan hoor ik dat de mevrouw tegen haar zegt: 'Hij was bang daar in zijn eentje. Het is daar nogal donker als je geen licht aandoet.' Ze lacht.

'Sam,' zegt mama. 'Pak even snel iets te eten.'

Ik gris een chocoladereep van het rek bij de kassa en steek het kwartje uit naar de mevrouw.

'Het is erg laat om nog op reis te zijn.' Ze pakt het geld aan en glimlacht vriendelijk naar me. Ik lach terug.

'Tja, we hebben nog een heel eind voor de boeg,' antwoordt mam.

'We gaan naar Mexico,' voeg ik eraan toe.

Mam werpt me een boze blik toe. Had ik mijn mond maar gehouden.

'Mexico?' herhaalt de mevrouw. 'Wat is er in Mexico?'

'Familie,' antwoordt mam.

Ik weet dat ze liegt. Weer.

De mevrouw slaat de reep aan op de kassa en telt het wisselgeld dan uit in de palm van mijn uitgestoken hand. 'Tien, twintig, vijfentwintig cent.' Ik kijk naar haar in plaats van naar het geld. Er zit een streep op het midden van haar voorhoofd en haar wenkbrauwen wijzen naar haar neus. 'Zo goed, lieverd?'

Ik knik en draai me om naar de deur die mam voor me openhoudt.

Zodra we ingestapt zijn, rijden we weg, het benzinestation uit. Ik haal het papier van mijn reep en baal dat ik niet iets groters heb uitgezocht. Ik rammel opeens van de honger.

56

Californië, 16 juli 1953

Charlotte

Tegen middernacht komen we aan bij de grens. Sam heeft bijna de hele weg met zijn hoofd tegen het raampje liggen slapen. Hij heeft vast een pijnlijke nek. Ik probeer hem rechter te leggen en hoor hem mompelen in zijn slaap. Hij ziet er prachtig uit: zwarte, zijdezachte, omhoog krullende wimpers, steil donker haar, een gladde olijfkleurige huid; ik neem elk detail in me op. Zijn ogen hebben dezelfde amandelvorm als de mijne. Mensen zeggen vaak dat hij erg op me lijkt. Het lijkt wel of zijn opgroeiende lichaam naar het mijne heeft gekeken en de vorm heeft overgenomen. Hij lijkt niet veel op Jean-Luc, maar heeft wel diens scheve lachje.

Toen we over de Pyreneeën trokken, ben ik van hem gaan houden alsof hij mijn eigen kind was. Een warme, tegen mijn lichaam gedrukte baby die af en toe zijn oogjes opsloeg om me aandachtig aan te kijken. Soms boog ik me met opzet snel naar voren, waardoor hij in een reflex zijn vingertjes naar me uitstrekte en me steviger vastpakte. Hij had me nodig en ik vervulde die behoefte op een volkomen natuurlijke en moeiteloze manier.

Waarom laten ze ons niet met rust? Hoe kunnen ze nou verwachten dat we een toekomst opbouwen als ze steeds het verleden oprakelen? Mijn keel knijpt samen als ik eraan denk dat Sam verdriet heeft. Je kind zien lijden is véél pijnlijker dan het zelf ondergaan. Ik zal alles doen om hem te beschermen. Alles.

Ik sta in de rij voor de douane. Als we wat dichterbij zijn, zie ik agenten paspoorten controleren. Ik onderdruk de neiging om om te keren en terug te rijden. Alstublieft God, fluister ik in gedachten. Zorg dat alles goedkomt.

Een harde tik op het raampje jaagt me de stuipen op het lijf. Er staat een agent. Met een trillende hand draai ik het raampje naar beneden.

'Paspoorten alstublieft, mevrouw.' Hij tuurt naar Sam, die zijn ogen heeft geopend.

Ik geef hem de papieren.

'Wacht even, mevrouw.'

Mijn hart bonkt in mijn oren. Alstublieft, God.

Hij komt terug met een andere agent. 'Stapt u even uit, mevrouw.'

Nee! Maar ze doen het portier open en trekken me aan mijn elleboog naar buiten.

'Omdraaien.' Een agent duwt tegen mijn rug. Ik sta tegen de auto aan en hij strijkt met zijn handen over mijn lichaam. Ik bijt op mijn onderlip en dwing mezelf rustig te blijven. Voor Sam.

Dan voel ik het koude metaal van handboeien om mijn polsen. Ik hoor het slot dichtklikken. Ik onderdruk een kreet en kijk naar Sam. Een agent heeft zijn arm om hem heen en fluistert in zijn oor. Sam draait zijn hoofd om mij te zoeken.

'Sorry,' mime ik. Ik bijt nog harder op mijn lip om de opborrelende dierlijke kreet te smoren.

57

Californië, 17 juli 1953

Charlotte

De pijn vanbinnen zwelt aan als een ballon die opgeblazen wordt. Een ballon die te hárd opgeblazen wordt en op het punt van klappen staat. Ik doe mijn best dat niet te laten gebeuren, hoewel mijn ingewanden erdoor omhooggeduwd worden en tegen mijn hart persen. Het is te veel om te bevatten. Als de politieauto stopt voor het bureau en ze zeggen dat ik moet uitstappen, kan ik me amper bewegen. Geboeid loop ik voorovergebogen de trap op. Dan door een gang met fel tl-licht. We blijven staan voor een cel. Ondanks de beknellende pijn kijk ik op en zie dat er al iemand in zit: een vrouw met mascarastrepen van haar ogen tot aan haar mond en lange blote benen onder een kort spijkerrokje.

De agent doet de handboeien af en bevrijdt mijn verstijfde armen. Meteen sla ik die om mezelf heen om de pijn binnen te houden. Het blikken geluid van de sleutel die ronddraait in het slot galmt door mijn oren. Ik strompel de cel in en laat me op het betonnen bankje zakken. De pijn kan nu nergens meer heen. De ballon klapt. Mijn lichaam schokt, hartverscheurend gesnik dat ergens diep vanbinnen wordt losgerukt.

'*Shut the fuck up!*' schreeuwt de vrouw.

Maar de folterende pijn is niet meer te houden en ik ga nog harder janken. Ik hoop dat de vrouw me slaat. Fysieke pijn is beter dan dit. Dan is ze opeens naast me. Ze komt met haar hoofd bij het mijne en de stank van whiskey slaat in mijn gezicht. Ik wacht op haar vuist.

'Ze stoppen je in het fuckin' gekkenhuis als je zo doorgaat,' fluistert ze in mijn oor. 'En daar kom je nooit meer uit.'

Dat jaagt me angst aan. Ik had liever gehad dat ze me geslagen had. Ik haal diep adem, helemaal tot in mijn onderbuik. Daar hou ik het vast om mezelf tot kalmte te dwingen.

Ze gaat weer op haar plek tegenover me zitten. Ik til mijn benen op de bank, trek ze onder me op en probeer zo, liggend in de foetushouding, nergens meer aan te denken, want anders begint het weer.

‘Wat is er nou zo erg? Wat heb je gedaan? Je man vermoord?’ Ze giechelt alsof ze iets grappigs gezegd heeft.

Ik kan mijn daad niet onder woorden brengen.

‘Wil je weten waarom ik hier ben?’

Ik maak me nog kleiner en geef geen kik.

‘Omdat ik iets verkocht heb wat van mij is. Hoe fuckin’ gestoord is dat? Jij hebt vast iets veel ergers gedaan. God heeft me niet veel hersenen gegeven, maar wel tieten, benen en een lekker kontje. Je moet roeien met de riemen die je hebt, hè? Er is niemand die voor mij zorgt, dus wat moet ik anders? Gaan liggen om te sterven?’

Ik hoor dat ze opstaat en weer naar me toe loopt. Dan voel ik haar hand op mijn hoofd. ‘Je hebt het zwaar, hè?’

Ik heb het gevoel dat er een loden deken over me heen is gelegd. Alles is zo zwaar. Ik doe mijn ogen dicht en laat mezelf meevoeren naar vergetelheid.

Voor ik het weet, draait iemand de sleutel in het slot. De agent komt binnen met een vrouw in een witte doktersjas.

‘Sta op, mevrouw Bow-Champs.’ De agent slaat een hardvochtige toon aan.

Ik kijk naar de vrouw en dan weer naar hem. Er valt niets van hun gezichten af te lezen. Ik krijg het doodsbenauwd. Gaan ze me opsluiten?

Ik weet dat ik rustig moet blijven, helder van geest moet overkomen. Langzaam strek ik mijn benen en zet mijn voeten op de grond. Ik wankel als ik probeer te gaan staan, dus ik hijs me langzaam van de bank. Ik zie dat de hoer zittend slaapt met haar hoofd pijnlijk gebogen. Ik zou haar graag in een wat comfortabeler positie zetten, maar durf haar niet aan te raken. In plaats daarvan loop ik achter de agent en de vrouw de cel uit.

We lopen over de gang en blijven aan het eind daarvan staan voor een klein kantoor aan de linkerkant.

‘Waar is Sam?’ Ik had mezelf beloofd met die vraag te wachten, dat ik er alles aan zou doen om kalm en beheerst over te komen, maar ik moet het weten.

‘We leggen het allemaal uit in de verhoorkamer, mevrouw Bow-Champs.’

We lopen naar binnen. Zij gaan aan de ene kant van de tafel zitten en gebaren dat ik tegenover hen plaats moet nemen. Ik schuifel heen en weer op de plastic stoel en moet opeens heel erg naar de wc. Maar ik mag niets zeggen van mezelf, omdat ik weet dat mijn wanhoop hen alleen maar wreder maakt.

'Mevrouw Bow-Champs,' begint de agent.

Ik kijk hem afwachtend aan.

'Wat u hebt gedaan was erg onverantwoordelijk en dom...'

'Waar is Sam? Is hij oké?'

Hij knikt. 'Het gaat goed met hem. Hij vliegt binnenkort naar Parijs.'

'Wat?' Het komt krakend uit mijn verstikte keel.

'Ja. Vandaag.'

Ik heb het gevoel dat er messen in mijn maag worden gestoken. Ik sla mijn armen beschermend om mezelf heen. 'Stuur hem alstublieft, alstublieft niet zomaar weg. Laat me nog even bij hem. Alstublieft.'

De vrouw geeft me een plastic bekertje met water. Ik wil haar hand wegslaan, maar neem in plaats daarvan een slokje.

'Zoals ik al zei,' gaat de agent onverstoorbaar verder, 'kunt u door uw acties flink in de problemen komen.'

Ik kijk hem recht aan. 'Het spijt me... Ik was ten einde raad, kon niet meer helder nadenken.' Wat de hoer zei over het gekkenhuis galmt door mijn hoofd.

'Zeg dat wel.' Hij haalt een pakje sigaretten tevoorschijn en biedt de vrouw in de witte jas er een aan. Ze schudt haar hoofd. 'Dan laat ik u nu verdergaan met vragen stellen,' zegt hij tegen haar. Hij leunt achterover en slaat ons rokend gade alsof hij naar een of ander tv-programma kijkt.

'Mevrouw Bow-Champs.' De vrouw trekt haar wenkbrauwen op. 'Waarom probeerde u met Samuel de grens over te steken? U mocht uw huis niet verlaten, tenzij u de agent buiten daarvan op de hoogte bracht.'

'Het spijt me. Toen ik hoorde dat Sams ouders hem terug wilden, raakte ik in paniek. Ik wil hem niet kwijt.' Mijn keel knijpt pijnlijk samen. Ik dwing mezelf niet aan hem te denken en adem diep in. Langzaam in- en uitademen, draag ik mezelf op.

'We maken ons zorgen over uw geestelijke gesteldheid, mevrouw Bow-Champs. We weten dat uw man u buitensporig en ten onrechte onder druk heeft gezet om te voorkomen dat u inzake Samuel naar de autoriteiten zou gaan. Gedurende een langere periode onder dat soort druk staan, kan nogal schadelijk zijn voor de geestelijke gezondheid. We willen zeker weten dat u stabiel genoeg bent om weer naar huis te gaan.'

'Huis?' Opeens ben ik in de war. 'Bedoelt u Parijs?' De gedachte aan Parijs, aan dicht bij Sam en Jean-Luc zijn, jaagt mijn hart op hol.

'Nee.' Ze kucht en kijkt dan naar de agent. 'Ik heb het niet over Parijs, mevrouw Bow-Champs. Ik bedoel uw huis hier.'

De moed zinkt me in de schoenen.

De agent tikt met zijn sigaret op de rand van de ijzeren asbak en kijkt me vanonder borstelige wenkbrauwen aan. 'U mag de staat Californië niet verlaten en dient wekelijks een bezoek te brengen aan een psychiater.'

'U bedoelt dat ik het land niet mag verlaten...'

'Het land...' Hij buigt zich naar voren en kijkt me kwaad aan. '... dat u gastvrij heeft ontvangen en de afgelopen negen jaar uw thuis is geweest. Nee.'

'Misschien kunt u op een dag terugkeren naar Frankrijk,' zegt de vrouw iets vriendelijker. 'Het is geen permanent reisverbod. Gewoon tot we kunnen verifiëren dat u geaccepteerd hebt dat Samuel uw zoon niet is.'

58

Californië, 17 juli 1953

Sam

De grote mevrouw met de harige armen praat tegen me met haar irritante stem. 'Je moet echt iets eten, Samuel. Ga zo maar even mee naar de kantine. Dan mag je kiezen wat je wilt.'

Ik heb zin om op die wiebelwangen van haar te slaan. 'Wanneer mag ik mijn moeder zien?' vraag ik weer.

Ze slaakt een diepe zucht. 'Dat hebben we je al verteld. Je kunt haar beter niet meer zien voordat je vertrekt.'

Onder de tafel bal ik mijn vuisten. Ik doe mijn best om niet te huilen. 'Ik ga nergens heen. Ik wil mijn moeder zien!'

'Samuel, alsjeblieft. Je moet wel redelijk blijven.'

Genoeg. Ik kan me niet meer inhouden. Ik spring op uit mijn stoel, haal uit met mijn vuist en raak haar vol op haar blubberbek. Ik merk dat ik hijg, alsof ik net een wedstrijdje heb gerend. Ik heb iemand van de politie geslagen. Ga ik nu naar de gevangenis? Ik sta daar maar en wacht af.

De man komt naar voren en pakt mijn arm vast. Ik durf hem niet los te trekken. Hij neemt me mee naar de gang. Mijn hart bonkt. Wat gaan ze met me doen?

Hij brengt me naar een kleine kamer met een witte tafel en twee grijze stoelen.

'Blijf hier maar zitten tot je afgekoeld bent.' Hij laat mijn arm los en doet de deur achter zich dicht. Dan doet hij die op slot.

Ik ga in de hoek van de kamer op de grond zitten en trek mijn knieën op onder mijn kin. Ik ga niet huilen. Echt niet. Niet meer. Ik heb gehuild en gekrijst toen ze mama bij me weghaalden. Ik weet nog dat ik tegen ze schreeuwde: 'Maar ze heeft helemaal niets gedaan!' Ze zeiden dat ik het later wel zou begrijpen, maar dat gebeurt echt niet.

Mijn maag knort. Het laatste dat ik heb gegeten was die reep gisteravond. De kom met cornflakes die ze me vanmorgen gaven, heb ik laten staan, maar het glas melk heb ik wel opgedronken omdat ik zo'n dorst had. Hadden we Mexico maar gehaald. Ik ben bekaf; het draait een beetje voor mijn ogen. Ik doe ze dicht en leg mijn hoofd op mijn knieën. Ik voel mijn wimpers tegen mijn huid komen. Dat voelt lekker, dus ik doe de hele tijd mijn ogen open en dicht.

Ik word wakker van een geluid: de sleutel die wordt rondgedraaid in het slot. De agenten komen binnen. De man ziet er nog steeds boos uit. De vrouw verdrietig.

'We begrijpen dat je heel boos bent, Samuel,' zegt ze slijmerig. 'Ik vergeef je dat je me geslagen hebt. Je moest gewoon je woede en verwarring uiten...'

'Maar toch,' onderbreekt de man haar. 'Als je weer zoiets doet, heeft dat consequenties.'

'Laten we gaan lunchen,' zegt de vrouw gemaakt vrolijk.

'Kom op, jongen,' voegt de man eraan toe als ik me niet beweeg.

'Wanneer mag ik mijn moeder zien?' vraag ik weer.

Ze kijken elkaar aan en de man trekt een wenkbrauw op. Dan bukt hij en trekt me omhoog aan mijn elleboog.

Ze nemen me mee naar een kantine waar mensen in de rij staan om eten uit te kiezen. 'Neem maar wat je lekker vindt,' zegt de mevrouw.

Bij de kassa is mijn dienblad nog steeds leeg. Ik eet niks, hoewel mijn maag leeg is. Ze vinden een lege tafel en we gaan zitten. Ik voel dat mensen naar ons staren; als ik naar ze kijk, kijken ze snel de andere kant op.

'Oppas spelen,' fluistert de man tegen de mevrouw. 'En ik ben bezig met een zaak. Ik heb geen tijd voor deze onzin.'

'Shh.' De mevrouw kijkt hem vanuit haar ooghoek aan.

Maar ik durf te wedden dat hij wilde dat ik dat hoorde. Hij haat me. Dat voel ik gewoon.

De mevrouw zet een bord patat voor me neer, trekt een blikje cola open, stopt er een rietje in en schuift het over de tafel naar me toe. Ik pak een frietje. De mevrouw glimlacht en ik leg het terug. De cola raak ik niet aan. Ze pakt haar hotdog en bijt erin, waardoor er aan alle kanten ketchup uit komt. 'Laten we opnieuw beginnen, Samuel,' zegt ze met volle mond. Ze slikt en kijkt me aan. 'We hebben een valse start gemaakt. Ik snap best dat dit moeilijk voor je is. We kunnen de psycholoog bellen met wie je al gepraat hebt om te vragen of ze dat nog een keer wil doen. Zou je dat willen?' Ze lacht naar me alsof ze me een cadeautje heeft gegeven.

Hoe kun je zo dom zijn?

Maar ze houdt haar grote mond niet dicht. 'Je moeder hier, en je vader ook, hadden natuurlijk het beste met je voor toen ze je meenamen naar Amerika. Maar ze hadden direct na aankomst naar de autoriteiten moeten gaan. Dan hadden we je biologische ouders kunnen opsporen en was iedereen een hoop ellende bespaard gebleven.'

'Dat kan me niks schelen! Ik ben blij dat ze dat niet gedaan hebben. Ik wil mijn moeder.' Ik strijk met mijn handen door mijn haar, omdat ik bang ben dat ik haar anders weer zal slaan. 'Ik wil naar huis.'

'Je moet begrijpen, Samuel, dat jouw thuis ergens anders is dan je dacht.'

Ik druk mijn handen tegen mijn oren. Maar ik hoor ze toch. De man praat heel hard. 'Je echte ouders hebben het recht je te zien, Samuel. Jij bent hun zoon; je moeder heeft je alleen weggegeven omdat ze niet anders kon. Wil je haar dan niet ontmoeten?'

'Nee! Ze is mijn echte moeder niet. Ik haat haar.' Ik kijk hem boos aan.

'Sam-uel.' De ogen van de vrouw worden groter. 'Dat mag je niet zeggen. Ze heeft zo veel ellende meegemaakt.'

'Net goed. Ik haat haar. Ik wou dat ze dood was.' Ik voel dat mensen zich omdraaien om naar ons te kijken.

'Je weet niet wat je zegt.' De wangen van de vrouw zijn knalrood geworden. 'Je bent van streek.'

Ik kan er niets aan doen. Tranen lopen over mijn wangen. Het doet pijn in mijn borst omdat ik die probeer tegen te houden. Ik krijg geen lucht.

'We kunnen beter gaan.' De man staat op en slaat zijn arm om mijn schouder. Ik voel me in de val gelokt. Ik kan niet weg en mijn borstkas gaat zo snel op en neer dat ik het gevoel heb dat ik verdrink.

59

Parijs, 17 juli 1953

Sarah

Diep vanbinnen heeft ze altijd geweten dat haar kind nog in leven was. Een moeder voelt dat soort dingen.

Het moment waarop ze haar kind in de armen van de spoorwegarbeider drukte, staat in haar geheugen gegrift. Steeds opnieuw heeft ze de gebeurtenis in gedachten herbeleefd en zich de exacte vorm van het litteken aan de zijkant van zijn gezicht ingeprent. En toen hij zijn arm naar haar uitstrekte, had ze gezien dat hij maar één vinger en een duim had aan zijn linkerhand. Ze was ervan overtuigd geweest dat deze man voor haar zoon zou zorgen, precies zoals de rabbijn in de metro gezegd had – God zou hem beschermen. Ze wist dat ze de spoorwegman weer zou vinden. Ze had zich alleen niet gerealiseerd hoelang dat zou duren.

Ze draait zich om en zoekt een lekker plekje op haar kussen, maar eigenlijk is ze veel te opgewonden om te slapen. Morgen is de dag waarvan ze amper had durven dromen. Pure vreugde stuift door haar aderen, een emotie die ze amper herkent. Daardoor beseft ze hoe gevoelloos ze is geweest, dat ze de afgelopen negen jaar op de automatische piloot heeft geleefd. Voor het eerst sinds ze hem heeft weggegeven, heeft ze het gevoel dat ze leeft. Is ze blij dat ze leeft. 'Dank u, God,' fluistert ze in haar kussen.

Natuurlijk is hij geen baby meer. Hij is al negen en, afgaand op de foto's die ze hun hebben laten zien, een leuke jongen. Ze had naar die foto's getuurd, diep in zijn ogen gekeken, en haar familie herkend. Ze zag haar vaders blik in Samuels donkere, intelligente ogen, die fonkelden van nieuwsgierigheid, en hij had haar moeders fijne neus. David zag ze terug in die trots vooruitgestoken kin. De enige gelijkenis die ze niet kon ontdekken was die met haar.

Ze beseft dat het niet gemakkelijk zal zijn. Hij spreekt geen Frans en ze zullen een manier moeten vinden om te communiceren, maar hun band overstijgt taal. Door deze gedachte begint ze voor de zoveelste keer te piekeren over de band die de Beauchamps met haar zoon hebben. Ze staat liever niet te lang stil bij de relatie die haar kind heeft opgebouwd met de mensen van wie hij dacht dat ze zijn ouders waren, omdat ze er onrustig van wordt. Het allerergst is de gedachte dat Samuel van een andere moeder houdt. De kracht van die band benauwt haar.

Ze mag graag denken dat hij hechter is met de man dan met de vrouw. Voor haar gevoel is dat logisch, aangezien hij degene was die Samuel van haar heeft aangenomen. Misschien wilde die vrouw het kind van een ander niet eens. Dat zou verklaren waarom ze nooit Frans met Samuel heeft gesproken, haar eigen moedertaal. Waarom heeft ze niet de liedjes voor hem gezongen die ze van haar eigen moeder geleerd had?

Genoeg. Ze moet ophouden met dat malen over het verleden. Dat is nu voorbij. Ze moet plannen maken voor de komende periode. De psycholoog heeft gezegd dat Samuel over ongeveer een halfjaar vloeiend Frans praat als ze zich houden aan de taalbadmethode. Dat betekent dat hij moet worden ondergedompeld in de Franse gesproken en gedrukte taal, zonder terug te grijpen op – ze kan zich er niet toe brengen dat zijn moedertaal te noemen – het Engels. Dat kunnen ze trouwens niet eens, al zouden ze het willen. Bovendien mag hij geen contact hebben met de ouders die hem hebben opgevoed, zelfs niet per brief.

Ze heeft de hele dag lopen piekeren terwijl ze zijn slaapkamer in gereedheid bracht en dingen in huis haalde die negenjarige jongens volgens haar lekker vinden. Ze heeft haar eigen challe gemaakt en daar voor de feestelijke gelegenheid rozijnen aan toegevoegd. Vervolgens heeft ze een grote zak aardappels gekocht, omdat een vriendin haar had verteld dat ze die voortdurend eten in Amerika, bij alles, zelfs bij het ontbijt. Moet je je voorstellen! Ze zou aardappellatkes als voorgerecht kunnen maken en dan een gratin dauphinois voor bij de lamskibbeh. Of zou dat overdreven zijn? Als toetje maakt ze appeltaart met honing. Meestal maakt ze dat alleen met Nieuwjaar, maar dit is ook een nieuw begin waarbij berouw en vergiffenis hand in hand gaan. Ze kan niet wachten tot vader, moeder en zoon samen aan de maaltijd zitten, samen het brood breken. Meer wil ze niet. Haar hart gaat sneller kloppen als ze dat voor zich ziet.

David draait zich in zijn slaap van haar af. Ze slaat haar arm om hem heen en begraaft haar gezicht in zijn nek. 'Ben je wakker?' fluistert ze.

'Nee,' mompelt hij.

Ze voelt zich rusteloos. David draait zich weer om en pakt haar hand.

'Alles komt goed, toch David?'

'Onze zoon komt thuis, Sarah. We kunnen weer leven.'

'Ik zou alleen... Ik zou alleen willen dat Beauchamps niet tot twee jaar was veroordeeld. Dat lijkt zo hardvochtig. Hij heeft wel Samuels leven gered.'

'Dat weet ik. Maar daar hadden wij niets over te zeggen. En we moeten niet vergeten dat hij hem wel degelijk al die jaren voor ons verborgen heeft gehouden.'

Ze knijpt in zijn hand. 'Ja, dat weet ik. Weet je nog dat hij geboren werd?'

'Hoe zou ik dat kunnen vergeten?'

'Het was zo stoer van je dat je dat in je eentje hebt gedaan.'

'Volgens mij was jij veel dapperder.'

Ze glimlacht in het donker. 'Ik vertrouwde je; ik wist dat jij wist wat je deed.'

'Ja, onderzoeksbioloog zijn heeft zo zijn voordelen, hè?'

'Ik ben blij dat ik thuis bevallen bent, maar het was zwaar om zo snel na de geboorte het huis uit te gaan.' Ze kruipt tegen hem aan als ze denkt aan hun vlucht naar het onderduikadres.

Dan houden ze erover op. Ze willen geen van beiden praten over de avond erna, hoewel ze er allebei aan denken. Sarah weet dat David het zichzelf verwijt wat er gebeurd is. Hij had haar en hun zoon niet kunnen beschermen zoals hij beloofd had. Hij had zich aan haar vastgehouden zoals zij zich vasthield aan hun kind, terwijl de legertruck waar ze in geduwd waren door de donkere, verlaten straten van Parijs snelde.

'Het spijt me, Sarah. Het spijt me.' Hij had zijn jasje om haar heen geslagen. Hij zou haar zijn overhemd hebben gegeven en daar met ontbloot bovenlijf hebben gezeten als hij had gedacht dat het haar zou helpen.

Toen bij aankomst in Drancy de mannen werden gescheiden van de vrouwen had hij zich aan haar vastgeklampt en de klappen van de bewakers opgevangen. Uiteindelijk had ze hem moet smeken haar los te laten. 'Blijf leven,' had ze tegen hem gezegd. 'Blijf leven voor mij en Samuel.'

En ze had geweten dat hij dat zou doen.

60

Californië, 17 juli 1953

Sam

'Ik kan niet naar Frankrijk. Ik ben Amerikaan en spreek geen Frans,' zeg ik weer tegen de mevrouw als we na de lunch teruggaan naar het kleine kamertje.

'Zo'n slimme jongen als jij leert het vast snel. Het zijn in ieder geval dezelfde letters.'

Ik staar haar aan.

'Chinees zou veel moeilijker zijn,' voegt ze eraan toe. 'Ga zitten, ik haal even een paar strips voor je.'

Ik doe wat ze zegt, omdat de man me in de gaten houdt. Ik vind het eng om met hem alleen te zijn en kijk omlaag naar de tafel, zodat ik zijn gemene ogen niet hoef te zien. Maar ik hoor dat hij naar me toe loopt en sla mijn handen voor mijn gezicht. Kwam die mevrouw maar weer terug.

'Luister, jongen.' Hij legt een hand op mijn schouder. 'Je moet echt even je kiezen op elkaar zetten. Niet meer dat gejank. We hebben hier een klus te klaren en jij maakt het ons moeilijk.' Hij knijpt hard in mijn schouder. Het doet pijn. Ik hou mijn adem in om geen geluid te maken.

De deur klikt. Ik kijk op en zucht van opluchting, want de mevrouw komt met een stapel stripboeken stralend naar me toe. Ze legt ze op tafel. Verschillende delen van *Captain America* en *Batman and Robin*. Ik wil haar bedanken, maar het lukt me niet om te praten.

'Ik blijf wel bij hem,' zegt ze tegen de man. 'Dan kun jij verder met je werk.'

Ik doe net of ik *Captain America* lees en wacht tot hij weggaat.

'Vergeet niet wat ik gezegd heb, jongen,' zegt hij als hij de deur dichtdoet.

De mevrouw komt naast me zitten en haalt een paar kranten tevoorschijn. 'Wat heeft hij tegen je gezegd?' vraagt ze zonder op te kijken.

'Weetiknie.' Ik doe weer of ik lees.

'Ik ben geen psycholoog, Samuel, maar je mag erover praten. Misschien helpt dat wel.'

Ik schud mijn hoofd en zie een dikke traan op het stripboek vallen, waardoor het plaatje vlekkerig wordt. 'Ik wil gewoon mijn moeder zien.'

'Samuel.' Ze slaakt een diepe zucht. 'Het komt goed. Je hebt nu je echte moeder en je echte vader. Je vindt het vast spannend dat je die binnenkort ziet.'

'Ik wil ze niet zien. Ik wil mijn moeder zien. Komt ze snel terug?'

'Alsjeblieft, Samuel, hou daarmee op.'

'Ik heet geen Samuel! Ik heet Sam!'

'Hier in Amerika is het Sam, maar ik vermoed dat ze je in Frankrijk Samuel zullen noemen.'

Ik staar haar aan. Waar heeft ze het over?

'Samuel is je echte naam en in Frankrijk korten ze namen niet af. Dat heeft de psycholoog me verteld. Ze heeft het uitgezocht. Het schijnt dat er een paar dingen anders zijn en daar zul je aan moeten wennen.'

'Maar ik ga niet! Ik heb u toch gezegd dat ik niet ga.'

'Oké, oké.' Ik vraag me af of ze het eindelijk begrepen heeft, maar dan zegt ze: 'Ze hebben geweldige scholen in Frankrijk, je zult snel vrienden maken.'

'Ik wil geen nieuwe vrienden. Ik wil mijn oude vrienden.'

Ze legt haar hand op mijn schouder. 'Vanavond blijf je hier, Samuel, en dan brengt meneer Jackson je morgen naar Frankrijk.'

'Nee! Alstublieft niet! Ik zal braaf zijn. Dat beloof ik.' Ik spring overeind. 'Stuur me alstublieft niet weg. Alstublieft.'

'Shh, shh.' Ze staat op en slaat haar armen om me heen.

Ik kan er niets aan doen: ik val tegen haar grote, zachte lijf en verstop mijn hoofd erin. De tranen stromen. Dit keer probeer ik die niet tegen te houden. Het doet te veel pijn vanbinnen. Ik voel dat er snot uit mijn neus op haar kleren komt.

'Shh, lieverd,' fluistert ze met haar hand op mijn achterhoofd. 'Gooi het er maar uit. Dat is goed.'

Ik hoor dat de deur weer open klikt. Voetstappen komen de kamer in. Iemand raakt zachtjes mijn arm aan en knijpt er dan in. 'Dit doet geen pijn. Gewoon een klein prikje.'

61

Parijs, 18 juli 1953

Sam

Ik heb het opstijgen gemist en de landing kan ik me ook niet herinneren. De dokter heeft me een prik gegeven, misschien wel twee. Een in de kamer, en een voordat we het vliegtuig in gingen. Ik kan me de nacht tussen de twee dagen niet herinneren, maar ik weet dat die er geweest moet zijn, want het is nu weer ochtend.

Ik leun met mijn hoofd tegen een zacht kussen en zie dat ik op een grote witte stoel in een blauwe kamer zit. Het lijkt wel of er watten in mijn hoofd zitten. Als ik om me heen kijk, zie ik een man met bruin haar en een roze overhemd. Hij staart me aan. Ik wil weer terug naar die andere wereld en laat mijn ogen dichtvallen.

Ik hoor hem praten alsof ik droom. Hij heeft een vreemd accent. Het doet me een beetje denken aan dat van mam: soms gaan de woorden omhoog, terwijl ze naar beneden horen te gaan.

'We weten dat dit erg moeilijk voor je is. Samuel. Samuel.' Ik open mijn ogen en hij geeft me een glas sinaasappelsap. 'Drink maar op.'

Ik neem een slokje, maar heb zo'n dorst dat ik alles opdrink. Hij geeft me een saucijzenbroodje. Ik bijt erin. Het smaakt boterig en heerlijk. Ik merk nu pas hoeveel honger ik heb.

'Wil je er nog een?' vraagt hij.

Ik knik en hij haalt nog een saucijzenbroodje uit de papieren zak die hij vasthoudt.

Ik eet het in drie happen op. Het voelt fijn om iets in mijn buik te hebben. Ik wil niet denken aan wat er nu gaat gebeuren. Dan word ik alleen maar weer misselijk en duizelig. Ik kijk naar de man en vraag me af waarom hij een roze overhemd aan heeft. Dat is een meisjeskleur.

Hij begint weer te praten. 'Je echte ouders hebben heel veel meegemaakt en nu staan ze te popelen om je te zien.' Hij heeft niet alleen een roze overhemd, maar ook een paarse stropdas.

'Ben ik in Parijs?'

'Mais oui. Het was een lange reis, maar we zijn blij dat je nu hier bent.' Hij glimlacht naar me.

'Wanneer kan ik mijn moeder zien?'

'Samuel...'

'Ik heet Sam.'

'Sorry, Sam.' Hij schuift een stoel naast de mijne. 'We gaan ons best doen je te helpen. Mag ik je een verhaaltje vertellen?'

Ik haal mijn schouders op.

Hij begint een verhaal over een of andere tijger die verdwaald is in de jungle en geadopteerd wordt door een gorillafamilie, maar als hij bij het stukje komt waarin de tijger door de gorilla's de bomen in gedragen moet worden luister ik niet meer zo goed. Zijn stem is zacht en vriendelijk, en ik snap wat hij probeert te doen. Het is zielig. Dat is pas een goed woord. Zielig. Dat is hij. Die agenten waren gewoon dom. Maar deze man in zijn roze meisjesoverhemd is zielig.

'Sam.' Hij raakt mijn schouder aan.

'Ik wil slapen.' Ik leg mijn hoofd weer op het kussen en doe mijn ogen dicht.

'Sam, je ouders zijn er.'

'Mam, pap? Zijn ze hier?'

'Ik bedoel je Franse ouders, je echte ouders.'

'Zij zijn niet mijn echte ouders. Dat heb ik toch gezegd!' Ik spring de stoel uit, maar mijn benen lijken wel van pap. Ik val terug. Ik heb hele erge hoofdpijn. Ik sla mijn armen om mijn hoofd om het gebonk te stoppen.

Hij legt zijn handen op mijn schouders. Ik probeer ze weg te duwen, maar dat lukt niet. Ik voel me heel slap.

'Alsjeblieft, Sam. Rustig, nou.'

'Laat me met rust.'

'We moeten allemaal ons best doen dit te laten slagen, jij ook, Sam. Hou hier alsjeblieft mee op.'

'Laat u me naar huis gaan?'

'We...' Er wordt op de deur geklopt.

Twee mensen komen binnen.

62

Parijs, 18 juli 1953

Sarah

'Samuel… Samuel.' De tranen springen in haar ogen als ze hem ziet. Ze ziet dat hij gehuild heeft, maar hij is prachtig, precies zoals ze zich hem voorgesteld heeft; zijn zijdezachte donkere haar, zijn gladde olijfkleurige huid, zijn kleine neus en zijn donkerbruine ogen. Ze wil hem in zich opzuigen, als een verdwaalde woestijnreiziger die al dagen geen water heeft gedronken.

Ze voelt dat David haar hand bijna pijnlijk hard vastgrijpt. 'Het is Samuel, hè? Hij is het echt.' Zijn stem breekt en ze rukt haar ogen los van haar zoon om een stille traan over de wang van haar man te zien glijden.

'Ja, David. Het is Samuel.'

Ze draait zich weer naar haar zoon. Ze kan amper geloven dat hij echt is. 'Samuel,' mompelt ze. 'We hebben je gevonden.'

David steekt zijn armen naar voren en loopt naar hem toe. Sarah ziet Samuel verstijven en terugdeinzen naar de muur achter hem.

Ze steekt haar hand uit om haar man tegen te houden. 'Wacht even.'

De psycholoog die achter hen de kamer in is gelopen, kucht. 'Hij zal wat tijd nodig hebben om zich aan te passen. Ik zal u even voorstellen aan de tolk. Dit is madame Demur.'

Heel even glijden hun ogen van Samuel naar een tengere vrouw in een lichtblauw mantelpak die naast de psycholoog staat. Ze schudden haar de hand.

'Ik zal het Engels van uw zoon in het Frans vertalen en uw Frans in het Engels voor hem.'

Uw zoon. Ja. Het is waar, ze hebben nu een zoon. Maar hij staat zo ver mogelijk bij hen vandaan met zijn handen plat tegen de muur gedrukt en grote ogen van angst, als een in het nauw gedreven dier.

'Goedemorgen.' Een man met een roze overhemd en een antracietkleurig pak steekt zijn hand uit. 'Aangenaam kennis te maken, meneer en mevrouw Laffitte.'

'Gaat u zitten, alstublieft.' Hij schuift stoelen naar hen toe. Gehoorzaam gaan ze in een halve kring zitten. De man klopt op de lege stoel naast zich. 'Kom maar even zitten, Samuel.' Zijn stem is vriendelijk, maar Samuel kijkt hem vol afschuw aan en verroert geen vin.

David pakt zijn baard vast alsof het een reddingsboei is. Sarahs keel schrijnt; er zitten daar zo veel dingen die ze wil zeggen gevangen.

Samuel zegt iets in het Engels. Ze wachten op de tolk. 'Hij zegt dat hij zich niet lekker voelt.'

'Zeg maar dat we naar huis kunnen gaan.' David pulkt aan zijn baard. Sarah weet dat hij hier gewoon weg wil om zijn zoon mee naar huis te nemen.

De tolk richt zich weer tot Samuel en vertaalt het in het Engels.

Hij schudt zo hevig met zijn hoofd dat zijn donkere haar heen en weer zwiept.

Sarah ziet dat ze hem op de een of andere manier moet zien af te leiden. Ze doet haar handtas open en zoekt met trillende handen naar de foto's die ze meegenomen heeft. Ze steekt ze naar hem uit. 'Wil je wat foto's van je familie zien, Samuel?'

De tolk vertaalt het en weer schudt Samuel zijn hoofd. 'Ik wil naar huis. Ik ben misselijk.'

Ze snapt wat hij bedoelt, maar de tolk vertaalt het toch.

'Zeg maar dat zijn huis nu hier is.' David laat zijn baard los.

Sarah ziet het gezicht van haar zoon nog bleker worden als hij naar de tolk luistert. Snel steekt ze een foto uit. 'Kijk, Samuel.' Ze staat op en loopt naar hem toe. Tot haar grote opluchting kijkt hij naar de foto van haar vader en moeder. 'Dit zijn je opa en oma.' Ze legt een trillende vinger naast haar vaders hoofd. 'Je opa was erg knap, net als jij.' Haar stem breekt als ze denkt aan de laatste keer dat ze haar ouders zag.

Samuel wendt zijn blik af.

David neemt het over, zijn lange vingers dansen rond zijn baard tijdens het praten. 'Zeg maar tegen Samuel dat hij nu naar zijn nieuwe huis moet gaan.' Hij wacht tot de mevrouw in het blauw het vertaald heeft en gaat dan verder. 'We snappen dat dit moeilijk voor hem is. Hij is nog maar een kind, maar we moeten geen medelijden met hem hebben omdat hij nog maar een kind is. Als volwassenen en ouders is het onze taak hem te helpen zijn karakter te vormen, hem te helpen erachter te komen wie hij is en waar hij daadwerkelijk thuishoort.' Hij stopt weer om te wachten op de vertaling. ‘Wij zijn Jean-Luc Beauchamps erkentelijk dat hij onze zoon heeft gered van een wisse dood in Auschwitz, en we begrijpen ook waarom hij ervan uit is gegaan dat wij daar zijn omgekomen. Maar nu moeten we ons richten op Samuel en deze overgang zo rimpelloos mogelijk laten verlopen. Wij zijn zijn ouders en we houden van hem.’

Sarah weet niet zeker voor wie deze toespraak bedoeld was. Ze vraagt zich af of dit Davids manier is om Samuel te laten weten wat hij vindt. Natuurlijk wist ze dat deze eerste ontmoeting moeilijk zou zijn, dat Samuel hen hoogstwaarschijnlijk zou afwijzen. Daar hebben ze zich op voorbereid, afgesproken dat ze geduldig zouden moeten zijn, dat ze hem de tijd moesten gunnen.

Opeens maakt Samuel een vreemd geluid, grijpt zijn buik vast en klapt dubbel.

Zowel Sarah als David reageert met uitgestoken armen. Maar het is de man met het roze overhemd die Samuels arm pakt en hem de kamer uit loodst. Helaas is het al te laat: Samuel gooit het eruit. Oranje brokken vallen op het donkerblauwe tapijt. Dan zakt hij in elkaar.

63

Parijs, 18 juli 1953

Sarah

Volgens de dokter is Samuel flauwgevallen als gevolg van een jetlag. Hij zei dat hij over vierentwintig uur weer de oude zou zijn, als zijn biologische klok zich had aangepast. Ze gelooft er niets van. Ze weet dat het komt door het trauma: hij heeft de mensen die hij als zijn ouders beschouwt achter moeten laten, de mensen van wie hij houdt. Ze kon het niet aanzien toen de dokter hem in zijn gezicht sloeg om hem bij te brengen. Ze had naar de grond gestaard toen hij hem een paar pillen en een glas water gaf. Toen ze opkeek, zag ze zijn gezicht weer verslappen. Ze werd overspoeld door een schuldgevoel dat alle vreugde die ze eerder had gevoeld wiste.

David draagt hem nu naar de auto en legt hem op de achterbank. Sarah stapt aan de andere kant in en legt Samuels hoofd op haar schoot. Ze streelt zijn haar en is verbaasd over hoe licht en glad dat is. Liefde voor hem vult haar schrijnende hart, en ze wil, ze móét elk detail van hem in zich opnemen, hem vasthouden en hem nooit meer laten gaan.

Terwijl de chauffeur de auto door de smalle straten naar hun huis in Le Marais manoeuvreert, draait David zich naar haar toe. Ze weet niet wat ze tegen hem moet zeggen. Dit is niet de manier waarop ze hun zoon naar huis hadden willen brengen.

'Hij wordt wel weer beter, toch David?'

Hij blijft haar alleen maar aankijken met pupillen als donkere poelen van verdriet en een gezicht dat even kleurloos is als de maan.

'Misschien hadden we hem eerst moeten opzoeken in Amerika. Dit is te traumatisch voor hem,' zegt ze.

David draait zich nu helemaal om, zodat hij met haar kan praten. 'We wisten dat het niet gemakkelijk zou zijn, Sarah. We moeten heel sterk zijn. Weet je nog wat de psycholoog zei over dat kinderen zich erg snel aanpassen? Hij heeft gewoon tijd nodig. We worden weer een gezin.'

Een gezin. Wat betekent dat nou echt? Ze heeft de belangrijkste jaren van Samuels leven gemist: zijn eerste lachje, zijn eerste stapjes, zijn eerste schooldag. Dat hij leerde lezen, vrienden maakte, nieuwsgierig was. Ze was er niet om zijn vragen te beantwoorden toen hij de wereld probeerde te begrijpen. Dit soort dingen kenmerken het ouderschap. Ze is een vreemde voor hem, en hij voor haar. Niet alleen een vreemde, maar ook een buitenlander.

Ze kan zich niet onttrekken aan het ontmoedigende gevoel dat ze een verschrikkelijke fout hebben gemaakt door hem op deze manier terug te halen naar Parijs. Niemand heeft zich afgevraagd of ze er wel goed aan deden. Gevoelsmatig was het allemaal zo duidelijk: het kind moest terug naar zijn rechtmatige ouders. Daar had je dat woord weer. Ouders. Ze twijfelt of ze dat wel echt is. Een afschuwelijk gevoel dat zegt dat ze deze jongen niet eens kent maakt zich van haar meester.

Als ze arriveren bij hun huis draagt David Samuel de trap op, helemaal naar de derde verdieping waar ze wonen, en vervolgens naar zijn slaapkamer. Hij legt hem op bed, trekt zijn schoenen en jas uit en bedekt hem met een deken. Vanuit de deuropening ziet Sarah hem naast het bed knielen en zich over hun zoon buigen om het haar van zijn voorhoofd te strijken en hem te kussen. Dan haalt hij een klein houten doosje uit zijn jaszak. Ze gaat achter hem staan en ziet dat hij een kus op het doosje drukt en het dan op het kussen naast Samuels hoofd legt. Ze voelt de tranen achter zijn ogen alsof het de hare zijn. Dan ziet ze die geruisloos over zijn gezicht lopen.

David, die al die jaren haar rots in de branding is geweest. David, die haar verdriet begrijpt, maar zorgt dat ze daar niet aan ten onder gaat. David, die haar altijd staande heeft gehouden, haar hoofd boven water hield, terwijl ze alleen maar haar ogen wilde sluiten en wegzinken. Ze heeft hem maar één keer zien huilen: toen ze hem terugvond nadat ze geëvacueerd waren uit Auschwitz. Hij was in elkaar gezakt in de sneeuw, maar klampte zich aan haar vast en zei steeds weer haar naam, als een gebed, terwijl de tranen over zijn wangen stroomden.

Hij heeft veerkracht en een rotsvast geloof. Maar ze weet niet zeker of dat is wat ze nu nodig hebben. Het is te rigide, te hard. In plaats van zich onwrikbaar aan hun principes en rechten te houden, zouden ze misschien wat meer open moeten staan. Het probleem is alleen dat ze niet weet wat nodig is. Ze is de weg kwijt, en niets is wat het lijkt.

64

Parijs, 25 juli 1953

Sam

Vorige week, op mijn eerste dag hier, werd ik wakker in een vreemd bed en vond een houten doosje op mijn kussen. Het leek op een minischatkist. Er zat een haakje aan om het open te doen, dus dat deed ik. De binnenkant was van rood fluweel en er zat dus echt een minischat in: muntjes, een chocolaatje in goudkleurig papier, glimmende gekleurde steentjes en een opgerold stukje papier dat was verzegeld met rode was, zoals een perkamentrol. Ik maakte het open en las wat er stond. Het was geschreven in het Engels: *Samuel, onze zoon, jij bent de schat waar we altijd naar zijn blijven zoeken*. Ik rolde het papier weer op en stopte het terug in het doosje.

Er is nu één rotweek voorbij. Meestal slaap ik en soms, als ik geluk heb, droom ik over thuis.

Maar vanmorgen halen geluiden uit de keuken me uit mijn droom. Ik probeer ze niet te horen en weer in slaap te vallen. In mijn droom scheen de zon en wilde ik net een hap chocolade-ijs nemen. Ik heb niet altijd fijne dromen, dus deze wil ik vasthouden. Net als ik er bijna ben, hoor ik mijn naam. Ik durf te wedden dat ze het over mij hebben, over hoe verschrikkelijk ik ben.

Het is hier allemaal zo anders. Zo gruwelijk anders. Alles is oud. Dit is geen plek voor kinderen. Het ruikt zelfs oud, bijvoorbeeld de gepoetste meubels, sigarenrook en stinkkaas. Ik mis de geuren van thuis: warme donuts, suikerspinnen, de rook die uit de karretjes in het attractiepark aan het strand komt.

Ook de mensen hier zijn anders. Ze zijn puntiger, stekeliger. Ze zoenen je op je wang, maar het zijn geen echte zoenen, meer een soort luchtkussen. Ik sta altijd stokstijf stil en doe of ik ergens anders ben. Ik mis de *hugs* in Amerika, de fijne knuffels. De mensen hier lachen ook niet als ze je zien. Ze zeggen met strakke lippen 'bonjour'. Heel anders dan thuis, waar mensen de hele tijd lachen. Alles is groter en beter in Amerika.

Het enige wat ik een soort van lekker vind is goûter, wat ze hier 's middags eten: een baguette uit de boulangerie die nog warm is, gevuld met vierkante stukjes pure chocolade. De rest van het eten is een beetje raar en komt allemaal apart. Eerst eet je de groenten, bijvoorbeeld geraspte wortel, dan een stukje vlees of vis, en dan daarna soms nog een salade. Meestal is er een toetje, maar vaak is dat in stukjes gesneden fruit. En je mag nooit zelf iets uit de koelkast of de kast halen. Het moet altijd opgediend worden. Ze weten niet eens wat een hotdog is! Ze hebben geen frisdrank, alleen een of andere paarsrode siroop die ze mengen met water en die grenadine heet. Het smaakt nergens naar.

Maar de wc is misschien wel het allervreemdst. Dat is een gat in de grond met daarnaast plekken waar je je voeten moet neerzetten. En dan moet je hurken om in dat gat te plassen of te poepen. Meestal komen er spetters op mijn voeten. De wc is niet eens in huis; je moet ervoor naar de gang.

Maar ik ben wel gestopt met huilen. Nou ja, overdag dan. 's Nachts word ik soms huilend wakker als ik een nachtmerrie heb, die steeds terugkomt. Daarin ren ik in het donker door een bos, spring over brede beken en val in verstopte kraters. Ik ren tot mijn benen ermee ophouden en dan lig ik doodsbang te wachten tot het monster me opeet. Net als dat in mijn voet wil bijten, gil ik. En daar word ik dan wakker van. In mijn nachtmerrie gil ik heel hard, maar als ik wakker word is het maar heel zachtjes. Dan wil ik het licht aandoen, maar ik ben bang dat het monster ergens in mijn kamer verstopt zit, klaar om mijn hand eraf te bijten. Ik wil iemand roepen, maar ik ben te bang voor mijn eigen stem om dat te doen. Trouwens, er is hier toch niemand die me kan helpen. Dus dan probeer ik aan leuke dingen te denken. Ik maak plaatjes in mijn hoofd van het strand, de zee, het volle speelplein. Soms helpt dat en val ik weer in slaap.

Er zit een lege plek in me. Die is er elke morgen als ik wakker word. Hij gaat nooit weg. Als ik denk aan mam die door de agenten werd meegenomen, wordt het groter, dus daar probeer ik maar niet aan te denken. Ze schreeuwde de hele tijd mijn naam en volgens mij heeft ze zelfs een agent geslagen, of was ik dat zelf? Het gaat een beetje door elkaar lopen in mijn hoofd.

Iedereen zegt de hele tijd dat het mijn schuld niet is. Ik snap niet wat ze bedoelen. Waarom zou het mijn schuld zijn? Het komt omdat ik op de verkeerde plek ben geboren, zoals mam zei. Maar ik heb die plek niet gekozen. Anders had ik nooit Frankrijk uitgekozen, zeker weten. Ik haat het hier. Mijn buik doet pijn en mijn benen zijn weer verschrikkelijk gaan jeuken.

'Sam-uel, *le petit déjeuner est prêt.*' Baardmans stem komt door de deur.

Ik draai me naar de muur. 'Ga weg, ga weg. Ik heet Sam,' fluister ik in mijn kussen.

Opeens staat hij in mijn kamer en doet de ramen open om de ijzeren luiken open te klappen. Het wordt opeens heel erg licht.

'*Qu'est-ce qu'il fait beau.*' Het klinkt gemaakt vrolijk. Hij bukt en woelt door mijn haar. '*As-tu bien dormi?*'

Ik sleur mezelf het bed uit, trek mijn pantoffels en duster aan en ga op de rand van het bed zitten. Ik heb geen haast. Ik kijk om me heen. Naar het houten vliegtuigje dat aan spiraaldraad aan het plafond boven het bureau hangt. Naar de ingelijste foto aan de muur van mensen met zwarte kleren aan – of misschien komt dat omdat het een zwart-witfoto is. Misschien dragen ze eigenlijk knalpaarse of groene kleren. Maar goed, niemand lacht. Aan die muur hangt ook een kop van klei. Het is een zeeman met knalgeel haar en een blauwwit gestreept shirt. Ik krijg er de kriebels van.

'Allez, Samuel.' Baardman loopt naar de deur.

Ik kan niet anders dan hem volgen.

Het ontbijt is een mandje in stukken gesneden baguette en een kom met warme chocolademelk. Het staat op een geel plastic tafelkleed. Ze gebruiken geen borden; in plaats daarvan vegen ze na het eten de kruimels in hun hand en gooien die uit het raam. Ze dopen hun brood in hun kom met koffie, maar dat doe ik niet in mijn chocolademelk. Ik smeer veel boter en abrikozenjam op mijn brood. Het is toch smerig, al die kruimels die in je drinken drijven? En wie drinkt er nou uit een kom? Ze hebben niet eens gewone mokken in huis, alleen van die piepkleine koffiekopjes van een kinderserviesje.

Ze praten, maar ik versta er niets van. Ik heb alleen 'oui' en 'non' leren zeggen, dat betekent 'ja' en 'nee'.

Na het ontbijt ga ik me aankleden op mijn kamer. Mijn kleren liggen allemaal opgevouwen in een glimmende houten kast die honderd jaar oud ruikt. Er zit een grote ijzeren sleutel in de deur. Die werkt echt, want ik heb het geprobeerd. Je kunt er gewoon iemand in opsluiten. De meeste kleren zijn van thuis. Die zijn hier op de een of andere manier gekomen, net als ik.

Ik trek een spijkerbroek van de plank en mijn gele T-shirt. Terwijl ik me aankleed, vraag ik me af waar ze me vandaag mee naartoe nemen. Ik ben al op de Eiffeltoren geweest. Ik kon over heel Parijs kijken alsof ik in een vliegtuig zat.

Baardman doet de deur open en loopt gewoon naar binnen. 'Allez, Samuel. *Nous allons sortir, toi et moi.*'

Om de een of andere reden begrijp ik dat hij zegt dat we weggaan. Vraag me niet hoe ik dat weet, ik weet het gewoon. Ik loop achter hem aan naar de voordeur, over de trap naar beneden en de straat op.

De stoep is zo smal dat we niet naast elkaar kunnen lopen. Dat is goed, want ik ben bang dat hij anders mijn hand vast zou pakken. Nu loopt hij achter me, hoewel hij wel zijn hand op mijn schouder heeft gelegd. Die voelt heel zwaar. Soms knijpt hij om te zorgen dat ik langzamer ga lopen. Dan wijst hij ergens naar en ratelt iets in het Frans.

Er zijn geen gewone huizen in Parijs, en ook geen tuinen. Er zijn alleen maar opgestapelde huisjes en gekke winkeltjes. Er zijn patisserieën, eigenlijk taartenwinkels, alleen zijn de taarten heel anders dan thuis. Er is glimmend brood dat eruitziet als een vlecht en maanvormige koekjes met suiker. Ik zou veel liever een jamdonut hebben. Tijdens het lopen kijk ik omhoog naar de smalle ramen die uit de daken steken. Ik probeer me voor te stellen dat nazi's schreeuwend en schietend de smalle trappen op rennen.

Baardman neemt me mee een winkel in. Er rinkelt een bel en achter een gordijn aan de zijkant komt een man tevoorschijn. Hij heeft ook een baard. Hij geeft Baardman een hand en zoent hem dan op allebei zijn wangen. Dus nu ben ik aan de beurt. Ik bereid me voor op het geprik, maar de man geeft me alleen een hand, houdt die stevig vast en kijkt me met donkerbruine ogen aan. Ik kijk de andere kant op. Ik zie horloges en gouden kettingen in glazen kasten liggen. De man gaat achter de toonbank staan en haalt er een soort dienblad met gouden ringen op rood fluweel uit.

Baardman bekijkt ze en wijst er dan een aan. De man pakt hem op en draait hem rond in zijn lange vingers. Hij schuift het dienblad weer in de toonbank en pakt een bosje ijzeren ringen die met een draadje aan elkaar zitten.

Baardman pakt mijn hand en legt die op de toonbank. Ik probeer hem terug te trekken, maar hij houdt hem stevig vast. 'Allez, Samuel. *C'est un cadeau pour toi.*'

Volgens mij betekent het dat ik een kadootje krijg. Ik ontspan mijn hand.

De man schuift de ijzeren ringen over mijn middelvinger tot er een past. 'Bien, très bien. *Je fais ça toute de suite.*'

'Merci, *mettez* "S. L. 1944" *à l'intérieur,* s'il vous plaît.'

Daarna gaan we naar Maison de la Presse. Ik kijk naar de stapels papier op de planken. Mijn mond valt open bij het zien van al die verschillende kleuren met enveloppen die erbij passen. Aan mam zou ik een brief op paars papier schrijven, want dat is haar lievelingskleur. Ze heeft thuis paarse zeep die lavendel heet. 'Die is alleen voor mij,' zei ze toen ik die een keer pakte. 'Jongens willen niet naar lavendel ruiken.' Ik krijg kramp in mijn buik door deze onverwachte herinnering.

Baardman is druk aan het praten met de man achter de toonbank. Ik zie dat hij een glazen doos vol pennen pakt. 'Voilà, *les stylos plumes,*' zegt hij trots.

'*Viens,* Samuel.' Baardman steekt zijn arm uit.

Ik doe een kleine stap vooruit, maar mis expres zijn arm.

'*C'est pour l'école. Tous les enfants doivent utiliser un stylo plume à partir de six ans. Tu peux en choisir un.*' Baardman kijkt me aan.

Ik denk dat hij zegt dat ik een pen mag uitzoeken. Toch doe ik net of ik hem niet begrijp.

'Samuel, *s'il te plaît.*' Hij wappert met zijn hand boven de pennen om aan te geven dat ik er een moet uitkiezen.

Ik kijk ernaar. Ik vind de lichtblauwe het mooist. Ik haal mijn hand uit mijn zak en pak de pen van het dienblad. Als ik de dop eraf haal, zie ik dat er een rare punt aan zit. Ik duw er met mijn duim tegen om te kijken hoe scherp die is.

'*Faîtes attention!*' roept de man achter de toonbank.

Ik schrik me wild en laat de pen vallen.

Baardman raapt hem op en geeft hem terug aan de man. 'Oui, *celui-ci.* Merci.'

De man knikt, maar ik zie dat hij boos is door wat hij met zijn lippen doet als hij de pen teruglegt in een houten doos. Langzaam geeft hij de doos aan mij.

'Merci, monsieur,' fluistert Baardman in mijn oor.

Ik zeg niets. Ik spreek geen Frans. Maar ik wil dat lavendelpapier, en ook een envelop. Ik probeer te bedenken wat ik moet zeggen, maar wijs dan maar gewoon, als een baby, naar het papier.

'Mais oui, bien sûr, *du papier aussi*.' Baardman glimlacht. '*De quelle couleur*?'

Die vraag is makkelijk te verstaan. 'Lavendel,' zeg ik.

'*Lavande*?'

'Oui, lavendel.'

Met een kleine frons pakt Baardman een vel paars papier. Nu wijs ik naar de enveloppen. Ik zie dat hij er niks van snapt. Waarom wil een jongen nou paars papier? Misschien heeft hij geraden waarvoor ik het wil gebruiken en koopt hij het niet voor me, maar dan pakt hij ook een envelop.

Nadat hij betaald heeft, gaan we de winkel uit en legt hij zijn hand weer op mijn schouder om me te sturen. We gaan terug naar de juwelier en de man daar haalt een klein doosje tevoorschijn. Ik kijk de andere kant op, maar zie vanuit mijn ooghoeken dat hij er een gouden ring uit haalt. Baardman draait zich om om me die te laten zien. Hij wijst naar de binnenkant: *S. L. 1944* staat er. Hij steekt hem naar voren en ik weet dat hij hem om mijn vinger wil schuiven.

Maar ik wil hem niet. Ringen zijn voor meisjes. In plaats daarvan krab ik op mijn been.

Hij bukt en trekt mijn hand weg bij mijn been. 'S'il te plaît, Samuel.'

Ik verstijf als hij de ring aan mijn vinger schuift. Ik lijk wel een hond die een glimmende nieuwe halsband krijgt. Dan zoent Baardman me. Hij houdt mijn schouders vast en kijkt me recht aan. '*Je t'aime, mon fils*.'

Ik popel om naar huis te gaan, zodat ik op mijn benen kan krabben. Ze jeuken verschrikkelijk.

Als we thuiskomen, is Zogenaamdmam er niet. Ik loop naar mijn slaapkamer, ga op mijn bed zitten en trek mijn broekspijp omhoog. De rode plekken worden groter. Ik krab eraan, graaf mijn nagels erin. Het voelt lekker. Nu zijn ze warm en gevoelloos. Ik weet dat de pijn later komt.

Ik ga achter het bureau zitten en staar naar mijn hand, naar mijn vinger, naar de ring. Ik vraag me af hoeveel die kost. Ik durf te wedden dat hij van echt goud is.

Baardman komt mijn kamer in en lacht naar me alsof alles in orde is. Ik kijk de andere kant op. Hij legt zijn hand op mijn schouder en pakt een boek van de plank boven het bureau.

'*Est-ce que tu connais Tintin?*'

Ik weet dat hij iets vraagt over het boek, maar ik weet niet wat, dus ik blijf gewoon naar de muur kijken en doe net of hij er niet is.

'Samuel, Tintin *est un garçon qui vie des grandes aventures. Je vais te lire une histoire.*'

Iets met avonturen, denk ik. Ik blijf gewoon naar de muur kijken.

Dan begint hij voor te lezen en verandert zijn stem. Ik moet wel naar hem kijken als hij de stem van de slechterik nadoet en dan gromt als een klein hondje. Hij draait zich naar me toe en wijst naar de plaatjes. Ik zie het witte hondje en de slechterik die allemaal haar op zijn gezicht heeft. 'Milou,' zegt hij, wijzend naar het hondje.

Ik wijs naar de baard op het plaatje en dan naar zijn baard.

Hij lacht. 'Oui, oui, *barbe. J'ai une barbe aussi.*'

Aha! Dus baard is 'barbe'.

Hij wijst naar de hond. '*Chien.*'

Maar ik wil geen woorden meer leren. Ik kijk niet meer naar het boek.

Hij gaat door, loopt door de kamer, zet gekke stemmetjes op en probeert me de plaatjes te laten zien. Maar ik kijk gewoon weer naar de muur. Ging hij maar weg, dan kon ik een brief naar mam schrijven.

Eindelijk slaat hij het boek dicht en zet het terug op de plank. Het is opeens erg stil in de kamer en ik voel dat hij naar me kijkt. Ik doe of ik een standbeeld ben en verroer me niet. Als ik mezelf onzichtbaar maak, geeft hij het misschien wel op en gaat weg.

Maar hij ratelt weer iets in het Frans. Ik sla mijn handen voor mijn gezicht en voel dan zijn hand op mijn achterhoofd. Ik wacht tot hij weggaat.

Eindelijk loopt hij de kamer uit. Nu kan ik naar mam schrijven.

Dat mag niet, dus ik moet het geheim houden. En dan moet ik ook nog bedenken hoe ik die ga versturen. Ik zet de pen op het papier en druk, trek de pen naar beneden om de letter M te maken, maar er komt niets uit. Ik druk harder. Nu staat er gewoon een kras. Wat is er aan de hand met die stomme pen? Ik til hem van het papier en knijp de punt tussen mijn vingers. Opeens spuit er aan alle kanten inkt uit. Stomme pen! Ik smijt hem neer. Ik ga niet huilen. Echt niet.

Ik hoor iemand de kamer binnenkomen, maar kijk niet op. Dan voel ik een hand over mijn rug wrijven en hoor dat iemand zuchtend de pen pakt. Door de bloemetjesgeur weet ik dat het Zogenaamdmam is. Vanuit mijn ooghoek zie ik dat ze de pen schudt, de punt op een klein stukje wit papier zet en vloeiend begint te schrijven. Ik til mijn hoofd een stukje hoger om te zien wat ze schrijft.

Cher Sam
We houden van je – nous t'aimons
Alsjeblieft – s'il te plaît
Geef – donnes
Ons – nous
Een kans – une chance

Ze legt de pen voor me neer.

Ik teken een cirkel om hem te testen. Hij doet het nu ook bij mij.

Ik schrijf: *Ik wil naar huis.* Dan blijft de pen weer steken en komen er druppels inkt uit. De brok in mijn keel wordt groter. Maar ik ga niet huilen. In plaats daarvan ram ik de punt een paar keer achter elkaar in het papier.

Ze pakt mijn hand stevig vast; ik kan hem niet meer bewegen. Ze knielt naast me en pakt mijn andere hand. Ze probeert me naar zich toe te trekken.

Ik verstijf. Ze trekt harder. Ik trek terug. Het lijkt wel een gevecht. Ik merk dat ik hijg.

Dan zie ik Baardman in de deuropening.

'Sarah!' Zijn gezicht is rood. '*Qu'est-ce que tu fais?*'

65

Parijs, 20 augustus 1953

Sarah

Ze weet niet hoe ze een moeder voor hem moet zijn. Ze heeft geen tijd gehad om dat te leren. Het is te moeilijk om opeens een kind te krijgen, een kind met een karakter dat al gevormd is. Met een verstikt gevoel vraagt ze zich af of het te laat is. Ze is haar baby voorgoed kwijt en dit onbekende kind heeft hem vervangen. Ze proberen de dagelijkse routine van een normaal leven vast te houden, maar niets is normaal. Hoewel ze zowel fysiek als mentaal uitgeput is, kan ze 's avonds maar moeilijk de slaap vatten.

'Lig alsjeblieft stil, Sarah, je houdt me wakker.'

'Ik snap niet dat jij kunt slapen!'

'We moeten wel. We hebben onze energie hard nodig voor Samuel.'

'Maar hoor je hem dan niet huilen?'

'Hij houdt zo wel op. Hij heeft gewoon tijd nodig om zich aan zijn nieuwe leven aan te passen. Ik weet dat het zwaar voor hem is, maar hij redt het wel. Het maakt hem alleen maar sterker.'

'Sterker? Maar tegen welke prijs?'

'Wat wil je dan dat ik doe, Sarah?' Ze hoort de groeiende frustratie in zijn vermoeide stem.

'Ik begrijp gewoon niet hoe jij in slaap kunt vallen terwijl hij ligt te huilen. Ik kan dat niet.'

'Daarom hebben kinderen zowel een vader als een moeder nodig. Jij bent van nature zachtaardiger dan ik, maar we moeten voet bij stuk houden en niet toegeven aan medelijden. Anders komt hij er nooit achter wie hij werkelijk is.'

'Wie hij werkelijk is? Hij is een negenjarige jongen in een vreemd land die is weggerukt bij de enige familie die hij ooit gekend heeft.'

'Alsjeblieft, Sarah. We hebben het er morgen wel over. We moeten nu slapen.'

Ze draait zich van hem af. De tranen biggelen over haar wangen, maar ze geeft geen kik. David heeft natuurlijk gelijk: ze moeten hun krachten bundelen om te kunnen omgaan met de boze, ontheemde jongen die ze hebben gekregen. Van hun tweeën is David altijd de sterkste geweest, maar ze weet dat ook hij eronder gebukt gaat. Hij weigert alleen zijn twijfels te erkennen en doet net of die er niet zijn, of alles goedkomt wanneer Samuel zich eenmaal heeft aangepast aan zijn nieuwe leven, dat als zij nou maar consequent en geduldig zijn, hij zich daarbij neer zal leggen. Zacht zuchtend slaat ze het beddengoed weg, schuift haar benen het bed uit en gaat zitten.

'Ik ga even wat water drinken,' fluistert ze met hese stem.

'Niet naar hem toegaan,' fluistert David. 'Daar maak je het alleen maar erger mee.'

Erger? Hoeveel erger kan het worden?

Op de tast loopt ze naar de deur en gaat de gang op. Ze moet langs zijn slaapkamer om in de keuken te komen en drukt haar oor tegen de deur. Het is stil. Hoorde hij haar aankomen? Hij wil waarschijnlijk niet dat ze binnenkomt. Hij haat haar. Ze voelt zijn haat die hem als een krachtveld omringt.

Maar ze heeft zo de behoefte hem te zien, hem aan te raken, te weten dat hij echt is. Ze kan nog steeds niet echt geloven dat haar zoon terug is. Voorzichtig drukt ze de klink naar beneden en doet zachtjes de deur open. Ze loopt op haar tenen naar zijn bed en luistert of ze hem hoort ademen, maar ze hoort niets. Ze zakt op haar hurken om te controleren of hij er echt ligt. Ze legt haar hand op de deken en strijkt over het oppervlak tot ze hem voelt. Ze weet dat hij wakker is en zijn adem inhoudt, niets liever wil dan dat ze weggaat. 'Sam,' fluistert ze. '*Je t'aime de tout mon coeur.*'

Nog steeds niets. Dan slaakt hij een diepe zucht en voelt ze dat hij huivert. Ze streelt hem door de deken heen en neuriet zachtjes. Dan begint ze te zingen.

'Dodo, l'enfant do
L'enfant dormira bientôt.'

Hij draait zijn hoofd om en ze voelt zijn warme adem op haar gezicht.

'Wil je alsjeblieft weggaan?' Hij draait zich naar de muur. 'Laat me met rust.'

66

Parijs, 2 september 1953

Sarah

Vandaag is het voor kinderen in heel Frankrijk een grote dag – *la rentrée*. Het leven wordt na twee maanden zomervakantie eindelijk weer normaal. Degenen die het zich kunnen veroorloven – en zelfs degenen die dat niet kunnen – gaan in augustus meestal weg uit Parijs, waardoor de achterblijvers profiteren van de legere straten. Sarah en David zijn dol op Parijs in augustus en gaan dan altijd fietsen. Door het Jardin du Luxembourg, en dan langs de Seine naar het Canal Saint-Martin, waar ze hun fietsen neerzetten om een glas wijn te gaan drinken in een van de cafés aan het kanaal.

Sarah herinnert zich zowel de opwinding als de angst van haar eigen rentrée. De klassenlijsten aan de muur bij het speelplein, ouders en kinderen die daarvoor samendromden om te zien wie er dat jaar hun leerkracht en klasgenoten waren. Ze is dankbaar dat ze dit eindelijk met haar eigen kind kan doen. David gaat ook mee en ze weet dat hij zich er net zo op verheugt als zij. Het helpt vast om een beetje structuur te scheppen. Ze hebben behoefte aan routine. Het is moeilijk geweest om Sam te vermaken; hij heeft nergens belangstelling voor, zelfs niet voor de Eiffeltoren. Hij keek gewoon uitdrukkingsloos over de rand en weigerde onder de indruk te zijn.

'Zal ik Samuel wakker maken?' David komt de keuken in, waar zij de tafel aan het dekken is voor het ontbijt.

Ze draait zich naar hem toe. 'Ik vraag me af of hij wel weet wat er vandaag op stapel staat.'

'Snap ik. Ik heb gisteravond met hem gepraat en een verhaal voorgelezen over een kind dat naar school gaat. Ik heb naar de plaatjes gewezen en vervolgens naar hem, maar ik weet nooit wat er in dat koppie omgaat.'

'Nee. Hij is nog steeds een gesloten boek.'

'Gun hem de tijd. Ik merk dat hij ongewild toch al een paar woordjes Frans heeft opgepikt.' Hij pulkt aan zijn baard. 'Het zal hem enorm goed doen om met school te beginnen. Dan móét hij de taal wel leren.'

'Ik hoop dat het niet te zwaar voor hem wordt. Kinderen kunnen wreed zijn voor buitenstaanders. Hij hoort er niet bij, toch?'

'Geen zorgen. Ik heb het hoofd gesproken en hij heeft beloofd een oogje in het zeil te houden.' Hij legt zijn hand op haar schouder. 'Als Samuel eenmaal in het ritme zit en leeftijdgenoten om zich heen heeft, zal alles geleidelijk op zijn plek vallen. Ooit zal hij begrijpen dat we dit doen omdat we van hem houden.'

Sarah knikt. 'Ja, we gaan hem wakker maken. Het ontbijt is klaar.'

David klopt op Sams deur en duwt die tegelijkertijd open. 'Samuel, *c'est l'heure.*'

De gedaante in bed verroert zich niet. Sarah blijft in de deuropening toekijken, terwijl David naar het bed toe loopt en zijn hand op de dekens legt. 'Samuel. *Tu vas à l'école aujourd'hui.*'

'Wat?' Sam draait zich om en kijkt hem aan. Aan de blik vol afgrijzen op zijn gezicht ziet Sarah dat hij het begrepen heeft.

Ze loopt de kamer in en doet de klerenkast open. Ze haalt er zijn gestreken donkere broek en een grijs shirt uit en legt die naast hem op het bed.

Hij gaat zitten en schudt zijn hoofd. 'Nee! Geen school. Ik wil niet! Ik praat geen Frans.'

Sarah kijkt hem aan. Ze begrijpt wat hij zegt, maar weet niet wat ze moet antwoorden. Ze wijst naar de kleren op het bed en verlaat de kamer. David loopt achter haar aan.

Ze drinken koffie in de keuken en wachten op hun zoon. Er verstrijken tien minuten, een kwartier. Hij komt niet.

'Ik ga hem halen.' Sarah laat David achter aan de tafel.

Als ze zijn kamer binnenloopt, blijft haar hart stilstaan. Ze doet haar ogen dicht en wenst dat ze dit niet had hoeven zien. Hij ligt onder het bed en de stank van urine dringt haar neusgaten binnen. Zonder iets te zeggen loopt ze naar het bed. Ze legt haar hand op de keurig gestreken schoolkleren. Die zijn drijfnat.

Ze wil tegen hem tekeergaan, zeggen dat hij een smerig jongetje is. In plaats daarvan houdt ze haar adem in, slikt haar woede door, bukt en trekt hem aan zijn elleboog onder het bed uit.

Zijn pyjamabroek is uit. Vol afgrijzen staart ze naar zijn benen. Die zitten onder de schrale rode vlekken. Hij kijkt ernaar alsof hij dat voor het eerst ziet. Dan kijkt hij haar met grote ogen van angst aan. Hij heeft duidelijk geprobeerd dit voor haar verborgen te houden.

Ze betast de plekken. Ze voelen vochtig en droog tegelijk. 'O nee, Sam.' Ze zal de dokter moeten bellen; hij kan zo echt niet naar school.

In de keuken zit David nog steeds geduldig te wachten tot zijn gezinnetje bij hem aanschuift. 'We hebben een probleem, David.' Ze wacht tot hij zich omdraait en haar aankijkt. 'Samuels benen zitten onder een of andere afschuwelijke uitslag. Ik moet de dokter bellen.'

'Wat? Wacht even. Laat mij eerst even kijken.'

Ze loopt achter hem aan de keuken uit, de gang door en Sams kamer in. Sam zit op de rand van zijn bed en heeft een deken over zijn benen geslagen. David trekt zijn neus op en kijkt naar Sarah. 'Waar komt die stank vandaan?'

'Maak je daar nu maar geen zorgen over. Kijk gewoon even naar zijn benen.'

David strekt zijn hand uit om de deken weg te trekken, maar Sam houdt die vast. David stapt fronsend achteruit. 'Heeft hij in bed geplast? Wat is er met zijn benen?'

'Zijn huid is rood en schraal. Je moet er even naar kijken.'

David draait zich weer naar Sam en knielt voor hem neer. 'Laat me even kijken,' zegt hij in het Frans. Voorzichtig trekt hij de deken weg.

Sarahs hart breekt als ze naar dat arme, kwetsbare kind kijkt dat daar zit.

Opeens springt Sam op en rent de kamer uit. De voordeur knalt dicht. Hij is vast naar de wc.

David zit met een doodsbleek gezicht op de vloer en staart hol voor zich uit. 'Wat moeten we doen, Sarah? Wat moeten we doen?'

'Dat weet ik niet. Ik ga de dokter bellen. We hebben hulp nodig.'

'Bel die Pool, die spreekt Engels. Samuel moet met iemand praten. Ik ga voor de wc wachten tot hij eruit komt.'

Maar als de dokter een uur later arriveert, zit Sam nog steeds op de wc. Ze vertellen hem wat er aan de hand is en laten hem dan alleen om door de afgesloten deur met Sam te praten.

Na bijna twintig minuten komt Sam naar buiten en onderzoekt de dokter hem. Sarah en David zijn daar niet bij; ze beseffen dat hun aanwezigheid het er allemaal alleen maar erger op maakt. Ze wachten in de keuken. Sams warme chocolademelk is koud geworden. Sarah voelt zich opeens enorm afgewezen.

David ziet er net zo mismoedig en verslagen uit als zij. 'Ik hou zo veel van hem,' zegt hij. 'Wat hij ook doet, ik zal altijd van hem blijven houden.'

Sarah kijkt naar hem, naar de grijze lijnen rond zijn ogen, zijn verdrietig neergetrokken lippen. 'Weet ik. Zo horen ouders zich ook te voelen.'

'O ja? Maar het doet zo veel pijn.'

'Zeg dat wel.' Ze laat zich op haar stoel zakken.

'Ik weet niet meer wat we voor hem kunnen doen. Echt niet.'

'Dat snap ik. Hij wil alleen maar naar huis.' Geruisloze tranen lopen over haar wangen.

David komt naast haar zitten en slaat zijn arm om haar heen. 'Hij hoort hier thuis. Wij zijn zijn ouders.'

'In zijn ogen zijn we dat niet, toch?'

'Nog niet. Maar op een dag zal hij de waarheid onder ogen zien. We moeten hem laten zien dat we het niet opgeven.' Hij fronst. 'We hebben ergere dingen meegemaakt en zijn erdoorheen gekomen. Toen ik zwak was, was jij sterk. En nu zal ik sterk zijn voor jou.' Hij pakt haar hand.

Sarah weet niet wat hij kan doen om haar te helpen.

'Eczeem,' vertelt de dokter als hij Sams kamer uit komt. 'Waarschijnlijk verergerd door stress.' Hij geeft hun een recept voor verschillende pillen en zalfjes. Als ze hem uitlaten, draait hij zich naar hen om. 'Dit is een zeer lastige situatie. U zult uiterst geduldig en voorzichtig moeten zijn.'

67

Parijs, 3 september 1953

Sarah

De volgende dag besluit ze Sam thuis les te geven. De school kan wel wachten. De psycholoog had gezegd dat hij met de taalbadmethode binnen een halfjaar vloeiend Frans zou spreken, dat het vanzelf zou gaan, alsof je een kind leerde praten. Maar Sarah voelt zijn verzet; het is net of er een muur om hem heen staat. Baby's verzetten zich niet tegen taalverwerving. Het is helemaal niet hetzelfde.

Ze besluit proactiever te zijn, Sam meer bij dingen te betrekken in plaats van hem in zijn eentje te laten mokken.

Voor zijn komst heeft ze een spelletje memory gekocht dat ze samen in het Frans kunnen spelen. Je moet een dierenjong en zijn ouder bij elkaar zoeken. Zo kan ze hem dierennamen leren.

Ze pakt zijn hand en neemt hem mee naar de woonkamer. Hij verzet zich niet. Ze laat hem plaatsnemen op de zachte groene leunstoel die van haar oma is geweest. Dan loopt ze naar de kast van donker hout waarin ze foto's, ontvangen ansichtkaarten en spelletjes bewaren. Ze schudt de kaarten en legt ze een voor een ondersteboven op de glazen salontafel. Dan draait ze er een om. Het is een kleine kangoeroe. '*Kangourou.*'

Ze draait er nog een om; het is een leeuwenwelpje. '*Lion.*'

Sam kijkt haar aan alsof ze gek geworden is, maar ze glimlacht gewoon naar hem. 'Jij bent aan de beurt,' zegt ze in het Frans.

Even staart hij wezenloos voor zich uit. Dan pakt hij langzaam een kaart en draait die om. Het is een kitten. Hij draait er nog een om. Het is een poes.

'Très bien!' Met een golf van blijdschap ziet ze hem een andere kaart omdraaien. Hij doet mee! Ze moet niet ál te enthousiast worden, het is slechts een begin, maar voor het eerst ziet ze een klein lichtje fonkelen aan het eind van de lange, donkere tunnel. Dan loopt hij zonder iets te zeggen naar zijn kamer.

Tussen de middag eten ze croque-monsieur; iets wat hij lekker schijnt te vinden. Na de lunch besluit ze hem mee te nemen naar het Jardin du Luxembourg. Dat is best een eind weg, dus ze nemen de metro. Ze weet dat hij daar dol op is. Zijn gezicht licht op als hij er een uit een tunnel ziet komen.

In de tuin laat ze hem rustig alles in zich opnemen. Soms wijst ze iets aan en zegt langzaam wat dat is in het Frans. Hij kijkt haar aan, maar herhaalt het woord niet. Ze zet er geen druk achter. Stapje voor stapje. Ze lopen langs het water en blijven staan om naar de ronddobberende kleine houten zeilbootjes te kijken. Sam kijkt om zich heen. Kinderen duwen met lange stokken tegen hun bootje als dat te dicht bij de rand dreigt te komen.

Sarah maakt een gebaar naar de boten om te vragen of hij het ook wil proberen.

Hij schudt zijn hoofd en ze weet dat hij het begrepen heeft.

Er parkeert een ijscokarretje bij het water. Ze besluit hem niet te vragen wat hij wil, maar loopt er met hem naartoe en zegt: 'Vanille, s'il vous plaît.' Ze kijkt Sam aan.

'Et pour monsieur?' vraagt de ijscoman die haar blik volgt. 'Chocolat? *Fraise*?'

Ze kijkt aandachtig naar Sam en vraagt zich even af of hij zal weigeren te antwoorden.

'*Chocolate*,' zegt hij uiteindelijk.

De man grijnst. '*Anglais ou Américain*?' vraagt hij.

'Amerikaans,' antwoordt Sam vol trots.

'*O là là, 'ot dog*!'

'Hebt u hotdogs?' Voor het eerst sinds Sam er is klinkt hij enthousiast.

'Mais non! Dit is Frankrijk! Geen hotdogs.' De man schiet in de lach en schept een volmaakt rond bolletje donker ijs op een hoorntje. Het glimt in de nazomerzon.

Sam doet een stap naar voren en steekt zijn hand uit. 'Bedankt.'

'Merci.' De man knipoogt naar hem.

Sam negeert hem en Sarah voelt dat haar wangen warm worden van schaamte.

Likkend aan hun ijsje drentelen ze naar de speeltuin. Daar wemelt het van de dreumesen die door het zand rollen en van de glijbaan roetsjen. Moeders zitten op nabijgelegen bankjes met elkaar te kletsen. Sarah voelt een vlaag van spijt over alle jaren die ze gemist heeft met Sam. Hij loopt zo stilletjes naast haar, ze voelt de treurnis door zijn huid sijpelen. Ze is zich hevig bewust van zijn heimwee. Hij is te jong om het binnen te houden. Ze vindt zichzelf wreed, omdat ze haar eigen zoon terug wil.

Die avond komt David thuis met een groot rechthoekig pakket dat verpakt is in bruin papier. Meteen weet Sarah wat het is. Ze kijkt hem opstandig aan. Ze heeft tegen hem gezegd dat ze nooit meer wilde spelen en nu staat hij daar met een viool onder zijn arm.

'Nee, David.' Ze kan wel janken, gillen, wil bij hem wegrennen. Hoe heeft hij dit kunnen doen? Hij weet hoe ze erover denkt.

'Sarah, alsjeblieft.' Hij kijkt haar vastberaden aan. 'Vind je niet dat ze ons genoeg hebben afgenomen?' Hij loopt langs haar heen de woonkamer in.

Ze blijft dralen in de deuropening, hoort dat hij het papier eraf haalt en de doos opent. Dan raakt hij een snaar aan en blijft haar hart stilstaan. Ze krijgt geen adem meer. Het komt allemaal terug: het stemmen voorafgaand aan een concert, de opwinding van het spelen voor publiek, de pure schoonheid van de muziek. Ze dacht dat dat allemaal bij de wereld hoorde die ze achter zich heeft gelaten. Ze zet een stap de woonkamer in en ziet David gebogen over de viool zitten. Dan loopt er een traan over zijn wang die op het glanzend gepoetste hout valt.

Ze gaat naast hem zitten en pakt het instrument uit zijn handen. Ze slaat nu zelf de snaren aan en draait met gesloten ogen aan de stemsleutels om de juiste toon te krijgen. De warmte van zijn affectie brandt door haar huid. Hij wil haar terug. Dat voelt ze gewoon. Zijn verlangen naar de vrouw die hij kende is tastbaar.

Als ze klaar is met stemmen, gaat ze staan en legt de viool onder haar kin. Met haar andere hand pakt ze de strijkstok en trekt die ver naar achteren, alsof ze een pijl gaat afschieten. Zo voelt het ook: alsof ze ten strijde trekt. Het is tijd om opnieuw te vechten voor het leven dat ze ooit hadden. Ze verzamelt al haar moed en speelt de eerste maten van Mozarts 'Eine kleine Nachtmusik', Davids lievelingsstuk.

Ze kijkt naar hem tijdens het spelen. Dit is voor jou, zegt ze hem zonder woorden. Voor jou.

Ze gaan zo in elkaar op dat ze de jongen in de deuropening niet zien. Hij kijkt verbaasd. Als Sarah zijn aanwezigheid eindelijk bespeurt en hem een blik toewerpt, draait hij zich niet zoals gewoonlijk om, maar kijkt haar recht aan. Opeens ziet ze de baby die haar aanstaarde terwijl ze hem voedde. Eindelijk ziet ze een glimp van het kind dat ze heeft achtergelaten. Ze blijft hem aankijken terwijl ze verder speelt en meegevoerd wordt door de muziek.

68

Parijs, 14 september 1953

Sam

Ze sturen me naar school. Hoe verschrikkelijk ik dat ook vind, ik ga niet huilen. Ik denk aan papa's brief. Ik ben dapperder dan ik denk. Zogenaamdmam en ik lopen bijna naast elkaar, maar zij loopt half naast de stoep, omdat die zo smal is. Mijn hart bonkt alsof ik net een sprintje heb getrokken, terwijl dat niet zo is. Ik loop gewoon.

Als we bij de school aankomen, zie ik heel veel kinderen door het hek lopen. Ik blijf staan en kijk naar het bord: L'ÉCOLE DES HOSPITALIÈRES-SAINT-GERVAIS. Dat klinkt meer als een ziekenhuis dan als een school. Misschien is het een school voor zieke kinderen. Misschien ben ik nu wel een ziek kind.

Alle andere kinderen gaan in hun eentje naar binnen, maar zíj gaat met me mee. We lopen over een gang met grijze vloerbedekking, waardoor het heel stil is. Volgens mij gaan we naar de kamer van het schoolhoofd. Die wil me vast eerst zien omdat ik nieuw ben en waarschijnlijk een speciaal geval. Dat zeggen mensen als ze het hebben over kinderen die zich niet netjes gedragen.

We blijven staan voor een deur waarop MONSIEUR LEPLANE staat. Zogenaamdmam kijkt me aan en ik zie dat zij bijna net zo bang is als ik. Ik kijk terug alsof het me allemaal niets kan schelen, maar eigenlijk heb ik buikpijn en verschrikkelijke jeuk aan mijn benen.

Ze klopt aan en een kleine man met pluizig zwart haar opent de deur. '*Entrez*,' zegt hij, alsof hij haast heeft. In zijn kamer gaat hij voor zijn bureau staan. De stapels boeken daarop lijken elk moment op de grond te kunnen vallen. Hij laat zijn bril zakken en kijkt me eroverheen aan. 'Bonjour, Samuel.'

Ik weet dat hij wacht tot ik iets zeg om te kijken of ik Frans spreek, maar ik krijg er nog steeds geen Franse woorden uit. Zelfs al zou ik het willen. Zoals nu. 'Hallo,' mompel ik.

Hij fronst, kijkt naar Zogenaamdmam en zegt iets in het Frans.

Ze buigt zich naar me toe en fluistert: '*Au revoir*, Sam.'

Ik doe niks. Dan loopt ze de kamer uit en wil ik daar opeens niet in mijn eentje staan.

Monsieur Leplane loopt naar zijn kant van het volle bureau en gaat zitten. 'Samuel, *assis-toi*.' Hij wijst naar een stoel.

Ik doe wat me is opgedragen en ga op mijn handen zitten, omdat ik weet dat ik anders ga krabben. Aan de muur achter hem hangen foto's van rijen ernstig kijkende leerlingen.

'Je vader heeft me je verhaal verteld.'

Hij praat Engels!

Hij zet zijn bril af om me beter te bekijken. 'We weten dat dit moeilijk voor je is, Samuel, maar dit is waar je thuishoort.' Hij zet zijn bril weer op. 'En we gaan er alles aan doen om jou te helpen je aan te passen aan je nieuwe leven hier. Het zal niet gemakkelijk zijn, zeker niet in het begin, maar zodra je omgaat met andere kinderen, zal alles... op zijn plek vallen.'

Ik kan het niet helpen: ik krab door mijn broek op mijn been. Hij ziet er aardig uit en zijn Engels is erg goed, maar ik merk dat hij aan hun kant staat. Niet aan de mijne. Niemand staat aan mijn kant. Mijn keel knijpt dicht als ik dat denk. Ik knipper de nattigheid uit mijn ogen. Ik ga niet huilen. Echt niet.

'Ik zal je even iets over de geschiedenis van deze school vertellen,' zegt hij zacht. 'Die is verbonden met jouw verhaal, maar dat van jou loopt beter af.'

Het is een stom verhaal! Ik kan het wel uitschreeuwen. Maar dat doe ik niet. Ik blijf gewoon op mijn benen krabben.

'Op de ochtend van 16 juli 1942, twee jaar voordat jij bent geboren, zijn bijna alle kinderen van deze school opgepakt. In september waren er nog maar vier over. Moet je je voorstellen! Kinderen die opgepakt werden! Weet je wat ze misdaan hadden?'

Ik denk dat ik het antwoord wel weet, maar zeg niets.

Hij kijkt me afwachtend aan.

'Waren ze op de verkeerde plek geboren?' mompel ik.

'Dat zou je kunnen zeggen, ja. Ze waren Joods toen het een misdaad was om Joods te zijn.'

Ik weet nog steeds niet zeker wat Joods precies betekent – het heeft iets met geloof te maken. Ik weet dat Hitler Joodse mensen haatte. Hij wilde ze allemaal vermoorden, zelfs de baby's.

'De nazi's maakten van Joods-zijn een misdaad.'

'Mijn vader was geen nazi! U ként hem niet eens!'

'Dat weet ik, Samuel. Dat zei ik ook niet.' Hij komt weer naar mijn kant van het bureau en legt zijn hand op mijn schouder. 'Jouw vader Jean-Luc heeft iets heel dappers gedaan. Hij heeft jou gered van de nazi's. Ik had het niet over hem. Het waren Franse gendarmes die de kinderen oppakten en overdroegen aan de nazi's. Ik denk dat veel mensen dingen hebben gedaan waar ze nu spijt van hebben. Dat doet oorlog met mensen.'

'Ik hou van mijn vader, hij is de beste vader van de wereld.' Ik slik mijn tranen in.

'Natuurlijk hou je van hem, Samuel. Niemand vraagt je daarmee op te houden. Maar je moeder hier heeft ook iets heel dappers gedaan, hoor, iets waarvoor de meeste moeders niet genoeg moed zouden hebben. Ze heeft je weggegeven, ook al was je nog geen maand oud, omdat ze wist dat dat je enige kans was om het te overleven. Ze heeft al die jaren met jou gemist en nu wil ze je terug. Begrijp je dat?'

Ik haal mijn schouders op. Ik wil niet aan haar denken.

Hij staart me aan en wacht tot ik iets zeg.

'Ik ben haar bezit niet,' fluister ik.

'Natuurlijk niet. Mensen bezitten elkaar niet, maar kinderen horen bij hun ouders.'

'Mijn ouders zijn in Amerika.'

'Dat dacht je. Maar nu weten we dat ze hier in Frankrijk zijn.'

'Nee! Mijn echte vader en moeder zijn in Amerika.'

'En ooit ben je oud genoeg om in je eentje bij hen op bezoek te gaan, maar tot die tijd moet je dit nieuwe leven een kans geven. Zie het als een kans: je kunt Frans leren, je geschiedenis ontdekken, een andere cultuur leren kennen…'

'Dat wil ik niet. Ik haat het hier.'

Hij krabt op zijn hoofd en kijkt me aan alsof hij iets uit probeert te vogelen. Misschien denkt hij na over mijn probleem. Misschien snapt hij er iets meer van dan de agenten en die psycholoog met wie ik gepraat heb. Die snapten allemaal niet dat ik eigenlijk Amerikaans ben en niet Frans.

'Genoeg geschiedenis voor vandaag.' Hij kijkt op zijn horloge. 'Nu richten we ons op de toekomst. En de jeugd ís de toekomst, nietwaar? Dus die moet opgeleid worden.'

Hij is net als al die anderen. Hij zal me niet helpen. Ik wrijf in mijn gezicht en zeg tegen mezelf dat ik weer naar huis zal gaan, naar Amerika. Ik zweer dat ik dat op een dag zal doen.

'Kom, dan gaan we kennismaken met je klas,' zegt hij.

In het lokaal zitten de kinderen van mijn klas aan aparte houten tafeltjes. Ze staan allemaal op als we binnenkomen. 'Bonjour, monsieur Leplane,' zeggen ze allemaal tegelijk. Dan gaan ze weer zitten.

De lerares is een mevrouw met lang donker krulhaar en een bruine huid. Ze glimlacht naar me met lieve bruine ogen die me aan mam doen denken. Met een hand op mijn schouder duwt ze me voor de klas. Ik weet niet precies wat ze zegt, maar ik hoor '*Les États-Unis*' en dat betekent de Verenigde Staten. De kinderen nemen me op. Ze lachen niet en dat doe ik ook niet.

Ik word naast een jongen gezet die Zack heet. Tot mijn opluchting grijnst hij naar me. Hij ziet er grappig uit met dat spleetje tussen zijn voortanden. 'Ik ben half Amerikaans,' fluistert hij. 'Blijf bij mij in de buurt.'

Eindelijk, iemand om mee te praten.

De lerares vindt de stylo plume in mijn etui en stopt die in mijn hand. Ik mag woordjes overschrijven van Zack, maar het zijn er heel veel en ik krijg kramp in mijn hand. Ook voel ik dat ik een blaar krijg aan de binnenkant van mijn middelvinger.

Als de bel gaat, loop ik achter Zack aan naar het speelplein. 'Mijn vader is Amerikaans,' zegt hij. 'Hij heeft mijn moeder ontmoet toen de Amerikaanse soldaten Parijs kwamen bevrijden. Toen hij haar tussen al die mensen zag, is hij van de truck gesprongen en heeft haar gezoend. Alle Amerikaanse soldaten zoenden met Franse meisjes.' Hij schiet in de lach. 'Maman zei dat ze het zo fijn vonden om bevrijd te zijn van de nazi's dat ze terugzoenden.'

Ik weet niet wat ik moet zeggen, dus ik kijk hem maar lachend aan.

'Dat was in 1944 en ik ben in 1945 geboren,' zegt hij trots.

Dus hij is een jaar jonger dan ik. Ze zullen me wel een klas lager hebben gezet omdat ik geen Frans praat.

Ik moet verschrikkelijk plassen en mijn benen jeuken weer. 'Ik moet naar de wc.'

Hij kijkt me even aan voordat hij antwoord geeft. 'Die zijn daar.' Hij wijst naar een klein betonnen gebouwtje.

Ik ren ernaartoe. Er staat een groepje jongens bij. Die gaan me uittesten, dat weet ik gewoon. Zonder ze aan te kijken loop ik langs. De deur staat open en ik zie dat de wc's weer van die gaten in de grond zijn. Maakt niet uit, zeg ik tegen mezelf. Ik moet heel erg, want ik heb het de hele ochtend opgehouden. En ik wil ook op mijn benen krabben. Ik ga een hokje binnen, maar er zit geen slot op de deur en het stinkt naar poep. Opeens hoef ik niet meer te plassen. Ik wil alleen maar naar buiten, maar dan moet ik weer langs die groep jongens. Per ongeluk kijk ik ze aan.

Ze fluiten tussen hun tanden en ik weet niet wat ik moet doen.

Een van de jongens duwt me hard een hokje in. Ik glij uit en steek mijn handen voor me uit naar de muur. Die voelt slijmerig. Ik ga kokhalzen en hoor ze achter me lachen.

Dan gaat de bel en hoor ik ze wegrennen. Ik adem diep in en uit om niet te gaan kotsen. Snel trek ik mijn broek naar beneden, net op het moment dat er plas over mijn benen begint te lopen.

Als ik weer in de klas kom, is het doodstil en zit iedereen te schrijven. De juf glimlacht naar me en wijst naar mijn plek.

'Was je verdwaald?' fluistert Zack als ik ga zitten.

Ik knik. Ik ga niet huilen. Echt niet.

Ik moet nog veel meer woorden overschrijven en dat is zo saai dat ik de tijd vergeet. Na een tijdje gaat de bel weer.

'Tot vanmiddag,' zegt Zack als we het lokaal uit lopen.

'Hè?'

'Na de lunch.'

Gaan we naar huis om te eten?

Zogenaamdmam staat met de echte moeders bij het hek. Ik zie haar zoekend om zich heen kijken; de aderen in haar lange hals zijn opgezwollen. Ik buig mijn hoofd en verstop me tussen de anderen. Ik zou nu weg kunnen rennen! Maar dan laat ik me toch meevoeren met de andere kinderen en onthoud dit voor later.

Op weg naar huis gaan we naar de boulangerie om een baguette te kopen. Ik pak hem aan van de verkoopster en scheur er tijdens het lopen stukken af die ik in mijn mond prop.

Ik verwacht dat Zogenaamdmam boos wordt, maar ze raakt alleen even mijn schouder aan en zegt: '*Tu as faim après l'école, n'est-ce pas?*'

Ze denkt dat ik honger heb, maar dat is niet zo. Ik wil haar gewoon kwaad maken. Zodra we thuis zijn, ren ik naar de wc op de gang en hurk boven het gat in de grond. Daarna was ik mijn handen. Ik draai het rechthoekige stuk zeep rond tot ik alleen nog maar schuim zie. Ik voel de zeep steeds kleiner worden.

'Sam,' roept Zogenaamdmam. 'Ça va?'

Ik druk mijn handen tegen elkaar, zodat de zeep ertussendoor schiet en op de grond valt. Dan zet ik mijn schoen erop en wrijf de hele vloer ermee in. Met het restje zeep onder mijn schoen loop ik naar de keuken. Ik haal dit soort rottigheid uit, omdat ik me er een beetje beter door ga voelen. Ik heb het nooit eerder gedaan; het kwam niet eens in me op.

Ik zie haar naar de vloer kijken en weet dat ze de troep die ik gemaakt heb gezien heeft. Ik hoop dat ze tegen me gaat schreeuwen. Ik weet niet waarom, maar ik wil haar kwaad maken.

'*Enlève tes chaussures*, Sam.' Ze gaat op haar hurken zitten en maakt mijn veters los. Ik staar naar haar achterhoofd. Hoe oud denkt ze dat ik ben. Vier of zo?

Ik laat haar mijn schoenen uittrekken. Ze doet net of ze de kleverige zeep niet gezien heeft. Dan kijkt ze me aan en zie ik dat haar groene ogen glimmen van de tranen. Ze knippert en probeert te glimlachen, maar ik weet dat ze eigenlijk wel kan huilen. Daar krijg ik een rotgevoel van. Echt rot. Ik kijk hoe ze het restant van de baguette in stukken snijdt en in het broodmandje stopt. Dan pakt ze een schaaltje met geraspte wortel en zet dat ook op tafel.

'Assis-toi.'

Ik laat me gehoorzaam op de stoel zakken. Ze komt naast me zitten en we eten brood en geraspte wortel. Ik veeg net als zij het bord schoon met het brood. Ik heb geen zin meer om rottigheid uit te halen. Dan legt ze wat vlees en aardappels op de lege borden. Als toetje is er appeltaart. De appelschijfjes zijn heel dun en allemaal even groot.

'Viens,' zegt ze na de lunch.

Ik volg haar naar de woonkamer, de ergste kamer in het huis met die goudkleurige bank in het midden en de grote houten stoel ernaast. Er is geen tv, er staan alleen boeken in een glazen kast.

Ze haalt er een uit, gaat op de bank zitten en klopt op het plekje naast zich.

Ik laat me erop zakken, maar alleen omdat ik medelijden met haar heb. Maar niet te veel – als ze zou willen, kan ze me ook gewoon terugsturen naar Amerika. Ze houdt het boek voor zich en begint hardop voor te lezen. Ik begrijp er geen woord van en bedenk dat ik de brief voor mam aan Zack zou kunnen geven.

69

Parijs, 14 september 1953

Sarah

Hoe is het mogelijk dat een kind van negen om één uur 's middags in slaap valt? Ze ziet Sams ogen zwaar worden tijdens het voorlezen. Ze moet hem wakker schudden om hem weer naar school te brengen.

Het komt omdat hij 's nachts niet goed slaapt. Ze hoort hem huilen. Soms schreeuwt hij in zijn slaap; scherpe, boze Amerikaanse woorden die ze niet verstaat. Overdag is hij vaak lethargisch en treft ze hem in elkaar gekropen slapend op zijn bed aan. Op andere momenten is hij passief-agressief en beraamt plannetjes om hen te ergeren. En dan zijn zijn benen er ook nog. Alle woorden die hij niet over zijn lippen krijgt, komen naar buiten in zijn schrale, vuurrode huid.

Hoelang kan ze dit zo laten doorgaan? David zegt dat ze sterk moet blijven, het vol moet houden, maar voor haar gevoel zijn ze eerder wreed dan sterk.

Als ze na de lunch naar school lopen en hij een paar passen achter haar zijn voeten over de grond sleept, kan ze niet anders dan Charlotte Beauchamps vervloeken. Waarom heeft ze in hemelsnaam geen Frans met dat arme kind gesproken? Waarom heeft ze hem zijn moedertaal ontzegd? Ze snapt er helemaal niets van; Charlotte moet een vrouw met weinig principes zijn die niets liever wilde dan uit Frankrijk ontsnappen en haar verleden wissen, evenals haar eigen familie.

'Hoi, Sam!' Een jongen met een grote krullenbos komt breed grijnzend naar hen toe rennen.

'Hé, Zack.'

Sarah draait zich naar haar zoon, verbaasd over de manier waarop hij dat zegt: vrolijk, normaal, net als elk ander kind.

Zack blijft staan en kust Sarah op beide wangen ter begroeting.

Ze lacht naar hem. Wat een leuke, beleefde jongen.

'*J'aide Sam en français*,' vertelt hij trots. '*Mon père est Américain*.'

Weg taalbadmethode! Eerlijk gezegd kan haar dat geen moer schelen; ze is gewoon blij dat Sam een vriendje heeft.

De twee jongens lopen op een drafje de school in zonder ook maar één keer om te kijken. Voor het eerst heeft Sarah het gevoel dat haar zoon iets normaals meemaakt. Tegen beter weten in put ze hier hoop uit. Ze loopt in een lichtere tred naar huis en bedenkt hoe belangrijk vriendjes zijn op deze leeftijd. Met Zacks hulp zal Sam zich snel meer thuis gaan voelen.

Bij terugkomst wordt ze verrast door stemmen uit de woonkamer. Zou David nu al thuis zijn? Snel loopt ze naar binnen.

'Bonjour.' Ze kijkt naar een vreemde die theedrinkt uit hun mooiste servies.

'Mag ik je voorstellen aan Jacob Levi, Sarah? Ik heb hem ontmoet in de synagoge.' David staat op van de bank.

'Aangenaam kennis te maken.' De onbekende man staat op en kust haar op beide wangen. 'David heeft me heel veel over u en jullie ongelooflijke geschiedenis verteld.'

Ongelooflijk is niet het woord waarmee zij het zou omschrijven. Tragisch, wellicht, schokkend, afschuwelijk, onvoorstelbaar, maar niet ongelooflijk. Ze weet niet wat ze moet zeggen, dus ze loopt naar de bank en gaat zitten. De mannen volgen haar voorbeeld. Er valt een gespannen stilte, waardoor Sarah zich afvraagt waar ze het over hadden voordat zij thuiskwam.

David kucht. 'Er is nog wat koffie als je wilt, Sarah.'

'Nee, dank je.'

'We hadden het over Parijs tijdens de oorlog, hoe angstaanjagend het toen was.' Jacob kijkt haar met donkere, ernstige ogen aan. 'Ik ben in 1939 gevlucht, voordat het hier… onmogelijk werd. We hadden familie in New York. Die heeft ons opgevangen.' Ze vraagt zich af waarom hij de behoefte voelt dit te vertellen.

'Als wij het geweten hadden, waren we ook vertrokken.' David staart naar zijn kopje.

'Natuurlijk,' zegt Jacob. 'Maar in die tijd had niemand gedacht… Kon niemand zich voorstellen wat er zou gebeuren…'

'Nee.' David borduurt erop verder. 'Dat ze immigranten deporteerden was nog tot daaraantoe, maar dat deden ze ook met mensen die hier geboren waren. Dat had niemand verwacht. Tegen de tijd dat we beseften dat we weg moesten, was het te laat.'

'Precies.' Jacob zet met een peinzend gezicht zijn kopje op het schoteltje. 'Het begint altijd met bijna onbetekenende maatregelen, dingen waar je zonder kunt, bijvoorbeeld dat je geen fiets of radio meer mag hebben. Je krijgt er een ongemakkelijk gevoel van, maar het leven gaat verder. Vervolgens maken verdere beperkingen het een stuk onaangenamer: je mag niet meer overal komen, niet meer overal winkelen. Je mag niet meer omgaan met niet-Joden.' Hij tilt het kopje weer op. 'En uiteindelijk ontnemen ze je je middelen van bestaan en wordt het bijna onmogelijk om je gezin te onderhouden. Je kinderen krijgen honger en je begint te beseffen dat ze je gewoon proberen te vermoorden. Maar dan is het te laat. Je hebt niet langer het geld noch de connecties om te vertrekken. In feite ben je een makkelijke prooi.'

Sarah heeft dit al vaker gehoord. En dan schaamt ze zich elke keer voor hun naïviteit tijdens de bezetting van Parijs, dat ze dachten dat ze veilig zouden zijn omdat ze Franse burgers met een Franse naam waren, twee generaties teruggingen en in het chique 16de arrondissement woonden. Hoewel ze getuigen waren geweest van de enorme razzia in '42 hadden ze geen ontsnappingsplannen gemaakt. Ze wilden niet vluchten. Kwam dat voort uit trots, moed of ontkenning?

Ze weet dat David zal proberen hun gebrek aan initiatief te verdedigen.

'Een makkelijke prooi? Jawel. Eerst moesten we die gele ster dragen, toen mochten we alleen nog in de achterste wagon van de metro. Maar de moffen zaten voorin, dus dat was prima! Vervolgens mochten we de Champs-Élysées niet meer oversteken en theaters of restaurants bezoeken. En toen mochten we niet overal meer boodschappen doen.' Hij kucht en pulkt aan zijn baard. 'Maar het leven ging door. Er werd opgetreden, mensen kleedden zich mooi aan, gingen uit, werden verliefd.' Hij zwijgt even. 'Sarah en ik hebben elkaar in de zomer van 1940 leren kennen. Een paar maanden later zijn we in stilte getrouwd en hebben een kleine etage in het 16de betrokken die van mijn ouders was.'

'Werkte u?'

'Ja, ik was een van de weinige Joodse mensen die nog een baan had en die heb ik tot 1943 weten te behouden.'

'Knap.'

'Het kankeronderzoek dat ik indertijd verrichtte was belangrijk, ze hadden me nodig. Ik dacht dat we veilig waren. We hadden eigenlijk niet in de gaten hoe gevaarlijk het voor ons was. Dat gebeurde pas toen we er niet meer onderuit konden.'

‘Inderdaad. Het ging elk voorstellingsvermogen te boven. Van wie dan ook. Maar jullie moeten het slim gespeeld hebben dat jullie het zo lang hebben overleefd in Parijs.’

‘Overleven is inderdaad het juiste woord.’ David laat zijn baard los. ‘Toen ik eenmaal mijn baan kwijt was, snapten we dat dat alles was waarop we konden hopen – overleven.’

‘U moet betrouwbare vrienden hebben gehad die u hielpen.’

‘Dat is zo, maar we zijn niet ondergedoken, we probeerden gewoon niet naar buiten te gaan. Vrienden brachten ons eten als ze konden en als Sarah écht naar buiten moest, droeg ze haar mantel zonder de gele ster.’ Na een korte stilte gaat hij verder. ‘Dat was altijd een dilemma: wel of niet die ster dragen. Als je het wel deed, kon je elk moment opgepakt worden, maar deed je het niet… tja, dat weet u ook wel. Als ze je aanhielden en om je papieren vroegen was het afgelopen. Maar je kon hem niet de ene dag wel en de andere niet dragen. Mensen kwamen te weten wie er Joods was en wie niet. En er was altijd wel iemand bereid je te verraden.’

‘Dat vind ik nog het moeilijkst te begrijpen… al die verraders.’

‘Wist u dat voor de oorlog bijna niemand wist dat wij überhaupt Joods waren? Aan onze naam was het niet te zien: mijn vader was niet Joods, maar mijn moeder.’ Hij zwijgt even en frunnikt weer aan zijn baard. ‘Zij zijn een jaar voor ons opgepakt. Ze wilden niet onderduiken toen we hen waarschuwden.’

‘Wat erg.’ Jacob buigt zijn hoofd.

Er valt een stilte.

Na een paar minuten pakt David de draad weer op. ‘Strikt genomen is Sarah Joodser dan ik, want haar beide ouders waren Joods.’

Ze kijken haar allebei aan. Maar ze wil niet aan haar ouders denken. Ze slikt en dwingt zichzelf te zeggen: ‘Het was voor mij veiliger om naar buiten te gaan. De kans dat David werd aangehouden was groter. Ze hadden de meeste mannen al weggehaald uit Parijs, dus een man viel meer op. Maar een magere vrouw als ik trok amper aandacht. Daarvan stonden er heel veel uren in de rij voor eten. Wij werden het merendeel van de tijd genegeerd.’

‘Waarom zijn jullie, toen jullie na de oorlog terugkwamen…’ Jacob aarzelt, ‘niet teruggegaan naar jullie huis in het 16de?’

‘Te veel herinneringen,’ zegt Sarah vlug.

David knikt instemmend. 'We wilden onder onze eigen mensen zijn. We konden niet terug naar het leven dat we geleid hadden. Er woonde trouwens iemand anders in ons huis.'

Jacob schudt zijn hoofd. 'Ja, dat gebeurde. Veel mensen vechten nog steeds om hun huis terug te krijgen.' Hij kucht en zet zijn kopje weer op de schotel. 'Het is een wonder dat u Auschwitz hebt overleefd.' Hij wendt zich tot Sarah. 'U allebei.'

'Honderdnegentig dagen,' fluistert Sarah.

'We waren jong,' zegt David. 'En we waren sterker dan een groot deel van de gevangenen die daar al langer waren. Vergeet niet dat wij op een van de laatste treinen zaten. Wanneer vertrok die ook alweer, Sarah?'

De datum staat in haar geheugen gegrift: 30 mei 1944. De dag waarop ze haar zoon weggaf. David weet dat ook; hij probeert haar gewoon bij het gesprek te betrekken. 'Een week voor D-day,' zegt ze. 'Precies één week.' De datum zelf heeft ze nooit kunnen uitspreken.

'We wisten dat de oorlog niet lang meer zou duren,' gaat David verder. 'We moesten het gewoon volhouden. En de wetenschap dat Samuel leefde hield ons op de been. Hij was onze verborgen kracht, onze boei.'

'David slaagde erin mij berichtjes te sturen.' Sarah praat zacht, haar stem klinkt dromerig terwijl de herinneringen langzaam boven komen drijven.

'We waren jong en we hadden een sterk hart.' David staat op en loopt naar Sarah toe. Hij legt zijn hand op haar schouder. 'We hadden alle redenen om te vechten voor ons leven. En dat hebben we gedaan.'

Weer valt er een stilte als ze denken aan degenen die nooit zijn teruggekomen. Sarah wil graag dat Jacob vertrekt, zodat ze kan gaan liggen. Alle energie is uit haar gevloeid; ze voelt zich lusteloos.

Hij lijkt haar gedachten te lezen, want hij staat op. 'Nou, ik heb al meer dan genoeg van uw tijd in beslag genomen. Ik verheug me erop Samuel te ontmoeten, maar dat heeft geen haast. God staat altijd klaar om hem in de kudde te verwelkomen. Doe het gewoon wanneer het u uitkomt.'

Sarah knikt en laat het aan David over hem uit te laten. Ze loopt naar de slaapkamer en gaat in het donker op bed liggen. De luiken zijn nog dicht van de avond ervoor.

70

Parijs, 17 september 1953

Sam

'Zullen we knikkeren?' vraagt Zack in de pauze. We lopen naar een paar andere jongens die op de grond knielen. Zack haalt een kleine groene zak tevoorschijn. 'Je mag er een paar van mij.' Hij geeft me er drie. Het zijn van die doorzichtige met kleurige slierten erin. Ik bekijk de blauwe van dichtbij. Eigenlijk zijn het twee kleuren blauw, net als mijn lievelingsknikker thuis. Ik knijp hem vast, want ik heb buikpijn van de heimwee.

Ik zie de andere jongens driehoekjes met hun vingers maken en hun ogen samenknijpen voordat ze hun knikkers gooien. Ik hurk naast ze op de grond. Het warme asfalt ruikt net als de Boardwalk waar ik in hete zomers mijn voeten aan brandde. Ook die herinnering doet pijn en de tranen branden in mijn ogen. Maar ik knipper ze weg en dwing mezelf aan het spelletje te denken. Ik ben best goed in knikkeren. Ik zal ze eens laten zien wat ik kan. Ik ga liggen en neem de tijd om mijn knikker op precies de goede plek te leggen. Met één samengeknepen oog geef ik hem een tik met precies de juiste hoeveelheid kracht. Te veel en hij vliegt langs het potje. Te weinig en hij komt niet ver genoeg.

Yes!

'*Pas mal*,' zegt een van de grotere jongens. Hij bedoelt 'niet slecht', wat eigenlijk heel goed betekent. Het voelt alsof een leraar zegt dat je het hartstikke goed hebt gedaan, maar dan nog beter.

Ik kijk de jongen aan. 'Merci.'

Hij knikt naar me. En dat is zeker een teken van respect.

Een andere jongen duwt me opzij. '*Dépêche-toi. La cloche va sonner.*'

Hij zegt dat de bel zo gaat. Franse woorden kruipen in mijn hoofd als spoken die door een muur lopen. Ik zit er niet zo mee, maar ik ga die taal dus nevernooitniet praten.

Na de pauze hebben we muziek. Zack vertelt me dat ze de leraar Tonton Marius noemen omdat hij uit het zuiden komt. Ik kijk hem vast onnozel aan, want hij voegt eraan toe: 'Je weet wel, van Marcel Pagnol.'

'Wie is dat?'

'*Mon Dieu!* Je weet echt niets, hè? Hij is een beroemde schrijver en de hoofdfiguur uit zijn boeken heet Marius en komt uit het zuiden. Heb je *Manon des Sources* niet gezien? Die is vorig jaar uitgekomen.'

Ik schud mijn hoofd en voel dat mijn wangen warm worden. Ik ben er niet aan gewend dat ik degene ben die dingen niet snapt.

'Ik ben één keer naar Amerika geweest,' zegt Zack zacht. 'Maar ik kan het me niet herinneren, ik was pas één. Mijn vader heeft gezegd dat we er nog een keer naartoe gaan als ik ouder ben. Is het waar dat iedereen daar tv heeft?'

'Ik denk het wel.' Iedereen die ik ken heeft er een, maar ik weet niet zeker of dat betekent dat alle mensen in Amerika er een hebben.

'Wauw! Is iedereen rijk?'

'Volgens mij niet.' Ik moet opeens aan de straatveger denken. Die zag er niet rijk uit. Ik heb daar eigenlijk nooit over nagedacht.

Na muziek met Tonton Marius hebben we rekenen. Daar ben ik best goed in en er zit geen taal bij, alleen lange rijen sommen. Ik ga er snel mee aan de slag.

De juf loopt tussen de tafeltjes door en tikt nu en dan met een liniaal op een tafeltje als ze een fout ziet. Ze blijft bij mij staan en zegt: 'Bien, Samuel, *ça se voit que tu as déjà fait des mathématiques.*' Ze praat zacht; het klinkt alsof ze een liedje zingt. Ik kijk op en glimlach. Volgens mij zei ze dat ik het heel goed deed. '*Maintenant, il faut travailler ton français.*'

Later vraagt Zack: 'Heb je zin om na school mee naar mijn huis te gaan?'

'Zeker weten!' Alles is beter dan dat vervelende huis. 'Kan je moeder dat aan Sarah vragen?'

'Wie is Sarah?'

'De mevrouw die me op komt halen.'

'Hè? Ik dacht dat dat je moeder was.'

'Nee, mijn moeder is in Amerika.'

'Maar monsieur Leplane zei dat je naar Parijs was gekomen om bij je ouders te wonen. Hij vertelde dat je verhuisd was vanwege de oorlog.'

'O ja? Nou, dan weet hij niet alles. Het is geheim.'

'Geheim? Wat bedoel je?'

'Ik mag er eigenlijk niet over praten.'

'Maar ik kan heel goed geheimen bewaren. Ik zweer het je.' Hij legt zijn hand op zijn hart en kijkt zo ernstig dat ik lachkriebels krijg.

'Ik zal het je snel vertellen, Zack, dat beloof ik. Maar nu nog niet.'

'Oké.' Zack schudt mijn hand. Daardoor voel ik me erg groot.

'En ik weet zeker dat het mag van Sarah.'

Dus zoals afgesproken vraagt Zack na school aan zijn moeder of zij aan Zogenaamdmam wil vragen of ik bij hen mag spelen. Ze kijkt me lachend aan alsof dit het beste nieuws is dat ze ooit heeft gehoord.

'Kom mee, het mag van haar.' Zack trekt me mee.

Ik kijk achterom en zie dat Zogenaamdmam kletsend met Zacks moeder achter ons aan loopt. 'Komt zíj ook?' vraag ik.

Hij kijkt achterom. 'Zo te zien wel, ja. Hoezo?'

'Niets, ik vroeg het me gewoon af.' Verdomme! Ze loopt Zacks moeder nu waarschijnlijk het hele verhaal te vertellen. Dan komt Zack er ook achter. En dan weet hij dat ik tegen hem gelogen heb en dan zijn we geen vrienden meer. Wat moet ik nou?

'Zack,' zeg ik, 'ik moet je een geheim vertellen. Als er niemand bij is.'

71

Parijs, 17 september 1953

Sarah

Sam heeft een vriendje. Dat is het lichtpuntje waarvoor ze gebeden heeft. Ze zit al de hele middag te kletsen met Zacks moeder en in haar nieuwe vriendin heeft ze een luisterend oor gevonden, iemand die graag wil helpen als ze dat kan. Opeens ziet ze een andere toekomst voor zich en wordt ze overspoeld door een golf van optimisme. Een toekomst waarin Sam met zijn nieuwe vrienden speelt, terwijl David en zij praten met de ouders; gezamenlijke uitjes in het weekend, picknicks in de zomer, bezoekjes aan de dierentuin, de parken, de musea.

'Wil je nog een kopje thee?' vraagt Zacks moeder.

'Nee, bedankt. We kunnen beter gaan. Het was heerlijk.' Ze werpt een blik op haar horloge: half zeven! David kan elk moment thuiskomen en zal ongerust worden als ze weg zijn. 'Sorry, hoor.' Ze staat op. 'Ik had geen idee dat het al zo laat was. Heel erg bedankt voor de gastvrijheid.'

Op weg naar huis sleept Sam met zijn voeten over straat. Dat doet hij opzettelijk, omdat hij merkt dat ze haast heeft. Als hij blijft staan om naar een etalage te kijken, grijpt ze zijn hand om hem mee te trekken. 'Allez, Sam. Het is al laat.'

Ze schrikt van de kracht in zijn dunne arm waarmee hij weerstand biedt en laat hem los. Het heeft geen zin ertegenin te gaan, dat maakt het er alleen maar erger op, dus ze kijkt ook in de etalage. Ze weet dat het niet lang zal duren voor hij het zat is en doorloopt.

Twee minuten later doet hij dat en dit keer doet zij alsof ze geen enkele haast heeft.

Als ze het huis binnenkomen, staat David achter de deur. 'Waar waren jullie?'

Ze voelt Sam naast zich verstijven.

'Samuel heeft een vriendje van school. Ik heb zijn moeder ontmoet en we zijn bij hen thuis geweest.'

Ze ziet David een zucht slaken. 'Ik was ongerust.'

Sarah raakt zijn arm aan. 'Het spijt me, de tijd vloog voorbij.'

'Nee, ik ben blij dat je het naar je zin had. Wat heb je gedaan?'

'Gewoon theegedronken en gekletst.'

Sam glipt weg naar zijn kamer.

'Ik ga hem even fatsoenlijk begroeten,' zegt David.

Sarah volgt hem over de gang naar Sams kamer. Ze kloppen aan en lopen naar binnen. Sam kijkt op van zijn bureau en schuift snel een vel paars papier in zijn la.

'Bonsoir, Samuel.' David doet of hij niets gezien heeft, maar zij vraagt zich af wat er op dat papier stond. 'Alors, *c'était comment, l'école*?' Hij loopt verder de kamer in.

Sam kijkt van David naar Sarah en terug. 'Oké,' zegt hij uiteindelijk.

'Bien, bien.' David lacht. '*C'est une bonne nouvelle. Je suis content.*'

Ze gaat weg om het eten klaar te maken. Een paar minuten later komt David de keuken in. 'Hij lijkt wat vrolijker nu de school is begonnen. Ik wist dat het zou helpen om onder leeftijdgenoten te zijn.' Hij pakt twee wijnglazen, schenkt in elk een scheutje cassis en voegt er dan witte wijn aan toe. 'Hoe is dat vriendje van hem?'

'Zack? Geweldig. Hij is heel beleefd en goed opgevoed. Zijn moeder is ook leuk.'

'Hoe communiceren de jongens?'

'Je weet hoe kinderen zijn. Ze vinden altijd wel een manier.' Ze kucht om haar ongemak over de aperte leugen te maskeren. Ze wil de teleurstelling op zijn gezicht niet zien als ze hem zou vertellen dat Sams nieuwe vriend Engels met hem praat.

'Ja, natuurlijk.' Hij zwijgt even. 'Het komt allemaal goed, toch Sarah?'

Ze pakt haar glas en wacht tot hij het zijne vast heeft. Ze proosten en kijken elkaar aan, maar ze kan zijn vraag niet beantwoorden. Ze weet nog steeds niet zeker of alles goedkomt.

Ze neemt een slokje kir. 'Hij is erg afstandelijk. Heel erg. Het voelt alsof we een berg moeten beklimmen zonder te weten wat voor uitzicht we op de top zullen hebben.'

'Wat bedoel je?'

'Nou ja, hij zal zich wel aanpassen. Hij zal wel moeten. Maar ik weet niet of hij ooit van ons zal kunnen houden.'

72

Parijs, 17 september 1953

Sam

Ik kon nog net de brief in mijn la stoppen toen ze mijn kamer in kwamen. Die konden ze natuurlijk niet lezen, maar ze zouden wel zien dat het Engels was en dan raden aan wie ik hem had geschreven.

Ik haal hem er weer uit. Nu leg ik er een boek bij voor het geval ik hem opeens moet verstoppen. Ik lees hem nog een keer.

Lieve mam,
Ik hou van je. Ik mis je zo erg dat het pijn doet. Jij ben de beste moeder van de wereld en papa is de beste vader. Het kan me niet schelen wat andere zeggen. Ze begrijpen het niet. Zogenaamdmam en pa zijn vreemd. Ik noem hem Baardman omdat hij een hele grote krullerigge baard heeft. Jij en papa zijn mijn echte ouders en ik ga bedenken hoe ik naar huis kan komen. Dus maak je geen zorgen. Ik wou dat we in Mexico waren gekomen. Ik haat het hier. Ik hou van je.

Ik doe heel erg mijn best op het schrijven; ik mag de pen alleen tussen twee woorden van het papier tillen. Wat zal ik haar nog meer vertellen? Ik heb nog niets bedacht, maar ze moet weten dat ik het ga proberen.

De deur gaat open. Mijn hart schiet in mijn keel. Snel verstop ik de brief onder het boek, sla dat open en doe of ik lees.

Baardman komt naar mijn bureau. 'Ça va, Samuel?' Hij buigt zich over mijn schouder. '*Qu'est-ce que tu lis?*'

Hij wil weten wat ik lees. '*Tintin.*'

'*Laisse-moi le lire pour toi.*' Hij wil het boek pakken. Maar ik ben sneller dan hij en duw mijn ellebogen erop om de brief te beschermen. Ik wijs naar de plank boven het bureau. 'Die,' zeg ik.

Hij pakt het boek. '*Les Trois Mousquetaires*, bien, très bien!'

De drie musketiers! Papa's lievelingsboek.

Baardman slaat het open en begint voor te lezen.

Ik laat Kuifje opengeslagen op het bureau liggen met de brief eronder en doe net of ik luister, maar eigenlijk denk ik na over wat ik nog meer kan schrijven. Ik bedenk hoe mam zal kijken als ik opeens voor de deur sta.

Dan merk ik dat Baardman gestopt is met voorlezen en me aanstaart. Er zit een diepe rimpel op zijn voorhoofd, alsof hij ergens over nadenkt. Dan zegt hij: 'Samuel, *je sais que c'est difficile pour toi, même très difficile. Mais on t'aime et on va faire tout pour que ça marche.*'

Hij bedoelt dat het moeilijk voor me is, maar dat we verder moeten. Nou ja, ik weet bijna zeker dat hij dat zei.

O nee! Hij komt weer naar me toe. Ik weet gewoon dat hij Kuifje gaat pakken en dan de brief ziet. Snel trek ik die onder het boek uit, laat hem op de grond glijden en zet mijn voet erop.

'*Essayons Tintin maintenant. C'est plus amusant.*'

Ik wíst het! Gelukkig was ik net op tijd met die brief.

Hij pakt het boek van mijn bureau en begint weer voor te lezen met die rare stemmetjes. Kuifje zelf praat hard en jongensachtig, en de slechteriken gemeen en achterbaks. Maar het hondje doet hij het beste. Hij loopt heen en weer door mijn kamer en zwaait met zijn armen. Ik staar hem aan. Hij is echt erg goed met die stemmetjes. Ik weet dat hij het doet om me aan het lachen te maken en bijna doe ik dat ook. Hij probeert grappig en aardig te zijn, maar dat maakt niets uit. Ik wil niet dat hij mijn vader is. Nooit.

73

Parijs, 18 september 1953

Sarah

Gisteravond stak ze haar hoofd om Sams slaapkamerdeur en zag iets waarvan ze een brok in haar keel kreeg. David was aan het voorlezen en het leek of Sam echt luisterde. Hij keek naar zijn vader en niet, zoals zo vaak, naar een of ander punt in de verte. Ze was terug naar de keuken geslopen en had een dankgebed gepreveld.

Het is vandaag vrijdag en bij zonsondergang begint sjabbat. Nadat ze Sam naar school heeft gebracht, gaat ze naar huis om een challe te maken, het zoete brood dat ze voorafgaand aan de maaltijd breken. Aangezien ze van zonsondergang vanavond tot zonsondergang morgenavond niet mag werken, moet ze zorgen dat ze voor die tijd alles klaar heeft. Dat betekent alle boodschappen doen en het eten koken, ook voor de volgende dag. Ze geniet bijna meer van de voorbereidingen dan van sjabbat zelf. De rituelen hebben iets troostends. Ze telt de kaarsen en zet ze in de kandelaar.

Ze besluit om eerst het huis schoon te maken. Ze begint met de keuken, gaat dan naar de woonkamer en tot slot komen de slaapkamers aan de beurt. Tijdens het opmaken van hun bed denkt ze aan alle slapeloze nachten waarin ze gebeden heeft dat ze Samuel zouden vinden en probeerden uit te vogelen hoe ze de spoorwegarbeider uit Drancy konden opsporen, de man met het lange litteken aan de zijkant van zijn gezicht dat bijna tot zijn oog kwam. Omdat de nazi's een nauwkeurige administratie bijhielden, was het niet moeilijk zijn naam te vinden. Het International Tracing Service stortte zich op de zaak, maar ze kregen wel te horen dat het jaren kon duren. En dat was zo.

Het wachten en de valse hoop waren zwaar en na vijf lange jaren had David gezegd dat ze ermee moesten ophouden, dat ze zich neer moesten leggen bij hun verlies. Zelf leek Sarah ook aan het eind van haar Latijn. Soms voelde ze, als ze haar ogen sloot, nog steeds het zijdezachte hoofdje van haar kindje tegen haar lippen, kon ze nog steeds zijn melkachtige onschuld ruiken. Ze had het gevoel dat ze pas compleet zou zijn als ze hem weer vond en diep in haar hart wist ze dat hij nog leefde. David vond dat ze een ander kind moesten proberen te krijgen, maar zij durfde hem niet te vertellen hoe vervreemd zij was geraakt van haar lichaam, dat ze ervan walgde. Toen ze na Auschwitz voor het eerst in de spiegel keek, had ze het gevoel gehad dat ze naar een geest keek van de Sarah die daar gestorven was. Ze was onherkenbaar. Botten die raar uitstaken, bosjes grijs haar op haar hoofd, ogen als holtes in een schedel. Lang bleef dat beeld van zichzelf bij haar en het duurde minstens een jaar voordat ze weer in de spiegel durfde te kijken. Ze moest zichzelf weer leren kennen. En David ook. Ze waren veranderd.

Maar de tijd tikte voorbij. Meedogenloos en onverschillig. Weken werden maanden, en maanden jaren. Jaren waarin haar kind van iemand anders ging houden als zijn moeder, van iemand anders als zijn vader. Ze zou haar ziel verkopen om de laatste negen jaar met Samuel terug te krijgen.

Ze probeert niet te zwelgen in haar verdriet, doet haar best te bedenken hoeveel geluk ze hebben gehad in vergelijking met anderen. Zij leven nog en hun kind ook. Dat is zo veel meer dan ze hadden kunnen denken toen ze op die tragische ochtend, slechts twee dagen nadat ze bevallen was, naar Drancy werden gebracht.

Ze drentelt Sams kamer in, waar ze de boeken op zijn bureau opstapelt, de kleren die op de grond slingeren opvouwt en opbergt. Ze pakt zijn kussen met de bedoeling dat op te schudden, maar ademt in plaats daarvan zijn geur in: de jongensachtige zoete zweetlucht.

Vooruit, ze moet niet zo treuzelen, er moet vandaag nog veel gebeuren. Ze legt het kussen terug. Maar o wat is ze toch moe. Weet je wat? Ze gaat gewoon even vijf minuten liggen, dan heeft ze weer energie om verder te gaan. Ze laat zich op zijn bed zakken, doet haar ogen dicht en ademt zijn geur in. Er komt een gevoel van rust over haar nu ze hier op zijn lege bed ligt. Sinds zijn komst is ze nog nooit zo dicht bij haar zoon geweest.

Als ze haar ogen weer opent, is ze klaar om aan de slag te gaan. Ze staat op en tilt het beddengoed op om dat netjes in te stoppen. Haar oog valt op een velletje paars papier. Zonder na te denken trekt ze het los en kijkt ernaar. Het is een brief.

Ze laat hem vallen alsof ze zich gebrand heeft. Hoewel ze niet alles kan lezen, begrijpt ze genoeg. Ze zakt op de grond en slaat haar armen om zich heen tegen de pijnscheuten in haar buik. Het voelt net als toen haar vliezen braken, vlak voordat ze Samuel op de wereld zette.

74

Parijs, 18 september 1953

Sam

Het is vrijdag, maar ik had liever gehad dat het maandag was. Het is me niet gelukt om de brief uit de zijkant van het bed te halen voordat ik naar school ging. Nu moet ik tot na het weekend wachten. School is beter dan bij Zogenaamdmam en Baardman zijn. Ik hoop dat we vanmiddag weer naar Zack gaan. Of misschien kan ik vragen of ik in het weekend naar hem toe mag.

Ik baal ontzettend als iedereen na school meteen naar huis gaat. Op mijn bed liggen nette kleren – een zwarte broek en een wit overhemd – net als vorige week vrijdag.

Ik hoor de voordeur opengaan en al gauw komt Baardman mijn kamer in. 'C'est sjabbat, Samuel.' Hij buigt om me een zoen op mijn voorhoofd te geven.

Opeens voel ik een steek in mijn buik omdat ik moet denken aan papa die thuiskwam uit zijn werk. Hij drukte me altijd tegen zich aan en zei: 'Hoe is het met mijn mannetje vandaag?' Hij rook naar citroenzeep. De holle plek vanbinnen breekt weer open.

'Ga weg, ga weg,' fluister ik. Ik hoor hem ademhalen en in zijn baard krabben. Maar dan gaan zijn voetstappen de kamer uit en valt de deur dicht. Hij is weg. Nu kan ik mijn brief afmaken.

Ik ga op het bed liggen en schuif mijn hand aan de zijkant naar beneden. Maar daar zit hij niet. Ik haal de dekens van het bed. Pff, hij dwarrelt naar beneden, maar is helemaal verkreukeld. Ik strijk hem glad, haal mijn pen uit mijn schooltas en ga achter mijn bureau zitten om hem af te maken. *Ik kom snel terug, mam. Ik hou het hier niet lang meer vol. Ik haat het heel erg. Ik verzin wel iets om terug te komen.* Maandagmorgen geef ik dit aan Zack.

Net als ik de brief weer tussen het matras en de zijkant van het bed duw, komt Zogenaamdmam mijn kamer in. Ze blijft even staan. Ze ziet er erg bleek uit en haar groene ogen glimmen. Dan wijst ze naar de kleren op het bed. '*Ce soir on fête sjabbat. Il faut que tu t'habilles avec ces vêtements.*'

Ze wil dat ik die nette kleren weer aantrek. Omdat ze weet dat ik me niet ga aankleden waar zij bij is gaat ze weer weg. Ik durf te wedden dat ze bang is dat ik erop ga plassen, maar ik wil niet twee keer dezelfde rotstreek uithalen. Dat zou saai zijn. Trouwens, ik voel me rot vanbinnen door die glimmende ogen. Het lijkt een beetje op dat heimweegevoel.

Als ik in mijn nette kleren de eetkamer in loop, zie ik dat ze de kaarsen heeft aangestoken, net als vorige week vrijdag. Het saaie huis wordt er een beetje gezelliger door, maar ook een beetje griezelig. Ze heeft een lange zwarte jurk aan en een knotje in haar haar. Er hangen gouden hangers in haar oren en haar groene ogen zien er heel verdrietig uit in het wiebelige kaarslicht. Ik kijk naar haar; eigenlijk is ze best knap. Heel even vraag ik me af hoe het zou zijn als zij mijn echte moeder was. Misschien had ik haar wel aardig gevonden. Ik denk het wel. En Baardman ook. Kinderen vinden hun ouders altijd leuk. Beetje rare gedachte.

Ze glimlacht en strekt haar armen naar me uit. Maar ik loop haar straal voorbij.

Ze laat haar handen zakken. Baardman geeft een zoen op haar wang en gaat op zijn plek aan tafel zitten. Hij klopt op de stoel naast zich. Het voelt alsof mijn benen in de fik staan en mijn buik verkrampt.

'Ik ga naar de wc.' Snel ga ik weg, voordat hij kan zeggen: '*Toilettes*, Samuel.'

Ik loop de donkere gang op. Gelukkig is er niemand op de wc. Ik doe de deur op slot en trek mijn broek omlaag om naar het verband te kijken. Ik probeer erdoorheen te krabben, maar dat werkt niet. Dus steek ik mijn hand eronder en krab met mijn nagels. Dat voelt lekker. De witte stof raakt los en begint te rafelen. Nu kan ik tenminste even goed krabben.

'Sam-uel?' Ik hoor Baardmans stem achter de deur. 'Tout va bien?'

Ik schrik me een ongeluk. 'Oui,' roep ik terug, terwijl ik het verband weer op zijn plek probeer te krijgen. Nog net op tijd bedenk ik dat ik moet doortrekken.

Ze lachen naar me als ik de eetkamer weer in loop. Ik zou hun graag vragen waar dit over gaat, waarom ze speciaal eten maken op vrijdag, maar niemand uitnodigen. Baardman zegt een gebed en snijdt dan een groot glimmend brood in plakken. Die legt hij in een mandje dat hij aan mij geeft. Ik stop meteen een stuk in mijn mond, want ik verrek van de honger. Het smaakt lekker, een beetje als de brioche die we soms eten met goûter. Daarna is er een soort vleesstoofschotel met heel veel bijgerechten. Zogenaamdmam en Baardman praten met elkaar. Af en toe hoor ik mijn naam en soms kijken ze me aan alsof ze verwachten dat ik iets ga zeggen, maar dan kijk ik gewoon naar mijn bord.

Na het eten ruimen we de tafel af, maar net als vorige week gaat niemand afwassen. Het is een puinhoop in de keuken, vuile borden staan opgestapeld in de gootsteen. Ik snap er niets van. We gaan naar de woonkamer. Baardman legt zijn hand stevig op mijn schouder, dus ik kan niet naar mijn kamer glippen om met rust gelaten te worden. Nou ja, waarschijnlijk zou ik dat wél kunnen doen, maar ik heb er geen zin in.

Zogenaamdmam geeft hem een groot boek, dat hij voorzichtig aanpakt, alsof het anders breekt. Het zal de Bijbel wel zijn. Hij gaat op een houten stoel zitten en bladert door het boek. Ik laat me met Zogenaamdmam op de gouden bank zakken. Het verhaal dat hij heeft uitgekozen om voor te lezen herken ik meteen aan de lange lijst met dierennamen. Sommige zijn in het Frans bijna hetzelfde als in het Engels, bijvoorbeeld *lion, tigre, léopard*. Ik kom erachter dat *serpent* slang betekent, omdat hij sist als hij dat heeft uitgesproken. Ik vraag me af wat overstroming is in het Frans. Maar ik heb slaap en de woorden lopen in elkaar over, als een liedje waarvan ik de tekst niet ken. Ik leg mijn hoofd op de zijleuning.

75

Parijs, 19 september 1953

Sarah

Ze wordt vroeg wakker, zoals zo vaak tegenwoordig. David ligt zachtjes naast haar te snurken. Ze buigt zich over hem heen om te kijken hoe laat het is, maar kan in het schemerdonker de wijzers niet onderscheiden. Ach, nou ja, ze gaat er toch maar uit. Het is fijn om in haar eentje koffie te drinken, haar gedachten op een rijtje te zetten voordat de dag begint. Zachtjes glijdt ze het bed uit en trekt haar pantoffels aan.

In de keuken doet ze bonen in de molen en draait aan de hendel. Koffiezetten kost tijd, maar ze vindt de geur troostrijk en de procedure kalmerend. Sinds hun terugkeer uit Auschwitz put ze plezier uit doodgewone klusjes. Ze neemt de tijd voor de afwas en maakt elk onderdeel grondig schoon. Dan droogt ze het af tot het glimt. Vroeger had ze alles in het afdruiprek laten staan, maar nu helpen deze rituelen haar bij het bedwingen van haar zenuwen.

'Ben je nu al op?' David loopt de keuken in. 'Hoe laat is het?'

'Dat weet ik niet. Een uur of zeven, denk ik.'

'Wat wil je vandaag doen?'

'Geen idee.' Vroeger hadden ze een vast patroon op zaterdag: 's morgens naar de synagoge, gevolgd door een simpele lunch thuis en een wandeling door de buurt aan het eind van de middag. Maar nu moeten ze dingen verzinnen om te doen, dingen die een negenjarige jongen wellicht leuk vindt. Sarah mist het bezoek aan de synagoge en weet dat dat ook voor David geldt.

'Waarom ga jij niet naar de synagoge, David? Dan ga ik wel een stukje wandelen met Samuel. Misschien wel in de Tuilerieën.'

'Ik ga liever met zijn allen naar de dienst, als gezin. Ik wil niet in mijn eentje.'

'Dat weet ik.' Ze schudt de gemalen koffiebonen in het filter. 'Maar het duurt nog wel even voordat hij mee kan. Hij zou er nu alleen maar van streek door raken en dan heeft hij er voor altijd een hekel aan.' Ze werpt een blik op David. Hij fronst.

'Hij begrijpt meer dan hij ons wil doen geloven.'

'Dat weet ik.' Sarah glimlacht als ze bedenkt hoe hardnekkig Sam weigert Frans te leren, hoewel ze ziet dat zijn hersenen de taal opzuigen als een spons. 'Maar in Amerika ging hij niet eens naar de kerk – nou ja, alleen met Kerstmis en Pasen.'

'Het moet raar zijn om een kind op te voeden zonder geloof. Hoe kun je dat dan waarden en normen bijbrengen?'

Sarah kijkt naar hem en vraagt zich af of hij gelijk heeft, of dit betekent dat Sam geen waarden en normen heeft. Maar dat gaat er bij haar niet in. Ondanks zijn woede en zijn behoefte hun te laten zien dat hij niet bij hen wil zijn, ziet ze dat hij goede manieren heeft en gevoelig is voor anderen, maar dat probeert te verbergen. Hij wil hen niet echt kwetsen; hij wil gewoon naar huis.

'Hij weet in ieder geval íéts af van religie,' vervolgt David. 'Hij weet wie God is. Hij is al eens in een kerk geweest.' Hij fronst en ze ziet dat hij erover nadenkt. Dan gaat hij verder. 'Volgens mij is het belangrijk dat we benadrukken dat het om dezelfde God gaat. We moeten zo veel mogelijk gemeenschappelijke dingen vinden.'

'En wat doen we dan met Kerstmis?'

David glimlacht naar haar. 'Kerstmis? Je denkt veel te ver vooruit.'

'Jawel, maar je weet dat dat in Amerika een enorme gebeurtenis is. Het hele land viert dat.'

'We kunnen hem altijd cadeautjes geven en doen alsof die van een of andere aardige, dikke man met een rood pak en een witte baard komen.' Hij grijnst. 'Dat kan niet veel kwaad, toch?'

Sarah weet dat hij het ironisch bedoelt, maar daar is ze niet voor in de stemming. Hij heeft er altijd op gestaan geen Kerstmis te vieren. Afwezig giet ze kokend water in het filter.

'Is alles klaar voor vandaag?' David legt zijn hand op haar schouder.

'Ja. Al het eten is klaar en ik heb gisteren schoongemaakt.'

'Mooi.' Hij pakt de koffiepot uit haar handen. 'Ga nu even zitten. Het is vandaag een rustdag. Ik weet dat je graag bezig blijft, maar laten we op deze speciale dag aan God denken.'

Hoe kan ze hem vertellen dat dat is wat haar het meeste dwarszit? Hoe kan ze hem vertellen dat ze niet meer weet hoe ze moet bidden? Haar hoofd tolt door verwarring en twijfels; ze ziet het verschil tussen goed en kwaad niet meer. Is het verkeerd dat ze haar zoon terug wil? Verkeerd om de man te straffen die hem gered heeft? Zij wilde dat niet. Elke keer als ze daaraan denkt, krimpt haar hart samen van schuldgevoel. Zij hadden er schijnbaar niets over te zeggen, maar de gevangenis! Dat lijkt zo oneerlijk. Ze zijn allemaal gestraft, te hard en veel te lang. Ze wil gewoon dat er een eind aan het lijden komt. Soms lijkt het wel of ze de pijn van iedereen voelt, die opzuigt tot haar hart op barsten staat. Ze is veel te gevoelig. Ze heeft God om raad gevraagd, om kracht, maar het lijkt of Hij niet meer luistert.

Hij heeft haar gebeden verhoord toen ze Hem smeekte haar zoon te beschermen. Dat had genoeg moeten zijn. Maar nee. Ze wilde meer, nietwaar? Hebzuchtig en egoïstisch moest en zou ze haar zoon terugkrijgen, niet alleen om van te houden, maar ook om te bezitten.

76

Parijs, 21 september 1953

Sam

Eindelijk maandag. Pff! Ik ben zo blij dat ik weg kan bij hún.

Ik haal de brief voor mam onder mijn matras vandaan en stop hem in mijn schooltas. Ik kan niet wachten om hem aan Zack te geven, zodat hij hem kan posten. Ik heb zelfs vijftig *centimes* voor een postzegel. Die heb ik uit de tas van Zogenaamdmam gestolen.

Zodra ik in de klas zit, geef ik hem de envelop. 'Wil je alsjeblieft iets voor me doen, Zack? Wil je een brief voor me posten?' Ik geef hem de vijftig centimes.

Zack bekijkt de envelop. 'Waarom stuur je hem niet zelf?'

'Dat mag ik niet.'

'O ja. Oké, dan.' Hij propt de brief en het geld in zijn zak.

'Kun je het vandaag nog doen?'

'Tuurlijk. Ik zeg wel tegen mijn moeder dat het een brief voor mijn penvriend in Amerika is.'

'Bedankt, Zack. Je bent een echte vriend.'

Zack slaat op mijn rug. Ik voel me een echte man, alsof we samen een geheim plan hebben uitgebroed. 'Doe het wel met luchtpost,' voeg ik eraan toe.

'Natuurlijk.'

De rest van de dag gaat net zoals vorige week. 's Morgens schrijven, gedichten voordragen, gym en tussen de middag naar huis om te eten. 's Middags rekenen en misschien muziek of kunst. Eigenlijk is het niet eens zo erg om naar huis te gaan voor de lunch. Dan ben ik even af van al die kinderen en krijg ik een lekkere warme baguette uit de boulangerie.

Meestal knikkeren we, maar ik heb Zack nu backgammon geleerd en dat spelen we soms na school. Hij is er best goed in, maar niet zo goed als ik. Ik heb nog steeds dat holle gevoel vanbinnen, maar als ik met Zack ben, doe ik net of ik thuis met Jimmy aan het spelen ben en dan is het even weg. Het is het ergst als ik alleen in dat huis ben met Zogenaamdmam en Baardman. ’s Avonds jeuken mijn benen altijd veel meer. Misschien ben ik allergisch voor iets in het huis. Papa is allergisch voor bananen, hij krijgt pukkels als hij die eet. Misschien is dat bij mij ook wel zo. Mijn benen beginnen altijd verschrikkelijk te jeuken als ik thuiskom van school. Meestal ga ik gelijk naar de wc om even goed te krabben.

Op donderdag bedenk ik opeens dat ik vergeten ben mijn adres op de envelop te zetten. Nu kan ze me niet terugschrijven! Wat ben ik toch een oen!

77

Parijs, 28 september 1953

Sarah

De muur die Sam om zichzelf heeft opgetrokken, staat nog steeds als een huis. Hij doet zijn uiterste best geen Frans te leren. Toch merkt ze dat hij steeds meer gaat begrijpen. Zonder het zelf te beseffen volgt hij instructies op in plaats van wezenloos voor zich uit te kijken, zoals hij in het begin deed. Ze leest hem elke dag na de lunch voor en David doet dat elke avond voor het slapengaan. Soms kijkt hij haar niet eens aan en voelt ze dat hij mijlenver weg is, maar er zijn ook momenten dat ze aan zijn ogen ziet dat hij een verhaal of een personage herkent. Zijn ogen zijn een open boek, net als die van David. Ze kunnen allebei niet voorkomen dat hun emoties erin te lezen zijn. Ze heeft haat en verzet in die van Sam gezien, verwarring en teleurstelling in die van David. Ze zijn allebei heel trots en heel koppig.

Ze drentelt Sams kamer in en voelt zich klein en machteloos. Sam zit achter zijn bureau te krabbelen op een vel papier. Ze kijkt over zijn schouder, maar hij legt snel zijn arm op het papier.

'Sam, *est-ce que tu veux jouer au backgammon?*'

'Non, merci,' antwoordt hij meteen.

'*On pourrait lire une histoire ensemble?*'

'Non.'

Ze weet het niet meer. Zijn wens dat zij vertrekt is tastbaar. '*Viens, m'aider dans la cuisine.*' Een laatste poging.

Hij schuift zijn stoel achteruit en ze huivert door het schrapende geluid van de poten op het oude eiken parket. Hij staat op en draait zich naar haar toe. Zijn bruine ogen zijn wazig en kil. 'Ik wil terug naar Amerika.'

Sarahs hart voelt te zwaar voor haar lichaam. Ze steekt een hand uit om hem aan te raken en voor het eerst deinst hij niet achteruit, maar blijft haar aankijken.

'O Sam.' Ze probeert hem naar zich toe te trekken. Hij geeft een beetje mee en nu zijn hun ogen slechts een handbreedte van elkaar verwijderd. Ze kan niet dichter bij hem komen dan dit, dat weet ze. 'Sam, *chéri, est-ce que tu peux me donner une petite chance?*'

Zijn ogen worden vochtig. 'Ik wil gewoon naar huis.'

78

Parijs, 24 oktober 1953

Sam

Volgens mij begint Zogenaamdmam het op te geven. Soms zie ik haar met die groene kattenogen naar me kijken. Die zien er zo verdrietig uit, dat ik zonder dat ik het wil medelijden met haar heb. Maar zij heeft me hiernaartoe gehaald, dus het is haar eigen schuld. Ze hadden me toch gewoon met rust kunnen laten?

Met Zack lach ik soms, maar als zij in de buurt is ben ik voorzichtig. Ze mag me nooit zien lachen. Die kans is minder groot bij Baardman, behalve dan misschien als hij voorleest uit *Tintin* en de hond nadoet, of een slechterik een meisjesstem geeft.

Maar het zal niet lang meer duren voordat iedereen denkt dat het normaal is dat ik hier in Parijs ben. Ik snap steeds meer Franse woorden, ook al heb ik geprobeerd ze niet in mijn hoofd te laten. Maar ik zal nevernooitniet Frans worden. Al moet ik hier honderd jaar blijven.

Ik moet ontsnappen. Misschien kan ik naar de gevangenis waar papa zit. Die heet La Santé en is hier in Parijs. Ze denken dat ik niet weet waar hij zit, maar ik ben niet zo dom als zij denken. Ik heb ze erover horen praten, en hoewel dat in het Frans was, heb ik er best wat van verstaan. En dus ook de naam van de gevangenis. Ik heb het onthouden omdat *santé* gezondheid betekent en ik vond dat het meer als een ziekenhuis dan als een gevangenis klonk, net als mijn school.

Maar het is een stom idee. Papa kan me niet helpen; hij zit gevangen, net als ik. Trouwens, ze laten me toch niet binnen. Ik durf te wedden dat ze me gelijk terugbrengen. Volgens mij mogen kinderen niet eens op bezoek in de gevangenis.

Zaterdag gaan ze aan het eind van de ochtend samen weg. Volgens mij zeiden ze dat ze boodschappen gingen doen, of misschien wel naar de synagoge. Dat weet ik niet zeker. Maakt niet uit, ik weet dat ze een tijd wegblijven, want ze hebben een bord met gehaktballetjes, brood en een appel voor me achtergelaten op de keukentafel.

Het lijkt wel of ik een wedstrijd moet rennen, zo opgewonden ben ik. Dit is mijn kans! Maar ik moet van mezelf eerst tien minuten wachten om zeker te weten dat ze echt weg zijn voordat ik mijn schooltas pak en het eten in het voorvak prop. Dat is misschien maar genoeg voor één dag, dus ik haal een pak koekjes uit het keukenkastje en stop dat ook in mijn tas. Ik moet opschieten. Ik kan altijd meer eten kopen. Ik ben er klaar voor. Nee. Wacht. Geld!

Ik loop naar de hal en zie dat Zogenaamdmam haar tas op het tafeltje heeft laten liggen. Voorin zit een briefje van vijf. Dat is veel geld. Samen met het geld dat ik voor de ring krijg, moet dat genoeg zijn. Ik ga snel terug naar mijn slaapkamer om een trui te pakken, maar als ik wegga zie ik opeens de minischatkist op mijn bureau staan. Snel stop ik die ook in mijn tas.

Nu mijn paspoort nog. Ik loop de hal weer in en trek de la van het bureau open. Ik haal er alle papieren uit en leg ze op het bureaublad. Ik voel met mijn hand of het dunne boekje met de foto voorin ertussen zit. Maar het zijn alleen papieren.

Ik zou ook zonder mijn paspoort kunnen gaan. Als ik stiekem de boot op glip heb ik dat toch niet nodig. Maar als ik een kaartje kán kopen, moet ik mijn paspoort laten zien. Ik loop naar de woonkamer en kijk of ze het paspoort ergens tussen de boeken hebben verstopt. Niet dus. Waar kan het liggen?

In hun slaapkamer? Daar ben ik nog nooit geweest. Eigenlijk wil ik daar nu ook niet heen, maar ik heb dat paspoort nodig. Langzaam doe ik de deur open en gluur naar binnen, ook al weet ik dat ze weg zijn. Het ruikt er stoffig en oud, en de luiken zijn dicht. Als ik het licht aandoe, zie ik een glimmende ladenkast onder het raam, maar ik denk niet dat mijn paspoort daar ligt, want de laden zijn veel te groot. Die zijn vast om kleren in te doen. Ik kijk naar het bed; dat lijkt niet eens groot genoeg voor twee personen. Aan allebei de kanten staat een nachtkastje. Ik denk dat Baardman aan de linkerkant slaapt, want er ligt een krant op dat kastje en hij leest altijd kranten.

Ik trek de bovenste la van het andere kastje open. Die zit vol foto's; de bovenste is van mij op het strand thuis. Ik schuif hem in mijn zak en ga verder met zoeken. Ik voel de rand van een dun boekje en trek dat eruit. Het is een paspoort! Ik sla het open, maar mijn foto zit er niet in. Die is van háár. Ik zoek verder. Er ligt nog een paspoort. Dat is wel van mij. Ik prop het in mijn zak en ren de kamer uit.

79

Parijs, 24 oktober 1953

Sam

Er valt een regendruppel op mijn wang. Als ik omhoogkijk, zie ik dikke grijze wolken. Maar het is te laat om terug te gaan en een jas te pakken, ik moet naar station Saint-Lazare. Van een leraar op school heb ik gehoord dat er vanaf dat station treinen naar Le Havre gaan, en daar is de enorme haven waar alle boten vertrekken.

Maar eerst moet ik de ring verkopen. Dat kan ik beter doen op een plek verder bij het huis vandaan, waar niemand me herkent. De Rue de Rivoli is vol winkels en daar kan ik lopend naartoe. Ik ren tussen de mensen door en word nat van de regendruppels. In de winkelstraat prikken ellebogen en tassen met scherpe hoeken in mijn schouders. Ik heb nog nooit zo veel bewegende benen gezien.

Al snel sta ik voor een groot warenhuis. La Samaritaine. Daar wil ik niet naar binnen, dus nu moet ik tegen de stroom in duwen. Maar dan ben ik gelukkig uit die mensenmassa, hoewel ik nu nog veel natter word.

Ik kijk in de etalages waar ik langs loop, maar zie geen enkele juwelier. Dan lopen er een man en een vrouw met een paraplu boven hun hoofd uit een winkel. Ze kijken omlaag naar iets in zijn hand. Ik weet gewoon dat dat een ring moet zijn.

Ik haal diep adem, ga de winkel in en loop meteen naar de toonbank. 'Bonjour, monsieur.' Ik ga op mijn tenen staan, haal de ring van mijn vinger en steek die uit naar de man. '*Je veux vendre.*'

De man staart me aan. Ik krijg de rillingen van zijn kille donkere ogen. Hij begint te ratelen in hard, boos Frans. Het enige wat ik versta is 'Non! Non! Et non!'

Ik stop de ring in mijn zak en ren de winkel uit.

Boem! Ik ren tegen iemand aan. Ik kijk omhoog en zie een lange man in uniform. Een agent! Hij schreeuwt tegen me in het Frans, maar ik heb geen idee wat hij zegt. Mijn benen lijken wel van pap en mijn hart bonkt.

Wat nou als hij me arresteert? Brengt hij me dan naar de gevangenis? Ik lijk wel bevroren.

'Allez! Allez!' Hij duwt tegen mijn borst.

Pff! Hij wil gewoon dat ik opzij ga. Ik draai me om en zet het op een rennen. Ik moet deze straat uit. Er zijn hier te veel mensen. Misschien moet ik de ring maar niet verkopen en gewoon de trein naar Le Havre vinden.

Wanneer zouden Baardman en Zogenaamdmam thuiskomen? Hoeveel tijd heb ik? Ze worden gek als ze zien dat ik weg ben. Ze gaan zeker weten de politie bellen. Maar Parijs is een ontzettend grote stad en ze kunnen me nooit vinden tussen al die mensen.

Vlak voor me zie ik de grote M van de metro. HÔTEL DE VILLE staat er in krulletters boven de trap. Ik ren de trap af en zie poortjes met hekjes. Ik moet een kaartje kopen.

Achter kleine raampjes zitten mensen die kaartjes verkopen, dus ik loop er naar eentje toe en kijk naar de mevrouw die erachter zit. Ze ziet er erg streng uit. Ik ben bang, maar doe toch mijn best om goed Frans te praten.

'Une ticket, s'il vous plaît, madame. Pour Saint-Layzare.'

Ze kijkt me aan. 'Pardon?'

'Une ticket pour Saint-Layzare.'

'Quoi?' Nu kijkt ze echt heel boos, maar ik weet zeker dat ik het goed gezegd heb.

'*Il veut dire* un ticket pour Saint-Lazare,' zegt de mevrouw die achter me staat.

'*Ah, bon. J'ai rien compris avec son accent. Trente centimes alors.*'

Dat is dus dertig centimes. Ik haal het briefje van vijf uit mijn zak en draai me om, om de mevrouw achter me te bedanken. Ik word heel blij van haar glimlach. Die lijkt op die van mam en haar ogen zijn net zo chocoladebruin.

'*Comment tu t'appelles?*' vraagt ze.

'Sam.'

'Sam? Pas Samuel?'

'Non, je suis Américain.'

'Américain? *Dites donc. Quel âge as-tu?*'

'*Douze ans.*' Dat is gelogen, ik ben nog lang geen twaalf.

'Douze ans?'

Ik zie dat ze me niet gelooft. Ze kijkt net zoals mam als ik tegen haar lieg. Ze heeft me meteen door.

De aardige mevrouw koopt ook een kaartje en ik loop achter haar aan naar het perron.

In de metro, die door allemaal tunnels rijdt, kijk ik om me heen naar de andere passagiers. Een man die zijn pet ver over zijn voorhoofd heeft getrokken, kijkt me boos aan. Hij zet zijn pet af en mijn mond valt open als ik zijn glimmende kale kop zie.

'*Es-tu tout seul?*' Hij buigt zich naar voren en tikt mijn knie aan met zijn pet.

Ik krimp in elkaar en kijk de andere kant op.

Omdat hij me nog steeds aan zit te staren als de metro piepend remt, stap ik uit, ook al is dit pas de eerste halte. Toevallig stapt de aardige mevrouw ook uit en ik loop achter haar aan. Ik weet dat ik eigenlijk naar Saint-Lazare moet, maar ik wil dicht bij haar blijven. Bovendien kan ik nog een keer proberen de ring te verkopen en dan weer op de metro stappen. We komen naar buiten op een plein met cafés. Als zij het plein oversteekt, doe ik dat ook. Ze loopt langs een grote kerk die een beetje op de Notre-Dame lijkt en gaat dan een andere straat in. Op het bordje staat RUE MONTORGUEIL. We lopen langs een winkel die bonbons verkoopt, een kaaswinkel en dan eentje waar je slijmerige vis kunt kopen.

Ze loopt een patisserie in waar in blauwe letters STOHRER boven staat. In de etalage liggen mooie rijen chocolade eclairs, gladde citroentaartjes met plakjes donkere chocolade en broodjes waar sappige rozijnen uitsteken. Mijn maag knort en ik open het voorvak van mijn tas. Snel prop ik een gehaktballetje in mijn mond. Jakkes! Hij smaakt naar de tas! Ik heb veel liever een chocolade eclair.

Maar ik heb geen tijd. Ik wil mijn ring verkopen. Ik ren langs winkels die buiten kratjes met eten hebben neergezet. Winkeliers roepen: '*Poisson frais de ce matin!*', '*Huitres d'Arcachon!*', '*Pommes de la ferme!*' Dan hoor ik voetstappen achter me die zo te horen van een politieagent of een soldaat zijn. IJzerachtig. Hard. Ik schrik ervan. Ik wil me omdraaien om te kijken wie het is, maar als ze mijn gezicht zien... Wat nou als ze al naar me op zoek zijn? Ik zet het op een rennen en hou daar pas mee op als ik geen voetstappen meer achter me hoor.

De winkels zien er nu viezer uit. Ik staar naar een vrouw in een deuropening. Haar panty's lijken zwarte spinnenwebben en haar rok is zo te zien van rood plastic gemaakt. Ze kijkt me met haar afschuwelijke paarse lippen dreigend aan. '*Qu'est-ce que tu veux?*'

Wat een enge straat is dit. Ik ben moe en nat, en ik heb honger. Ik zie een kleermaker met blote etalagepoppen. Er is ook een winkel met een stuk karton in de etalage waarop PRÊTEUR SUR GAGES staat geschreven. Ik denk dat je daar tweedehandsspullen kunt verkopen. Ik heb het al eerder in een etalage zien staan, vlak bij het huis.

Hoewel ik het heel eng vind, duw ik de deur open. Ik maak me lang en doe net of ik stoerder en ouder ben. Ik loop naar de toonbank. De deur erachter gaat open en er verschijnt een dunne man met een glimmend gezicht. Hij leunt met zijn ellebogen op de toonbank en kijkt me aan. 'Oui?'

Ik haal de ring uit mijn zak en steek hem naar voren.

Zonder iets te zeggen pakt hij hem aan en draait hem rond in zijn dunne vingers. Zijn nagels zijn heel erg smerig. Ik doe mijn best om er kalm uit te zien, maar de rillingen lopen over mijn rug.

Hij kijkt me aan. 'S. L. 1944... *C'est toi?*'

Ik knik.

'*Cinq francs.*'

Ik vraag me af of een gouden ring niet duurder is. '*Dix* francs,' zeg ik stoer.

Hij lacht, waardoor zijn scheve, gele tanden te zien zijn. Dan schudt hij zijn hoofd en legt een briefje van vijf op de toonbank.

Ik gris het weg en ga ervandoor.

80

Parijs, 24 oktober 1953

Sarah

David draagt de boodschappen naar de keuken.

'Ga jij maar even bij Samuel kijken,' zegt ze. 'Dan ruim ik de boodschappen op.' Ze pakt de frambozentaart uit de tas en zet die voorzichtig op tafel. Hij was duur, maar ze hebben hem gekocht omdat Sam die zo lekker vindt. Eten, denkt ze. Wat heeft ze daar vroeger veel over gefantaseerd. Ze droomde er altijd over. En nu hebben ze het, ze kunnen feitelijk krijgen wat ze willen. Maar toch voelt ze zich nog steeds leeg.

'Sarah.' David staat met een lijkbleek gezicht in de deuropening.

'Wat is er?'

'Hij is niet op zijn kamer.'

'Kijk in de woonkamer. Hij is waarschijnlijk op de bank in slaap gevallen.'

'Dat heb ik al gedaan. Daar is hij ook niet.'

'Dan zal hij wel op de wc zitten.'

David schudt zijn hoofd en staart naar zijn voeten.

'Ga kijken. Hij moet er zijn.' Ze rent de gang op. De wc zit niet op slot. Ze duwt de deur open. Niemand.

'Sam! Sam!' Ze rent hun appartement weer in en gaat van de ene naar de andere kamer. Hoopt tegen beter weten in. 'Hij is er niet!' Ze steekt haar handen uit naar David, want de spieren in haar knieën veranderen in pap en de grond zakt onder haar weg.

Hij pakt haar schouders vast en loodst haar naar een stoel in de keuken.

'Wat moeten we doen?' Ze hapt naar lucht. Ze heeft het gevoel dat ze verdrinkt. 'We moeten de politie bellen. Snel! Bel ze!' Haar hart bonkt in haar oren. 'Alsjeblieft David!'

'We moeten eerst even goed nadenken, Sarah. Heb je enig idee waar hij naartoe gegaan kan zijn? Vriendjes?'

'Wat? Ja. Zack. Kom, we gaan ernaartoe.' Ze springt overeind en is al bijna bij de voordeur.

David rent achter haar aan, pakt haar elleboog en trekt haar terug. 'Wacht even, Sarah. Alsjeblieft.'

'We moeten opschieten. Hij kan al ver weg zijn. O god! Waar is hij naartoe?'

'Kalmeer eerst even. Alsjeblieft.'

Ze legt haar hand tegen haar keel alsof ze zichzelf intoomt. Maar dan schiet ze weer naar de deur. Ze verspillen kostbare tijd. Ze weet dat ze hem moeten vinden voordat hij te ver weg is. Hij is zo klein, zo naïef, hij weet niet hoe wreed mensen kunnen zijn, hoeveel gestoorde gekken er rondlopen.

'Ik blijf hier voor het geval hij terugkomt,' schreeuwt David haar achterna.

Ze rent aan een stuk door naar het huis van Zack. Zack doet zelf open.

'Heb je Sam gezien?' Ze zegt niet eens gedag.

Fronsend schudt hij zijn hoofd.

'Alsjeblieft, Zack. Hij is misschien wel in gevaar. Heb je enig idee waar hij naartoe kan zijn?'

Weer schudt Zack alleen maar zijn hoofd. Ze zoekt in zijn ogen naar een of andere aanwijzing. Dan verschijnt zijn moeder.

'Wat is er gebeurd?' Ze fronst op dezelfde manier als haar zoon.

'Sam is verdwenen. Heb jij hem gezien?'

'Nee.'

'Denk goed na, Zack. Alsjeblieft. Weet je waar hij naartoe kan zijn?'

Ze wacht op een antwoord, terwijl kostbare seconden wegtikken.

Uiteindelijk fluistert hij: 'Misschien is hij terug naar Amerika.'

Natuurlijk! Waar zou hij anders heen gaan? Er borrelt een hysterische lach op. Amerika! Hoe kan hij nou denken dat hij zo ver komt? Ze moet meteen naar de politie. Heel even aarzelt ze. Kan ze niet beter eerst naar huis gaan? Maar nee, tijd is van levensbelang.

Ze rent naar het politiebureau en komt er happend naar lucht aan. Het lijkt of alles versneld wordt afgedraaid, alles, behalve de agent die achter het houten bureau zit. Hij staat in slow motion op en krabt op zijn buik.

'Mijn zoon is… vermist! Help me!' Haar adem schuurt door haar keel.

Te langzaam steekt hij een mollige vinger uit naar een bel op het bureau. Het schrille gerinkel alarmeert een andere agent, een langere, dunnere man. 'Deze kant op, madame.'

Ze volgt hem naar een kleine kamer. 'Ga zitten.' Hij schuift een plastic stoel achteruit.

Maar ze wil niet zitten. Ze wil dat hij meteen haar zoon gaat zoeken.

'Naam?' Zijn pen hangt boven een vel papier.

'Samuel Laffitte. Alstublieft, hij is pas negen. We moeten hem snel vinden.'

'We kunnen hem pas gaan zoeken als we een paar gegevens hebben, mevrouw Laffitte. Dat begrijpt u vast wel.'

Ze knikt, terwijl tranen van frustratie opwellen. Ze slikt ze in en probeert rustig en ingetogen zijn vragen te beantwoorden.

Hij maakt aantekeningen en kijkt af en toe op, terwijl er steeds meer rimpels tussen zijn ogen verschijnen. 'Ik denk dat ik met u mee moet naar huis,' zegt hij. 'Kijken of we wat aanwijzingen kunnen vinden. En ik moet met de vader van de jongen praten.'

Ze rijden in een politieauto naar hun huis. Hij zet de sirene aan, hetgeen zij opvat als een goed teken. Hij snapt nu dat het dringend is.

David slingert de deur open voordat ze kunnen aankloppen. 'Hij heeft zijn paspoort meegenomen!'

'Nee! O nee!' Sarah grijpt haar buik vast en leunt tegen de muur.

'Blijft u alstublieft kalm. We vinden hem wel, mevrouw Laffitte.' De politieagent richt zich tot David. 'Wat heeft hij nog meer meegenomen? Geld?'

'Misschien. Dat weet ik niet.'

'Hebt u enig idee waar hij naartoe kan zijn gegaan, gegeven het feit dat hij zijn paspoort heeft meegenomen?'

'Californië,' fluistert Sarah.

'Californië?'

'Daar wonen zijn adoptieouders. Hij woont pas sinds half juli bij ons.' Davids toon is vlak.

'Ja, dat heeft uw vrouw al verteld. Inderdaad zeer onfortuinlijk.' De agent kucht. 'We hebben geluk dat we weten waar hij waarschijnlijk naartoe wil en dat de opties wat dat betreft beperkt zijn. Hij zal niet in staat zijn om een vliegtuig te nemen, hoewel dat niet betekent dat hij dat niet zal proberen. Kinderen denken niet zo ver vooruit. Dus hij zou op weg kunnen zijn naar een vliegveld, in welk geval we hem gemakkelijk moeten kunnen vinden. Of hij is onderweg naar een haven. Of hij wil meneer Beauchamps bezoeken in de gevangenis. Die optie zou voor ons het simpelst zijn. We bellen even naar La Santé om dat te checken.'

'Maar hij weet helemaal niet in welke gevangenis hij zit!'

'We moeten alle opties onderzoeken. De meeste kinderen zijn binnen vierentwintig uur terug omdat ze honger krijgen.' Hij zwijgt even. 'We sturen een paar mensen naar het vliegveld.'

Deed hij dat nou maar gewoon, denkt Sarah. En snel. Cruciale minuten tikken weg.

Hij gaat verder: 'We bellen ook even naar Le Havre. Daar kunnen ze arriverende treinen en vertrekkende boten controleren.'

'Maar Le Havre is niet de enige haven. Stel dat hij naar Calais of Duinkerken is gegaan?'

'Dat is waar. Dan bellen we daar ook naartoe. En we alarmeren de spoorwegpolitie.'

'Maar als hij nu de trein al uit is? We zijn tussen de middag vertrokken en het is nu drie uur. Genoeg tijd om daar te komen.' Sarah ploft op een stoel, haar hoofd tolt van alle mogelijkheden.

'We laten onze mensen de vertrekkende boten controleren. Geen zorgen. We vinden hem wel. Hebt u een recente foto?'

Sarah staat op om de foto's te pakken die Charlotte Beauchamps gestuurd heeft voordat Sam kwam. Er is ook een extra pasfoto. Ze overhandigt ze zonder iets te zeggen.

De agent kijkt ernaar en steekt ze dan in een leren map. 'Ik neem contact met u op. Hebt u een telefoon?'

'Ja,' antwoordt David snel.

'U moet hier blijven voor het geval hij terugkomt. Geen zorgen, we vinden hem wel.'

David laat hem uit.

Sarah voelt een pijnscheut in haar buik, alsof er een slang door haar ingewanden kronkelt. Ze slaat haar armen om haar buik en buigt zich voorover. In gedachten fluistert ze: Alstublieft God. Vergeef me. U hebt hem al eerder gered. Red hem nogmaals. Ik zal nooit meer om iets vragen. Zorg dat hem niets overkomt. Ik zal hem opgeven. Breng hem alstublieft terug, dat smeek ik U.

81

Parijs, 24 oktober 1953

Sam

Ik kan niet stoppen met rillen als de trein begint te rijden. Ik kijk uit het raam. Au revoir, Parijs.

Mijn maag knort. Ik denk dat ik beter iets kan eten, dan krijg ik het misschien ook een beetje warmer. Ik haal het brood uit mijn tas, stop er de gehaktballetjes tussen en neem een hap. Het smaakt taai en oudbakken, en ik krijg er een rotgevoel van omdat ik iets eet wat zíj voor me gemaakt heeft. Ze weten nu vast zeker dat ik weg ben. Ik durf te wedden dat ze huilt. Ik slik de hap door en stop de rest terug in mijn tas. Misschien heb ik toch niet zo'n honger.

Ik rommel in de tas om te kijken wat ik nog meer heb meegenomen. Mijn vingers stoten tegen het houten kistje. Ik haal het eruit en maak het open om naar de gekleurde steentjes te kijken. Ik hou ze een voor een tegen het licht en vraag me af of ze geld waard zijn. Ze glimmen niet, maar de kleuren zijn mooi. Ik leg ze terug, doe het kistje dicht en denk in plaats daarvan aan hoe blij mam zal zijn om me te zien. Ik trek mijn benen tegen mijn borst en sla mijn armen eromheen om warm te worden, terwijl ik naar de grijze gebouwen en de grijze lucht erachter kijk.

Ik moet in slaap zijn gevallen, want er staat een man aan mijn schouder te schudden. Eerst denk ik dat ik droom, dus het duurt even voordat ik weer weet waar ik ben.

'*Billet.*'

Hij vraagt om mijn kaartje. Dat haal ik snel uit mijn zak en laat het hem zien.

Hij kijkt ernaar en geeft het dan zonder iets te zeggen terug.

Ik zou hem graag vragen hoe laat het is en hoelang de trein er nog over doet. Het is nu erg donker buiten.

De trein piept, dus hij zal wel stoppen. Ik kijk uit het raam. In het schemerdonker kan ik nog net het bord zien – LE HAVRE. Ik pak mijn tas en spring de trein uit. Aan het eind van het perron staat een controleur, dus ik pak mijn kaartje alvast.

Ik vraag me af hoe ver het is naar de haven. Misschien gaat er wel een bus heen.

De mensen bewegen langzaam vooruit. Er staat een gezin van vijf personen voor me en het duurt eeuwen voordat ze allemaal hun kaartje hebben gevonden. Schiet eens een beetje op, ik wil naar de boot! Eindelijk lopen ze door. Ik steek mijn kaartje uit.

'Comment tu t'appelles?' De man kijkt niet eens naar mijn kaartje.

'Samuel.'

'*Passeport.*'

'Mais j'ai mon billet.'

'*Oui, et maintenant je demande ton passeport!*'

Ik haal mijn paspoort uit de tas. Mijn hart bonkt. Maar het is mijn paspoort en ik mag best in de trein zitten. Alles komt goed.

Ik steek hem uit naar de man.

Er landt een hand op mijn schouder. 'Samuel Laffitte.'

82

Parijs, 29 oktober 1953

Sarah

De jongen die ze op die rampzalige avond naar hen terug hebben gebracht, is een gereduceerde versie van zichzelf, nog afweziger en chagrijniger dan daarvoor.

Hij bestrijdt hen met stilte, gebruikt die als een scherp mes. Het snijdt in haar ziel, scheurt die aan flarden. Weer ligt hij met zijn hoofd naar de muur gekeerd als David hem naar bed brengt en een verhaal voorleest waar hij naar weigert te luisteren. Zodra hij erin ligt, gaan ze zelf ook meteen naar bed, want ze zijn tot op het bot vermoeid. Maar de slaap is moeilijk te vatten.

'David,' fluistert Sarah in het donker.

'Alsjeblieft, Sarah. We moeten slapen.'

'Maar dat kan ik niet. Ik voel me beroerd.'

'Je moet hiermee ophouden, Sarah. We hebben niets verkeerd gedaan. Het is niet verkeerd om van je kind te houden, hem te willen opvoeden. Je moet je niet zo schuldig voelen.'

Wat ze eigenlijk wil zeggen, blijft als een kankergezwel steken in haar keel. Dus in plaats daarvan draait ze eromheen. 'Ik ben niet sterk genoeg, David. Ik kan het niet.'

'Geef hem nog even de tijd.'

'Dat hebben we al gedaan. Tijd helpt niet. Zijn weerzin tegen ons wordt met de dag groter.'

'Hij kan dit gewoon niet volhouden. Straks heeft hij geen puf meer om zich zo te verzetten en dan moeten wij klaar zijn om hem op te vangen. Hij draait wel bij. We moeten gewoon geduldig zijn en er vertrouwen in houden.'

'Vertrouwen,' mompelt ze.

Hij draait zich naar haar toe en pakt zuchtend haar hand. 'We twijfelen allemaal weleens, Sarah. We hebben het erg zwaar gehad, maar jij was zo dapper. Je bent altijd dapper geweest.'

'Hoefde ik maar niet zo dapper te zijn.'

'Dat begrijp ik.' Hij streelt haar hand onder de deken.

'Soms ben ik heel boos en andere keren voel ik me schuldig. Ik weet gewoon niet hoe... hoe...' Tranen glijden over haar wangen.

'Het komt goed, Sarah. Echt. Dat beloof ik je.'

'Hoe heeft het kunnen gebeuren? Auschwitz – hoe was dat mogelijk?'

David blijft over haar hand strijken. 'De mens is soms wreed.'

'Maar de mens is toch geschapen naar het beeld van God? Het is...'

'Shh, shh. Het komt allemaal goed.'

Maar ze kan niet slapen, niet eten en niet stil blijven zitten. Haar zenuwen zijn tot het uiterste gespannen en lijken het elk moment te kunnen begeven. Haar lichaam doet van haar schouders tot aan haar tenen pijn. Ze heeft het gevoel dat ze de afgelopen twee maanden veel ouder is geworden dan ze is. Ze trekt het niet meer. Wat heeft het voor zin hun zoon terug te hebben als ze alleen maar getuige zijn van zijn verdriet? Ze draait zich af van David en probeert zichzelf te kalmeren, maar de opkomende paniek dreigt haar te overweldigen. Ze slaat het beddengoed weg en glijdt het bed uit.

Ze gaat naar de keuken en doet het raam open om de koele avondlucht in te ademen. Ze zou graag willen bidden, om advies willen vragen, maar ze vindt dat ze daar geen recht meer op heeft. Bij het zoeken naar woorden loopt ze tegen een leegte aan. Ze tuurt het donker in. 'God,' fluistert ze. 'Als U me iets te zeggen hebt, zeg het dan.'

Niets dan een koude stilte. En ze begrijpt waarom. Ze heeft God al meerdere malen gesmeekt haar zoon te beschermen en steeds heeft hij haar gebeden verhoord. Maar de laatste keer heeft zij hem iets beloofd. En een belofte aan God kun je niet verbreken, toch?

Ze legt haar handen op de vensterbank en leunt naar buiten. Sombere gedachten gaan door haar hoofd. Stel dat ze omgekomen waren in Auschwitz? Dan zou Sam verder geleefd hebben zonder zijn ware geschiedenis te kennen. Hij zou gelukkig en zonder die ballast zijn opgegroeid. Geen religie. Geen verleden. Vrij.

Zij wil ook vrij zijn. Vrij van dat schuldgevoel, het verdriet en de angst. Starend in het donker beseft ze opeens dat er slechts één weg is naar vrijheid en vrede.

Voor het eerst in maanden slaapt ze als een roos en wordt ze energiek wakker.

Als David en zij de ontbijttafel dekken, brengt ze het onderwerp ter sprake. 'Ik heb nagedacht. Ik heb een idee. Misschien helpt het wel.'

'Ja?'

'Ik zou op bezoek kunnen gaan bij Beauchamps in de gevangenis en hem dingen vragen over Samuel, zodat we meer te weten komen over hoe hij is opgevoed en hoe hij was als klein jongetje. Misschien begrijpen we hem dan beter.'

David is even stil, terwijl zij bonen in de koffiemolen schudt. 'Daar wil ik even over nadenken.'

Op meer had ze niet kunnen hopen. Geduld.

Hij kijkt haar aan. 'Het is halfacht, tijd om Samuel wakker te maken.'

Waarom moet zij dat altijd doen? Ze vindt het verschrikkelijk om hem 's morgens wakker te maken. Hij is zo lethargisch, het lijkt wel of hij diep in zichzelf is gekropen, een soort winterslaapachtige toestand over zichzelf heeft afgeroepen. Ze slaat het beddengoed opzij en aait over zijn rug om hem over te halen rechtop te gaan zitten. Ze voelt de weerstand van zijn lichaam bij haar aanraking. De eczeem op zijn benen en ellebogen moet behandeld worden voordat hij zich kan aankleden. Ze wrijft de zalf zachtjes in, geeft hem zijn kleren voor die dag en laat hem alleen om zich aan te kleden, terwijl zij zijn warme chocolademelk klaarmaakt. Die neemt ze mee naar zijn slaapkamer; een excuus om te kijken of hij niet weer in bed is gekropen.

Vandaag praat ze zachtjes tegen hem. 'Pieker toch niet zo, Sam. We bedenken wel een manier om je weer blij te maken. Ik zou er mijn ziel voor overhebben om je weer te zien glimlachen. En mijn hart om je weer te horen lachen.' Ze kijkt in zijn ogen, maar die staan wezenloos, niets wat erop wijst dat hij ook maar een greintje van haar Frans verstaan heeft.

Als ze in de keuken komen, slaat David zijn koffie achterover. Hij zet de kom op tafel en zegt: 'Ik moet gaan. Samuel moet eerder opstaan.' Hij bukt, pakt de armen van de jongen en kust hem op beide wangen.

Sarah ziet Sam verstijven.

Na het ontbijt brengt ze hem naar school. Ze doet geen pogingen meer om zijn hand vast te pakken of zelfs maar naast hem te lopen. De stoep is trouwens toch te smal. In plaats daarvan loopt zij voorop en komt hij met slepende voeten achter haar aan. De school ligt om de hoek, ze zouden er binnen vijf minuten kunnen zijn, maar zij moet er een kwartier voor uittrekken.

83

Parijs, 29 oktober 1953

Sarah

Ze schrikt van de dichtslaande voordeur. Dat moet David zijn. Ze loopt de hal in op het moment dat hij zijn jas uittrekt en zijn hoed afzet. Ze neemt de hoed van hem aan, slaat er met de rug van haar hand het stof af en hangt hem aan de kapstok. Als ze zich weer naar hem toe draait, schrikt ze van zijn lijkbleke gezicht.

'Ik ga Samuel even gedag zeggen.'

'Natuurlijk. Zal ik iets te drinken voor je inschenken?'

'Ja, pastis, alsjeblieft. Ik voel me niet zo lekker.'

Hij drinkt altijd pastis als hij zich beroerd voelt. Hij zegt dat dat de bacteriën sneller doodt dan wat dan ook.

Ze kijkt hem na als hij over de gang naar Sams kamer loopt.

'Daar is hij niet,' roept ze hem na. 'Hij is in de woonkamer.'

Ze heeft net zijn drankje ingeschonken als hij de keuken in komt. 'Samuel ligt te slapen.' Hij krabt in zijn baard. 'Op de bank. Soms denk ik dat dat zijn manier van ontsnappen is.'

'Vraag jij je weleens af waarover hij droomt?' Ze geeft hem het glas.

'Tja, we kunnen niet kiezen waar we over dromen, maar als hij dat wel zou kunnen, droomde hij over Amerika. Zijn hart is nog daar.'

Sarah knikt en leunt tegen de gootsteen. 'Kon hij... Beschouwde hij dit maar als zijn thuis, maar daar is het te laat voor, hè? Dat wordt al op heel jonge leeftijd ingeprent...'

'Ik weet het niet, Sarah. Ik weet het allemaal niet meer.'

David schuift een stoel onder de tafel uit en ploft erop neer. 'Ik ben gewoon doodmoe. Ik voel me niet lekker.'

Ze gaat naast hem zitten. 'Ik heb het gevoel dat ik in elkaar geslagen ben. Ik heb geen vechtlust meer.'

Hij draait zich naar haar toe. 'Weet je nog hoe moeilijk het was, Sarah? Om te blijven geloven, te blijven vechten? Soms wilde ik gewoon mijn ogen sluiten en wachten op de verlossing van de dood.'

'Dat weet ik.' Ze strijkt liefdevol over zijn arm, begrijpt zijn behoefte erover te praten. Zij heeft die behoefte soms ook. Misschien omdat ze het op de een of andere manier toch wil begrijpen. Maar het valt niet te begrijpen. Misschien omdat ze hoopt dat elke keer dat ze het in gedachten terugspeelt de scherpe kantjes ervan afgaan, dat het duizend keer herleven van een herinnering minder pijnlijk wordt.

'Ik denk dat ik gestorven was als ik niet had geweten dat Samuel nog ergens was,' zegt David. 'Ik hield het vol omdat ik hem terug wilde vinden.'

'Dus jij wist het ook? Je wist dat hij nog leefde?'

'Ik wist het niet, maar ik klampte me vast aan die hoop. Ik dwong mezelf sterk te zijn voor hem, ik wilde dat hij, waar hij dan ook was, trots kon zijn op zijn vader.'

'Hij heeft mij ook kracht geschonken.' Ze zwijgt even. 'Onze liefde voor Samuel heeft ons op de been gehouden, hè?'

Ze ziet één traan over Davids wang glijden en verdwijnen in zijn baard. Ze weet hoe moeilijk het voor hem is om hierover te praten. Hij wil de controle houden en door deze overweldigende emoties heeft hij het gevoel zijn grip te verliezen. Dat weet ze, hoewel hij haar dat nooit verteld heeft. Maar nu hij ermee begonnen is, wil zij het gesprek gaande houden. Daar hebben ze beiden baat bij.

'Ik weet nog dat ik een keer buiten het kamp een greppel aan het graven was,' gaat ze verder, terwijl ze zijn arm blijft strelen. 'Het was heel warm en we hadden geen water. Ik weet nog dat ik het zweet van mijn voorhoofd wiste en dat toen van mijn hand likte. Toen zag ik dat een bewaker naar me stond te kijken. Ik kromp ineen, want ik verwachtte een klap. Maar in plaats daarvan vroeg hij me of ik dorst had. Ik durfde niet te antwoorden. Hij pakte zijn veldfles en stak die naar me uit. Mijn angst was groter dan mijn dorst. Maar hij duwde hem in mijn hand. Ik nam één slok en wilde hem teruggeven, omdat ik dacht dat het een valstrik was, dat ik neergeschoten zou worden voor het drinken uit de veldfles van een bewaker. Maar hij zei dat ik hem leeg moest drinken. Dus dat heb ik gedaan.' Ze haalt haar hand van Davids arm. 'Ik heb hem niet eens bedankt.'

David recht zijn rug. 'Maar het kwam niet door het water dat je verder kon, hè? Het kwam door het vriendelijke gebaar in die hel op aarde. Dat schonk je hoop.'

'Ja, en daardoor geloofde ik ook dat iemand voor Samuel zou zorgen.

En toen ik jou in dat ingestorte gebouw in de sneeuw zag, wist ik dat we weer met zijn drieën samen zouden zijn.'

Hij pakt haar hand. 'Ik snap niet dat je me herkende. We waren allemaal vel over been. Ik wilde het opgeven, ook al wist ik dat de oorlog voorbij was. Ik wilde alleen maar gaan liggen en sterven. Maar toen hoorde ik jou mijn naam roepen, als in een droom. En opeens was je daar, hield je me vast en bleef je mijn naam maar zeggen.'

Ze knijpt in zijn hand. 'Ik zocht je. Ik wist dat je daar moest zijn.'

'En ik wist dat ik niet droomde, omdat ik het zo verdomd koud had. En toen hoorde ik God zeggen dat ik moest blijven geloven en sterk moest zijn, dat onze beproeving snel voorbij zou zijn.'

'Maar dat was niet zo, toch?'

Hij neemt een slok pastis en schudt zijn hoofd.

Het wordt stil: ze gaan allebei op in hun gedachten. Sarah denkt aan de verhalen die David haar na afloop heeft verteld. Het zijn zíjn herinneringen, maar ze denkt er graag aan terug vanwege de ingenieuze manieren waarop hij erin was geslaagd berichten aan haar over te brengen, waardoor zij het vol had kunnen houden. Vanwege zijn onderzoeksvaardigheden was hij te werk gesteld in het medisch laboratorium dat onder supervisie stond van de beruchte dokter Mengele. Hij bracht zijn dagen door in het relatief warme lab, waar hij cellen onder de microscoop bekeek. Omdat hij vaak alleen werd gelaten, lukte het hem medicijnen voor andere gevangenen achterover te drukken. Dat was een enorm risico, maar hij was slim en verstopte die op onwaarschijnlijke plekken. Zo stopte hij kleine antibioticapillen in zijn oren en penicilline onder zijn voeten. In ruil daarvoor waren mensen bereid berichten door te spelen. David was al op de hoogte van de experimenten voordat anderen ervan hoorden. Hij had Sarah verteld dat hij zich op de een of andere manier medeplichtig voelde, omdat hij wist wat ze daar deden. En dat schuldgevoel droeg hij nog steeds met zich mee.

'Hoe gaan anderen die het overleefd hebben hiermee om?' Sarah doorbreekt de stilte. 'Soms vraag ik me af of het wel echt gebeurd is.' Misschien is je ervoor afsluiten de enige oplossing.

'Het is voor iedereen zwaar, ook omdat anderen er liever niets over willen horen. Ze willen niet gedwongen worden voor zich te zien wat wij meegemaakt hebben. Maar als je eenmaal in de hel geweest bent, is nooit meer iets hetzelfde, hè?'

Ze leunt tegen hem aan. 'Nee, alles is anders.' Ze zucht. 'Soms voel ik me zo alleen.'

'Ik ben er, Sarah.' Hij pakt haar hand weer vast. 'Ik weet dat ik niet zo goed ben in het uiten van mijn gevoelens. Maar ik ben er voor je.' Ongeplengde tranen glimmen in zijn ogen.

'Dat weet ik.' Ze knijpt in zijn hand. 'Wat wij hebben meegemaakt, David... Dat is niet van deze wereld, hè? Deze wereld nu. Dat kan niet.'

'Nee.' Hij veegt de tranen van haar wangen. 'We zijn teruggekomen uit de hel. Op de een of andere manier moeten we leren te vergeten wat we daar gezien hebben.'

'Leren te vergeten. Ja. Konden we dat maar.'

'Misschien kunnen we het niet vergeten, maar wel vergeven.'

Ze kijkt verbaasd; daar heeft ze nooit bij stilgestaan. En ze heeft altijd aangenomen dat dat voor hem ook gold. Vergiffenis. 'Ik denk niet dat ik dat kan. Ik denk dat ik het niet eens wil.'

Hij slaat zijn ogen neer. 'Ik wel. Ik ga geen excuses voor hen verzinnen, maar... maar ik denk dat ik... dat ik het zou kunnen vergeven als ik een beter mens was.'

'Nee! Je bént een goed mens. Dat is te veel gevraagd. Je vraagt gewoon altijd te veel!'

'Hoe bedoel je?'

Ze had het niet willen zeggen, maar het is er nu uit. 'Je verwacht heel veel van iedereen: van Samuel, van mij, van jezelf. Maar wij zijn ook maar mensen. Soms is het gewoon te moeilijk.' Nieuwe tranen rollen naar beneden en ze haalt een zakdoek uit haar zak om ze af te vegen.

Hij laat haar hand los en krabt in zijn baard. 'Het spijt me dat ik het jullie zo moeilijk heb gemaakt. Dat was niet mijn bedoeling.'

Ze werpt hem een zijdelingse blik toe en ziet zijn adamsappel op en neer gaan alsof het een zwaar gewicht is. Ze voelt zijn pijn, kan de woorden die in zijn keel blijven steken bijna hóren. Kon ze het maar gemakkelijker maken voor hem. 'We moeten dankbaar zijn voor wat we hebben, David. Het is een wonder dat Samuel het heeft overleefd. En hij heeft ons ook gered.'

'Ja, dat is zo.'

'Is dat niet genoeg?'

'Wat bedoel je?'

'Dat weet ik niet. Misschien vragen we te veel. Is het niet genoeg dat we alle drie nog leven?'

Hij pakt zijn baard vast alsof het een reddingsboei is. 'Wat wil je daarmee zeggen?'

Ze doet haar ogen dicht en bidt om kracht. 'Dat weet je best, David.'

'Nee! Nee, dat weet ik niet.'

Ze schuift haar stoel naar achteren, staat op en loopt naar het aanrecht. Ze slikt haar tranen in en begint alles wat al schoon is af te nemen.

Dan voelt ze dat haar echtgenoot naast haar staat. 'Misschien moet je toch maar naar Beauchamps toe, Sarah. Wellicht heb je er iets aan.'

'Ga jij dan met me mee?' Ze draait zich naar hem toe en veegt haar ogen af met haar hand.

'Nee. Ik kan die man niet zien.'

84

Parijs, 2 november 1953

Sarah

Nadat ze Sam heeft afgezet bij het schoolhek krijgt ze het niet meer uit haar hoofd. Moet ze naar de gevangenis? Dat zou haar wellicht enig inzicht verschaffen, iets waardoor ze Sam misschien beter zal begrijpen. Iets wat haar zal helpen de volgende stap te zetten.

Ze weet waar de gevangenis is – in het 14e arrondissement, bij Montparnasse. Het kost ongeveer een halfuur om er te komen. Een halfuur heen en een halfuur terug; dan heeft ze drie uur voordat ze Sam weer moet ophalen voor de lunch. Dat moet genoeg zijn. Maar ze maakt zich zorgen over hoe ze zich zal voelen ten opzichte van Beauchamps. Wat zal hij van haar denken? De kans is groot dat hij een hekel aan haar heeft.

Maar ze wil haar zoon door Beauchamps' ogen zien. Aan de foto's die ze hun hadden laten zien, was duidelijk af te lezen dat hij een gelukkig, gezond en levenslustig kind was. Ze zou graag weer een glimp van die jongen opvangen.

De psychologe die ze hen hadden toegewezen was tegen het ter sprake brengen van het verleden geweest. 'Ik weet dat je volgens Freud overal doorheen moet,' had ze gezegd, 'maar wij vinden dat het menselijk brein bepaalde herinneringen terecht onderdrukt. Het is een soort overlevingsinstinct; het leven gaat verder, nooit terug. Nou ja, nóg niet tenminste – daarvoor moeten we wachten tot terugreizen in de tijd mogelijk is.' Dat was gevolgd door een afschuwelijke holle lach.

Sarah rent de trap van metrostation Saint-Paul af. Ze stapt uit in Montparnasse en als ze naar de Rue de la Santé loopt, beseft ze dat ze nog nooit in deze buurt van Parijs geweest is. De gevangenis dringt zich groot en grijs op in de smalle straat. Met een trillende hand klopt ze op de houten deuren.

Ze hoort dat er een grendel verschoven wordt en dan tuurt een man door een kleine rechthoekige opening. 'Ja?'

'Ik kom een gevangene bezoeken.'

'Het bezoekuur begint om tien uur.' Hij staart haar aan.

Ze kijkt op haar horloge. Het is tien voor half tien.

'U mag binnen wachten. U moet uw identiteitsbewijs hier achterlaten.'

Ze voelt dat het koude zweet haar uitbreekt. Met trillende handen pakt ze haar identiteitskaart, terwijl ze zichzelf voorhoudt dat het geen misdrijf meer is om Joods te zijn. Hij neemt de pas aan en schrijft het nummer op. 'Wie wilt u bezoeken?'

'Monsieur Beauchamps.'

'U moet om halfelf weer buiten zijn. Gaat u maar naar binnen.'

Ze haast zich naar de ingang. Daar doorzoekt een bewaker haar handtas en laat haar vervolgens de wachtruimte zien. Ze gaat op een koude ijzeren stoel zitten en er loopt een rilling langs haar rug. De ruimte is vochtig en kil. Auschwitz komt met een schok boven. De ijzige kou, de honger en de twaalfurige werkdagen waren al bijna niet te verdragen, maar de angst voor het onbekende was pas echt verlammend en geestdodend. Ze huivert in een poging de herinneringen van zich af te schudden die ze zo hard heeft geprobeerd te onderdrukken en houdt zich voor dat dit iets heel anders is. Maar ook weer niet. In deze kille, eenvoudige ruimte, waar het onnatuurlijk stil is en de zurige geur van oud zweet en angst door de muren sijpelt, hangt een sfeer van het verlies van vrijheid, van het geen controle meer hebben over je eigen lot.

Ze probeert haar gedachten op een rijtje te zetten, te bedenken hoe ze hem het beste kan benaderen. Ze wil weten hoe Sam was toen hij één jaar was. Twee jaar. Wat waren zijn eerste woordjes? Waar werd hij blij van? En verdrietig? Waar liet hij zich door troosten?

'U mag naar binnen.' Een bewaker onderbreekt haar gedachten.

Ze haalt diep adem en loopt een ruimte in met verspreide tafels en stoelen. Ze krijgt een kleine tafel achterin toegewezen met aan elke kant een stoel. Als ze gaat zitten, betreden meer bezoekers de ruimte, die naar andere tafels en stoelen schuifelen.

Er gaat een deur open. Ze kijkt op en ziet een rij gevangenen met handboeien en hangende schouders naar binnen lopen. Het geluid van de laarzen van de bewakers en het incidenteel geblafte bevel onderbreken de zachte voetstappen van hun open schoenen op de vloer. Zal ze hem herkennen? Weet hij wie zij is? Ze durft bijna niet te kijken.

'Beauchamps!' schreeuwt een bewaker.

Dat kan hem niet zijn! Een dunne, kromgebogen man schuifelt haar kant op. Ze dacht dat hij veel groter was. Ze houdt haar adem in.

Dan kijkt hij op en blijft staan. Hij is het wel! Ze ziet het litteken aan de zijkant van zijn gezicht.

'Schiet eens op!' Een bewaker geeft hem een zet tegen zijn rug. 'Je bezoeker wacht.'

Zonder dat ze het wil krimpt ze in elkaar, alsof zíj die zet heeft gekregen.

Ze staat op, hoewel ze niet goed weet hoe ze hem hoort te begroeten. Dan staat hij vlak voor haar en strekt zijn vingers. Ze raakt ze even aan en dan gaan ze tegenover elkaar zitten. Ze ziet dat er een blauwe plek op zijn jukbeen zit. Even vraagt ze zich af hoe het hier in de gevangenis voor hem is. Dat is niet wat zij wilde. Ze wilde alleen haar zoon terug.

'Alles goed met Sam?' Zijn stem is schor en ze ziet hem slikken.

'Nee.' De rest blijft in haar keel steken. Ze wendt haar blik af en knippert tranen weg.

'Wat is er dan?'

Ze ziet zijn adamsappel op en neer gaan als hij zijn kin uitsteekt. Dat doet Sam ook als hij stoer probeert te zijn en niet wil huilen.

'Hij is losgerukt van de enige familie die hij ooit gekend heeft.' Ze gaat rechtop zitten en probeert haar emoties te bedwingen. Zo had ze niet willen beginnen.

Hij buigt zijn hoofd. Zijn ogen zijn nu op de tafel gericht in plaats van op haar.

'Hij kent ons niet. En wij kennen hem niet. We spreken niet eens dezelfde taal!'

Hij kijkt haar niet aan. Zijn stilzwijgen spoort haar aan.

'Het zou voor u beter zijn geweest als wij het niet overleefd hadden, hè? Voor Sam was het zeker gemakkelijker geweest.'

'Nee!' Nu kijkt hij op. 'Dat wilde ik niet! Toen ik de foto's zag... over wat er gebeurd was in de kampen, was dat... het... Ik dacht dat niemand dat zou kunnen overleven. En ik dacht aan u, ik dacht...'

'Dat ze me regelrecht naar de gaskamers hadden gestuurd!' Haar stem breekt. Hier had ze het helemaal niet over willen hebben. Ze walgt van de bitterheid in haar eigen stem.

Een bewaker beent naar hun tafel en slaat er met zijn knuppel op.

Sarah schiet achteruit van schrik en het zweet breekt haar uit. Ze sluit haar ogen in een poging afstand te nemen, zichzelf te kalmeren. Ze maakt er een puinhoop van.

'Zachter praten.' De bewaker geeft Jean-Luc een tik op zijn schouder met de knuppel. Sarah krimpt ineen, maar Jean-Luc geeft geen krimp, hoewel ze zijn ogen even ziet oplichten.

'Alstublieft. Er is niets aan de hand. Het was mijn fout.' Ze probeert het medelijden dat in haar opwelt de kop in te drukken.

De bewaker loopt weg.

'Waarom bent u na de oorlog niet naar ons op zoek gegaan?' fluistert ze over de tafel.

'Ik… Ik was bang.'

'Bang? Waarom? Ze hadden u beschouwd als een held. U had een baby gered van Auschwitz.'

'Nee… bang om Sam kwijt te raken.'

'Hoe kunt u dat zeggen? Denkt u dat ik niet bang was om hem kwijt te raken? Weet u hoeveel moed het me gekost heeft om hem aan u te geven?'

'Jawel.' Hij blijft haar aankijken.

'Vertel me iets over Sam, over toen hij klein was. Wat voor jongetje was het?'

Hij glimlacht. Het is een scheef lachje en haar hart staat stil. Weer ziet ze Sam.

'Hij was een rustig kind, huilde bijna nooit. Maar toen hij eenmaal kon lopen, was hij niet meer te houden. Hij wilde alles onderzoeken, pakte alles vast, haalde dingen uit elkaar. Ik was de hele tijd speelgoed in elkaar aan het zetten dat hij uit elkaar had gehaald. En dan keek hij gefascineerd toe.'

'Net als mijn vader. Die wilde altijd begrijpen hoe dingen werkten. En wat nog meer?'

'Hij kan geweldig hardlopen. Hij… hij zou meedoen aan het staatskampioenschap.'

'Dat wist ik niet.'

'Ja. U zou hem moeten vragen te laten zien hoe snel hij is. Hij heeft er de lange benen voor.'

Ze schudt haar hoofd als ze aan Sams benen denkt, aan die afschuwelijke huiduitslag. 'Had hij vroeger ook last van eczeem?'

'Wat?' Zijn wenkbrauwen vormen een frons.

'Eczeem,' herhaalt ze. 'Een huidaandoening.'

Hij zegt even niets, maar ze weet wat hij denkt. De dag waarop ze hem aan Jean-Luc gaf, had hij grote rode plekken aan de binnenkant van zijn dijen.

'Die dag op het station...'

'Ja, dat weet ik.' Ze slikt. 'We hadden geen zalf. Het was afschuwelijk. Maar dat was gewoon luieruitslag.' Ze wordt opeens overspoeld door schuldgevoel én door een verlangen om voor haar kind te zorgen.

'O, maar dat was al snel over. Hij heeft een geweldige huid, verbrandt nooit, heel anders dan ik.' Zijn wangen worden rood. 'Hoewel er natuurlijk geen enkele reden is dat hij iets van mij zou hebben. Het was niet mijn bedoeling...'

'Dat weet ik.'

'Hij heeft uw ogen. De meeste mensen denken dat die gewoon bruin zijn, maar als je goed kijkt, zie je ook groene spikkels. Dat hangt af van de lichtinval en in wat voor bui hij is.'

De moed zinkt haar in de schoenen. Zij heeft nooit groene spikkels in zijn ogen gezien. 'En hoe zit het met slapen? Wanneer sliep hij de hele nacht door?'

'We zijn nogal vaak verhuisd toen we net in Amerika waren, dus het duurde even voor we een ritme te pakken hadden.'

Ze ziet hen voor zich als vluchtelingen op zoek naar een plek om zich te vestigen. Ze krijgt niet het beeld van Sam waarop ze gehoopt had, het beeld dat hem dichter bij haar brengt.

'En lopen?' houdt ze vol. 'Hoe oud was hij toen hij voor het eerst liep?'

'Ik ben niet zo goed in data. Sorry. Daar is Charlotte veel beter in.'

'Charlotte...' Ze zwijgt. De gedachte aan haar als Sams moeder voelt als een mes in haar hart. 'Hoe was zij als moeder?'

'Ze...' Sarah hoort zijn stem breken. 'Ze is... was een goede moeder.' Er springen tranen in zijn ogen. Dan steekt hij zijn kin weer naar voren.

'Ga verder.' Het komt er schriller uit dan de bedoeling was.

'Ik weet niet wat ik nog meer moet zeggen.'

'Ik... Ik weet niet hoe ik een moeder voor hem moet zijn.' Ze flapt het er opeens uit. 'Je kunt niet opeens moeder worden van een jongen die jou niet kent, die niet eens dezelfde taal spreekt.'

De bewaker beent hard hoestend hun kant op. Sarah kijkt naar zijn rug als hij voorbij is gelopen. Hij is maar een bewaker, maar ze verafschuwt hem. Het zijn klootzakken. Allemaal.

'Hij is een geweldig kind, weet u,' zegt Beauchamps opeens.

Sarahs blik gaat weer naar hem, blij dat hij haar terughaalt naar het heden door iets te zeggen.

'Hij is zo'n vrolijk kind, van nature heel gemakkelijk in de omgang. U vindt wel een manier om tot hem door te dringen. Maar dat kost tijd.'

'Tijd. Iedereen heeft het maar over tijd alsof het een vriend is. Maar dat is het niet, hè? Tijd is onze vijand geweest. Het zou heel anders gelopen zijn als we hem eerder terug hadden gevonden, toen hij twee was, of zelfs drie.'

'Dat weet ik. Het was fout van me om hem bij u weg te houden.' Na een korte stilte zegt hij: 'Maar aan de andere kant... Er is van hem gehouden en hij is stabiel, evenwichtig. We houden... we houden van hem als onze eigen zoon.'

Een golf van woede overspoelt haar. 'Ik hield ook van hem!'

'Hield?'

'Ik bedoel "hou". Ik hou van hem.'

'Het spijt me. Het was niet mijn bedoeling...'

'U hebt ons de kans ontnomen die band met hem op te bouwen. En nu durft u mijn liefde voor hem in twijfel te trekken.' Tranen van woede prikken in haar ogen. 'Ik zou voor Samuel door het vuur gaan.'

Hij staart haar aan alsof hij die laatste verklaring afweegt. 'Zou u zijn geluk voorrang geven boven het uwe?'

'Ja! Hoe durft u me dat zelfs maar te vragen?'

'En uw man? Zou hij dat ook doen?'

'Natuurlijk!'

'Mooi.'

Ze is nu laaiend. De brutaliteit van die man! Ze haalt diep adem om haar verontwaardiging te temperen. 'We houden meer van Sam dan van het leven zelf. Als u ook maar half zo veel van hem zou houden, was u na de oorlog naar ons op zoek gegaan.'

Beauchamps tilt zijn geboeide vuisten naar zijn ogen. Dan laat hij ze hoofdschuddend weer zakken, alsof hij zijn verdriet van zich af wil schudden.

Ze slaat hem aandachtig gade, ziet de afgezakte schouders, de hevige spijt in zijn ogen, zijn wimpers die erboven knipperen terwijl hij moeite doet de zin van alles in te zien. Ze heeft dat al eerder gezien: bij haar zoon. Die verwilderde blik, alsof de wereld gewoon te ingewikkeld is om te begrijpen. Medeleven dreigt de overhand te krijgen, maar hij is geen kind, houdt ze zichzelf voor.

'Wat kunt u me nog meer vertellen over mijn zoon?'

'Wat wilt u weten?'

'Wat was zijn eerste woordje?'

Hij fronst. 'Dat weet ik niet zeker. Ik kan het me niet herinneren.' Hij oogt ongemakkelijk en ze vraagt zich af of hij zich schaamt dat hij dat niet meer weet.

Dan dringt het opeens tot haar door alsof hij het hardop gezegd heeft.

'Volgens mij was het "auto",' mompelt hij. 'Hij is dol op auto's, kent alle merken. Hij heeft me geholpen onze auto uit te zoeken, is met me meegegaan naar de dealers en heeft alle onderdelen bekeken.'

Ze kijkt in zijn ogen en hij probeert terug te staren, maar moet uiteindelijk zijn blik afwenden.

'Het was geen "auto", hè?' Ze knippert met haar ogen. 'Het was mama.'

85

Parijs, 2 november 1953

Sarah

Net als ze de hoek omslaat naar de Rue Hospitalières-Saint-Gervais gaat de schoolbel. De kinderen zwermen naar buiten, een paar jongens doen alsof ze gevechtsvliegtuigen in een duikvlucht zijn. Ze zijn luidruchtig en hongerig, popelen om naar huis te gaan. Allemaal, behalve Sam. Op een afstandje van de andere moeders wacht ze tot hij naar buiten komt sjokken. Maar het speelplein is verlaten en plotseling doodstil.

Stel dat hij weer is weggelopen? Ze rent door het hek de school in en over de gang naar zijn lokaal. Dan blijft ze als aan de grond genageld staan. Daar staat hij, naast het hoofd van de school. Hij oogt piepklein, zijn schouders zijn afgezakt en zijn hoofd is gebogen. Ze wordt overspoeld door een golf van medelijden.

'Madame Laffitte.' Het hoofd kijkt haar aan. 'Fijn dat u binnen bent gekomen. We moeten praten. Laten we even naar mijn kamer gaan.'

'Ja, monsieur.' Ze voelt zich klein worden, een kind dat zich in de nesten heeft gewerkt. In een dreigende stilte loopt ze over de gang achter hem aan naar zijn kamer. Ze pakt Sams hand en voor het eerst staat hij dat toe. Ze zitten allebei in de problemen. Op de kamer gaat het hoofd achter zijn bureau zitten en gebaart dat zij ook plaats moeten nemen. Als Sarah zich laat zakken, werpt ze een blik op Sam in de hoop oogcontact te maken, maar hij staart wezenloos voor zich uit.

'Madame Laffitte,' zegt het hoofd, 'ik weet dat dit voor niemand gemakkelijk is en al helemaal niet voor Samuel. Maar we moeten aan al onze leerlingen denken. Luister, ik zal er niet omheen draaien. We weten niet wat we met Samuel aan moeten en dat ligt niet alleen aan de taal. Hij toont geen enkele belangstelling voor wat dan ook. Dat is ongebruikelijk voor een kind van die leeftijd. Hij is dwars, werkt niet mee en vandaag was hij aan het vechten op het speelplein. En...'

'Houd u alstublieft op.' Zowel tot haar eigen verbazing als die van hem onderbreekt Sarah hem. 'Ik weet dat hij hier niet wil zijn. Hij heeft heimwee.' Ze steekt haar hand uit en betast een plukje haar van Sam. 'Ik neem hem mee naar huis. Hij komt niet meer terug.'

'Maar dat bedoelde ik niet, madame Laffitte. U kunt hem niet zomaar van school halen.'

'Geen zorgen. Hij gaat heus wel weer naar school. Kom, Sam.' Ze steekt haar hand uit en staat op.

Hij pakt haar hand. Ze waakt ervoor druk uit te oefenen en zuigt alleen de warmte ervan op. Samen verlaten ze zwijgend de school, lopen de straat uit, slaan de hoek om en gaan de trap op naar het appartement. Ze brengt hem naar de woonkamer en gaat naast hem op de bank zitten. Hij slaat zijn handen voor zijn ogen en barst in snikken uit. Sarah houdt hem vast. 'Het komt goed. Het komt allemaal goed. Dat beloof ik je.'

Ze pakt de hoorn van de telefoon en draait het spiraalsnoer om haar vinger. Langzaam draait ze het nummer van haar mans werk. Hij neemt meteen op.

'Kun je naar huis komen, David? We moeten praten.'

'Ben je bij Beauchamps geweest?'

'Ja. Alsjeblieft, David, kom je naar huis?'

'Wat is er aan de hand? Wat heeft hij gezegd?'

'Kom nou maar gewoon naar huis.'

Ze maakt een boterham voor Sam en brengt die naar hem toe in de huiskamer, waarmee ze een huisregel overtreedt. In de leunstoel kijkt ze hoe hij die opeet. Hij is heel erg afgevallen sinds hij hier is en zijn huid is bleker geworden. Ze vraagt zich af of een kind van verdriet kan sterven. Of zou het overlevingsinstinct het overnemen?

'Sam.'

Hij kijkt haar met lege ogen aan.

Ze heeft het gevoel dat ze naar Beauchamps' zoon kijkt, niet naar de hare. 'Ik weet hoe moeilijk dit voor jou geweest is. Voor ons was het ook moeilijk om jou te zien lijden, om te zien hoe erg je het vindt om hier bij ons te zijn.'

Hij kijkt haar aan en ze vermoedt dat hij haar verstaan heeft. 'We houden heel veel van je. Weet je dat, Sam?'

Hij haalt een schouder op en wendt zijn blik af.

'We willen dat je gelukkig bent. Maar we willen ook dat je weet wie je bent.'

'Ik weet wie ik ben.'

Ze staart hem verbijsterd aan. Zijn Frans is bijna perfect. 'Dat weet ik, Sam.'

O, wat zou ze hem graag in haar armen nemen, zijn trotse, kwetsbare hart voelen kloppen naast dat van haar, zijn geur inademen. Het lijkt wel of zijn gedachten en emoties te groot zijn om in zo'n klein, fragiel kinderlijf te passen.

Ze drentelt naar de keuken en wacht op David.

Zodra ze de voordeur hoort, loopt ze naar de hal.

'Wat is er, Sarah? Wat zei Beauchamps?' David heeft nog niet eens zijn jas uitgetrokken.

'Ga even mee naar de keuken, alsjeblieft.'

Hij loopt achter haar aan. 'Wat zei hij?'

'Ga eerst even zitten. Wil je iets eten?'

'Later. Vertel me wat hij zei.'

'Hij zei niet zo veel. Het was meer het gevoel dat ik ervan kreeg.'

David kijkt haar onderzoekend aan.

'Het was afschuwelijk. Dat hij daar zat... in de gevangenis. Daar hoort hij niet. Het deed me denken aan...'

Hij pakt haar hand en knijpt er zachtjes in. 'Je had beter niet kunnen gaan.'

Ze ziet een frons verschijnen op zijn voorhoofd en gaat gauw verder, voordat ze de moed verliest. 'Hij houdt van Samuel. Echt heel veel.'

'Daar twijfel ik niet aan, Sarah. Natuurlijk doet hij dat. Wat had je dan verwacht?'

'Weet ik veel. Iemand die ik kon verafschuwen.'

'Dat zou je niet gewild hebben voor Samuel.' Hij frunnikt aan zijn baard. 'Wat zei hij tegen je?'

'Hij vroeg me of ik Samuels geluk voorrang zou geven boven het mijne.'

'Ongelooflijk! Hoe durft-ie!'

'En hij vroeg of jij dat ook zou doen.' Ze zwijgt en kijkt in Davids ogen. 'Ik heb hem geantwoord dat we dat natuurlijk zouden doen. Dat ik niet kon geloven dat hij me dat vroeg. Hij weet niet wat het is om je kind weg te geven.' Haar stem breekt.

'Misschien weet hij dat nu.'

'Maar is het zo?'

David trekt een wenkbrauw op alsof hij vermoedt wat er komt.

'Vinden we zijn geluk echt belangrijker dan het onze?'

'Kwel jezelf niet zo, Sarah. Hij is onze zoon en we houden van hem. Op een dag zal hij ook van ons houden. Hij heeft gewoon tijd nodig.'

'Tijd,' herhaalt ze. 'De onverdraagzaamheid van tijd.'

'Wat?'

'De tijd heeft hem van ons afgenomen.'

'En de tijd zal hem teruggeven.'

'Nee.' Haar keel is samengeknepen; het zal moeite kosten haar hart te luchten. 'Ik kan het niet, David… Ik kan het niet meer. Toen hij weg was gelopen, heb ik God iets beloofd.' Ze wil Davids hand pakken, maar voelt dat er een muur tussen hen groeit. 'Ik heb beloofd dat ik Samuel op zou geven als Hij hem veilig terugbracht. Ik wil nu alleen maar dat hij veilig en gelukkig is. De rest kan me niet schelen.'

'Wat bedoel je?'

'Ik kan zijn wanhoop, zijn verdriet niet meer aanzien. Hij gedraagt zich als een gevangene die geen uitweg meer ziet. Hij verliest zijn vrije wil en hij is nog maar een kind.' Ze pakt een theedoek en veegt haar tranen af.

'Maar we kunnen het nu toch niet opgeven, Sarah?'

'David!' Ze slikt nieuwe tranen door. 'We moeten… we moeten het opgeven. Snap je dat dan niet?'

'Nee.' Hij komt naar haar toe.

Ze duwt hem terug. 'Ik kan het niet meer. Dwing me er niet toe!'

Hij staat haar met grote ontzette ogen aan te staren. Dan draait hij zich om. 'Ik ga zelf naar Beauchamps.'

86

Parijs, 3 november 1953

Jean-Luc

Het ergste aan een gevangenis is het machteloze gevoel. Het smerige eten, de koude nachten en zelfs de continue dreiging van geweld kan hij nog wel het hoofd bieden. Maar die machteloosheid nekt hem. Sam groeit op zonder hem, en Charlotte moet het in haar eentje zien te redden in Amerika. Ze schrijft hem bijna elke dag, dus hij weet dat ze het huis heeft moeten verkopen en naar een kleiner appartement dichter bij de stad is verhuisd, waar ze een baan als vertaler heeft gevonden. Haar verdriet straalt van het briefpapier af. Soms moet hij dat opvouwen om het later, als hij zich sterker voelt, te lezen. En vandaag voelt hij zich niet sterk.

'Je hebt een bezoeker!' schreeuwt de bewaker, terwijl hij met zijn knuppel tegen de tralies van zijn cel tikt.

O god! Hij heeft echt geen zin om Sarah Laffitte weer te zien.

Hij volgt de bewaker over de gang en door de dubbele beveiligingsdeuren naar de wachtruimte. De bewaker wijst met zijn knuppel naar een donkerharige man met een lange baard die aan een bezoekerstafeltje zit. Hij klampt zich vast aan de rand daarvan, alsof hij bang is te vallen. Met een schok beseft hij het. Híj is het. Hij moet het zijn. David Laffitte.

Met een wild kloppend hart loopt hij naar de tafel. Aarzelend steekt hij zijn geboeide polsen uit in afwachting van een soort aangepaste handdruk, maar Laffitte staat niet eens op en zijn handen blijven op de tafel liggen.

'Monsieur Beauchamps.' Hij kijkt Jean-Luc van onder zijn dikke, donkere wenkbrauwen aan.

Jean-Luc buigt zijn hoofd en gaat zitten. Hij wacht tot Laffitte iets zegt, maar de man blijft hem alleen maar indringend aanstaren.

'Ik weet niet wat jullie van mij willen.' Jean-Luc wrijft met zijn geboeide handen over zijn slapen in een poging de knallende hoofdpijn te verzachten.

'Wat we van u willen?' Laffittes ogen boren zich dieper in de zijne. 'De afgelopen negen jaar van het leven van onze zoon.'

Jean-Luc strekt zijn nek en sluit zijn ogen. Zijn hoofdpijn wordt erger.

'Weet u wat dat met een ouder doet?' Laffitte slaat een scherpe toon aan en verheft zijn stem. 'Niet weten of je kind nog leeft of dood is. We wisten niet of we moesten rouwen of doorgaan met zoeken.'

'Luister. Als ik er niet was geweest, hadden jullie niet eens een zoon. Jullie hebben hem nu terug. Waarom gaat u niet naar huis om voor hem te zorgen? U hebt uw wraak.'

'Wraak! Denkt u dat het wraak is?' Laffitte schreeuwt bijna.

'Wat is het dan? Wat wilt u van mij?' Jean-Luc evenaart hem qua volume.

De bewaker verschijnt. Zijn knuppel landt met een klap op tafel. 'Hoe vaak heb ik het nou gezegd? Zachter praten!' Hij duwt de knuppel onder Jean-Lucs kin en duwt die hardhandig omhoog.

Opeens zakt Laffitte schokkend en trillend ineen op de tafel.

'Wat is er met hem?' De bewaker tilt Laffittes hoofd op. Diens gezicht is asgrijs en er staan zweetdruppels op. Uit zijn ogen straalt pure angst.

'Ik denk... Ik denk dat u hem bang heeft gemaakt.'

'Ik? Ik zei alleen dat jullie wat zachter moesten praten.'

Laffitte gaat zitten alsof hij verlamd is. Jean-Luc steekt zijn geboeide handen over de tafel naar hem uit. Laffitte staart hem met verwilderde ogen aan en grijpt dan zijn polsen vast. Zijn borstkas gaat op en neer door zijn zwoegende ademhaling.

De bewaker loopt luid pruttelend weg.

Een tijdlang blijven ze zwijgend zitten. Jean-Luc wacht tot Laffitte gekalmeerd is.

'Het spijt me,' zegt hij uiteindelijk. 'Het... alles kwam gewoon terug.'

'Het geeft niet. Het is nu voorbij.'

Hij kijkt Jean-Luc met sombere ogen aan. 'Is dat zo? Is het voorbij? Het zal nooit voorbij zijn.'

Jean-Luc snapt wat hij bedoelt. Hij probeert van onderwerp te veranderen. 'Hoe is het met uw vrouw?'

'Ze... ze was erg ontdaan na haar bezoek aan u.'

'Het spijt me. Dat was niet mijn bedoeling.'

'Ze wilde meer te weten komen over Samuel, maar in plaats daarvan hield ze er het gevoel aan over dat ze op de een of andere manier niet goed genoeg was.'

'Dat was niet mijn bedoeling. Ze wilde specifieke dingen over Sam weten, maar ik kon me niet alles wat ze vroeg herinneren, zoals wanneer hij ging lopen en wanneer hij voor het eerst een nacht doorsliep. Dat soort dingen weet ik niet meer.'

'O.' Laffitte wrijft in zijn ogen alsof hij het allemaal zat is. 'Welke dingen weet u dan nog wel?'

Jean-Luc denkt even na en ziet Sams ernstige gezicht voor zich. 'Zijn glimlach. De grappige dingen die hij zei. Hoe hij zijn kin naar voren stak als hij vastbesloten was of zichzelf wilde verdedigen. Zijn lange dunne armen om me heen. De liefhebbende kracht waarmee hij me omhelsde. De zoete geur van zijn zweet. De manier waarop hij me aan kon kijken als ik hem een verhaaltje voorlas...'

Laffittes hand landt hard op de tafel. 'Hou maar op.' Hij verschuift op zijn stoel. 'Waarom hebt u zelf geen kinderen gekregen?'

Jean-Luc fronst. 'Dat wilden we wel.' Hij zwijgt even en vraagt zich af of hij wel verder moet gaan. 'Maar... nou ja, dat was moeilijk. Charlotte werd niet zwanger. Ze zeiden dat het misschien lag aan de ontberingen tijdens de bezetting – op die kwetsbare leeftijd.'

'O.' Laffitte schaamt zich; zijn grijze wangen krijgen weer een beetje kleur.

'De artsen zeiden dat ze er niets aan konden doen.' Het voelt als een opluchting dit te vertellen. 'Ze zeiden dat het met een fatsoenlijk dieet en een gezonde levensstijl misschien weer normaal zou kunnen worden, maar dat is gewoon niet gebeurd.' Hij kijkt naar Laffitte en ziet sporen van Sam in diens donkere, intelligente ogen, en in de manier waarop hij daarin wrijft als hij geconfronteerd wordt met een probleem. 'Mag ik u vragen, als u het niet erg vindt... Ik weet dat u ook geen andere kinderen hebt.'

Laffitte staart hoofdschuddend naar de tafel. Als hij eindelijk opkijkt, zijn zijn ogen vochtig en wazig, alsof hij opgaat in een herinnering.

'Neem me niet kwalijk.' Jean-Luc heeft geen idee waar het met dit gesprek naartoe moet. Ze zijn op gevaarlijk terrein beland en hij zoekt tastend naar een uitweg.

Maar dan knippert Laffitte met zijn ogen en begint te praten. Hij kijkt naar een punt in de verte. 'Het was zwaar toen we terugkwamen. De fysieke arbeid, de uithongering, de mishandelingen; die hadden allemaal hun tol geëist. We waren veranderd; ons lichaam voelde niet meer van onszelf. We waren niet meer het jonge stel dat we waren geweest. Ik denk dat we allebei...' Hij kijkt Jean-Luc met grote ogen recht aan, alsof hij verbaasd is dat hij al zo veel gezegd heeft. 'Het heeft lang geduurd voordat we ons weer mens voelden, als onszelf. En al die tijd waren we op zoek naar Samuel. Ik wilde wel proberen of we een ander kind konden krijgen, maar Sarah was er met haar hart niet bij. Ze huilde altijd... Ze wilde alleen haar kind terug.'

'En nu heeft ze hem terug.'

'Nou ja, hij is geen baby meer, hè? Hadden jullie nou maar... Waren jullie nou maar meteen na de oorlog naar ons op zoek gegaan. Dan zou alles anders zijn geweest.' Hij zucht.

'Tien minuten!' schreeuwt de bewaker.

'Hoe is het nu met hem?' vraagt Jean-Luc. 'Uw vrouw vertelde me dat hij last had van huiduitslag... Gaat het al beter?'

Laffittes ogen worden weer wazig. Dan antwoordt hij: 'Nee, het gaat niet beter.' Hij kijkt Jean-Luc aan. 'Goed. U wilt het weten? Ik zal het u vertellen.' Hij frunnikt aan zijn baard en buigt zich voorover. 'De arme jongen is verschrikkelijk in de war. Hij weigert Frans te praten, huilt bijna elke avond en heeft verschrikkelijk veel last van eczeem. Vorige week is hij weggelopen. Hij is gevonden in Le Havre, waar hij aan boord probeerde te gaan van een boot naar Amerika.'

'Nee! O god, nee!' Jean-Luc valt achterover op zijn stoel en drukt zijn geboeide handen tegen zijn voorhoofd. Wat hebben ze Sam aangedaan? Hij voelt pijnscheuten in zijn buik, alsof hij van binnen aan stukken gesneden wordt. Hij kan amper ademen.

De bewaker nadert. 'Vijf minuten.'

'Sarah,' mompelt Laffitte. 'Het is zwaar voor haar om haar kind zo te zien. Voor mij ook, maar ik dwing mezelf aan de lange termijn te denken, het hele plaatje te zien. Maar het enige dat Sarah ziet, is dat haar kind lijdt.' Hij schudt zijn hoofd. 'Ze gaat eraan kapot.'

87

Parijs, 3 november 1953

Sarah

Als David op bezoek is bij Beauchamps en Sam op zijn kamer zit, pakt ze haar speciale briefpapier dat ze in een houten doos bewaart. Op het dikke papier ligt een gedroogde roos. Dit wordt de belangrijkste brief die ze ooit zal schrijven. Behoedzaam vult ze haar vulpen met inkt, terwijl ze aan David denkt. Ze weet dat het voor hem onmogelijk zal zijn haar beslissing te accepteren. Maar hij kan haar niet tegenhouden, niet nu ze hem verteld heeft over haar belofte aan God. Davids geloof is als een onwrikbare rots en hij zou niet willen dat zij het hare zou bezoedelen door een dergelijke belofte te verbreken.

Beste mevrouw Beauchamps,
Ik schrijf deze brief met een gebroken hart. Samuel is hier niet gelukkig. Wij zijn ten einde raad. Zijn verdriet over dat hij uit zijn vertrouwde omgeving is losgerukt is voor ons onverdraaglijk. Uit wanhoop doe ik een beroep op u. Hij heeft u nodig. Kunt u komen?
Sarah Laffitte

De voordeur gaat open. Sarah kijkt op van haar brief. Daar staat David met hangende schouders en een grijs gezicht. Hij wrijft in zijn ogen en kijkt haar aan.

Ze verroert zich niet, maar staart terug. Wat ziet hij er afgemat uit. Ze wil hem niet eens vragen hoe het bezoek bij Beauchamps is gegaan, want ze kan zich alleen maar voorstellen dat het pijnlijk was.

Er biggelt een traan over zijn wang. En nog een. Toch verroert ze zich nog steeds niet. Hoe kan ze hem troosten? Ze heeft hem nu niets te bieden, alleen haar overgave. Hij wilde dat ze volhardend was, zich uit alle macht vast bleef houden aan hun zoon. Koste wat kost. Maar daarvoor houdt ze te veel van Sam.

Ze merkt pas dat er ook tranen over haar gezicht glijden als die op de brief belanden en de inkt uitloopt. Als ze naar de blauwe vlekken kijkt, voelt ze dat David naast haar hurkt en zijn natte wang tegen de hare drukt. Ze weet dat hij de brief leest. Met ingehouden adem wacht ze tot hij zijn gekwetstheid, zijn woede eruit gooit.

'Sarah,' mompelt hij. 'Sarah.' Dan slaat hij zijn armen om haar heen en trekt haar tegen zich aan.

Ze geeft zich moeiteloos over aan zijn omhelzing.

'Niet huilen, Sarah. Niet huilen, alsjeblieft.'

'Maar jij huilt ook.'

Hij pakt haar gezicht tussen zijn handen en kust de tranen weg. 'Onze zoon leeft nog. Dat is genoeg voor mij. Het is genoeg, Sarah.'

88

Santa Cruz, 9 november 1953

Charlotte

De zoveelste maandagmorgen. Ik sleep mezelf het bed uit naar de keuken, schep twee grote lepels koffie in het filter en zet water op het vuur. Terwijl ik wacht tot dat kookt, steek ik een sigaret op. Ik heb nooit gerookt, maar het kalmeert me en geeft mijn rusteloze vingers iets te doen. De manier van ademen bevalt me ook: diep inademen, even vasthouden en dan langzaam uitblazen. Ik kan er zo mee stoppen als ik zou willen en op een dag doe ik dat waarschijnlijk ook.

Om negen uur moet ik bij de psychiater zijn. Als ik zijn kamer met de helderwitte muren binnenkom, slaat zoals elke week de onrust toe. Het is zwaar werk om te veinzen iemand te zijn die ik niet ben. Ik ga op de plastic stoel tegenover hem zitten en kijk hem met een valse brede glimlach aan.

'Goedemorgen, Charlotte. Hoe is het met je?'

'Heel goed, dank u wel. Met u ook?' Ik kijk hem recht aan in de hoop hem ervan te overtuigen dat ik het meen.

Hij lacht terug. 'Wat heb je de afgelopen week gedaan?'

'Zaterdag ben ik naar de cursus pottenbakken geweest.'

Hij knikt alsof ik iets diepzinnigs heb gezegd.

'Er zijn daar zulke leuke vrouwen! We praten over van alles.' Ik vertel niet dat ik daar gewoon maar zit en die gesprekken over me heen laat komen, terwijl ik de vochtige klei in de vorm van een kindergezicht strijk en er dan weer een bal van maak om opnieuw te beginnen. Het lukt me maar niet om het op Sam te laten lijken. Het is fijn om naar hun geklets te luisteren. Het werkt kalmerend. Misschien ligt het aan de afwezigheid van mannen dat ze zo vrijuit praten. Het gaat over kinderen, opvoeding, hun eigen jeugd, mannen, liefde, relaties. Ze vinden het niet erg dat ik niet meedoe, omdat ik een buitenlandse ben en ze denken dat ik niet alles versta. Maar dat doe ik wel. Ik heb alleen gemerkt dat dat handig is. Dat ik buitenlandse ben. Het weerhoudt mensen ervan te dicht bij me te komen.

'En zie je die mensen ook buiten de cursus?'

Verdomme! Hij laat zich niet gemakkelijk om te tuin leiden. 'Nog niet,' zeg ik. 'Maar ik ben van plan er volgend weekend een paar uit te nodigen.'

'Goed. Heel goed. Dan kun je me op onze volgende afspraak vertellen hoe dat gegaan is, oké?'

'Natuurlijk,' zeg ik opgewekt, terwijl ik mezelf op mijn kop geef voor die leugen. Nu zit ik eraan vast. Stel dat hij het gaat controleren?

'En hoe gaat het met slapen?'

'Ik slik nog steeds de pillen die u me gegeven hebt.'

'Ja, misschien wordt het tijd om die af te bouwen.'

Ik knik, hoewel ik me afvraag of ik daar wel klaar voor ben. Ik wil echt niet meer terug naar die klotetijd. Nadat ze Sam hadden weggehaald was ik mentaal uitgeput en deed alleen hazenslaapjes van hooguit een halfuur, om dan weer als door de bliksem getroffen wakker te schieten en door elke cel van mijn lichaam een gevoel van beklemming te voelen trekken.

'Begin maar door een week de halve dosering te nemen. Dan bekijken we hoe dat gaat.'

Ik kijk hem aan. Zou ik om wat meer tijd kunnen vragen? Nee, ik moet positief overkomen als ik wil dat hij me gezond verklaart, dus ik knik nogmaals.

'En de gedachten aan Sam? Hoe ga je daarmee om?'

'Ik probeer niet aan hem te denken.' Ik zwijg om me voor te bereiden op de aperte leugen. 'Ik begin me neer te leggen bij het feit dat ik nooit zijn echte moeder ben geweest.'

'Goed. Goed.'

Hoe moet hij weten dat ik elke minuut van de dag aan Sam denk en me afvraag wat hij doet, terwijl de uren, dagen, weken voorbijglijden? Ik hoor niets over hem, maar ik weet dat hij het verschrikkelijk moet vinden in Parijs. Dat is een andere wereld voor hem. Leert hij Frans? Leest zijn nieuwe vader hem net als Jean-Luc elke avond voor? Houdt zijn nieuwe moeder hem stevig vast als het onweert? Staat hij haar dat toe? Mag hij van hen een nachtlampje laten branden? Weet hij hoe hij daarom moet vragen? Maakt ze crêpes voor hem als ontbijt? Hoe gaat het op school? Zijn de andere kinderen aardig tegen hem? Ik kwel mezelf met die vragen.

'En uw man? Hoe is het met hem?' De psychiater haalt me uit mijn gepeins.

Volgens mij is hij zijn naam vergeten. 'Jean-Luc. Het is zwaar voor hem in de gevangenis.' Meer kan ik niet zeggen. Het feit dat Sam en Jean-Luc in Parijs zijn, en ik hier, voelt tragisch. We zijn nu alle drie gevangen en weg bij elkaar.

'Bent u er al aan toe om zelf te proberen kinderen te krijgen?'

Ik kijk hem met grote ogen aan. Hoe kan hij dat nou vragen?

'Ik bedoel als uw man weer vrij is.' Hij kijkt naar zijn aantekeningen. 'Ik zie dat hij maar een korte straf uitzit.'

'Twee jaar.' Nu lach ik niet.

'Ja, dat klopt. Maar jullie zijn nog jong genoeg om een eigen gezin te stichten.'

'Dat kan niet. Ik kan geen kinderen krijgen.'

'Hmm. De reden daarvoor is nooit erg duidelijk geworden. Misschien merkt u wel dat er ruimte voor komt als u eenmaal geaccepteerd hebt dat Sam weg is.'

Ik blijf hem aanstaren. Is hij gek geworden?

'Het zou psychisch kunnen zijn.'

Ik zou hem kunnen vertellen dat ik na de oorlog nooit meer ongesteld ben geworden, maar die details bespaar ik hem maar. Ik hou mezelf voor dat ik hier alleen maar ben om me door hem mentaal stabiel te laten verklaren, zodat ik mijn paspoort terugkrijg. Ik kan het me niet veroorloven die gek tegen me in het harnas te jagen.

Knarsetandend knik ik. 'Misschien hebt u gelijk,' zeg ik zalvend. 'Zo had ik het nog niet bekeken.'

'Goed. Goed. En hoe gaat het op uw werk?'

'Prima. De mensen zijn aardig en ik geniet van het werk.' Het is een weinig eisende, rustige baan: het vertalen van juridische stukken. Met het karige salaris kan ik de huur van mijn tweekamerflat betalen en houd ik elke maand iets over om opzij te zetten voor mijn ticket naar Frankrijk – voor als ik mijn paspoort terugkrijg.

Als ik later die dag thuiskom uit mijn werk, open ik afwezig mijn brievenbus. Er ligt een witte envelop in. Er staat een Frans poststempel op, maar het is niet Jean-Lucs handschrift. Met bonkend hart scheur ik hem open, omdat ik denk dat hij van Sam is.

Maar nee. Het begint met: *Beste mevrouw Beauchamps...* De moed zakt me in de schoenen. Dan lees ik verder en begint mijn bloed als een razende door mijn aderen te suizen. Ze wil dat ik kom! Ik druk de brief tegen mijn hart. Ik ga mijn zoon weer zien. Ik lees de brief nog een keer, en nog een keer. Sarah Laffitte... ze houdt wel degelijk van hem. De tranen stromen over mijn gezicht en vertroebelen mijn blik. Ze heeft altijd van hem gehouden. Al die jaren is ze blijven zoeken. Ze heeft het nooit opgegeven.

Schuldgevoel knaagt zich een weg naar mijn ziel. We hadden naar hen op zoek moeten gaan. Dat hadden we kunnen doen. Dat was het fatsoenlijkst geweest. Maar nee, wij kozen voor de gemakkelijke optie door onszelf ervan te overtuigen dat ze waren omgekomen in Auschwitz. Na alles wat ze hadden meegemaakt... En dan dit. Negen jaar later hun zoon terugvinden om zich vervolgens te realiseren dat hij geen baby meer is, dat hij niet eens dezelfde taal spreekt. Hoe moeten ze hem nu leren kennen? Wij hebben dat onmogelijk gemaakt voor hen.

Met een zwaar gemoed loop ik de trap op naar mijn appartement. Elk woord uit de brief die ik vastklem brandt zich een weg naar binnen. *Samuel is hier niet gelukkig.* Dat subtiele understatement is hartverscheurend. Het is niet erger dan ik gedacht had, maar nu ik het zwart op wit zie, geschreven door zijn biologische moeder, komt het extra hard binnen. Hij is zo radeloos dat zijn eigen moeder niet meer weet wat ze moet doen. Ze is tot alles bereid om hem gelukkig te maken; ze nodigt mij zelfs uit. Ik dank God dat ze zo veel van hem houdt. Maar wat nu? Denkt ze dat ik naar Parijs zal verhuizen? Dat we hem samen opvoeden? Dat betwijfel ik. Het zou haar alleen maar pijn doen om te zien dat hij van iemand anders houdt die hij als zijn moeder ziet. Is ze bereid hem op te geven? Zou ze dat echt doen? Zou een moeder die haar kind al een keer verloren heeft dat nog een keer allemaal aankunnen?

89

Santa Cruz, 17 november 1953

Charlotte

Het is nog steeds warm hier in Santa Cruz, maar ik weet dat het in Parijs rond deze tijd van het jaar koud zal zijn. Ik vraag me al de hele week af wat ik aan moet trekken. Sam is dol op mijn gele zomerjurk met klaprozen langs de rand, maar daar heb ik niets aan in de Franse winter. Uiteindelijk trek ik een rechte beige rok en een crèmekleurige blouse aan. Mijn wollen vest en jas sla ik over mijn arm.

In de keuken wacht ik rusteloos op de taxi. Ik kijk om me heen naar de witte muren en vraag me af of ik hier nog terug zal komen. Ik hoop het niet, het is een eenzame plek. Stipt om zeven uur gaat de deurbel. Ik til mijn koffer op en gris een lichte kasjmieren sjaal van de kapstok.

'Vliegveld?' De taxichauffeur kijkt me aan in zijn achteruitkijkspiegel.

'Ja, graag.'

'Waar gaat u naartoe?'

'New York, en dan naar Parijs.'

'Hebt u daar familie?'

'Ja.'

'Ik meende al een accent te horen. Bent u Frans?'

'Ja.'

Hij kijkt me aan in de spiegel alsof hij me probeert te doorgronden. 'Dat is niet gebombardeerd, toch? Parijs?'

'Nee.' Ik aarzel. Ik wil niet onbeleefd zijn, maar heb ook geen zin in dit gesprek.

'Nee, dan Londen. Dat hebben ze echt te grazen genomen, hè?'

'Ja.' Ik besluit hem te vertellen wat hij wil horen. 'Maar Parijs was bezet.'

'Precies. Dat hoefden ze niet plat te gooien om het voor het zeggen te krijgen.'

Ik draai mijn hoofd naar het raampje in de hoop hem duidelijk te maken dat ik geen zin heb in dit gesprek. Hij trommelt op het stuur alsof hij in gedachten muziek hoort. Ik kijk naar de voorbijglijdende straten: huizen met diepe voortuinen, brievenbussen op een paal die wachten op de post van de dag. Zo anders dan Parijs, maar zo vertrouwd. Het voelt al een beetje als thuis en daardoor vraag ik me af of Parijs me nu een beetje vreemd zal voorkomen.

'Ze zijn Parijs gewoon binnengemarcheerd, hè?'

Hield die man zijn mond nou maar. Ik slaak een harde zucht en hoop dat de boodschap overkomt.

Hij trommelt weer op het stuur en de rest van de weg leggen we in stilte af. Ik geef hem een hele dollar fooi om hem te bedanken dat hij zijn mond heeft gehouden.

Opgelucht stap ik in het vliegtuig; eindelijk ga ik terug naar Frankrijk. Dit is de eerste keer dat ik vlieg en ik ben een beetje zenuwachtig als de motoren gaan brullen voor het opstijgen. Ik klamp me vast aan de randen van mijn stoel en vraag me af hoe Sam zich gevoeld moet hebben. Was hij bang? Heeft iemand zijn hand vastgehouden toen hij het vliegtuig instapte? Het idee dat hij dit soort dingen in zijn eentje moest doen, zonder Jean-Luc of mij, vervult me met droefenis.

'Wilt u iets drinken?' De stewardess staat met een karretje vol miniflesjes naast me.

'Nee, bedankt.'

De man naast me kijkt op uit zijn krant. 'Een biertje, alstublieft.'

Hij schenkt het bier in een plastic beker. 'Waar gaat u naartoe?' vraagt hij.

'New York,' antwoord ik. 'En dan naar Parijs.' Ik wil niet praten, het is te ingewikkeld, dus ik sluit mijn ogen en doe of ik slaap. Maar ik ben veel te opgewonden om te slapen, en te gespannen. Sam. Sam. Zou hij boos op me zijn? Denken dat ik hem in de steek heb gelaten? Zou hij veranderd zijn na vier maanden? Vier maanden. Is het nog maar zo lang? Het voelt als vier jaar.

Na de overstap in New York landen we uren later in Parijs en loop ik door de douane. Daar besef ik dat ik helemaal geen cadeaus heb meegenomen. Ik aarzel even en vraag me af of ik iets moet kopen, maar cadeautjes zouden overbodig en kunstmatig aanvoelen, alsof ik een soort beleefdheidsbezoekje afleg. Ik haast me naar de rij wachtende taxi's.

'Rue des Rosiers, s'il vous plaît, dans Le Marais.' Het Frans komt er moeiteloos uit. Het is een opluchting mijn eigen taal te spreken. Het voelt als thuiskomen.

Als we de stad in rijden en ik uit het raampje kijk, vraag ik me af wat het woord 'thuis' echt betekent. Is het een plek? Een taal? Of is het waar je familie is? Het zal wel een combinatie van al die dingen zijn. Maar dit is geen plek die Sam thuis kan noemen. Hadden we maar Frans met hem gesproken toen hij klein was; we hadden geen enkel recht hem dat deel van zijn identiteit te ontzeggen. Ik vraag me af of hij ons dat later kwalijk zal nemen, als hij zich realiseert wat we hem onthouden hebben. Maar op dit moment wil ik hem alleen maar stevig vastpakken en zeggen dat alles goed zal komen. De rest komt later wel.

De taxi zet me vlak voor hun huis af. Twee mannen met een lange baard en een zwarte hoed passeren me, waardoor ik eraan herinnerd word dat dit de Joodse wijk is. Ik ril en besef opeens hoe koud het is. Ik zet mijn koffer op de grond en trek mijn vest en jas aan, maar ik blijf rillen. Ik sla mijn armen om me heen; er zit een knoop in mijn maag. Ik ben nu nog maar een paar meter van hem af. Ik kijk omhoog naar de ramen en beeld me in dat hij daarachter op me staat te wachten.

Ik haal diep adem om de opwinding en onrust te beteugelen en duw de zware houten deuren open. Daarachter ligt een binnenplaats. Hun huis is op de derde verdieping, dus ik draag met een bonkend hart mijn koffer de smalle wenteltrap op. Voordat ik aanklop neem ik even de tijd om mijn haar glad te strijken en mijn sjaal recht te trekken in een poging het getril te stoppen.

Dan til ik mijn hand op. Maar voordat ik de deur kan raken, vliegt die open en bespringt Sam me, waardoor ik bijna omval. Met zijn armen om mijn nek en zijn benen om mijn middel geslagen houdt hij me stevig vast. Ik sla mijn armen om hem heen. Ik houd hem vast. Ik adem hem in – zijn zoete, muskusachtige geur. We hebben geen woorden nodig. Ik voel de kracht van zijn liefde en ik weet dat dat andersom ook zo is.

Dan hoor ik gekuch. Met Sam tegen me aan strompel ik het huis in. Langzaam verslapt zijn greep en hij laat zijn voeten op de grond zakken. Ik pak zijn gezicht tussen mijn handen en kijk in zijn bruine ogen. Hij slaat zijn armen om mijn middel en begraaft zijn hoofd tegen mijn borst. Ik streel zijn haar. 'Het is oké, Sam. Het komt allemaal goed.'

Weer hoor ik gekuch. Ik kijk op. Daar staan meneer en mevrouw Laffitte. Lijkbleek en met tranen in hun ogen slaan ze ons gade. Meneer Laffitte slaat zijn arm om zijn vrouw. Zij drukt haar gezicht in zijn schouder.

Met zijn andere arm gebaart hij naar een deur aan het eind van de gang. Met Sam rond mijn middel volg ik hen de woonkamer in.

Meneer Laffitte helpt zijn vrouw in een leunstoel en gaat dan achter haar staan met zijn hand op haar schouder. 'S'il vous plaît.' Hij gebaart dat we op de bank moeten gaan zitten.

Sam perst zich op mijn schoot, hoewel hij daar te groot voor is. 'Gaan we nu naar huis, mam?' zegt hij.

Ik kus zijn kruin.

'Alsjeblieft. Alsjeblieft. Ik beloof dat ik braaf zal zijn. Ik wil gewoon naar huis.'

'Dat weet ik.' Ik kus hem weer.

Meneer Laffitte kucht. '*C'est très difficile pour nous.*'

Ik kijk hem aan. '*Je suis désolée. Pardonnez nous.*'

'Mam!' Sam pakt mijn gezicht vast. 'Geen Frans praten!' Dan komen de tranen. Ze biggelen over zijn wangen. 'Niet doen mama!'

'Niets aan de hand, Sam. Ik ben het. Ik ga niet meer weg.' Zo heeft hij zich sinds zijn vijfde niet meer gedragen.

Meneer Laffitte pakt de hand van zijn vrouw en ze gaan naast elkaar staan. '*Nous allons vous laisser.*' Ze laten ons met rust. Ik knik instemmend. Voordat we een fatsoenlijk gesprek kunnen voeren, moet ik even tijd besteden aan Sam.

Ze verlaten de kamer en ik hoor de voordeur openklikken en weer dichtgaan. 'Ze zijn weg!' Sam slaat zijn armen om mijn nek. 'Zullen we nu gaan? Kunnen we naar huis?'

'Wacht even, Sam, wacht even alsjeblieft.'

Zijn ogen worden groot, de zwarte pupillen dijen uit. 'Wanneer dan?'

'Ik moet eerst even praten met... met...' Hoe moet ik hen noemen? 'Met monsieur en madame Laffitte.'

Hij haalt zijn armen weg. 'Maar we gaan wel naar huis, toch? Beloof je dat?'

'Ik zal mijn best doen.'

'Nee! Je moet het beloven!' Nieuwe tranen wellen op.

Ik strijk met mijn handen over zijn natte wangen. 'Ik beloof het.' Nu moet ik zorgen dat het ook gebeurt.

Als meneer en mevrouw Laffitte een paar uur later terugkeren, is Sam met zijn hoofd op mijn schoot in slaap gevallen, uitgeput van alle emoties. Voorzichtig tilt meneer Laffitte hem op en ik loop achter hem aan naar Sams slaapkamer. Hij legt hem op bed en trekt het beddengoed zo liefdevol over hem heen dat ik een steek in mijn hart voel. Even blijft hij naar hem staan kijken. Kon ik mijn arm maar om hem heen slaan, hem iets van troost bieden. Hij bukt en geeft Sam een kusje op zijn hoofd.

'Mam,' mompelt Sam.

Meneer Laffitte deinst achteruit en ik kniel naast het bed, streel Sams hoofd. 'Rustig maar. Ik ben hier.' Ik zie hem weer inslapen.

Als ik overeind kom, zie ik dat meneer Laffitte vertrokken is. Vol schuldgevoel loop ik terug naar de woonkamer. Ik neem plaats in de leunstoel en staar naar mijn voeten. Ik kan het verdriet in hun ogen niet verdragen. Mevrouw Laffitte geeft me een kopje koffie en ik werp haar een blik toe als ik daarvoor bedank. Ze heeft erg opvallende groene ogen. Ze lijken op die van Sam, maar zijn lichter. Sams ogen zijn bij een bepaalde lichtinval groen en dan alleen afhankelijk van zijn stemming. 'Kattenogen,' noemde een vriend ze ooit.

'We willen dat u Samuel mee terug neemt naar Amerika,' zegt meneer Laffitte.

Dit had ik niet aan zien komen. Het is zo direct. Zo afgemeten. 'Maar...'

'Het is te zwaar voor ons allemaal. Vooral voor hem.'

'Het is te laat.' Mevrouw Laffitte praat zo zacht dat ik haar amper kan verstaan. 'Hij hoort niet meer bij ons.'

Ik zet mijn koffie neer en sta op. Zonder na te denken loop ik naar haar toe. Ze schuift een stukje op om plaats voor me te maken op de bank. Ik laat me naast haar zakken en leg mijn hand op haar knie. 'Vergeef het ons, alstublieft.'

Ze legt haar hand op de mijne. 'We vergeven het u. U heeft onze zoon gered.' Haar geruisloze tranen vallen op onze verbonden handen. Ik buig me naar haar toe en hou haar vast, terwijl ze huilt. Kon ik haar verdriet maar in me opzuigen.

'Ik zal hem Frans leren. Hij kan jullie schrijven. We zullen over jullie praten. Het is niet afgelopen. Denk alstublieft niet dat het voorbij is.'

Meneer Laffitte legt zijn hand op mijn schouder. 'Dat weten we. U bent een goede moeder voor hem geweest.' Hij zwijgt even. 'En Jean-Luc een goede vader. Sam heeft geboft dat hij gered is door zo'n man.'

Ik kan de tranen niet meer tegenhouden; ze stromen over mijn gezicht. Sarah en David houden meer van Sam dan van zichzelf, ze vinden zijn geluk belangrijker dan dat van hen. Dat raakt me als een mes in mijn hart. Zij zijn zijn echte ouders. Dat zijn ze altijd geweest. De gedachte vervult me met schaamte. Ik zal ervoor zorgen dat hij weet wat ze voor hem gedaan hebben.

Binnen een week is het papierwerk geregeld. In het vliegtuig dat over de Atlantische Oceaan vliegt en ons terugbrengt naar Californië kijk ik naar de slapende Sam. Zijn lange wimpers liggen op zijn bleke wangen en hij klemt mijn arm vast alsof hij bang is dat ik er niet meer ben als hij wakker wordt.

Ik kijk naar de wolken buiten en denk aan de Laffittes en het offer dat zij gebracht hebben. Aan mijn man – de dapperste man die ik ken – die bij ons terug zal komen. En aan Samuel.

Ik prevel een gebed, dankbaar voor deze tweede kans.

Epiloog

Toen ze een jaar later naar bed gingen, pakte Sarah Davids hand en legde die op haar buik. 'Ik moet je iets vertellen, David.' Ze zweeg en keek hem aan. 'Ik ben zwanger.' Ze zag de tranen in zijn ogen springen.

Zes maanden later schonk ze het leven aan een jongetje dat ze Jérémie noemden.

Toen Sam dertien was, zijn David, Sarah en Jérémie bij hem op bezoek geweest en heeft Sam zijn kleine broertje ontmoet, maar eerlijk gezegd was het een gespannen bezoek. Sam durfde geen Frans te praten en gesprekken kwamen maar moeilijk op gang. Dit keer was het David die Sarah moed insprak. 'Hij is dertien, dat is een lastige leeftijd. Hij voelt zich sowieso nogal onbeholpen en begrijpt het nog niet goed. Je zult zien dat hij ons op een dag accepteert.'

Er werd afgesproken dat Charlotte en Jean-Luc Sam mee zouden nemen naar Parijs als hij achttien was. Maar om de een of andere reden gebeurde dat niet. Ze moesten zijn studie betalen en dat kostte hen al hun spaargeld. Zijn opleiding kwam op de eerste plek, nietwaar?

Via Sams brieven kwamen David en Sarah te weten dat hij een bijzonder iemand had ontmoet. Dat hij hoopte dat ze blij voor hem waren.

Nu, op een zonnige zaterdagochtend in de zomer van 1968, zitten David en Sarah in hun keuken croissants in hun koffiekommen te dopen. Jérémie en zijn kleine zusje, die nu zeven is, zijn op school. Sarahs haar is grijs aan het worden en de kraaienpootjes rond haar ogen zijn dieper. David heeft nog steeds een baard, hoewel die ook grijs wordt.

Na het ontbijt gaan ze naar de synagoge. David kijkt in de krant. 'Ze hebben studentenprotesten nu gewoon verboden,' zegt hij met een blik op Sarah.

Net als ze daarop wil reageren – iets over dat De Gaulle moet aftreden, hij is tenslotte bijna tachtig – gaat de deurbel. 'Wie kan dat nou zijn?' vraagt ze. 'Op zaterdagochtend?'

'Ik ga wel,' biedt David aan. Hij staat op en loopt de trap af naar de ingang. Er staat een jongeman voor de deur, die om zich heen kijkt alsof hij verdwaald is. David opent de glazen deur. 'Bonjour, monsieur.'

De man staart hem aan. Hij is lang en knap, een pluk steil donker haar hangt over zijn voorhoofd en zijn huid is gebruind. David wordt aangetrokken door zijn ogen. Die zijn chocoladebruin, maar er fonkelen groene vlekjes in als hij zijn mond opent. 'Bonjour.'

David doet een stap naar hem toe.

'Ik ben het...'

'Sam-uel,' fluistert David. De naam parelt op zijn tong en hij kan het niet laten om het nog een keer te zeggen. 'Sam-uel, Sam-uel.'

De jongeman laat een scheef lachje zien. 'Ja, ik ben het.' Hij moet even lachen. 'Sam-uel.' Hij loopt met open armen naar zijn vader.

Opeens is David in sterke armen gewikkeld. Hij verslapt, alle energie vloeit uit hem weg en hij geeft zich over aan de tranen.

De jongeman verstevigt zijn greep. 'Sorry, het spijt me.'

David is zich vagelijk bewust van Sarahs voetstappen die de trap af komen. Hij voelt de greep verslappen als Samuel zijn moeder ziet. Hij pakt haar hand en brengt die naar zijn lippen om er een kus op te drukken.

'Samuel?' mompelt ze zachtjes. 'Ben jij het?' Haar handen glijden strelend over zijn gezicht en pakken zijn wangen vast. 'Ben jij het echt?'

Hij schiet in de lach en kust haar nogmaals.

David ziet dat hij is opgegroeid tot een vriendelijke man, iemand die openstaat voor het verdriet van anderen. Zijn hart vult zich met trots en er daalt een gevoel van rust op hem neer. Dit is alles wat hij ooit gewild heeft.

Samuel houdt hen beiden vast als ze de trap op lopen. Ze gaan aan de keukentafel zitten en David ziet zijn zoon om zich heen kijken, alles in zich opnemen en de herinneringen uit zijn jeugd vergelijken met wat hij nu ziet.

'Wat ben ik blij dat ik gekomen ben,' zegt hij in vloeiend Frans. 'Ik twijfelde een beetje, maar nu ik hier ben, voelt het heel goed.'

'Ik heb altijd geweten dat je terug zou komen.' Sarah wrijft in haar ogen. 'We moesten gewoon wachten tot je er klaar voor was.' Ze steekt haar hand uit en legt die op zijn wang, alsof ze niet helemaal kan geloven dat hij echt is.

'Is die tekening van mij?' vraagt Samuel met een blik op de muur.

Ze draaien zich allemaal om naar de ingelijste tekening. 'Ja,' antwoordt David. 'We kijken er graag naar en denken dan aan jou daar in Californië.'

'Het is de Grote Beer. Eigenlijk lijkt hij er wel op.' Daar is dat scheve lachje weer. Maar dan trekt Samuel een ernstig gezicht. 'Ik wil jullie bedanken dat jullie me hebben laten gaan.' Hij kijkt van de een naar de ander. 'Ik weet wat dat jullie gekost moet hebben. Hoeveel jullie van me gehouden moeten hebben.'

'Nog steeds van je houden.' Sarah glimlacht.

'Ja, je moeder heeft gelijk. Daar zijn we niet mee gestopt omdat je hier niet was.'

'En ik ben jullie niet vergeten.' Hij stopt zijn hand in de binnenzak van zijn jas en haalt er een houten doosje uit.

David herkent het meteen. Hij pakt het, maakt het piepkleine haakje los en kijkt erin. Hij haalt er de kleine gekleurde steentjes uit en rolt die tussen zijn vingers. 'Weet je waar ik die vandaan heb?' Hij kijkt Samuel aan. 'Ik heb ze op de grond gevonden in Auschwitz, toen we aan het graven waren.' Hij zwijgt om een traan weg te vegen. 'Het was een teken van God. lk wist dat als ik tussen het grind en de modder schoonheid kon vinden, ik mijn zoon zou terugzien.'

'Ik moet jullie iets vertellen.' Samuel legt zijn open hand op het midden van de tafel. Sarah en David leggen hun handen erin en hij knijpt ze stevig vast. 'Ik weet hoeveel jullie van me hielden, omdat ik nu zelf weet hoe het is. Om een ouder te zijn. Ik heb een dochter. Ze is drie maanden oud en ze zit met haar moeder Lucy in de auto buiten te wachten. Willen jullie ze zien?'

'Of we ze willen zien? Natuurlijk! We gaan ze meteen halen.' David is al halverwege de keuken.

Samuel praat verder als ze de trap weer afdalen. 'Ik wilde het jullie niet per brief laten weten. Ik moest jullie zien om het te vertellen.'

'Dank je, Samuel.' David legt zijn hand op zijn schouder.

'We zijn ook niet getrouwd,' gaat Sam verder. 'Dat kon ik niet doen zonder het jullie te vertellen.'

'Nou, dan trouw je nu toch.' Sarah lacht, ze wordt overspoeld door vreugde.

Lucy is blond, gouden golven vallen over haar schouders, en haar ogen zijn levendig blauw. Wat ziet ze er Amerikaans uit, denkt Sarah onwillekeurig, als een filmster uit Hollywood.

Met de baby in haar armen buigt de jonge moeder zich naar voren om eerst Sarah en dan David te kussen. Sarah voelt de warmte van het kindje als ze langs het bundeltje strijkt, maar ze kijkt nog niet. Dat moment wil ze bewaren voor als ze binnen zijn, in de geborgenheid van hun huis.

'Wat fijn om u te ontmoeten.' Lucy doet als eerste haar mond open. 'Sam heeft het voortdurend over zijn Franse ouders.'

Sarah zegt nog niets, maar kijkt in de blauwe ogen van de jonge vrouw en ziet tot haar opluchting dat die hartelijkheid uitstralen.

'Wat spreek je goed Frans,' zegt David.

'Tja, dat moet wel,' zegt Lucy. 'Heeft Sam dat niet verteld? Ik ben half Frans.'

'Welke helft?' vraagt David.

'Mijn betere helft.' Ze schiet in de lach. 'Mijn moeder is Frans en mijn vader Amerikaans. Ze hebben elkaar aan het eind van de oorlog ontmoet, hier in Parijs. Maar ik heb hier nooit gewoond. Ik ben opgegroeid in San Francisco.'

'Kom binnen. Kom binnen.' David slaat zijn arm om Sarah heen en loodst het gezelschap het gebouw weer in.

De baby wordt niet wakker als ze de trap op lopen. Ze gaan naar de keuken en nemen plaats rond de tafel. David, die naast Lucy zit, buigt zich opzij en aait de wang van de baby. 'Ze heeft net zulke lange wimpers als Samuel.'

Sarah, die aan de ander kant van Lucy zit, is er eindelijk aan toe om naar haar kleinkind te kijken. Haar hart gaat tekeer als ze de krullende wimpers op de zachte wangetjes en het donkere haar ziet. Ze plant een kus op het voorhoofd van de baby.

'Ik besefte het niet,' zegt Samuel. Hij schraapt zijn keel. 'Ik wist niet wat jullie hadden doorgemaakt. Ik was nog maar een kind en ik begreep het niet, of ik luisterde niet. Dat weet ik nu niet meer. Maar ik wist het niet.'

Sarah en David kijken allebei op. 'Je was nog maar een kind. Dat konden we niet van je vragen.'

'Het spijt me.'

'Dat is nergens voor nodig, Samuel. Je bent teruggekomen.'

'Nou... misschien blijven we nog even. We zouden het fijn vinden om hier wat tijd door te brengen. Even onze cultuur opsnuiven, zeg maar.'

Davids ogen glimmen. 'Dat is meer dan ik ooit had durven dromen.'

'Bedankt, jullie allebei.' Sarah glimlacht naar de jonge moeder. 'Mag ik?' Ze steekt haar armen uit.

Zonder enige aarzeling geeft Lucy de baby aan haar.

Door dat gebaar, het overhandigen van het kindje, komt het allemaal terug. Ze wordt overweldigd door een beschermend gevoel voor dit nieuwe kind. Ze begint zachtjes te neuriën terwijl ze de baby heen en weer wiegt.

Samuel buigt zich over zijn dochter en drukt een kus op haar hoofdje. Dan kijkt hij zijn moeder aan en fluistert: 'Ze heet Sarah.'

Dankwoord

Toen ik in 1993 in Parijs aankwam, wist ik niet dat dat zo'n grote impact op mijn leven zou krijgen. Terwijl ik de eerste paar maanden door de stad dwaalde, was ik verbaasd en ontroerd door het grote aantal gedenkplaten en monumenten ter herinnering aan degenen die tijdens de Tweede Wereldoorlog omgekomen waren. Lijsten met namen waar geen eind aan kwam, waar soms zelfs verse bloemen bij waren gelegd. Aan de buitenmuur van een school in Le Marais (de Joodse wijk in Parijs) hangt een simpele gedenkplaat ter herinnering aan de tweehonderdzestig leerlingen die tijdens de Tweede Wereldoorlog zijn opgepakt. Geen van hen heeft het overleefd.

Omdat dit me heel diep raakte, wilde ik meer te weten komen over deze duistere periode in onze geschiedenis. Ik vroeg aan iedereen die ik tegenkwam en ouder was dan zestig hoe het was om tijdens de bezetting te leven. En ik ging alles lezen over het onderwerp.

Een van de mensen die ik leerde kennen was Dora Blaufoux, een geweldige, levenslustige vrouw van eind tachtig. Dora was pas dertien toen ze naar Auschwitz werd gedeporteerd. Bij het schrijven van de hoofdstukken over Auschwitz heb ik gebruikgemaakt van enkele persoonlijke herinneringen van haar, alsmede van persoonlijke verslagen die ik in boeken had gelezen. Ik moet bekennen dat ik me een beetje een oplichter voelde bij het schrijven van die hoofdstukken. Ik heb de gruwel van Auschwitz zelf niet meegemaakt en kan me die amper voorstellen. Maar daar gaat dit verhaal niet over.

Het schrijven van dit boek was een opwindende, avontuurlijke reis, en onderweg heb ik veel interessante, soms gestoorde en vaak geweldige mensen leren kennen. Schrijven is in wezen een eenzaam beroep, maar ik heb steun van onschatbare waarde gekregen van verschillende schrijfgroepen hier in Parijs. Een daarvan was wel heel belangrijk voor me: Scriptorium, opgericht door Hazel Manuel. Haar positieve kritiek, behoedzame advies en enthousiasme hielden me gaande wanneer de twijfel toesloeg. Verschillende schrijvers hebben in deze groep gezeten of zitten er nog steeds, en mijn dank gaat uit naar jullie allemaal, met name naar Rachel, Carol, Nancy, Kass, Cris, Shelley, Connie, Anne, Melissa en Deborah.

Een speciaal woord van dank voor mijn vrienden Marilyn Smith, Ian Hobbs en Hazel. Zij waren bij me in La Loire, de Alpen en India, zaten in de hitte en de kou en luisterden naar mijn hoofdstukken. Ook bedankt voor de lol! En ik wil mijn vriendin Lucy bedanken dat ik in haar strandhuisje heb mogen herschrijven. En ik dank Christian voor het controleren van mijn Frans.

Tijdens de research voor dit boek heb ik het geluk gehad advies te krijgen van Stefan Martens, adjunct-directeur van het Deutsche Historische Institut Paris (DHIP). Zijn kennis van en toewijding aan het onderwerp Tweede Wereldoorlog hebben me een schat aan informatie opgeleverd en ik wil hem graag bedanken voor de tijd die hij besteed heeft aan het samen met mij doorploegen van de kleinere details.

Tot slot gaat mijn grote dank uit naar Abbie Greaves van Curtis Brown. Zij heeft dit allemaal mogelijk gemaakt toen ze mijn manuscript oppikte uit de vele die ze ongetwijfeld ontving. En ik dank mijn geweldige agent, Sheila Crowley, omdat ze erin geloofde, begreep wat ik probeerde te doen en me hielp dat te bereiken. Ook wil ik het superteam bij Headline bedanken omdat ze er zo'n geweldige ervaring van hebben gemaakt: Nathaniel Alcaraz-Stapleton, Rebecca Folland en Hannah Geranio van de afdeling vertalen en buitenlandse rechten; bureauredacteur Jane Selley voor haar aandacht voor detail en mijn redacteur Sherise Hobbs, die me hielp die wezenlijke laatste wijzigingen door te voeren. Mijn dank gaat ook uit naar Karen Kosztolnyik, hoofdredacteur bij Hachette Book Group in de VS, voor haar harde werk om het allemaal precies goed te krijgen.

Mocht je geïnteresseerd zijn in deze periode, dan is hier een lijstje met enkele boeken die ik tijdens mijn research heb gelezen:

Berr, Hélène, *Oorlogsdagboek : 1942-1944* (De Geus, 2013)
Haffner, Sebastian, *Het verhaal van een Duitser, 1914-1933* (Uitgeverij Rainbow bv, 2015)

Humbert, Agnès, *Résistance: dagboek van een Parisienne in het verzet* (De Bezige Bij, 2008)
Moorehead, Caroline, *De trein naar het oosten* (Meulenhoff, 2012)
Ousby, Ian, *Occupation: The Ordeal of France* (Pimlico, 1999)
Sebba, Anne, *Les Parisiennes* (Weidenfeld and Nicolson, 2017)
Vinen, Richard, *The Unfree French: Life under the Occupation* (Penguin, 2007)
Wiesel, Elie, *Nacht* (Meulenhoff, 2017)

Gedicht voor een geadopteerd kind

Geen bloed van mijn bloed
of bot van mijn bot
maar toch, wonderbaarlijk genoeg,
van mij.
Vergeet nooit
ook maar één moment,
dat je niet groeide onder mijn hart
maar erin.
– *anoniem*

Vragen voor leesgroepen

1. Hoe onderzoekt de roman de authenticiteit van familierelaties? Heeft een van de stellen volgens jou meer recht op Sam dan de ander en, zo ja, waarom?

2. Wat vind je van Charlottes en Jean-Lucs beslissing om Sam geen Frans te leren, met name gezien het feit dat dit hem later in de roman parten speelt? Hadden ze hem de kans moeten geven om vanaf jonge leeftijd de taal te leren?

3. Sarah moet in de loop van het verhaal een paar moeilijke beslissingen nemen. Als jij in haar schoenen had gestaan, had je dan dezelfde keuzes gemaakt of sommige dingen anders gedaan?

4. Voor welk personage had je de meeste empathie en waarom? Waren er momenten dat je teleurgesteld was in een van de personages?

5. Wat vind je van de interculturele inhoud van het boek?

6. Wat betekent 'thuis' voor jou? Is het een plek? Zijn het mensen?

7. Wanneer wordt volgens jou de culturele identiteit gevormd? Is het mogelijk die te veranderen, of om meer dan één culturele identiteit te bezitten?

8. Hoe belangrijk zijn je wortels? Moet je weten waar je vandaan komt om te weten wie je bent?

9. Vind je dat kinderen altijd alles van hun afkomst moeten weten? Zijn er gevallen te bedenken waarin het voor hen beter is dat niet te weten?